※| SCHERZ

STEPHAN LUDWIG

# UNTER DER ERDE

THRILLER

FISCHER | SCHERZ

Erschienen bei FISCHER Scherz

© 2020 S. Fischer GmbH,
Hedderichstr. 114, D-60596 Frankfurt am Main

Satz: Pinkuin Satz und Datentechnik, Berlin
Druck und Bindung: CPI books GmbH, Leck
Printed in Germany
ISBN 978-3-651-00078-0

# ERSTER TEIL

*»Was, zum Teufel, mache ich eigentlich hier?«*

# KAPITEL 1

Diese Hitze. Diese fürchterliche Hitze.

Der Passat rollte über die Landstraße nach Osten. Die Tachonadel stand exakt auf hundert, das Außenthermometer zeigte zweiunddreißig Grad. Elias Haack, der sich als Schriftsteller E. W. Haack nannte (klingt profunder, hatte ihm Hermine, seine Agentin, vor der Veröffentlichung seines ersten Buches gesagt), stieß einen leisen Fluch aus. Ein stickiger Luftstrom wehte ihm aus den verchromten Lüftungsklappen entgegen. Er war jetzt seit drei Stunden unterwegs. Irgendwann, kurz nachdem er die Autobahn verlassen hatte, musste die Klimaanlage ihren Geist aufgegeben haben.

Der Mann, dessen neuestes Buch gerade auf Platz fünf der *Spiegel*-Bestsellerliste stand (*Taschen*buch-Liste, verbesserte er sich in Gedanken, aber das war besser als nichts), musste dringend pinkeln. Er starrte aus zusammengekniffenen Augen auf die im Sonnenlicht flimmernde Fahrbahn, die sich schnurgerade durch einen Kiefernwald zog. Nach ein paar Minuten fand er eine geeignete Stelle, bremste, der Passat kam mit knirschenden Reifen auf der Einmündung eines Forstwegs zum Stehen.

Als er die Tür öffnete, schlug ihm die Luft wie ein heißes Handtuch entgegen. Ächzend stemmte er sich aus dem Sitz, schirmte die Augen mit der Hand ab, sah sich kurz um und stakste dann steifbeinig ein paar Meter in den Wald, bis ihm eine schiefe, rot-weiß gestrichene Schranke den Weg versperrte. BEFAHREN FÜR UNBEFUGTE VERBOTEN!, verkündete ein rostiges Blechschild, LANDWIRTSCHAFTL. NUTZFAHRZEUGE FREI, war darunter zu lesen.

Elias öffnete den Reißverschluss seiner Jeans, ein kurzer Blick über die Schulter (was unnötig war, in den letzten Minuten war ihm kaum ein halbes Dutzend Autos entgegengekommen), dann strömte der Urin des Mannes, dessen Konterfei vor zwei Monaten die Titelseite des *Stern-Crime*-Magazins geschmückt hatte, in den sandigen Waldboden. *Deutschlands neuer Fantasystar!*, hatte die Überschrift des Artikels gelautet, was, wie sich herausgestellt hatte, ein wenig übertrieben gewesen war. Sicherlich, seine Bücher verkauften sich gut, das letzte, *Planet der Verdammten*, war bereits in der dritten Auflage. Doch ein Star war aus E. W. Haack noch lange nicht geworden (das W war die Abkürzung von Wilhelm, seinem zweiten Vornamen), obwohl er sich keine Sorgen um seinen Lebensunterhalt machen musste.

Er lauschte dem Plätschern, dem Sirren der Mücken, dem Rascheln der Baumkronen über seinem Kopf. Das weiße Hemd klebte ihm verschwitzt am Rücken, er bewegte den steifen Nacken, verzog das Gesicht. Seine Muskeln waren verspannt, das Pinkeln, so schien es ihm, dauerte länger als früher.

Trotzdem, für einen Mann, der im nächsten Monat seinen vierzigsten Geburtstag feierte, fühlte er sich noch relativ gut in Schuss. *Relativ* wohlgemerkt, denn besonders sportlich war er nie gewesen, und die letzten Jahre, die er hauptsächlich im Sitzen hinter dem Schreibtisch verbracht hatte, hatten natürlich kaum etwas daran geändert. Seine Bewegungen waren steif, ein wenig unbeholfen, der Bauch wölbte sich über dem Gürtel. Das aschblonde Haar war vorzeitig ergraut, die Geheimratsecken unübersehbar und der Zopf, den er seit seiner Jugend trug, war zu einem dünnen, farblosen Schwänzchen mutiert.

Elias knöpfte den Hosenstall zu, wandte sich um. Der Passat stand schräg am Straßenrand, aufgewirbelter Staub trieb in trägen Schwaden davon. Ein Traktor tauchte auf, kam mit dröhnendem Motor näher. Der Fahrer trug einen fleckigen Overall, sein Gesicht lag im Schatten einer Schirmmütze. Elias versteifte sich, als er die Zigarette im Mundwinkel des Bauern bemerkte. Vor zwei Monaten (neunundfünfzig Tagen, um genau zu sein) hatte er mit dem Rauchen aufgehört. Zweieinhalb Schachteln täglich waren es gewesen, bisher *(klopf auf Holz, Schätzchen!)* hatte er durchgehalten. Es war schwer, verdammt schwer, selbst jetzt noch musste er sich zwingen, keine weggeworfene Kippe von der Straße aufzuheben oder an einem vollen Aschenbecher zu riechen.

Breitbeinig hockte der Bauer hinter dem Steuer, würdigte Elias keines Blickes und zuckelte, die Augen stur geradeaus gerichtet, vorbei, eine Hand am Lenkrad, die andere auf dem Knie. Hinter ihm türmten sich riesige Strohballen, Spreu wehte über die Fahrbahn. RETTET UNSERE LAUSITZ war auf einem Aufkleber an der Stoßstange des Hängers zu lesen. SCHLUSS MIT DEM TAGEBAU!

Elias stieg in den Wagen, startete den Motor. Prüfend hielt er die Hand vor die Lüftungsschlitze, brummte frustriert, als er den unverändert klebrig heißen Luftstrom bemerkte, und legte den Gang ein. Als der Passat mit knirschenden Reifen anfuhr, klingelte sein Handy. Eine Frauenstimme drang aus der Freisprechanlage.

»Bist du schon da?«

Martha, seine Frau. Wie immer nahm sie sich nicht die Zeit für eine Begrüßung. Nach knapp zehn Ehejahren war das auch nicht mehr nötig.

»Bald, hoffe ich.«

»Fahr vorsichtig, ja?«

Ihr Tonfall erinnerte ihn manchmal an die Art, wie sie mit ihren Studenten sprach. Martha unterrichtete Politikwissenschaften an der Hochschule, eine untersetzte, in den letzten Jahren etwas füllig gewordene Frau mit dunklen Augen.

»Sicher doch.« Er sah auf das Navigationsgerät. »Noch zwanzig Kilometer, ich hab's also bald geschafft. Keine Ahnung, wo genau ich hier bin. Irgendwo in der Nähe der polnischen Grenze, mitten in der Pampa.«

Der Wald hatte sich gelichtet. Vereinzelte Bäume säumten den linken Straßenrand, rechts tauchte ein Tagebau auf. Ein riesiges kraterförmiges Loch klaffte in der Erde, monströse Bagger fraßen sich wie urzeitliche Ungetüme durch den Lehm, Staub wirbelte durch die flirrende Luft.

»Die Champagnerflasche auf dem Küchentisch«, sagte Martha, »ich nehme an, die hattest du als Geschenk gedacht?«

»So ein Mist!« Elias hieb auf das Lenkrad. »Die hab ich vergessen.«

»Schenk ihm eins von deinen Büchern.« Martha klang amüsiert. »Du hast doch welche im Kofferraum. Ich kenne ihn zwar nicht, aber nach allem, was du erzählt hast, dürfte ihm das gefallen. *Blutiges Vermächtnis* zum Beispiel.«

»Sehr witzig.«

»Dann halt irgendwo an und besorg was.«

»Und was? Ich bin hier auf dem Mond, Martha. Hier gibt's nichts, nicht mal Tubennahrung.«

Elias stieß frustriert die Luft aus, bremste an einer Kurve und kniff die Augen zusammen, als ihm die Sonne direkt ins Gesicht schien. Was, dachte er und klappte die Sonnenblende herunter, soll man jemandem schenken, den man nicht kennt? Klar, er ist mein Großvater, er hat mich zu seinem neunzigsten Geburtstag eingeladen, doch er ist ein Fremder, den ich zuletzt gesehen habe, als ich gerade das Sprechen gelernt hatte.

Die Ansichtskarte war vor zwei Wochen mit der Post gekommen. *Einladung zum 90. Geburtstag*, hatte sein Großvater in zittriger Altmännerschrift geschrieben. *Es wäre nett, wenn Du erscheinst. Gruß, Wilhelm.* Darunter Datum, Uhrzeit und Adresse, mehr nicht. Die Karte war alt und vergilbt, auf der Vorderseite war die malerische Ansicht eines kleinen Dorfes abgebildet gewesen, in der Mitte ein Aufdruck: GRUSS AUS VOLKOW – PERLE DER LAUSITZ. Elias hatte das Dorf gegoogelt und zu seiner Überraschung eine Menge Treffer gehabt. Allerdings nicht wegen der Sehenswürdigkeiten. In ein paar Monaten würde der Ort, in dem sein Großvater lebte, nicht mehr existieren und der Braunkohle weichen.

»Aber eine Tankstelle wird's doch irgendwo geben«, sagte Martha.

»Und was soll ich ihm dort kaufen? Scheibenreiniger?«

»Blumen, Elias.«

Er hörte förmlich, wie sie die Augen verdrehte. Am Abend würde sie zu einer Tagung nach Hamburg fahren, er hatte trotzdem gefragt, ob sie ihn begleiten wolle. Marthas Antwort war typisch gewesen:

Er hat *dich* eingeladen, Elias. Nicht mich.

Kein Wunder, hatte Elias erwidert, er weiß ja nicht mal, dass du existierst.

Das, hatte Martha entgegnet, würde sich ja nun ändern und falls der alte Herr die brave Ehefrau seines Enkels kennenlernen wolle, könne er sie jederzeit zu sich einladen. Allerdings, hatte sie hinzugefügt, sollte er sich beeilen. Dein Großvater ist alt, seine Zeit läuft ab. Ich denke, das ist der Grund, warum er dich sehen will. Was immer er dir nach über dreißig Jahren zu sagen hat, er sollte es dir allein sagen. Danach sehen wir weiter.

»Hermine hat angerufen«, sagte sie jetzt.

»Ich rufe zurück.«

Das würde Elias tun, natürlich, allerdings nicht heute. Seine Agentin wollte wissen, wie er mit dem neuen Buch vorankommt. Ein unangenehmes Thema. Seit zwei Monaten hatte er kein Wort zu Papier gebracht. Allmählich wurde es Zeit.

»Vielleicht«, er lockerte den Sicherheitsgurt über der verschwitzten Hemdbrust, »mache ich was mit Zombies. Eine verlassene Insel oder ein verstrahltes Kraftwerk.«

»Wenn du meinst.«

Ihr Tonfall klang sachlich, doch nach einem knappen Jahrzehnt zufriedener Ehe wusste Elias sofort, dass Martha die Idee nicht mochte. Sie war eine kluge Frau, eine Akademikerin, die seit zwei Jahren an ihrer Doktorarbeit über die Geschichte der baltischen Staaten im Zweiten Weltkrieg schrieb, Horrorgeschichten waren meilenweit unter ihrem Niveau. Und doch las sie jedes Wort, das Elias in seinen Rechner tippte, und abends, wenn sie bei einem Glas Rotwein zusammensaßen, analysierte sie seine Geschichten, präzise und ernsthaft, als spräche sie über eine Dissertation. Elias genoss diese Gespräche, neben Hermine war Martha die Einzige, mit der er ehrlich über seine Bücher reden konnte.

»Zombies sind ausgelutscht, oder?«

»Ach, Elias.« Ein Seufzen drang aus den Lautsprechern.

Alles, was ich mache, überlegte Elias, ist ausgelutscht.

Ein Gedanke, der nichts mit Selbstmitleid zu tun hatte. Im Gegenteil, es handelte sich um das nüchterne Ergebnis langen Nachdenkens. E. W. Haack lieferte Massenware, er schrieb das, was man von ihm erwartete. Sicherlich, er sehnte sich nach Anerkennung, *richtiger* Anerkennung, einer Erwähnung im *Spiegel* oder im Literaturteil der *Zeit* vielleicht. Selbst einen Verriss hätte er in Kauf genommen, doch diese Leute ignorierten ihn, er war Luft für sie und die Rezensionen auf Amazon – ungelenke, unbeholfen in den Rechner getippte Liebeserklärungen seiner Leserschaft – trösteten wenig, auch wenn es Hunderte waren. Im Grunde genommen war er kein Schriftsteller, sondern ein Dienstleister, der für sein nächstes Produkt einen Vorschuss von vierzigtausend Euro auf dem Konto hatte.

Das Problem war, dass er nicht die leiseste Ahnung hatte, worüber er als Nächstes schreiben sollte. Zombies. Werwölfe. Vampire. Alles war ausgelutscht. *Alles.* Was immer er auch veröffentlichen würde, keiner von diesen sogenannten Kritikern würde eines seiner Bücher auch nur mit der Zange anfassen.

»*Wer* kann dich mal kreuzweise, Elias?«

Marthas Stimme riss ihn aus seinen Gedanken.

»Was?«

»Ihr könnt mich mal kreuzweise, hast du gerade gesagt.«

»Ach«, murmelte er, »das war nicht wichtig.«

Ein Bus tauchte vor ihm auf, Elias bremste ab, schaltete einen Gang hinunter. Ein Junge, vier, vielleicht fünf Jahre alt, kniete auf der Rückbank und sah zwischen den Kopfstützen durch die verstaubte Heckscheibe auf Elias hinab.

»Wann geht dein Zug?«, fragte er.

»In zwei Stunden.«

Die Bremslichter des Busses flackerten. Elias nahm den Fuß vom Gas, hob den Kopf. Der Junge auf der Rückbank starrte zu ihm hinab. Als ihre Blicke sich trafen, streckte der Kleine die Zunge heraus.

»Hab eine gute Fahrt«, sagte Elias.

»Ich …« Marthas Worte gingen in statischem Rauschen unter. »Melde mich … im Hotel … bin.«

Er sah zum Armaturenbrett. Das Display neben dem Lenkrad zeigte nur einen Empfangsbalken. Der Bus hustete eine Dieselwolke aus, der Passat zuckelte mit fünfzig Stundenkilometern hinterher. Es herrschte kaum Gegenverkehr, doch Elias versuchte nicht zu überholen. Warum auch? Er hatte keine Eile. Im Gegenteil, je später er ankam, desto kürzer musste er bleiben.

»Ich verstehe dich kaum!« Er hob die Stimme. »Der Empfang ist ...«

Drei kurze Pieptöne erklangen, die Verbindung war unterbrochen.

Seufzend streckte er den verspannten Rücken durch. Schweiß kitzelte unter seinen Achseln, die Kehle war trocken. Er griff nach der Plastikflasche auf dem Beifahrersitz, trank einen Schluck lauwarmes Wasser, ohne den Blick von der Straße zu nehmen. Der Bus blinkte, bremste an einer Haltestelle. Elias zog vorbei, klemmte die Flasche zwischen die Beine, schraubte sie zu und warf sie wieder auf den Beifahrersitz. Das Navigationsgerät leuchtete auf.

STRASSE NICHT ERFASST, stand auf dem Display.

»Na super«, murmelte Elias.

Er fuhr durch ein Dorf. Niedrige, zweistöckige Backsteinhäuser säumten die Landstraße. Gestutzte Hecken zogen vorbei, frisch gewaschene Mittelklassewagen standen in den Einfahrten. Auf dem Bürgersteig strampelte ein kleines Mädchen mit fliegenden Zöpfen und wehendem Kleid auf einem pinkfarbenen Fahrrad, auf der anderen Seite schob eine gebeugte alte Frau mit schwarzem Kopftuch einen Rollator vor sich her. Unter einem handbemalten Schild (HONIG AUS EIGENER PRODUKTION) döste ein zerzauster Schäferhund. Blumenkästen hingen unter den Fenstern, Gartenzwerge blitzten in der Sonne. Ein dickbäuchiger Mann in weißem Unterhemd mähte seinen Rasen.

Dösend steuerte Elias den Passat durch das ländliche Idyll, passierte den Ortsausgang und schaltete den Tempomat auf achtzig. Eigentlich fuhr er gern Auto, es war besser, als vor dem Rechner zu brüten und auf einen Einfall zu hoffen. Oft war er stundenlang unterwegs, ohne ein konkretes Ziel zu haben, er fuhr, einfach so, und ließ die Gedanken schweifen. Es war sinnlos, etwas erzwingen zu wollen, und manchmal, wenn er irgendwo auf einem abgelegenen Parkplatz landete, wusste er zwar nicht, wo er war, doch in seinem Hinterkopf war die Idee zu einer neuen Geschichte entstanden.

Heute war es anders. Das, dachte Elias missmutig, war allerdings von Anfang an klar gewesen, schließlich hatte er ein Ziel, abgesehen davon wäre es albern gewesen, in dieser brütenden Hitze mit einem halbwegs zündenden Einfall zu rechnen.

Die Straße führte in sanftem Bogen bergab. Links duckten sich die knorrigen Bäume einer Obstplantage in der gleißenden Sonne, rechts fraß sich ein weiterer Tagebau in die ausgedörrte Erde.

Keine Zombies, das Thema war durch. Immerhin wusste Elias jetzt, worüber er *nicht* schreiben würde. Ein Fortschritt, ein kleiner zwar, aber besser als nichts.

Er lenkte nach rechts, um einem entgegenkommenden Mähdrescher Platz zu machen. Staub wirbelte über dem flimmernden Asphalt, er sah das Schild (VOLKOW, 9 KM) erst im letzten Moment und bremste scharf, um den Abzweig nicht zu verpassen.

Die Nebenstraße war schmal und nur teilweise geteert. Schlackesteine lugten durch den löchrigen Asphalt, Schotter prasselte gegen den Unterboden. Der Weg führte stetig bergan, auf der einen Seite flankiert von einer stillgelegten Bahnstrecke, auf der anderen von den schiefen Holzmasten einer alten Stromleitung. Nach zwei Kilometern passierte Elias ein verbeultes Baustellenschild. SCHRITT FAHREN!, stand in verblichenen Großbuchstaben darunter. Der Passat holperte durch eine enge, mit Schlaglöchern übersäte Kurve, dahinter spannte sich der steinerne Bogen einer baufälligen Brücke über die Straße. Unkraut wucherte zwischen grobbehauenen Granitblöcken, einige waren herabgestürzt und türmten sich in der Böschung. Rot-weiße Baken verengten die Straße zu einem schmalen Durchgang. Der Passat tauchte in den Schatten der kleinen Brücke, rumpelte durch ein weiteres Schlagloch. Ein Poltern ertönte, Elias stieß eine leise Verwünschung aus, als die Bodenwanne mit einem hässlichen Knirschen über die Steine schliff. Hinter der Brücke stoppte er, wischte sich mit dem Handrücken den Schweiß von der Oberlippe und stieß geräuschvoll die Luft aus.

Er stand am Fuße einer bewaldeten Anhöhe. Die Straße führte zwischen uralten Eichen weiter bergauf. Der Passat brummte leise vor sich hin. Plötzlich stockte der Motor, als habe er sich verschluckt, schnurrte dann weiter. Eine neue Meldung erschien auf dem Display: KÜHLFLÜSSIGKEIT NACHFÜLLEN.

»Na toll«, murmelte Elias. »Passt ja hervorragend.«

NO SERVICE, verkündete das Display des Handys, während das Navigationsgerät noch immer stoisch darauf beharrte, dass die STRASSE NICHT ERFASST sei.

Ich hab mich geirrt, dachte er mit einem freudlosen Lächeln. Vorhin habe ich Martha gesagt, ich wäre mitten in der Pampa. Aber da war ich noch nicht angekommen. Ich bin unterwegs dorthin, und ich wette, diese Straße endet direkt im Nirgendwo.

Kurz spielte Elias mit dem Gedanken, einfach umzukehren. Was, überlegte er, brachte der Besuch bei einem alten, wahrscheinlich senilen Greis, von dem er über fünfunddreißig Jahre lang nichts gehört hatte? Nichts, absolut nichts. Großvater hin oder her, Elias war diesem Menschen nichts schuldig. Er legte den Rückwärtsgang ein, doch dann fiel ihm Martha ein, sie würde Fragen stellen, und lauwarme Ausreden *(ich hatte 'ne Panne, dieses verdammte Auto hat doch tatsächlich den Geist aufgegeben)* würde sie kaum akzeptieren.

Das war die eine Sache. Doch es gab nicht nur Elias, den treuen Ehemann, der seine Frau nicht belügen wollte (was ihm auch schwerlich gelungen wäre). Es gab auch den anderen, E. W. Haack, einen Mann, der auf der Suche nach einer Geschichte war, einer *guten* Geschichte, ohne Zombies, ohne Werwölfe. Einer Geschichte, die aus dem Dienstleister einen Schriftsteller machen würde.

Also setzte er seinen Weg fort, getrieben von einer diffusen Mischung aus Neugier und Pflichtgefühl. Die Kronen der Eichen wölbten sich über der rissigen Fahrbahn wie eine Tunneldecke, die Sonne schien schräg durch die knorrigen Äste. Insekten tanzten in den gleißenden Lichtstrahlen. Als er die Hügelkuppe erreichte, endete der Wald. Die Straße führte in einem Bogen zwischen Weizenfeldern bergab zu dem winzigen Dorf, das zwei Kilometer entfernt malerisch in einer Senke lag. Ein Dutzend Häuser reihte sich links und rechts der Straße, in der Mitte ragte der Turm einer kleinen Kirche in den wolkenlosen Himmel. Auf der anderen Seite des Tals stieg das Gelände wieder an, auf halber Höhe einer langgestreckten Hügelkette blitzte die verglaste Kuppel eines Spaßbades zwischen den Baumkronen. Auf der Kuppe standen drei einsame Windräder starr in der flimmernden Luft, daneben thronte die Ruine eines verfallenen Backsteinbaus.

Der Passat rollte durch die wogenden Felder bergab. Ein gelbes Schild tauchte auf. VOLKOW, 2 KM war dort zu lesen, darunter ein weiteres: ACHTUNG, STRASSE ENDET IN 5 KM! KEINE WENDEMÖGLICHKEIT FÜR LKW.

Eine absurde Warnung, überlegte Elias kopfschüttelnd. Die Straße bildete den einzigen Zugang zum Dorf, es war kaum vorstellbar, dass ein Lkw bis hierher kommen würde. Selbst mit dem Passat hatte er Schwierigkeiten gehabt, die Durchfahrt unter der baufälligen Brücke zu passieren.

Ein Klatschen ertönte, ein Insekt prallte gegen die Windschutzscheibe. Elias schaltete die Wischer ein, und während das Gummi die schmierigen Überreste quietschend auf der Scheibe verteilte, fiel ihm wieder ein, dass er mit leeren Händen bei seinem Großvater erscheinen würde, doch das ließ sich jetzt nicht mehr ändern. Abgesehen davon hatte er nicht die geringste Ahnung, worüber der alte Mann sich freuen würde, er kannte weder seine Interessen noch …

Ein Knall. Der Passat scherte aus. Elias riss das Steuer herum, versuchte verzweifelt, den Wagen auf der Straße zu halten, doch der Passat schoss wie ein bockiges Nilpferd zur Seite, flog über die Böschung, prallte frontal gegen einen mannshohen Findling. Metall kreischte, der Motor heulte auf, und E. W. Haack, vor kurzem noch vollmundig als aufgehender Stern am Himmel der Fantasyliteratur angekündigt, sackte leblos über dem Lenkrad zusammen.

## KAPITEL 2

– *Weißer Passat, ziemlich neu. Fahrer ist männlich. Allein, soweit ich's erkennen kann.*
– *Wo bist du?*
– *Auf meinem Posten, wo sonst?*
– *Ich verstehe dich kaum.*

– *Seit Wochen quatsche ich mir den Mund fusselig, dass wir neue Funkgeräte brauchen. Aber auf mich hört ja keiner.*
– *Ist er tot?*
– *Schwer zu sagen. Das Auto ist ziemlich hinüber.*
– *Behalt ihn im Auge.*

---

Der alte Mann saß auf der Veranda eines zweistöckigen Einfamilienhauses an einem festlich gedeckten Kaffeetisch im Schatten einer Markise. Sein Kopf war in die Lehne eines weißen Plastikstuhls gesunken. Fast hätte man meinen können, er schliefe, doch der Eindruck täuschte. Die Augen unter den buschigen schlohweißen Brauen waren einen Spalt geöffnet, betrachteten den winzigen Garten auf der Rückseite des Hauses. Mannshohe Buchsbaumhecken flankierten ein frisch gemähtes Rasenstück, ein Plattenweg führte zu einem kleinen Geräteschuppen. Auf einer Leine hing eine geblümte Tischdecke in der Sonne. Bienen surrten im Schatten eines knorrigen Apfelbaums. Die Verandatür hinter ihm stand offen, aus der Küche drang das Klappern von Geschirr, unterlegt mit dem undeutlichen Plärren eines Kofferradios.

»Betty!«

Die Stimme des Alten war kräftig, ein tiefer, sonorer Bass.

»Ja?«

Die bunten Bänder eines Fliegenfängers flatterten, der Kopf einer untersetzten Frau erschien in der Verandatür. Ihr volles, gutmütiges Gesicht wurde von einer kastanienfarbenen, frisch frisierten Dauerwelle gerahmt.

»Was ist, Wilhelm?«

»Da fehlt ein Gedeck.«

»Wieso?« Die Frau kam auf die Veranda, trocknete die

Hände an einem karierten Geschirrtuch und betrachtete stirnrunzelnd den Tisch. Sie trug einen knielangen Rock und eine weiße Bluse, eine rosafarbene Nylonschürze spannte über dem mächtigen Busen. »Du hast sechs Gäste eingeladen, mich eingerechnet. Also ist alles in Ordnung, ich ...«

»Es sind sieben«, unterbrach der Alte sie unwirsch.

Die Frau hob fragend die Brauen. Als keine weitere Erklärung erfolgte, seufzte sie leise, trat hinter den Alten und massierte ihm sanft die Schultern.

»Wie du meinst.« Sie hob den Kopf, sah aus zusammengekniffenen Augen in die gleißende Sonne. »Diese Hitze«, murmelte sie, »ist kaum auszuhalten. Du solltest was trinken, Wilhelm. Ich hab Eistee gemacht.«

»Ich will nichts.«

Das Fauchen einer Kaffeemaschine drang aus dem Haus.

»Na gut«, lächelte die Frau, »ich hole noch ein Gedeck.«

Sie wandte sich dem Tisch zu, strich die weiße Leinendecke glatt, rückte die Blumenvase zurecht.

»Wie spät ist es?«, fragte der Alte, den Blick noch immer in den Garten gerichtet. Das Grundstück wurde von einem hölzernen Zaun begrenzt, eine Reihe Sonnenblumen reckte die schweren Köpfe in den Himmel. Weiter hinten wogte ein Getreidefeld in der Sonne. Die Augen des alten Mannes folgten der niedrigen Hügelkette, den erstarrten Windrädern am flirrenden Horizont.

»Kurz vor drei«, sagte die Frau.

»Dann«, murmelte der Alte, »müsste er bald hier sein.«

Ein dumpfer, entfernter Knall erscholl, hallte über die Ebene und verklang. Die Frau hob den sorgfältig frisierten Kopf, lauschte kurz und verschwand achselzuckend im Haus.

---

– *Er kommt zu sich.*
– *Beschreibung?*
– *Um die vierzig. Graue Haare, langer Zopf. Hält sich wahrscheinlich für 'nen Künstler. Ziemliche Wampe, wie's aussieht. Soll ich …*
– *Nein. Räum alles weg. Und lass dich bloß nicht erwischen.*

---

Das Erste, was er sah, war ein gezackter Riss, der sich diagonal durch sein Blickfeld zog. Dahinter erkannte er die verschwommenen Umrisse eines Felsbrockens, flankiert von dornigem Gebüsch. Der beißende Gestank von heißem Metall und verbranntem Plastik brannte in seiner Nase. Mit zitternden Fingern versuchte Elias, den Sicherheitsgurt zu lösen, es gelang ihm erst beim dritten Versuch. Die Tür klemmte, er warf sich mit der Schulter dagegen, einmal, zweimal, dann sprang sie auf. Er fiel aus dem Wagen, landete auf den Knien und stützte sich mit den Händen im Dreck ab. Keuchend hockte er neben dem Passat. Sein Zopf hatte sich gelöst, das Haar pendelte in langen grauen Strähnen vor seinem bleichen Gesicht. Ein paar Sekunden vergingen. Das Blut rauschte in seinem Schädel, er lauschte dem Rasseln seines Atems, dem Knacken des Motors, hob plötzlich den Kopf. Da war noch etwas. Schritte.

»Hallo?«

Mühsam richtete er sich auf, stützte sich auf dem Wagendach ab und schüttelte den Kopf wie ein angezählter Boxer. Der Passat stand schräg in der Böschung, die Hinterräder auf der Fahrbahn, die Schnauze gegen den Findling gepresst. Elias spürte das heiße Metall unter den Handflächen, blinzelte.

»Hallo?«

Ja, irgendwo hinter ihm. Rascheln von Kleidung, weitere

Schritte. Kurz, schnell, unterlegt mit einem leisen Quietschen. Die Gummisohlen von Turnschuhen wahrscheinlich. Er sah sich um.

Nichts. Nur die Straße, auf der anderen Seite das Getreidefeld. Eine Staubwolke hing über den goldfarbenen Halmen, viel Zeit konnte also nicht vergangen sein, höchstens eine Minute.

Ein Lichtstrahl blitzte auf, er schloss die Augen, als sich die Sonne im Reflektor eines schwarzweißen Begrenzungspfahls spiegelte. Nein, da war niemand. Die Schritte, sie waren Einbildung gewesen. Kein Wunder, er stand unter Schock.

Elias tastete die Stirn ab, sog zischend die Luft ein, als seine Finger die Beule über dem linken Auge berührten. Wahrscheinlich war er mit dem Kopf gegen die Windschutzscheibe geprallt, vielleicht auch an die verdammte Sonnenblende. Ansonsten war er mit dem Schrecken davongekommen, abgesehen von einer harmlosen Schürfwunde am Hals, wo sich der Sicherheitsgurt in die Haut gegraben hatte.

Alles gut also, bis auf den rasenden Durst. Als er sich in den Wagen beugte, um die Wasserflasche zu holen, wurde ihm kurz schwarz vor Augen. Er atmete tief durch, tastete nach der Flasche und fand sie auf der Fußmatte. Schwerfällig kroch er wieder ins Freie, trank in tiefen, gierigen Zügen. Das Hemd klebte schweißdurchnässt auf seiner Haut, die Finger flatterten noch immer, doch sein Herzschlag beruhigte sich allmählich.

Und jetzt?

Der Wagen, so viel schien klar, war hinüber. Eine Dampfwolke quoll leise zischend unter der zerknautschten Motorhaube hervor, der linke Vorderreifen war platt. Elias ging ächzend in die Knie, sah das Öl, das aus der Wanne tropfte, und stellte fest, dass auch der rechte Vorderreifen kaputt war. Schwankend richtete er sich wieder auf, strich das Haar aus dem Gesicht und straffte den dünnen Zopf im Nacken. Er stutzte, als sein Blick auf den linken Hinterreifen fiel.

Was bin ich doch für ein Glückspilz, dachte er. Drei platte Reifen auf einmal.

Er trat auf die Fahrbahn. Rechts von ihm führte die Straße hinunter zum Dorf, er sah das Ortsschild, nur ein paar hundert Meter entfernt. Die ersten Häuser duckten sich in der Hitze, weiter hinten erhob sich der Kirchturm, undeutlich flimmernd wie eine Fata Morgana. Hundegebell wehte herüber, dem tiefen, heiseren Klang nach zu urteilen war das Tier ziemlich groß.

Elias sah in die Gegenrichtung, folgte der Straße, die irgendwo weiter oben im dichten Wald verschwand. Er überschlug die Entfernung im Kopf. Bis zur Brücke waren es anderthalb, wenn nicht zwei Stunden Fußmarsch, danach würde er mindestens eine weitere Stunde brauchen, bis er die Landstraße erreichte. Bei dieser Hitze eine unangenehme Vorstellung, doch irgendwie war der Gedanke verlockend, und wenn dieser vermaledeite Unfall oben im Wald passiert wäre, hätte Elias ihn wohl in die Tat umgesetzt. Er hätte seinem Großvater eine Postkarte geschickt *(Tut mir leid, dass ich nicht kommen konnte, ich hatte unterwegs eine Autopanne. Trotzdem alles Gute zum Geburtstag, wir sehen uns bestimmt bald)*. Selbst Martha hätte ihm keinen Vorwurf machen können, doch jetzt, ein paar hundert Meter vor dem Ziel, würde ihm niemand diese Ausrede abnehmen. Leider.

Immerhin, dachte er, kann ich behaupten, dass das Geschenk im Auto kaputtgegangen ist. Besser als nichts.

Etwas glitzerte vor ihm auf der Fahrbahn. Elias ging darauf zu, steckte im Laufen das Hemd in die Jeans, zog den Gürtel enger. Als er sich kurz darauf bückte, war ihm der Schweiß erneut aus allen Poren ausgebrochen, obwohl er höchstens zwanzig Meter zurückgelegt hatte.

»Komisch«, murmelte er und drehte das seltsame Gebilde in den Fingern. Vier Nägel, die mit den Spitzen nach außen aneinandergeschweißt waren und eine ungefähr zehn Zentimeter hohe Pyramide bildeten.

»Ein Krähenfuß.«

Gesehen hatte Elias diese Dinger noch nie, doch er hatte darüber gelesen. Egal, wie man sie zu Boden warf, eine der Spitzen zeigte immer nach oben. So etwas wurde für Straßensperren benutzt.

Er richtete sich auf, sein rechtes Knie reagierte mit einem mürrischen Knacken. Stirnrunzelnd betrachtete er erst den Passat, dessen unversehrtes, verstaubtes Heck zwei Dutzend Meter entfernt auf die Fahrbahn ragte, dann das stählerne Ding in seiner Hand. Prüfend wanderte sein Blick über den Asphalt, doch abgesehen von einer verblassten Ölspur und ein paar Schottersteinen war nichts weiter zu entdecken.

Elias streckte den Rücken durch, lief steifbeinig auf das Dorf zu. Nach ein paar Metern warf er das Ding in den Straßengraben, und als er das Ortsschild passierte, hatte er es vergessen.

---

– *Er geht runter ins Dorf.*
– *Ich sehe ihn.*
– *Ich denke, wir ...*
– *Überlass das Denken den anderen.*
– *Idiot.*
– *Bleib einfach auf deinem Posten. Ich melde mich.*

---

Der kleine Garten füllte sich allmählich. Der alte Mann saß an der Stirnseite der gedeckten Tafel, während Betty, die Frau in der Nylonschürze, geschäftig umherlief und den Gästen die Plätze zuwies. Rechts neben dem Alten hockte ein junger Mann mit schütterem roten Haar, der trotz der Hitze einen schwarzen Anzug trug. Ihm gegenüber starrte ein mageres Mädchen mit pinkfarbener Igelfrisur gelangweilt auf ein Handy. Neben ihr schnarchte ein zerbrechlich wirkender Greis in einem Rollstuhl. Ein Mann in dreiviertellangen karierten Shorts war damit beschäftigt, eine Girlande unter der Markise zu befestigen. Unter dem Apfelbaum beugte sich ein bärtiger Hüne in schweißdurchtränktem Hemd über einen chromblitzenden Gasgrill. Gedämpftes Stimmengewirr hallte über den gepflegten Rasen, Porzellan klapperte.

Betty, die offensichtlich die Organisation der Feier übernommen hatte, verschwand im Haus, kehrte mit einer Dose Sprühsahne zurück und stellte sie zwischen den Kuchenplatten auf den Tisch. Sie schien ihre Aufgabe sehr ernst zu nehmen, ihr Gesicht war vor Anstrengung und Hitze gerötet.

»So, Wilhelm.« Sie deutete auf einen niedrigen Klapptisch, auf dem sie ein paar Blumensträuße und ein halbes Dutzend buntverpackter Pakete abgestellt hatte. »Jetzt machst du deine Geschenke auf, und danach hole ich den Kaffee.«

Lächelnd machte sie Anstalten, ihre Schürze abzubinden, doch der Alte schüttelte den Kopf.

»Nein«, sagte er. »Wir warten.«

»Stimmt was nicht?« Betty blinzelte verwirrt.

Das gedämpfte Läuten der Hausklingel drang auf die Veranda.

»Mach die Tür auf«, befahl der Alte. »Und bring den Kaffee mit, wenn du wiederkommst. *Jetzt* können wir anfangen.«

»Mein Wagen«, schloss Elias, »ist wahrscheinlich hinüber.« Er wandte sich mit einem entschuldigenden Lächeln an seinen Großvater. »Tut mir leid, dass ich mich verspätet habe. Trotzdem alles Gute zum Geburtstag.«

Der Alte musterte ihn schweigend.

Elias nippte verlegen an seinem Kaffee. Er fühlte sich unwirklich. Irgendwie ... neben der Spur. Ja, das traf es gut. Als würde er ein paar Meter abseits stehen und zusehen, wie er da saß, mit all diesen wildfremden Leuten an einem Kaffeetisch unter einer zerschlissenen Markise.

»Und Ihnen ist wirklich nichts passiert?«, fragte die Frau, die sich als Betty vorgestellt hatte. Sie war seinem Bericht gespannt gefolgt, und jetzt, da sie ihm gegenübersaß, sah sie ihn aus großen haselnussbraunen Augen besorgt an.

»Eine Beule am Kopf und ein Riss im Hosenbein, mehr nicht. Den Kratzer kann ich verschmerzen, und die Hose ist sowieso ziemlich alt.«

Elias bedachte die Runde mit einem schiefen Lächeln, obwohl ihm nicht im Geringsten danach zumute war. Er hatte keine Schwierigkeiten gehabt, das Haus zu finden (kein Wunder, es gab ja nur ein paar), und als er die Dorfstraße entlanglief, war ihm mit Ausnahme einer gebeugten alten Frau in schwarzem Kleid und einer zerzausten Katze niemand begegnet. Auch das, dachte er, war nicht weiter verwunderlich, schließlich schien sich ein Großteil der Dorfbewohner hier hinter dem Haus versammelt zu haben.

Der schmächtige Kerl in den halblangen Shorts an Bettys Seite war Jonas, ihr Mann. Jessi, die Tochter der beiden, hatte ihm zur Begrüßung kurz zugenickt, seitdem war sie mit ihrem Handy beschäftigt. Der schlaksige junge Mann im Anzug, der sich gerade etwas Sahne auf den Teller sprühte, war ihm als Pastor Geralf vorgestellt worden. Der Name des Greises, der am anderen Tischende in einem Rollstuhl schnarchte, war Timur Gretsch. Jemand hatte ihm trotz der Hitze eine Wolldecke über den Schoß gebreitet. Sein Kinn war auf die eingefallene Brust gesunken, auf seiner linken Wange prangte ein himbeerfarbenes Muttermal.

»Mein Wagen müsste in die Werkstatt.« Elias stellte die Kaffeetasse ab, seine Finger zitterten ein wenig. »Vielleicht sollte ich …«

»Darum kümmert sich Arne«, unterbrach der Alte.

Arne, erinnerte sich Elias, war der kräftige Kerl mit dem schwarzen Vollbart, der vorhin am Grill gestanden hatte und jetzt schräg gegenüber neben dem Pastor saß.

»Geht klar«, nickte Arne kauend und stopfte sich ein riesiges Tortenstück in den Mund.

Elias musterte seinen Großvater aus den Augenwinkeln. Stumm, den Rücken gestreckt, saß der Alte an der Stirnseite. Betty hatte ihm ein Stück Quarkkuchen auf den Teller gelegt. Er hatte ihn nicht angerührt, nippte nur ab und zu an seinem Kaffee. Im Gegensatz zu Elias waren seine Finger ruhig.

Das, dachte Elias, ist also mein Großvater. Ich habe keine Ahnung, wer dieser Mensch ist, aber eines weiß ich. Er ist hier definitiv der Chef.

Kauend beugten sich die Versammelten über ihre Teller. Geschirr klapperte, Fliegen schwirrten über der gedeckten Tafel. Elias rutschte unbehaglich auf seinem Plastikstuhl hin und her, der Kuchen (Buttercremetorte, hatte Betty stolz erklärt, selbstgebacken) klebte wie Mörtel im Mund. Elias hatte furchtbaren Durst, sehnte sich nach einem kalten Bier, doch er wagte nicht, danach zu fragen.

»Wir wussten ja, dass Wilhelm einen Enkel hat«, sagte Betty.

»Was wir *nicht* wussten«, sie tätschelte die knotigen Finger des Alten, zwinkerte Elias zu, »dass Sie uns heute besuchen. Die Überraschung ist Ihnen gelungen.«

Elias' Erwiderung bestand aus einem matten Lächeln.

Sein Kopf dröhnte, das Blut pochte hinter der Beule. Er fühlte sich schwindelig, gefangen in einer seltsamen Welt, und der Gedanke, dass er vor ein paar Stunden noch mit Martha auf der Terrasse ihrer Dachwohnung gesessen hatte, die Zeitung in der einen, den morgendlichen Milchkaffee in der anderen Hand, war regelrecht absurd. Tage, wenn nicht Wochen, schienen seitdem vergangen zu sein.

»Darf man fragen«, der rothaarige Pastor tupfte die Mundwinkel mit einer Serviette ab, »was Sie beruflich machen?«

»Er ist Schriftsteller.«

Elias, der bereits den Mund geöffnet hatte, sah seinen Großvater verblüfft an. Dass ihn der Alte nach Jahrzehnten des Schweigens zu seinem Geburtstag einlud, war die eine Sache. Dass er offensichtlich Erkundigungen über ihn eingezogen hatte, war etwas anderes.

»Wirklich?« Bettys Augen weiteten sich. »Sie schreiben *Bücher*?«

Auch die anderen horchten auf. Selbst die Kleine mit dem pinkfarbenen Strubbelkopf sah von ihrem Handy auf.

»Na ja«, wehrte Elias bescheiden ab, »ich versuch's zumindest.«

Er hieb die Gabel in seine Torte und steckte sich ein großes Stück in den Mund. Elias wusste, was jetzt unweigerlich folgen musste, schließlich hatte er diese Gespräche oft genug geführt. Nach einer Lesung zum Beispiel oder wenn er – was glücklicherweise nicht oft vorkam –, auf der Straße erkannt wurde. Er kannte die Fragen (*Was genau schreiben Sie denn? Wie kommen Sie auf die Ideen? Wie lange braucht man denn für so ein Buch?*), und seine Antworten *(Ich schreibe über alles, Hauptsache, es ist nicht langweilig. Man muss Geduld haben, dann kommen die Ideen. Ein Buch ist dann fertig, wenn ich zufrieden bin.)* waren im Laufe der Jahre zur Routine geworden. Freundliche Nichtigkeiten, vorgetragen in einer sorgfältig abgewogenen Mischung aus Bescheidenheit, Selbstironie und Eloquenz. Früher hatte er diese Gespräche als anstrengend empfunden, doch mittlerweile betrachtete er sie als Teil seines Jobs, und tief in seinem Herzen genoss er die Aufmerksamkeit, fühlte sich gegen seinen Willen geschmeichelt, obwohl er es seiner Meinung nach nicht verdient hatte.

Schweiß perlte auf seiner Stirn. Ihm war noch immer schwindelig, sogar ein wenig übel. Der Kuchen klebte zwischen Zunge und Gaumen, er nippte an seinem Kaffee, um die breiige Masse herunterzuwürgen, doch die Tasse war leer.

Die Frau gegenüber fragte etwas. Er verstand nicht, was sie sagte.

Das waren nette Leute, dachte Elias, einfach gestrickt, aber nett. Ein bisschen würde er noch mit ihnen reden, danach musste er noch ein kurzes Gespräch mit seinem Großvater führen, sich die Telefonnummer geben lassen und versprechen, von nun an regelmäßig anzurufen. Wenn das geschafft war, würde er ein Taxi rufen und wieder verschwinden.

Betty wiederholte die Frage. E. W. Haack setzte sein breites Schriftstellerlächeln auf, öffnete den Mund, schluckte, spürte, wie etwas in seinem Magen explodierte und registrierte verwundert, dass sich anstelle einer unverbindlichen Plattitüde ein Schwall lauwarmen Kaffees und halb verdauter Buttercremetorte über den Tisch ergoss. Das Letzte, was er bewusst wahrnahm, waren die entsetzt geweiteten Augen der Frau gegenüber.

Das, dachte Elias noch, war extrem unhöflich, man bricht

einem wildfremden Menschen nicht einfach so ins Gesicht. Ich hab ihr die schöne Bluse versaut.

Dann verschwanden die Farben, und die Welt wurde schwarz.

---

– *Der Kerl ist sein Enkel.*
– *Scheiße. Was will der hier?*
– *Der Alte hat ihn eingeladen.*
– *Warum?*
– *Das werden wir bald wissen.*

## KAPITEL 3

Als er zu sich kam, hatte er keine Ahnung, wo er war. Er lag auf einem Sofa, jemand hatte ihn mit einer Wolldecke zugedeckt. Die Gardinen vor den winzigen Fenstern waren geschlossen, im Halbdunkel erkannte er ein enges, mit dunklen Möbeln vollgestelltes Wohnzimmer. Schräg über ihm hing ein altmodischer dreiarmiger Leuchter von der niedrigen Decke. Die Luft war stickig, roch nach Staub, altem Holz und den Ausdünstungen schwerer Stoffe. In einer Ecke tickte eine große Standuhr.

»Du hast eine Gehirnerschütterung.«

Sein Großvater saß mit übereinandergeschlagenen Beinen in einem geschwungenen Ohrensessel. Das Gesicht lag im Schatten, diffuses Licht flimmerte um seinen kantigen Kopf. Das weiße, raspelkurz geschnittene Haar war immer noch voll.

»Ich habe Doktor Stahl kommen lassen«, fuhr der Alte fort. »Er wohnt schräg gegenüber, neben der Kirche. Er hat dich untersucht. Kein Grund zur Sorge, es ist nur eine leichte Erschütterung. Morgen früh bist du wieder auf dem Damm.«

Elias richtete sich auf, sank mit verzerrtem Gesicht zurück. Der gestärkte Bezug eines Kopfkissens knisterte in seinem Rücken. Er hatte rasende Kopfschmerzen, im Rachen brannte der säuerliche Geschmack von Erbrochenem.

»Wie lange«, krächzte er, »war ich …«

»Ein paar Stunden. Ich habe die anderen nach Hause geschickt. Mir ist klar, dass du längst daheim sein wolltest, aber ich fürchte, du wirst die Nacht bei mir verbringen müssen, Elias.«

Der Alte erhob sich, schob die Gardinen zur Seite. Goldfarbenes Abendlicht strömte durch die Fenster, Staubflocken tanzten in den schräg hereinfallenden Strahlen.

»Trink von dem Tee.« Er deutete auf den runden Couchtisch neben dem Sofa. Auf einem Spitzendeckchen stand eine Porzellantasse, daneben lagen zwei Tabletten. »Und nimm das Aspirin, das wird helfen.«

Elias hatte Schwierigkeiten, die Tabletten hinunterzuwürgen. Der Kräutertee war lauwarm, ungezuckert, aber er tat gut. Erleichtert sank er zurück auf das Kissen.

»Ich …« Er schirmte die Augen mit dem Unterarm ab. »Es tut mir leid, ich hab dir den Geburtstag versaut.«

»Es muss dir nicht peinlich sein.« Die tiefe Stimme des Alten hallte durch das stickige Zimmer. »Du hast eine ziemliche Sauerei angerichtet, aber Betty hat's mit Fassung getragen. Sie war früher Krankenschwester, ist also einiges gewohnt.«

Jetzt, fuhr der alte Mann fort, führte sie ihm den Haushalt.

»Ich sollte mich bei ihr entschuldigen«, murmelte Elias.

»Schenk ihr eins von deinen Büchern. Ich glaube nicht, dass sie es lesen wird. Betty ist eher einfach gestrickt, allenfalls würde sie einen Liebesroman lesen. Aber sie freut sich bestimmt, da bin ich sicher. Ich selbst finde deine Bücher übrigens gar nicht so übel. Obwohl mir die Aufmachung ein wenig zu reißerisch ist.«

Elias hob den Kopf. »Du hast sie ...«

»Selbstverständlich habe ich sie gelesen.« Der Alte deutete auf ein Bücherregal neben der Standuhr. »Alle neun.«

Tatsächlich. Da standen sie, aufgereiht nach dem Erscheinungsdatum, zwischen verstaubten Wälzern und dicken Bildbänden.

»Es klingt vielleicht unpassend«, sagte der Alte. »Doch dein Unfall hatte auch etwas Gutes. Wir können in Ruhe reden. Ich habe dir einiges zu erzählen, und ich denke, ich bin dir ein paar Erklärungen schuldig.«

Stimmt, dachte Elias. Ich bin allerdings nicht sicher, ob ich sie hören will.

---

– *Wo bist du?*
– *Posten drei, an der Nordflanke des Hügels. Hundert Meter oberhalb der Straße zum Schwimmbad, wo ...*
– *Ich weiß, wo Posten drei ist. Kannst du was sehen?*
– *Nur die Rückseite und den Garten. Der Alte war vorhin in der Küche, hat Tee gekocht. Jetzt sind die beiden vorn im Wohnzimmer, zur Straße hin. Keine Chance, was zu sehen. Da nutzt das beste Fernglas nichts. Aber ich denke, der Typ ist wach.*
– *Das heißt, die reden miteinander.*
– *Fragt sich, worüber.*
– *Das ist nicht gut. Überhaupt nicht gut.*

---

Der Alte hatte wieder im Ohrensessel Platz genommen. Trotz der Wärme hatte er eine dünne Strickjacke mit Lederflicken an den Ärmeln über das weiße Hemd gestreift.

Dieser Mensch war ein Fremder für Elias, und das würde er bleiben. Ein Mann, der deutlich jünger wirkte, als er tatsächlich war, mit geraden Schultern, klarem Blick und einem Verstand, der auch nach neunzig Jahren noch messerscharf zu sein schien.

»Du fragst dich bestimmt, warum ich dich nicht zu mir geholt habe. Damals, nachdem deine Mutter gestorben ist.«

Nun, diese Frage stellte sich Elias seit Jahrzehnten nicht mehr. Er wusste so gut wie nichts über seine Eltern. Nur dass sein Vater sich vor seiner Geburt aus dem Staub gemacht hatte. Als seine Mutter starb, war er vier Jahre alt gewesen, er hatte nicht die geringste Erinnerung an diese Frau. Elias war im Heim aufgewachsen, seine Kindheit war also weder geborgen noch sonderlich liebevoll gewesen, doch er war nie geschlagen worden. Das, was man *Familie* nannte, hatte er nie kennengelernt und somit auch nicht vermisst. Die Postkarten, die ihm sein Großvater an seinen Geburtstagen und zu Weihnachten schickte, hatten ihm nie viel bedeutet.

»Du siehst ihr sehr ähnlich.«

Die Stimme des Alten riss Elias aus seinen Gedanken.

»Wem?«

»Deiner Mutter. Du hast ihre Augen. Und dein Haar hat dieselbe Farbe. Obwohl du es meiner Meinung nach schneiden solltest, aber das ist natürlich deine Sache.«

Elias antwortete nicht. Die Kopfschmerzen ließen allmählich nach, verklangen zu einem dumpfen Pochen hinter den Schläfen. Die Standuhr tickte vor sich hin, über ihm schwirrten drei Fliegen unter den geschwungenen Armen des Deckenleuchters.

»Ich habe meine Tochter geliebt«, sagte der Alte. »Esther wollte, dass ich dich nach ihrem Tod zu mir nehme, aber ...«

»Woher«, unterbrach Elias, »weißt du das?«

Der alte Mann schwieg einen Moment.

»Deine Mutter war krank«, sagte er dann. »Heutzutage gibt es Medikamente, aber vor vierzig Jahren konnte niemand mit dieser Krankheit umgehen. Man hielt sie für verrückt. Doch das war sie nicht.« Er schüttelte bedächtig den Kopf. »Esther war depressiv.«

»Ich will das nicht hören.«

»Ich wusste nicht, wie ich ihr helfen soll. Niemand im Dorf wusste es. Alle haben geahnt, wie es enden würde, und als ...«

»Ich will das nicht hören!«

Elias richtete sich auf. Die Wolldecke glitt zu Boden, erneut explodierten die Schmerzen in seinem Kopf. Er achtete nicht darauf.

»Das musst du«, sagte der Alte ruhig.

Ihre Blicke trafen sich. Elias starrte in die grauen Augen seines Großvaters. Ein Grau, das er kannte, ebenso wie die winzigen gelben Flecken um die Pupillen. Ja, er kannte diese Augen, schließlich sah er sie jedes Mal, wenn er in den Spiegel blickte.

»Der Apfelbaum, draußen im Garten.« Der Alte deutete zum Fenster. »Dort habe ich sie gefunden. Sie hat sich erhängt.«

Die Standuhr erwachte zum Leben. Glockenschläge hallten durch das Zimmer, dröhnend wie Kanonendonner. Elias kannte diesen Klang, er hatte ihn schon gehört, vor dreieinhalb Jahrzehnten, da hatte er genau hier gelegen, hier auf dem Sofa, und auch damals hatte er sich ...

*... erschrocken. Elias hat geschlafen, die Uhr dröhnt so laut, dass es in den Ohren klingelt. Opa Wilhelm sitzt vor ihm, sieht ihn ernst an. Elias' Kopf tut weh. Er hat geweint, als er hier auf dem Sofa eingeschlafen ist, und jetzt, da er wach ist, kribbeln die Tränen wieder in der Nase.*
  *Ich will zu Mama, schnieft er.*
  *Das geht nicht, sagt Opa Wilhelm. Sie ist weg.*
  *Elias weint. Opa Wilhelm mag nicht, wenn Elias weint, aber er kann nicht anders, er will zu seiner Mama, sie soll ihn trösten, aber ...*

---

»Leg dich wieder hin.«
  Elias reagierte nicht. Die Erinnerung war urplötzlich aufgetaucht, ein Blitzstrahl, der sofort wieder verloschen war und außer Dunkelheit und einer leichten Übelkeit nichts hinterlassen hatte.
  Der Alte stand auf. Als er näher kam, knarrten die Dielen unter seinen Filzpantoffeln. Er fasste Elias an den Schultern, drückte ihn sanft, aber bestimmt wieder in das Kissen, klaubte die Decke vom Boden und breitete sie über Elias aus.
  »Depressionen sind erblich. Ich selbst bin nicht davon betroffen.« Er beugte sich über Elias, musterte ihn mit ernstem, prüfendem Blick. »Du ebenfalls nicht.«
  Elias roch seinen Atem. Pfefferminz, gleichzeitig ein wenig säuerlich. Und das Rasierwasser des Alten, *Old Spice*, der Duft einer sterbenden Generation. Ein Geruch, den er seit Jahrzehnten nicht mehr wahrgenommen hatte, schon damals hatte er diesen Geruch nicht gemocht. Er ...

---

*… macht ihm Angst. Opa Wilhelm hat Elias noch nie geschlagen, und er schimpft auch nicht. Aber manchmal sagt er Sachen, die Elias nicht versteht. Das macht er nur, wenn Mama nicht dabei ist, weil Mama nicht will, dass Opa Wilhelm so mit ihm redet, er …*

---

»Nun zu der anderen Sache.« Der Alte richtete sich auf, nahm wieder Platz. Die Federn des zerschlissenen Ohrensessels ächzten unter seinem Gewicht. »Die Frage, warum ich dich nicht aufgezogen habe.«

Er sah auf seine Hände. Große, gepflegte Hände, mit Altersflecken bedeckt. Weiße Härchen sprossen auf den Handrücken, die Finger waren knotig, doch noch immer beweglich. Ein auffälliger Goldring blitzte auf, besetzt mit einem grünen, fünfeckigen Stein, der von winzigen Diamanten flankiert war.

»Ich nehme an, du hast die Ruine gesehen.« Wilhelm wies mit dem Kinn zum Fenster. »Oben auf den Hügeln, neben den Windrädern. Früher war dort ein russisches Militärgefängnis. Ich war sechzehn, als ich dort eingesperrt war. Es war kurz vor Kriegsende, ich war nahe am Verhungern. Sie haben mich erwischt, als ich ein Stück Brot klauen wollte. Ich will dich nicht mit Einzelheiten langweilen, aber dort draußen«, ein weiterer Blick zum Fenster, »habe ich eine Entscheidung getroffen, vor über siebzig Jahren. Willst du noch eine Tablette? Du siehst blass aus.«

»Nein.«

»Gut.« Der Alte sammelte sich kurz und fuhr dann fort: »Irgendwann im Leben muss man sich entscheiden. Auf welcher Seite man steht. Ob man Befehle gibt oder sie ausführt.

Ich habe mich damals für Ersteres entschieden. Das bedeutet, Dinge zu tun, die anderen weh tun und möglicherweise schwerverständlich erscheinen. Aber wenn man sie im Nachhinein betrachtet, ergeben sie einen Sinn. Verstehst du das?«

»Nein.«

Das stimmte.

»Damals habe ich mir geschworen, nie wieder Hunger zu leiden. Über vierzig Jahre war ich Bürgermeister in diesem Dorf, aber vor allem war ich Geschäftsmann. Ich musste mich auf meine Arbeit konzentrieren. Ein Geschäftsmann«, der Alte hob den Kopf, »darf sich nicht ablenken lassen. Von niemandem.«

»Auch nicht von seiner kranken Tochter«, murmelte Elias. »Oder seinem vierjährigen Enkel.«

»Richtig«, nickte der alte Mann ernst. Ihm war nicht anzumerken, ob er den Sarkasmus in Elias' Stimme erkannt hatte. Wenn ja, überhörte er ihn. Er richtete sich auf, hob die Hand.

»Spürst du das?«

Elias runzelte verständnislos die Stirn, während sein Großvater ihn erwartungsvoll ansah. Ein paar Sekunden vergingen, dann bemerkte er es. Ein leichtes, kaum wahrnehmbares Vibrieren, unterlegt mit einem tiefen Brummen. Es klang, als würde eine Starkstromleitung unter dem Haus verlaufen, vielleicht auch wie ein entfernter Bienenschwarm.

»Die Bagger«, erklärte der Alte. »Sie laufen vierundzwanzig Stunden am Tag. In einem Dreivierteljahr sind sie hier.«

Dann, dachte Elias, solltest du wohl langsam deine Sachen packen.

»Trink deinen Tee aus.«

Elias gehorchte.

»Schlaf jetzt.«

Der Alte stemmte sich wieder aus dem Sessel, nahm auf der

Sofakante Platz. Er musterte Elias mit ernsten, ausdruckslosen Augen. Elias mochte diesen Blick nicht, er sah keinerlei Mitgefühl. Es schien, als wolle sein Großvater ihn …

———————

*… prüfen, weil er wissen muss, ob Elias dazu fähig ist. Eines Tages, sagt Opa Wilhelm, wird Elias seine Geschäfte übernehmen, aber dazu muss er stark sein, er darf niemals weinen, Elias und Opa Wilhelm sind …*

———————

»Wir sind von gleichem Blut, mein Junge.«

Der Alte hatte Elias' Hand genommen, drehte sie nach oben und strich mit dem Zeigefinger über eine verblasste Tätowierung auf der Innenseite des Handgelenkes, eine stilisierte, ungelenk gestochene Sonnenblume von der Größe eines Zehn-Cent-Stücks. Elias trug das Tattoo, seit er denken konnte. Im Laufe der Jahre war es zu einem Teil seines Körpers geworden, wie eine Narbe oder ein Leberfleck, den man irgendwann nicht mehr wahrnimmt.

»Siehst du?«

Der Alte hob die Hand. Er trug dasselbe Tattoo, etwas größer zwar, aber eindeutig das gleiche Motiv.

»Du hast dich bestimmt oft gefragt, was es bedeutet.«

Allerdings. Oft genug, früher jedenfalls.

»Du hast es zu deinem ersten Geburtstag bekommen. Es ist ein Zeichen.«

»Ich verstehe nicht, was …«

»Schlaf jetzt. Morgen früh geht's dir besser. Dann reden wir weiter.«

Das stimmte, Elias sollte sich am nächsten Tag besser fühlen. Die letzten Worte des Alten erwiesen sich allerdings bald als Irrtum, denn sie würden nicht wieder miteinander sprechen.

## KAPITEL 4

Er wurde wach, weil er auf die Toilette musste. Die Kopfschmerzen waren einem leichten Schwindelgefühl gewichen, das Pochen der Beule einem sanften Pulsieren. Sein Nacken war steif, ein Umstand, der den weichen Sofapolstern geschuldet war. Sein Schlaf war tief, aber unruhig gewesen. Elias glaubte, Schritte gehört zu haben, ebenso leise Stimmen. Wahrscheinlich, überlegte er jetzt, waren diese Geräusche Teil seines Traumes gewesen, eines äußerst wirren Traumes, der aus weiteren, undeutlichen Erinnerungsfetzen seiner Kindheit bestanden hatte, mehr war ihm nicht bewusst.

Er schien ziemlich lange geschlafen zu haben, dem Lichteinfall nach zu urteilen stand die Sonne bereits hoch. Gähnend betrachtete er die dunkle, etwas schäbige Schrankwand. Links standen die Bücher (tatsächlich, der Alte hatte wirklich alle seiner Werke dort einsortiert), in der Mitte war hinter Glastüren allerlei Krimskrams aufgereiht: Ziertassen, geschwungene Bierhumpen, ein Satz geschliffener Weinkelche. Rechts stand ein alter Röhrenfernseher, darunter ein Stapel Zeitschriften. Die typische Einrichtung eines alten, spießigen Mannes, dessen Geschmack sich seit den sechziger Jahren des vergangenen Jahrhunderts nicht verändert hatte. Die vergilbte, mit grauen

Blumen gemusterte Tapete bestätigte diesen Eindruck, ebenso wie die billigen, in goldfarbenen Gips gerahmten Kunstdrucke.

Über ihm ertönte ein Knarren, jemand lief im Obergeschoss umher. Die Zimmerdecke war dünn, der Leuchter pendelte leicht hin und her. Der Alte schien ebenfalls gerade aufgestanden zu sein. Vielleicht, korrigierte sich Elias, war er schon eine Weile wach, schließlich hatte er keine Ahnung, wo das Schlafzimmer seines Großvaters war. Ebenso wenig wusste er, wo sich die Toilette befand, aber das würde er in dieser winzigen Bude schnell herausbekommen.

Ächzend stützte er sich auf den Ellbogen und richtete sich auf. Das Kissen rutschte zu Boden, er hob es auf, klopfte es zurecht und drapierte es auf dem Sofa. Er sehnte sich nach einem Kaffee, danach würde er duschen, sich das wirre Gerede des Alten anhören und ein Taxi rufen. Der Passat fiel ihm ein, um den verflixten Wagen musste er sich noch kümmern, aber das …

Elias, der schlaftrunken zur Tür geschlurft war, prallte erschrocken zurück. Die untersetzte Gestalt, die ihm den Weg versperrte, schien seit einer Weile auf der Schwelle zu stehen. Reglos, mit wachsbleichem Gesicht starrte Betty ihn an, aus dunklen, schreckgeweiteten Augen.

»Er ist tot«, flüsterte sie. »Mein Gott, Wilhelm ist tot.«

---

»Ich … ich wollte ihm das Frühstück machen. Pünktlich um acht, wie immer.«

Elias hatte Betty zum Sofa geführt. Dort saß sie, auf der vorderen Kante und knetete ein besticktes Kissen im Schoß.

»Ich hab mich gewundert, weil er nicht auf war. Wilhelm ist … war«, korrigierte sie sich schluchzend, »ein Frühaufsteher. Er war immer im Morgengrauen auf den Beinen. Ich … ich wollte Sie nicht wecken. Also bin ich hoch ins Schlafzimmer. Zuerst dachte ich, er schläft. Aber dann ...« Sie begann zu weinen. »Ich ... ich hab seinen Puls gefühlt. Dann hab ich Doktor Stahl gerufen.«

Elias sah zur Decke. Lauschte dem Knarren der Dielen. Die Schritte stammten nicht von seinem Großvater. Es war der Arzt, der dort oben die Leiche untersuchte.

Elias betrachtete die weinende kleine Frau. Er war mein Großvater, dachte er verwundert, aber sein Tod geht ihr viel näher als mir. Sicherlich, sie kannte ihn viel besser als ich. Trotzdem sollte ich mich schämen, weil es mich kaum berührt. Es ist, als wäre ein Fremder gestorben. Und das war er ja auch.

Es klingelte an der Tür.

»Das«, schniefte Betty, »ist Felix.«

Sie machte Anstalten aufzustehen. Elias drückte sie sanft zurück in die Polster.

»Schon gut, ich mach das.«

Er verließ das Zimmer, lief durch den kurzen, dämmrigen Flur. Im Gehen streifte er einen Garderobenständer, um ein Haar wäre er über ein Paar klobige Arbeitsstiefel gestolpert. Die Tür, ein Ungetüm aus verblichenem Plastik, schwang knarrend auf. Elias kniff die Augen zusammen, die Sonne schien ihm direkt ins Gesicht. Der Mann, der sich als undeutlicher Schemen in der Helligkeit abzeichnete, wollte sofort eintreten, stutzte dann.

»Darf man fragen, wer Sie sind?«

Elias nannte seinen Namen.

»Ich bin sein Enkel«, fügte er hinzu. »Und wer sind Sie?«

»Kolberg«, beschied der andere knapp. »Felix Kolberg.«

Er drängte sich an Elias vorbei in den Flur.

»Ich bin Polizist«, sagte er über die Schulter. »Betty hat mich angerufen.«

Elias folgte dem schlanken, durchtrainierten Mann, der mit federnden Schritten zielstrebig ins Wohnzimmer ging und neben der weinenden Betty auf dem Sofa Platz nahm. Er legte ihr den Arm um die bebenden Schultern, murmelte ein paar tröstende Worte und stand wieder auf.

»Geh nach Hause, Betty«, sagte er sanft, »leg dich ein bisschen hin. Ich gehe jetzt nach oben und rede mit Doktor Stahl. Sie, Herr Haack«, er wandte sich an Elias, der unschlüssig auf der Schwelle stand, »warten hier. Ich möchte nachher noch mit Ihnen sprechen.«

---

Die folgende halbe Stunde verbrachte Elias wie auf glühenden Kohlen. Unruhig lief er im Wohnzimmer auf und ab, lauschte dem Knarren der Dielen im Obergeschoss und den gedämpften Stimmen der beiden Männer. Er dachte an Martha, sie hatte bestimmt schon versucht, ihn zu erreichen. Wahrscheinlich machte sie sich Sorgen, doch sein Handy lag irgendwo da draußen in seinem verbeulten Passat. Abgesehen davon glaubte Elias nicht, dass er hier überhaupt Empfang hatte.

So war er denn fast erleichtert, als der Polizist nach einer gefühlten Ewigkeit wieder das Wohnzimmer betrat, während der andere (Doktor Stahl, erinnerte sich Elias), das Haus verließ, ohne sich Zeit für eine Begrüßung zu nehmen.

»Sie waren also die ganze Nacht hier«, begann Kolberg.

»Natürlich.«

Elias war unsicher, ob es sich um eine Frage oder eine Feststellung handelte.

Kolberg taxierte ihn mit unbewegter Miene aus blauen, hinter einer randlosen Brille blitzenden Augen. Der Mann, schoss Elias durch den Kopf, passte besser in eine amerikanische

Fernsehserie, *CSI Miami* vielleicht, als an diesen tristen, abgeschiedenen Ort. Er war höchstens dreißig, sein Haar, kurzgeschnitten und gescheitelt, war voll, das glatte Gesicht gebräunt. Der graue Anzug wirkte wie eine Maßanfertigung, die schwarzen Lederslipper glänzten, als kämen sie direkt aus dem Laden.

»Ich brauche Ihren Ausweis, Herr Haack.«

Kolberg griff in die Innentasche seines Jacketts, zückte ein ledergebundenes Notizbuch und setzte sich auf das Sofa.

»Den hab ich nicht hier.«

»Ach.«

»Er ist im Wagen, draußen vor dem Dorf. Ich hatte gestern einen Unfall.«

»Das ist mir bekannt.«

»Woher wissen …«

»Dies ist ein kleiner Ort. Die Dinge sprechen sich schnell herum.« Kolberg wies auf den Ohrensessel. »Nehmen Sie Platz, Herr Haack.«

Elias gehorchte. Als er die weichen Polster im Rücken spürte, straffte er sich unwillkürlich. Er dachte an seinen toten Großvater, die letzte Person, die vor ihm hier gesessen hatte. Ein befremdlicher, unangenehmer Gedanke.

»Haben Sie letzte Nacht etwas gehört?«

Kolberg schlug das Notizbuch auf, zückte einen vergoldeten Kugelschreiber.

»Nein.« Elias schüttelte den Kopf. »Ich habe geschlafen. Es ging mir nicht gut.«

»Gehirnerschütterung, ich weiß.«

»Natürlich wissen Sie das. Die Dinge sprechen sich schnell herum.«

Kolberg erwiderte Elias' Lächeln nicht. »Ihnen ist also nichts aufgefallen?«

»Was hätte mir denn auffallen sollen?«

»Ich erwarte Antworten von Ihnen, Herr Haack.« Kolberg lehnte sich zurück. »Und keine Gegenfragen.«

Elias straffte sich. »Was wird das hier? Ein Verhör?«

Er fühlte sich in die Enge getrieben, unter Druck gesetzt. Und er hasste es, sich ohne Grund rechtfertigen zu müssen. Schon gar nicht vor diesem arroganten Polizisten, der ihn wie einen Verdächtigen behandelte.

»Dort oben«, Kolberg deutete zur Decke, »ist letzte Nacht ein Mensch gestorben. Laut Doktor Stahl ungefähr zwischen zweiundzwanzig Uhr und ein Uhr morgens. Niemand war in diesem Zeitraum hier. Ausgenommen Sie.«

»Ich habe geschlafen. Genau dort, wo Sie jetzt sitzen.«

»Das behaupten *Sie*. Es gibt keine Zeugen.«

Kolberg kritzelte etwas in sein Notizbuch.

»Moment mal.« Elias hob die Stimme. »Sie behaupten doch nicht …«

»Ich behaupte gar nichts«, sagte Kolberg, noch immer mit seinen Notizen beschäftigt. »Ich registriere die Tatsachen.«

Elias setzte zu einer heftigen Erwiderung an, doch Kolberg brachte ihn mit einer Handbewegung zum Schweigen. Als er weitersprach, änderte sich sein Tonfall. Bisher hatte er kühl geklungen, arrogant. Jetzt wirkte er nachdenklich, fast traurig.

»Ich kenne Wilhelm, seit ich klein bin.« Kolberg schloss das Notizbuch, nahm die Brille ab. »Mein Haus steht dort drüben«, er deutete zum Fenster, »ein paar Meter neben der Kirche. In meinen Augen war Wilhelm ein knurriger alter Kerl. Klar, wir alle haben ihn gemocht. Aber er war eine Nervensäge, und wenn ihm etwas nicht passte, hat er erst Ruhe gegeben, wenn er seinen Willen hatte.«

Elias antwortete nicht.

»Wilhelm war neunzig«, fuhr Kolberg fort. »Nicht jeder erreicht dieses Alter, und wenn er dann stirbt, wundert es niemanden. Es erscheint logisch, doch man darf eines nicht vergessen. Auch alte Menschen sterben eines unnatürlichen Todes.«

»Sie ...« Elias wurde blass. »Sie wollen doch nicht etwa sagen, dass ...«

Er holte tief Luft. Nicht eine Sekunde hatte er daran gedacht, dass sein Großvater ... ja, was? Ermordet worden war? Der Gedanke war absurd.

»Im Moment«, erwiderte Kolberg, »sage ich gar nichts. Es wird eine Obduktion geben, danach wissen wir mehr. Hören Sie.« Er beugte sich vor, stützte die Ellbogen auf den Knien ab. »Vielleicht irre ich mich, es ist sogar wahrscheinlich. Aber es gibt Hinweise, und denen will ich nachgehen. Mehr kann ich Ihnen im Moment nicht sagen. Nicht, solange die Ermittlungen laufen.«

Elias schüttelte seufzend den Kopf.

»Ich darf das natürlich nicht von Ihnen verlangen«, sagte Kolberg. »Aber es wäre gut, wenn Sie nicht sofort abreisen. Es kann sein, dass ich später weitere Fragen habe, und die würde ich Ihnen gern persönlich stellen. Sie sind Wilhelms einziger Verwandter. Niemand dürfte etwas dagegen haben, wenn Sie hier übernachten. Abgesehen davon werden Sie sich früher oder später sowieso um seinen Nachlass kümmern müssen.«

Auch daran hatte Elias noch keine Sekunde gedacht. Er runzelte unschlüssig die Stirn, gab einen weiteren, resignierten Seufzer von sich.

»Arne hat Ihren Wagen abgeschleppt.« Kolberg verstaute das Notizbuch im Jackett, zum Zeichen, dass das Gespräch beendet war. »Seine Werkstatt ist direkt am Ortseingangsschild, nicht zu verfehlen.« Er stand auf, reichte Elias eine Visitenkarte. »Hier, meine Telefonnummer, ich bin immer erreichbar.«

»Danke.«

Kolberg nickte zum Abschied, ging zur Tür, zögerte dann.

»Sind Sie abergläubisch, Herr Haack?«

»Ich?« Elias stieß prustend die Luft aus. »Nicht, dass ich wüsste. Warum?«

»Sie ist stehengeblieben.« Kolberg deutete auf die Standuhr. »Kurz nach elf.«

»Und?« Elias zuckte die Achseln.

»Man sagt, dass Uhren stehenbleiben, wenn der Besitzer stirbt.«

»Mein Großvater wird sie angehalten haben, damit ich in Ruhe schlafen kann. Das Ding macht einen Heidenlärm.«

Kolberg schwieg einen Moment.

»Möglich«, nickte er dann.

Und ging.

---

Elias stand blinzelnd in der Sonne. Das Haus seines Großvaters lag in einer Kurve, die im Zentrum des Dorfes um die kleine Kirche führte. Er betrachtete den schlanken Turm, der sich gegenüber hinter den Kronen dreier knorriger Eichen in den stahlblauen Himmel reckte, straffte sich und wandte sich nach rechts.

Es war kurz vor Mittag, die Luft war schwül, drückend heiß. Gemächlich schlenderte er dahin, vorbei an den niedrigen Häusern, die sich links und rechts der Straße in der Sonne duckten. Das Dorf schien wie ausgestorben, doch der Eindruck täuschte. Irgendwo in einem der Gärten hinter den Häusern plärrte ein Radio, von der anderen Seite dröhnte das Brummen eines Mähdreschers herüber. Die Geranienkästen in den niedrigen Fenstern waren frisch gegossen, die schmalen Rasenstücke gemäht. Nur zwei Häuser schienen verlassen, die Jalousien waren geschlossen, doch selbst dort hatte man für Ordnung gesorgt, die Hecken waren gestutzt, die Zäune gestrichen, das Unkraut zwischen den Gehwegplatten entfernt.

Elias passierte einen kleinen Laden. *Tägl. frische Brötchen!* war mit Kreide auf ein Klappschild geschrieben, unter einer Markise standen Obstkisten im Schatten. In einem Fahrradständer lehnte ein klappriges Damenrad.

Diesen Weg war er gestern schon gekommen, fiel ihm ein. Doch er konnte sich kaum erinnern. Offensichtlich hatte er unter Schock gestanden, wahrscheinlich eine Folge der Gehirnerschütterung, ebenso wie der peinliche Ausrutscher am Kaffeetisch.

Er erreichte den Dorfrand. Rechts führte ein schmaler, asphaltierter Weg zu einem eingezäunten Grundstück. Das hohe Rolltor war offen, auf einem Parkplatz stand ein komplett verglastes, niedriges Gebäude. AUTOHAUS J. LAUX stand in dunkelblauen Großbuchstaben neben einem Mercedesstern über dem Eingang. Der Parkplatz war leer, doch hinter den hohen Scheiben erkannte Elias ein halbes Dutzend blitzender Neuwagen. An einem Schreibtisch saß ein Mann in weißem Hemd und starrte konzentriert auf den Monitor eines Computers. Es war Jonas, wie Elias im Näherkommen erkannte, der ihm gestern als Bettys Ehemann vorgestellt worden war.

Elias überquerte die Straße. Das Grundstück gegenüber war deutlich ungepflegter. Die Farbe des stählernen Zaunes blätterte ab, das Firmenschild – *Reparaturservice Barbossa – Nutzfahrzeuge aller Art* – von der Sonne gebleicht. Auf einer betonierten Freifläche standen Traktoren, Anhänger, zwei gelbe Kettenraupen. Neben einer weinroten Zugmaschine blitzte ein riesiger, offensichtlich nagelneuer Mähdrescher in der Sonne. Lkw-Reifen stapelten sich an der Wand einer hohen Scheune. Die drei Meter hohen Torflügel standen offen, gedämpftes Metallklappern drang heraus.

———

– Wo ist er?
– *Am östlichen Dorfeingang. Wahrscheinlich will er nach seinem Auto fragen.*
– Du lässt ihn nicht aus den Augen.
– *Kein Problem. Ich bin oben bei den Windrädern, trotzdem erkenne ich jeden Schweißfleck auf seinem verdammten Hemd. Die neuen Ferngläser sind super. Wenn wir jetzt noch die Funkgeräte austauschen, dann …*
– Du nervst. Kümmere dich um deine …
– *Hoppla. Ich glaube, unser Freund erlebt gleich ein blaues Wunder.*

———

Elias lief auf die Scheune zu. Die Sonne brannte im Nacken, sein Schatten tanzte schräg vor ihm über den Beton. Plötzlich spürte er eine Bewegung im Rücken, ein Klirren ertönte. Ein weiterer Schatten tauchte auf, Elias fuhr herum und erstarrte.

Zunächst hielt er das Ding für eine Raubkatze: kurzes, gelbliches Fell. Flacher, spitz zulaufender Schädel. Weit aufgerissenes Maul, riesige, gefletschte Zähne. Das
Ding?
Tier gab keinen Laut von sich, nur das Klackern der Krallen war zu hören, als es mit atemberaubender Geschwindigkeit auf Elias zuschoss und in zwei Meter Entfernung zum Sprung ansetzte.

Jetzt, dachte er, ist es vorbei.

Er sah, wie das
*ein Hund, ich habe noch nie so einen riesigen Hund gesehen*
Tier auf ihn zuflog, starrte in den aufgerissenen Rachen, die bösartigen, gelblichen Augen, die direkt auf ihn gerichtet waren. Er roch den fauligen Atem, als das Tier urplötzlich mit aller Gewalt nach hinten gerissen wurde. Ein trockenes Klacken ertönte, das mächtige Gebiss schnappte zu, nur ein paar Zentimeter von Elias' Gesicht entfernt. Er sah die zum Zerreißen gespannte Kette, sah, wie der riesige Hund sich aufrappelte und sofort wieder zum Angriff ansetzte, noch immer stumm, nur ein Hecheln war zu hören.

»Aus!«

Das Tier reagierte sofort. Ein weiteres, ebenso knappes Kommando, der Hund verschwand mit eingezogenem Schwanz hinter einem Traktorenreifen.

Elias war unfähig, sich zu rühren. Schwere Schritte näherten sich, eine Hand legte sich auf seine Schulter.

»Nimm's nicht persönlich«, ertönte eine tiefe, kräftige Stimme hinter ihm. »Sie meint's nicht so.«

Ein Weibchen, dachte Elias verwirrt, es ist ein Weibchen.

Er wandte sich um. Seine Knie waren weich, der Puls pochte in seinen Schläfen, während der breitschultrige Mann im blauen Overall ihn eingehend musterte.

»Na komm, entspann dich«, sagte er nach einer Weile.

Elias, der unbewusst die Luft angehalten hatte, atmete keuchend aus. Nach und nach beruhigte sich sein Herzschlag, der Schweiß trocknete auf seiner Stirn, während er überlegte, wie der bärtige Hüne hieß. Arne, fiel ihm schließlich ein.

»Du siehst gut aus.« Arne säuberte die Hände an einem ölverschmierten Lappen. »Besser als gestern jedenfalls«, fügte er grinsend hinzu und reichte Elias die Hand. Sein Händedruck war kräftig, Elias' Finger verschwanden in der haarigen Pranke.

»Ich bin wieder okay.«

Das stimmte. Das leichte Schwindelgefühl war verschwunden, nur die Beule an der Stirn begann wieder zu pochen. Kein Wunder bei jemandem, der gerade um ein Haar von einer mordlüsternen Bestie zerfleischt worden wäre.

»Mann, Mann, Mann.« Arne schüttelte ernst den Kopf. »Du hast gestern 'ne ganz schöne Schweinerei angerichtet, mein Freund.«

Elias wurde rot.

»War 'n Witz.« Arne legte den Kopf in den Nacken, ein tiefes Lachen dröhnte wie ein Bergrutsch über das Gelände. »Das muss dir nicht peinlich sein. Betty verträgt 'ne Menge. Es gehört mehr als ein bisschen Kotze dazu, um die aus der Ruhe zu bringen.«

»Ich …« Elias wechselte verlegen das Thema. »Ich wollte fragen …«

»Jaja, dein Auto. Die Karre hat ganz schön was abgekriegt.«

Arne legte Elias einen Arm um die Schulter, führte ihn in die Halle. Es dauerte einen Moment, bis sich Elias' Augen an das Halbdunkel gewöhnt hatten. Er erkannte zwei weitere Traktoren, weiter hinten einen aufgebockten VW-Transporter.

»Ganz schöner Mist, das mit Wilhelm«, sagte Arne im Gehen. »Abends feiert er noch fröhlich Geburtstag und am nächsten Morgen, schwups!«, er schnipste mit den Fingern, »einfach weg. Was für 'ne Scheiße, oder?«

»Ja«, murmelte Elias. »Haben Sie …«, er räusperte sich, »ich meine, hast *du* ihn gut gekannt?«

Er duzte Arne ebenfalls, obwohl es ihm unangenehm war.

»Was denkst du denn?« Arne blieb stehen, hob die Hände. Der Overall spannte sich, schwarzes Brusthaar kringelte sich auf der breiten Brust. »Hier kennt jeder jeden.«

Das hatte Elias schon einmal gehört.

»Wilhelm war 'n verbiesterter alter Sack«, fuhr Arne fort. »Aber er war okay. Und vielleicht«, er schüttelte nachdenklich den massigen Schädel, »hat's ja auch sein Gutes. Dass er die ganze Scheiße nicht mehr erleben muss. Nächstes Jahr um diese Zeit stehen hier die Bagger. Dann ist nichts mehr übrig. Nur ein riesiges, verdammtes Loch.«

Eine Frage formte sich in Elias' Kopf, doch bevor er sie stellen konnte, griff Arne seinen Arm und führte ihn nach hinten, wo der Passat in zwei Metern Höhe neben einer Werkbank auf einer Hebebühne schwebte.

»Der Kühler ist im Arsch« begann Arne, »die Lichtmaschine wahrscheinlich auch. Den Lüftungsschlauch kann ich flicken, Stoßstange und Motorhaube beule ich dir aus. Auf den Blechkram bin ich nicht spezialisiert, aber ich krieg's so hin, dass die Kiste fahrtüchtig ist. Links brauchst du 'nen neuen Scheinwerfer, den hab ich schon bestellt, zusammen mit der Lichtmaschine. Das Zeug kommt morgen, übermorgen rollt die Bude wieder. Hier, das ist bestimmt deins.« Er griff in die Tasche seines fleckigen Overalls, reichte Elias sein Handy. »Das lag unter dem Beifahrersitz. Wenn du telefonieren willst, geh hoch zur Bank, oben an der Straße zum alten Schwimmbad. Da hast du 'n bisschen Empfang. Ansonsten«, fügte er mit einem verschmitzten Zwinkern hinzu, »ist hier nämlich tote Hose.«

Elias bedankte sich verlegen.

»Und was«, fragte er, »ist mit der Rechnung?«

»Mach dir keinen Kopf. Die Ersatzteile kosten ein bisschen was, aber das Abschleppen und die Arbeitsleistung gehen aufs Haus.«

»Das kann ich nicht annehmen«, wehrte Elias ab. »Ich ...«

»Keine Diskussion.«

Elias erhielt einen Schlag auf den Rücken. Ein Stups, den der bullige Mann freundschaftlich meinte, doch Elias stolperte einen Schritt nach vorn, um nicht das Gleichgewicht zu verlieren.

»Danke«, wiederholte er.

Etwas anderes fiel ihm nicht ein.

»Du musst dich nicht bedanken. Du kommst aus der Stadt, für jemanden wie dich sind wir wahrscheinlich Hinterwäldler. Aber jetzt bist du hier, also gehörst du zu uns. Jeder kennt hier jeden.«

Jetzt, dachte Elias, höre ich das zum dritten Mal.

»Und wenn's drauf ankommt«, fuhr Arne fort, »dann kümmern wir uns.«

---

»Nein, Martha. Du musst dir wirklich keine Sorgen machen.«

»Ich hab mehrmals versucht, dich zu erreichen.«

»Ich habe dir doch erklärt, dass …«

»… du im Funkloch steckst, das hab ich verstanden.«

»Wie läuft's in Hamburg?«

»Lenk nicht ab, Elias.«

»Es geht mir gut, wirklich. Abgesehen von einer kleinen Beule. Und dem kaputten Wagen, aber das können wir verschmerzen.«

»Warum schnaufst du eigentlich so?«

»Ich musste einen Hügel raufkraxeln. Das ist die einzige Stelle, wo man hier Empfang hat.«

»Elias?«

»Ja?«

»Pass auf dich auf.«

»Das tue ich, Martha. Bis bald, ich …«

---

»... liebe dich«, beendete Elias das Gespräch, doch die Verbindung war bereits unterbrochen.

Er saß auf einer verwitterten Bank oberhalb des Dorfes, sein Atem ging immer noch ein wenig schwer. Unter ihm glänzten die Dächer der Häuser, die sich in elegantem Bogen links und rechts der Straße reihten. In der Dorfmitte ragte der schlanke Kirchturm wie ein riesiger Bleistift aus dem satten Grün der alten Bäume.

Seufzend verstaute er das Handy in der Hosentasche. Der Tod seines Großvaters ging ihm nicht sonderlich nahe, da war keine Trauer, eher ein leises Bedauern. Er mochte das Haus nicht, die spießige Enge, doch er wollte Klarheit, darüber, woran genau der alte Mann gestorben war, und es war seine Pflicht, den Nachlass zu ordnen. Dieses Kapitel musste er abschließen (wie, war ihm selbst nicht recht klar), und wenn das erledigt war, würde er diesem Ort für immer den Rücken kehren.

Sein Blick wanderte über die kleinen Gärten hinter den Häusern, über Hollywoodschaukeln, Blumenbeete, einen aufblasbaren Pool. Bettlaken trockneten in der Sonne, auf einer Liege lag eine junge Frau in knappem Bikini und las in einer Zeitschrift. Neben dem Haus seines Großvaters schlängelte sich eine schmale Seitenstraße den Hügel hinauf zum alten Hallenbad, auf halbem Weg zweigte ein Trampelpfad ab und führte durch eine Obstplantage hoch zu der Bank, auf der er saß. Ein Rascheln ließ ihn aufhorchen. Hinter ihm zwängte sich eine Katze durch das Gebüsch, sah ihn aus gelben, unergründlichen Augen an und verschwand hinter einem umgestürzten Apfelbaum. Weiter oben erkannte Elias die schmalen Silhouetten der Windräder auf der langgestreckten Kuppe, die Ruine war von hier aus nicht zu sehen. Etwas blitzte dort oben im hohen Gras, die Sonne spiegelte sich in einer Scherbe.

Vielleicht auch in einer Brille oder einer zerbrochenen Fensterscheibe, Elias war nicht sicher.

---

– *Er hat telefoniert.*
– *Mit wem?*
– *Woher soll ich das wissen? Ich bin mindestens zweihundert Meter entfernt!*
– *Du musst ...*
– *Scheiße, der sieht direkt zu mir hoch!*

---

Elias wandte den Kopf ab. Er glaubte, ein weiteres Blitzen gesehen zu haben, achtete allerdings nicht weiter darauf. Seine Gedanken waren bei dem alten, längst verlassenen Gefängnis, das irgendwo da oben war. Sein Großvater war vor Ewigkeiten dort eingesperrt gewesen. Elias wollte wissen, warum, was genau der Alte mit diesen vagen Andeutungen über seine Vergangenheit gemeint hatte, und vielleicht, ging ihm plötzlich durch den Kopf, fand sich hier eine Geschichte, Stoff für ein Buch, ein *richtiges*, anspruchsvolles Buch über das Leben, etwas anderes als postapokalyptischer Horror oder die bluttriefenden Zombiegeschichten, mit denen E. W. Haack bisher seinen Lebensunterhalt bestritten hatte.

Elias rieb sich den verschwitzten Nacken. Seine Schuhe waren mit einer dicken Staubschicht überzogen, Dutzende Zigarettenkippen lagen im zertretenen Gras. Herrgott, wie sehr er sich nach einer Zigarette sehnte! Seit sechzig Tagen rauchte er jetzt nicht mehr, und es wurde und wurde nicht besser. Und gebracht hatte es auch nichts, noch immer keuchte er nach der geringsten Anstrengung wie ein erkältetes Nashorn. Nein, nichts hatte sich geändert. Ausgenommen die Tatsache, dass er knapp zehn Kilo zugenommen hatte, stellte er mit einem missmutigen Blick auf sein verschwitztes Hemd fest, dessen Knöpfe über dem Bauch bis zum Zerreißen gespannt waren.

Er schirmte die Augen mit der Hand ab und folgte der Straße, die am anderen Ende des Dorfes über wogende Sonnenblumenfelder weiter nach Westen führte. Dort irgendwo musste der Tagebau sein, doch Elias sah nur die tiefstehende Sonne, die inmitten einer riesigen, staubigen Dunstwolke wie ein glühender Feuerball über dem Horizont stand.

Unten im Dorf klappte eine Tür, ein Motor sprang an. Elias konnte das Auto nicht sehen, die Häuser verdeckten die Sicht. Er folgte dem Geräusch mit den Augen und erkannte schließlich einen schwarzen VW-Bus mit abgedunkelten Scheiben, der im Schritttempo die Dorfstraße entlangkroch, das Ortsausgangsschild erreichte, beschleunigte und zwischen den Getreidefeldern bergauf davonfuhr. Staub wirbelte unter den Rädern, die Heckscheibe blitzte auf. Dort, dachte Elias und wurde ein wenig wehmütig, fährt mein Großvater davon.

Er runzelte die Stirn. Man würde den alten Mann obduzieren. Reine Routine, hatte Kolberg, der Polizist, gesagt. Elias kniff die Augen zusammen und beobachtete, wie der VW-Bus immer kleiner wurde und schließlich oben auf der anderen Seite des Tals im Schatten des hohen Eichenwaldes verschwand.

Etwas anderes hatte ihn stutzig gemacht. Ein paar Kilometer weiter musste der Bus die baufällige Brücke passieren. Das würde eng werden, aber gerade so zu schaffen sein.

Elias stand auf. Zu seinen Füßen strahlte die ländliche Postkartenidylle in goldfarbenem Licht. Am Ortseingang flimmerte die verglaste Fassade des Autohauses in den Strahlen der Sonne, gegenüber warfen die riesigen Maschinen auf dem Gelände von Arne Barbossas Werkstatt immer länger werdende Schatten auf den rissigen Beton. Elias betrachtete die Traktoren, Mähdrescher und Bagger neben der großen Scheune und wusste jetzt, was er sich vorhin schon einmal gefragt hatte, allerdings, ohne sich dessen bewusstgeworden zu sein.

Die Brücke war seit Wochen, wenn nicht seit Monaten gesperrt.

Warum handelte jemand mit diesen riesigen Maschinen? Warum reparierte er sie? Wem wollte er sie verkaufen, wenn es keine Möglichkeit gab, sie von hier wegzubringen?

## KAPITEL 5

»Ich störe hoffentlich nicht.«

Betty stand schüchtern vor dem Haus.

»Das tun Sie überhaupt nicht.«

Elias war erst vor ein paar Minuten zurückgekehrt, hatte einen kurzen Blick in die Zimmer geworfen und vorgehabt, unter die Dusche zu gehen, um danach das Haus zu inspizieren. Er zwang sich zu einem Lächeln, trat zur Seite und gab ihr mit einer Handbewegung zu verstehen, dass sie eintreten solle. Es war seltsam, in einem wildfremden Haus den Gastgeber zu mimen, und als sie in der winzigen Küche standen, räusperte er sich verlegen und suchte einen Moment lang nach den richtigen Worten.

»Ich … ich muss mich bei Ihnen entschuldigen, Betty.«

»Das ist nicht nötig.« Sie wuchtete eine schwarze Reisetasche auf den Küchentisch. »Wir alle sind froh, dass Sie nicht ernsthaft verletzt sind.«

Ihr volles Gesicht war gerötet, die Tasche schien schwer zu sein. Sie trug einen fliederfarbenen Rock, ihre helle Bluse war mit Pailletten bestickt, die über ihrem mächtigen Busen glitzerten. An einer Goldkette pendelte ein emaillierter Marienkäfer. Elias wandte errötend den Kopf ab, als ihm klar wurde, dass ein Großteil seines Mageninhalts im üppigen Ausschnitt dieser kleinen Frau gelandet sein musste.

»Sie haben bestimmt Hunger.« Betty öffnete den Reißverschluss, stellte zwei Tupperdosen auf die karierte Wachstuchdecke. »In der einen ist Hackbraten, in der anderen Kartoffeln mit Gemüse. Dort«, sie deutete zum Spültisch, wo neben einer altertümlichen Kaffeemaschine eine Mikrowelle stand, »können Sie's nachher aufwärmen.«

»Danke, Betty. Vielen Dank.«

Das war ehrlich gemeint. Elias hatte den ganzen Tag noch nichts gegessen und jetzt, stellte er fest, war er buchstäblich am Verhungern.

»Im Kühlschrank ist noch Sekt«, sagte Betty. »Und in der Speisekammer ein Kasten Bier und der Rest von der Torte, die ich gestern für den Geburtstag gebacken hatte. Außerdem«, ihre Stimme brach, von einem Moment auf den anderen verlor sie die Fassung. »Mein Gott«, schluchzte sie, »er fehlt mir so!«

Sie sank auf einen Stuhl, vergrub das Gesicht in den Händen.

»Schon gut«, Betty.

Elias tätschelte unbeholfen ihren Arm. Er warf einen Blick auf den Hackbraten, roch den verführerischen Duft, und während Betty sich allmählich beruhigte, lief ihm das Wasser im Mund zusammen.

»Er hat Ihnen eine Menge bedeutet, oder?«

»Ich hab für ihn gekocht.« Sie schniefte, wischte mit dem

Handrücken über die Nase. »Und ich hab das Haus in Ordnung gehalten.«

Die Einrichtung der Küche passte zum Rest des Hauses, verströmte den vergilbten Charme von Mettbrötchen und Käseigeln. Die Wandschränke mit den geschwungenen Messinggriffen waren mit Folie in Holzmaserung bespannt. Der schmale Tisch und die beiden Stühle mussten jahrzehntealt sein, die geraffte Gardine mit den schweren Samtkordeln hing wahrscheinlich seit Ewigkeiten vor dem schmalen Fenster, doch alles war sauber, blitzblank gewienert, die grauen Bodenfliesen frisch gewischt.

»Dadrin«, Betty deutete auf die Tasche, »sind Wechselsachen. Ein paar Hemden und T-Shirts. Ich hab sie für Jonas gekauft, aber er zieht sie kaum an.« Sie bedachte Elias mit einem prüfenden, hausfraulichen Blick, der ein wenig zu lange auf seinem unübersehbaren Bauch zu verharren schien. »Die könnten ein bisschen eng sein.«

»Ach«, wehrte Elias ab und zog unwillkürlich den Bauch ein, »es wird schon gehen.«

Er bedankte sich artig. Jonas, Bettys Mann, war seiner Erinnerung nach einen halben Kopf kleiner und um einiges leichter.

»Das Autohaus«, fragte er, »gehört Ihnen?«

»Seit fünfzehn Jahren.« Als sie nickte, verschwand ihr Kinn in den Falten des fleischigen Halses. »Wir leben gerne hier.« Unvermittelt wechselte sie das Thema. »Und wir werden bis zum Ende bleiben.«

»Das kann ich verstehen. Was mich interessieren würde …«

»Ich muss jetzt los.« Betty stand schnaufend auf. »Ich habe Sie schon lange genug aufgehalten. Außerdem warten Jonas und Jessi auf das Abendessen.«

»Natürlich.« Elias, der eigentlich noch eine Menge Fragen hatte, erhob sich ebenfalls. »Dann … nochmals vielen Dank.«

Betty zog die Bluse straff. Elias erkannte, dass die glitzernden Applikationen eine Sonnenblume darstellten.

»Sie müssen sich nicht bedanken«, sagte sie. »Wir alle hier …«

»Ich weiß«, unterbrach Elias lächelnd. »Man kümmert sich hier umeinander.«

---

Der Abend senkte sich über das Tal. Die Sonne schickte ihre letzten Strahlen über die Hügelkette, tauchte die Spitze des Kirchturms in warmes Licht. Hinter den kleinen Fenstern flackerten Fernseher auf. Am Autohaus bellte ein Hund, irgendwo antwortete ein weiterer.

Elias hatte es sich bequem gemacht. Er lag auf dem Sofa, ein Kissen im Rücken, die Beine angewinkelt, und betrachtete ein Fotoalbum auf seinen Oberschenkeln. Die Schubladen der Schrankwand waren herausgezogen, die Glastüren standen offen. Abgeheftete Kontoauszüge lagen umher, Rechnungen und ähnlicher Papierkram. Es war ein unangenehmes Gefühl gewesen, in den Sachen des alten Mannes zu kramen, Elias kam sich vor wie ein Einbrecher, ein Voyeur, andererseits ging es hier auch um ihn. Er hatte das Recht, etwas über seine Wurzeln zu erfahren. Über seine Vergangenheit, von der er nichts wusste, außer dass man ihn irgendwann in ein Heim gesteckt hatte.

Das Album war alt, ebenso wie die vergilbten Schwarzweißfotos. Elias blätterte durch die Pappseiten, die durch dünnes Pergament getrennt waren. Die Aufnahmen waren weder beschriftet noch datiert, er schätzte, dass sie in den fünfziger Jahren des vergangenen Jahrhunderts gemacht worden waren. Sie zeigten das Dorf aus unterschiedlichen Perspektiven, eines davon war oben am Rande des Eichenwaldes aufgenommen worden. Auf den ersten Blick schien sich das Dorf in den vergangenen siebzig Jahren kaum verändert zu haben. Die Straße, damals noch ein unbefestigter Feldweg, hatte den gleichen Verlauf und führte durch Weizenfelder hinunter ins Tal, wo sich die Reihenhäuser wie heute um die schlanke Kirche duckten. Anstelle des Autohauses erkannte Elias eine riesige Scheune am Dorfrand, die Windräder oben auf der Hügelkette fehlten natürlich, und dort, wo jetzt die Gefängnisruine stand, thronte ein eindrucksvoller, langgestreckter Bau über dem Dorf, der mit seinen hohen Mauern und den schießschartenähnlichen Fenstern an eine mittelalterliche Trutzburg erinnerte. Elias blätterte weiter, es folgten Aufnahmen des dörflichen Lebens, Männer mit riesigen Schnauzbärten und gegeltem, streng in der Mitte gescheiteltem Haar, die mit Bierkrügen breitbeinig vor ihren Häusern saßen, Frauen in spitzenbesetzten Trachten, barfüßige Kinder, die in kurzen Lederhosen hinter einem Pferdefuhrwerk herliefen.

Elias trank einen Schluck von dem Bier, das er sich aus dem Kasten in der Abstellkammer geholt hatte. Er unterdrückte ein Rülpsen, stellte die Flasche wieder auf den Couchtisch und rieb den vollen Bauch. Bettys Hackbraten war köstlich gewesen, er hatte ihn regelrecht in sich hineingeschlungen, und jetzt, da ihm das Essen schwer im Magen lag, bereute er seine Gier.

Er öffnete den Gürtel und wandte sich mit einem erleichterten Ächzen dem nächsten Foto zu. Es war vor dem Portal der Kirche aufgenommen worden, zwei junge Männer in Schiebermützen und zerknitterten Anzügen standen auf den Stufen und sahen ernst in die Kamera. Einen der beiden erkannte Elias auf Anhieb, und auch der andere kam ihm bei näherem Betrachten bekannt vor.

Die beiden schienen befreundet zu sein, sie hatten einander untergehakt. Der Größere war Wilhelm, Elias' Großvater. Die Ähnlichkeit mit den jungenhaften Gesichtszügen war unverkennbar, und wenn es noch Zweifel gab, so wurden sie durch die durchdringenden Augen unter der Schiebermütze beseitigt. Der andere war ein paar Jahre jünger, fast noch ein Kind. Knapp sieben Jahrzehnte später war aus dem Jungen ein sabbernder Greis geworden, doch das Muttermal auf der linken Wange bewies, dass es sich um Timur Gretsch handelte, den alten Mann, der gestern schnarchend in seinem Rollstuhl am Kaffeetisch hinter dem Haus gesessen hatte.

Elias' Finger strich über das verblasste Foto.

Hattest du damals schon eine Tochter?, überlegte er und betrachtete das glatte Gesicht seines Großvaters. Ich weiß nicht mal, wann genau meine Mutter geboren wurde. Nur dass sie Esther hieß. Dass sie sich umgebracht hat, weil sie depressiv war. Und dass sie …

---

*… wunderschön singen kann. Ihre Haut ist weich und warm, sie riecht nach Blumen und Vanille. Mama hat sich zu Elias ins Bett gekuschelt, sie streicht sanft sein Haar. Und sie singt so wunderschön.*

*Schlaf, Kindchen, schlaf. Der Papa hüt' die Schaf.*

*Und wo, fragt Elias, ist mein Papa?*

*Der ist gegangen, sagt Mama. Lange, bevor du geboren wurdest.*

*Und du? Gehst du auch weg?*

*Mama sieht ihn an.*

*Irgendwann, sagt sie, gehe ich bestimmt von hier weg. Aber dann werde ich dich mitnehmen. Du bist alles, was ich habe. Ich werde dich niemals allein lassen, Elias. Niemals, verstehst du? Eher sterbe ich.*

---

Elias hob lauschend den Kopf, leise Orgelmusik drang herüber. Er stand auf, ging zum Fenster, schob die Spitzengardine zur Seite und sah hinaus. Die Dorfstraße schimmerte matt in der Dunkelheit, gegenüber ragten die alten Bäume in den Nachthimmel. Dahinter erkannte Elias die schwarzen Umrisse der Kirche, warmes Licht drang aus den hohen Fenstern, fiel in verschwommenen Streifen auf die knorrigen Kronen.

Elias war müde, doch schlafen, das wusste er, würde er in der nächsten Zeit nicht können. Bisher hatte er sich nur im Erdgeschoss umgesehen, was genau ihn davon abgehalten hatte, über die schmale Treppe hinauf ins Dachgeschoss zu gehen, wusste er nicht genau. Ein seltsames Unbehagen erfasste ihn bei dem Gedanken an das Zimmer, in dem sein Großvater gestorben war, doch irgendwann würde er hinaufgehen müssen. Seine Miene verdüsterte sich, als ihm einfiel, dass er noch keinen Gedanken daran verschwendet hatte, wo er überhaupt schlafen sollte, und als ihm einfiel, dass ihm mit Ausnahme des durchgesessenen Sofas keine auch nur halbwegs akzeptable Alternative blieb, verschlechterte sich seine Laune noch mehr.

Vielleicht, überlegte er, hätte ich doch nach Hause fahren sollen. Plötzlich fühlte er sich beengt in diesem stickigen, mit uralten Möbeln vollgestopften Zimmer.

Elias lauschte den getragenen Orgelklängen und beschloss nachzusehen, wer da spielte. Nicht unbedingt aus Neugier, er sehnte sich nach frischer Luft. Außerdem musste er irgendwie die Zeit bis zum nächsten Morgen totschlagen.

―――――

– *Er geht rüber zur Kirche.*
– *Was will er da?*
– *Was weiß ich? Bin ich Hellseher?*

Elias konnte den Mann auf der Empore nicht sehen, doch er spielte gut. Bach gehörte nicht unbedingt zu seinen Lieblingskomponisten (Elias bevorzugte Händel), doch die Kantate war – wenn auch nicht hervorragend – handwerklich präzise interpretiert, die Triolen rhythmisch perfekt, die schnellen Läufe glasklar akzentuiert.

Er stand im Schatten neben einem großen, aus grauem Granit gehauenen Weihwasserbecken. Das Kirchenschiff lag im Dunkel, die Kronleuchter unter der holzgetäfelten Decke waren nicht eingeschaltet. Nur links und rechts brannten ein paar kleine Lampen in Messinghalterungen an den gekalkten Wänden. Die schwere Eichentür unter dem geschwungenen Portal war angelehnt gewesen; als Elias sie schloss, war das Knarren im Brausen der Orgel untergegangen.

Die Finger des Mannes auf der Empore flitzten über die Manuale. Die Kirche war kleiner, als Elias von außen vermutet hatte. Sechs Reihen einfacher Holzbänke boten Platz für ungefähr zwei Dutzend Menschen. Der Altar war ebenso wie das Weihwasserbecken aus Granit gemeißelt, ein schmuckloses Kreuz hing an dünnen Seilen von der Decke. Kerzen flackerten, Blumenkränze schmückten den Raum wie zu einem festlichen Gottesdienst.

Elias lauschte den tosenden Orgelklängen und fragte sich, was aus dieser Kirche wohl werden würde. Die Gräber, die er auf dem winzigen Friedhof gesehen hatte, würde man umbetten, und das verwitterte Kriegerdenkmal würde wohl abtransportiert werden. Manchmal, hatte er gelesen, wurden auch die Kirchen gerettet, doch es schien ihm schwer vorstellbar, dass man diesen schmucklosen Bau Backstein für Backstein abtragen und an anderer Stelle wieder errichten würde.

Ein majestätischer Schlussakkord dröhnte auf, steigerte sich zu ohrenbetäubender Lautstärke, endete abrupt und verhallte zwischen den hohen Wänden. Elias hörte, wie der Deckel über den Manualen geschlossen wurde, und zuckte erschrocken zusammen, als unvermittelt eine volltönende Stimme erklang.

»Vergib uns, allmächtiger Gott!«

Elias wich in den Schatten einer Säule zurück, während über ihm eine schlanke Gestalt auf der Empore erschien.

»Vergib uns, denn wir haben gesündigt«, fuhr der Mann, der Elias gestern als Pastor Geralf vorgestellt worden war, fort. »Gewähre uns deine Gnade, obwohl wir sie nicht verdient haben.«

Der Pastor schwieg einen Moment, den Kopf gesenkt, als würde er lauschen. Die schwarze Soutane flatterte um seinen mageren Körper.

»Ja«, nickte er schließlich. Es klang wie eine Antwort. »Wir alle sind verdammt.«

Ein paar Sekunden vergingen. Wieder hielt er inne, fast als würde er lauschen. Das schüttere Haar stand ihm in rostfarbenen Locken wirr vom Kopf ab.

»Der Tag der Abrechnung ist nahe«, fuhr er fort. Monoton, abwesend, als würde er die Worte irgendwo hören und nachsprechen, ohne deren Sinn zu erfassen. »Die Erde wird sich auftun, und aus den Tiefen werden die Gequälten emporsteigen und dann werden sie Rache nehmen an allen, die sie im Dunkel gefangen hielten.«

Was wird das?, überlegte Elias. Ein Gebet? Eine Beichte? Eine Predigt? In einer leeren Kirche?

»Die Gräber werden sich öffnen.« Der junge Priester hob die Stimme. Tränen strömten über sein Gesicht, wahrscheinlich hatte er schon geweint, als er die Orgel gespielt hatte. »Die Geschundenen werden über uns kommen wie die Heerscharen der

Hölle. Du hast recht, Herr. Wir alle sind verdammt. Zusammen mit denen, die das Zeichen der brennenden Blume tragen, denn sie werden jeden finden, der mit diesem Mal gebrandmarkt wurde. Und alle, die ihnen geholfen haben.«

Zitternd klammerte sich Pastor Geralf an die Balustrade. Behutsam, Schritt für Schritt, wich Elias immer weiter zurück, zwängte sich mit angehaltenem Atem durch den Türspalt, und als er endlich unter dem Portal im Freien stand, hallte die Stimme des jungen Mannes noch immer aus dem leeren Kirchenschiff.

---

Eine Stunde später lag Elias auf dem Sofa, die Hände im Nacken verschränkt und sah nachdenklich an die Decke. In einer Ecke brannte eine schäbige, mit braunen Kordeln verzierte Stehlampe. Das Fenster war gekippt, die Gardine bewegte sich sacht über der Heizung. Kein Laut drang herein, die Lichter in der Kirche auf der anderen Straßenseite waren verloschen. Der Pastor hatte seine seltsame Ansprache beendet.

Elias lauschte in die Stille, betrachtete die toten Fliegen, die sich als kleine Punkte im milchigen Glas der Deckenleuchte abzeichneten. Was, überlegte er, bedeutete das alles? Warum handelte jemand wie Arne Barbossa mit Maschinen, die er niemandem liefern konnte? Wem verkaufte Jonas Laux, Bettys Mann, seine blitzenden Neuwagen? Und was, um alles in der Welt, brachte einen Priester dazu, in einer leeren Kirche zu predigen? Worin lag der Sinn? Gab es überhaupt einen?

Elias' Augen fielen zu. Es gab noch eine Menge weiterer Fragen. Was hatte sein Großvater mit diesen *Geschäften* gemeint? Welche Bedeutung hatte das Tattoo? *Wir sind von gleichem Blute*, hatte der Alte gesagt, *es ist ein Zeichen*. Was genau sollte das …

Ein gellendes Läuten ertönte, Elias fuhr erschrocken hoch. Das Telefon stand auf einer Korkunterlage neben dem Röhrenfernseher, Elias hatte es noch nicht beachtet. Er lauschte dem schrillen, analogen Geräusch aus einer längst vergangenen Welt, ungewohnt und doch passend zu diesem Haus, das in der Zeit gefangen zu sein schien, einer Zeit der Faxgeräte und Kassettenrekorder, als die Menschen noch Postkarten schrieben und sich abends um den Fernseher versammelten, Käseschnittchen vertilgten und behäbige Spielshows ansahen, die von einem vorlauten jungen Blondschopf namens Thomas Gottschalk moderiert wurden.

Elias wartete, doch der altmodische Apparat schrillte weiter. Seufzend stemmte er sich hoch, schlurfte müde zur Schrankwand. Er war sicher, dass sich der Anrufer verwählt hatte, also hob er den Hörer, um ihn sofort wieder aufzulegen. Etwas (Neugier?) ließ ihn zögern, er führte den Hörer zum Ohr, meldete sich verschlafen.

»Ja?«

Die Stimme klang weder jung noch alt, konnte ebenso gut einer Frau als auch einem Mann gehören. Ein neutrales, geschlechtsloses Flüstern. Doch es war klar, dass der Anrufer sich nicht verwählt hatte, er nannte Elias beim Namen.

»Hau ab, Elias.« Die Botschaft war kurz. Und eindeutig. »Verschwinde, solange du noch kannst.«

# KAPITEL 6

Als Elias am nächsten Morgen erwachte, roch es nach Kaffee und frischen Brötchen. In der Küche fand er einen gedeckten Frühstückstisch vor, neben dem geblümten Porzellanteller lag ein Zettel. Gähnend las er die Nachricht, die Betty in krakeliger, orthographisch eigenwilliger Kinderhandschrift hinterlassen hatte:

*Kaffee ist in der Maschiene. Ich hoffe Sie mögen das Ei weich. Im Bad sind frische Handtücher. Gruß, B.*

Seine Laune besserte sich augenblicklich, und als er kurz darauf aus der winzigen Dusche kam, pfiff er leise vor sich hin. Sein Schlaf war unruhig gewesen, immer wieder war er hochgeschreckt, doch jetzt, im hellen Morgenlicht, waren die trüben Gedanken verflogen, und so beschloss er, den nächtlichen Anruf als schlechten Scherz zu betrachten. Es war ohnehin sinnlos, sich darüber den Kopf zu zerbrechen.

Er nahm ein frisches Hemd aus Bettys Reisetasche (es kniff ein wenig unter den Achseln) streifte die Jeans über und entschied, einen Spaziergang zu machen.

Die Sonne strahlte vom Himmel, ein weiterer heißer Tag stand bevor. Elias verließ das Haus, warf ihm Gehen einen Blick über die Straße und sah Pastor Geralf, der im Schatten der alten Eichen neben dem verwitterten Kriegerdenkmal stand und damit beschäftigt war, einen Rosenbusch zu schneiden. Er wandte Elias den Rücken zu, dieser beschleunigte unwillkürlich, doch es schien, als habe der junge Priester seinen Blick gespürt. Er drehte sich um, nickte Elias lächelnd zu. In der einen Hand hielt er ein paar Rosen, in der anderen eine Gartenschere. Die schwarze Anzughose war frisch gebügelt, über das weiße Hemd hatte er eine dunkelgrüne Schürze gestreift. Elias erwiderte das Lächeln verlegen, bog um die Ecke und folgte der schmalen Asphaltstraße hinauf zum Schwimmbad. Kopfschüttelnd dachte er an den gestrigen Abend. Dieser freundliche junge Mann hatte nichts, aber auch gar nichts gemeinsam mit dem verwirrten Priester, der vor ein paar Stunden in der leeren Kirche gestanden hatte.

Gebeugt stapfte Elias bergan. Das aschblonde, schüttere Haar war noch feucht vom Duschen, der dünne Zopf hinterließ einen nassen Fleck auf dem Hemdrücken. Er hatte keinen Föhn gefunden und die Suche schnell aufgegeben, als ihm eingefallen war, dass ein neunzigjähriger Greis mit einem solchen Gerät wenig anfangen konnte.

Er kramte im Gehen das Handy hervor. KEIN NETZ, verkündete das Display noch immer. Rechts säumte ein schiefer Elektrozaun die Straße, auf der anderen Seite tauchte die Obstplantage auf. Elias verstaute das Telefon wieder in der Hosentasche, erreichte den kurzen Trampelpfad, der von der Straße abzweigte und zwischen den Apfelbäumen hinauf zu der Bank führte, auf der er gestern telefoniert hatte. Er hob grüßend die Hand, als er das dünne Mädchen mit dem pinkfarbenen Stoppelhaar bemerkte, das oben im gleißenden Licht saß und durch eine große Sonnenbrille hinab ins Tal sah. Sein Herzschlag beschleunigte sich, als er den Hund zu Jessis Füßen sah, ein bulliges Vieh mit flachem Schädel und kurzem, gelblichem Fell, etwas kleiner als der, der ihn erst kürzlich auf Arne Barbossas Grundstück beinahe zerfleischt hätte, aber eindeutig dieselbe Rasse. Elias bemerkte das nietenbesetzte Halsband und die um einen Baumstamm geschlungene Leine und entspannte sich ein wenig, während Jessi seinen Gruß mit einer knappen Handbewegung erwiderte. Er registrierte die Zigarette zwischen ihren Fingern und wusste jetzt, woher die Kippen stammten, die sich überall um die Bank verteilten. Der Menge nach zu urteilen war das Mädchen ziemlich oft dort oben.

Die Straße folgte der Hügelflanke in einem Bogen bergan. Hüfthohes Gras wucherte zwischen den Obstbäumen, Schmetterlinge flatterten umher. Elias' Atem wurde allmählich schwer, sein Gesicht rötete sich. Gleichzeitig sehnte er sich nach einer Zigarette, er glaubte, den verführerischen Duft noch immer riechen zu können, obwohl das Mädchen mindestens zwanzig Meter entfernt gewesen war.

Sechzig, nein, einundsechzig Tage war er jetzt clean. Das war eine verdammt lange Zeit, doch es wurde und wurde nicht besser. Es war Martha gewesen, die den Ausschlag gegeben hatte. Irgendwann war sie in sein verqualmtes Arbeitszimmer gekommen, hatte erst den überquellenden Aschenbecher, dann ihren nikotinsüchtigen Ehemann mit einem kurzen Blick bedacht und nach einer beiläufigen Bemerkung *(es riecht furchtbar, es macht deine Lunge kaputt, also warum tust du's dann?)* das Zimmer verlassen. In den nächsten Tagen hatten sie nicht wieder darüber gesprochen, doch Elias wusste, dass es ihr ernst war, dass er eine Wahl treffen musste zwischen seiner Ehefrau und den Zigaretten. Er hatte sich für Erstere und somit gegen ein Leben in verqualmter Einsamkeit, im Gegenzug allerdings für die Fortsetzung einer zwar nicht sonderlich aufregenden, aber harmonischen Ehe entschieden. Die anfängliche Leidenschaft war längst einem ruhigen, eher sachlichen Beisammensein gewichen, sie schliefen nicht mehr so häufig miteinander wie früher, und wenn sie es taten, geschah es auf eine stille, unspektakuläre Art und Weise, doch Elias war zufrieden, und der Gedanke, dieses ruhige Leben aufs Spiel zu setzen, genügte, um einem wankelmütigen Autor mittleren Alters nach über zwei Jahrzehnten der Abhängigkeit ein wenig Kraft zu geben. Wenn auch nur kurz.

Wie auf Kommando vibrierte sein Handy in der Hosentasche. Die erste Nachricht kam von Martha *(ist alles gut?)*, die zweite von seiner Mailbox. Schnaufend setzte sich Elias auf einen Findling am Straßenrand, tippte eine Antwort *(alles in Ordnung, melde mich heute Nachmittag)* und rief die Mailbox auf. Zuerst ertönte Hermines euphorische Stimme. Seine Agentin bat dringend um Rückruf, es gäbe *verdammt gute News*.

Die zweite Nachricht hatte Kolberg hinterlassen: *Ich habe das vorläufige Obduktionsergebnis. Alles deutet darauf hin, dass Wilhelm an Herzversagen gestorben ist. Ich bitte Sie trotzdem, sich zur Verfügung zu halten, ich habe noch ein paar Fragen.*

Nun, dachte Elias stirnrunzelnd, *ich* habe ebenfalls ein paar Fragen. Eine davon lautet, woher du meine Nummer hast.

E. W. Haack mochte kein Star am deutschen Literaturhimmel sein, doch auch er hatte Fans. Es gehörte zu seinem Job, ab und zu in der Öffentlichkeit zu erscheinen, und oft genug hatte er die Erfahrung gemacht, dass die (zumeist weiblichen) Leser einer bluttriefenden Horrorgeschichte äußerst aufdringlich sein konnten. Elias achtete auf seine Privatsphäre, seine Handynummer stand (ebenso wie seine Adresse) in keinem öffentlichen Verzeichnis. Die Frage, wie Kolberg an diese Nummer gekommen war, lag also auf der Hand.

Er überlegte, seine Agentin zurückzurufen, doch der Gedanke an deren zwangsläufige Frage, wie er mit seinem neuen Buch vorankomme, ließ ihn zögern. Also verschob er den Anruf und lief weiter.

―――――

– *Der schwitzt wie 'n Schwein.*
– *Hat er telefoniert?*

– Ja. Und 'ne Nachricht geschickt.
– Hast du …
– Nein, verdammt, ich habe nichts gehört!
– Wir müssen …
– … wissen, mit wem er spricht. Klar, aber wenn ich näher rangehe, fliege ich auf!

---

Die Minuten vergingen. Elias lauschte dem eintönigen Knirschen des Schotters unter seinen Sohlen, dem Zwitschern der Vögel, bis die Straße nach einer scharfen Linkskurve auf einen Parkplatz mündete, der wie die marode Landebahn eines längst verlassenen Flugplatzes in den Berg gesprengt worden war. Eine rostige Kette war quer über die Zufahrt gespannt, in der Mitte baumelte ein Blechschild, die Aufschrift war nicht mehr zu entziffern.

Elias bückte sich unter der Kette hindurch und lief über den rissigen Asphalt. Die verwaschenen Überreste der Parkmarkierungen waren kaum noch zu erahnen, Unkraut wucherte empor. WILLKOMMEN IM ERLEBNISBAD VOLKOW!, verkündete ein zwei Quadratmeter großes, verblichenes Schild. SPIEL UND SPASS FÜR DIE GANZE FA

Der Rest der Aufschrift verschwand unter einem rostfarbenen Fleck, der offensichtlich von einem Farbbeutel stammte. Links unten war eine Comicfigur abgebildet, offenbar das Maskottchen des Bades. Das Tier (ein Otter, vermutete Elias) trug eine riesige Sonnenbrille und streckte dem Betrachter grinsend den erhobenen Daumen entgegen.

Elias näherte sich der halbrunden Kuppel. Die Sonne stand hoch am Himmel, spiegelte sich in den wabenförmigen Segmenten. Schnaufend betrachtete er eine Rutsche, die zehn Meter über seinem Kopf auf halber Höhe der Kuppel ins Freie führte und sich in spiralförmigen Windungen wie ein monströser, giftgrüner Korkenzieher in die Tiefe wand.

Das Bad schien seit Jahren verlassen. Farbe blätterte von den riesigen, gebogenen Stahlstreben über der Kuppel, die überall sichtbaren Graffiti waren verblasst. Hüfthohes Gras wucherte zwischen schiefen Betonplatten, junge Birken reckten die dünnen Äste empor. Elias war drei, höchstens vier Kilometer gelaufen, doch es schien, als befände er sich in einer stillen, postapokalyptischen Welt.

Schweiß strömte über seinen Rücken, brannte unter den Achseln des engen Hemdes. Die gläsernen Flügel der Eingangstüren standen halb offen, Risse zogen sich wie Spinnennetze über die Scheiben.

---

– *Er geht rein.*
– *Hoffen wir, dass er nicht zu schreckhaft ist. Ansonsten kackt er sich gleich in die Hose.*

---

Glas knirschte unter seinen Schuhen, als Elias am Kassenhäuschen vorbei durch einen dämmrigen Gang lief. Seine Schritte hallten von den gefliesten Wänden wider. In den Garderoben reihten sich Hunderte Schränke aneinander, die zerkratzten Blechtüren standen offen, hingen schief in den Angeln.

Elias betrat die Halle. Die Luft war stickig, staute sich unter der hohen Kuppel. Ein tropischer Hauch, der nach Moder und Fäulnis roch, unterlegt mit dem kaum wahrnehmbaren stechenden Geruch von Chlor. Auch hier überall Zeichen des Verfalls:

drei Meter hohe Palmen, deren vertrocknete Wedel auf dem Boden hingen. Die Fliesen über und über mit Farbe beschmiert, die Fugen von Schimmel und Moos bedeckt. Der Boden des großen, halbmondförmigen Beckens verschwand unter allerlei Unrat, Pizzaschachteln lagen herum, geborstene Bierflaschen. Direkt unter dem Sprungbrett entdeckte er das verbeulte Unterteil eines Kinderwagens.

Interessanter Ort, dachte Elias, hob einen zersplitterten Plastikstuhl auf und setzte sich. Ideal für eine morbide Geschichte. Ein paar Jugendliche vielleicht, die es in einer stürmischen Nacht hierher verschlägt. Vielleicht sind sie auf der Flucht. Sie wissen nicht, wer ihr Verfolger ist, verdächtigen sich gegenseitig und sind schließlich hier eingeschlossen. Und dann …

*VEREHRTE GÄSTE!*

Die Stimme kam wie aus dem Nichts. Elias erschrak so heftig, dass er aufsprang.

*IN FÜNF MINUTEN BEGINNT DAS WELLENBAD!*

Der Stuhl polterte hinter Elias zu Boden, während zwanzig Meter über ihm eine verzerrte Durchsage aus den Boxen unter der Kuppel durch die Halle dröhnte.

*WIR BITTEN DIE NICHTSCHWIMMER, DEN ABGESPERRTEN BEREICH NICHT ZU VERLASSEN! ELTERN ACHTEN BITTE AUF IHRE KINDER!*

Zitternd sah Elias sich um. Die Idee, die weit hinten in seinem Kopf erschienen war und sich womöglich zu einer neuen Geschichte entwickelt hätte, war verschwunden, zerplatzt wie eine schillernde Seifenblase.

Ein altes Tonband, dachte er, das irgendwie automatisch angesprungen ist.

Im nächsten Moment bemerkte er die Bewegung hinter der Glasscheibe am anderen Ende des Beckens und erkannte seinen Irrtum. Der dämmrige Raum hatte früher offensichtlich als

Beobachtungsposten für die Rettungsschwimmer gedient. Eine schemenhafte Gestalt erhob sich und erschien ein paar Sekunden später in der Halle.

Der Mann trug ein grünes Poloshirt und kurze Turnhosen. Seine Füße steckten in gelben Badeschlappen, darunter trug er weiße Kniestrümpfe. Um den Hals baumelte eine silberne Trillerpfeife.

Das, schoss es Elias durch den Kopf, ist der Bademeister.

Noch immer schlug sein Herz bis zum Hals, zitternd wartete er darauf, angesprochen zu werden, schließlich standen sie sich direkt am Beckenrand gegenüber, kaum zwanzig Meter voneinander entfernt.

Doch der andere, ein breitschultriger Mann mit dunklem, lockigem Haar, beachtete ihn nicht. Gemächlich kam er näher, die Hände auf dem Rücken verschränkt, den Blick konzentriert auf das Becken gerichtet, als wäre es nicht voller Müll, sondern tobender Kinder.

Er hat mich gesehen, dachte Elias, er *muss* mich gesehen haben. Doch selbst, als der Mann an Elias vorbeischlenderte, so dicht, dass der Zigarettendunst in seinem Atem zu riechen war, blieb Elias Luft für ihn. Er kickte eine verrostete Bierdose beiseite, diese landete polternd im leeren Becken. Plötzlich stoppte er, wandte sich ruckartig um und musterte Elias von Kopf bis Fuß, als nähme er ihn erst jetzt wahr. Er wippte ein paarmal vor und zurück, die Gummisohlen quietschten auf den verschmierten Fliesen.

»Das sehen wir hier aber gar nicht gern.«

Die Stimme, tief und kräftig, war leicht erhoben, als müsse sie den Lärm Hunderter Badegäste übertönen. Elias setzte zu einer Antwort an, brachte allerdings nur ein fragendes Krächzen zustande.

»Wir können doch lesen, junger Mann. Oder?«

*Junger Mann?*, dachte Elias verwirrt. Der ist höchstens dreißig, ich bin mindestens zehn Jahre älter. Blinzelnd folgte er dem kräftigen, behaarten Arm des Mannes, der mit ausgestrecktem Zeigefinger zur Wand deutete.

ZUTRITT NUR IN BADEKLEIDUNG stand auf den teilweise gesplitterten Fliesen. Einige Buchstaben fehlten.
BIT E DUSCHEN BENUT EN

Ein fragender, durchdringender Blick aus dunklen Augen.

»Entschuldigung«, murmelte Elias. »Ich dachte …«

»Es gibt Hygienevorschriften.« Der Mann deutete kopfschüttelnd auf das leere Becken. »Stellen Sie sich mal vor, das würde jeder so machen.«

Er kam einen Schritt näher, die Pfeife pendelte vor seinem Bauch. Auf der linken Brustseite des grünen Shirts war das grinsende Maskottchen aufgestickt (kein Otter, korrigierte sich Elias, eher eine Kegelrobbe), auf der anderen Seite prangte ein Namensschild: *S. Barbossa*

Elias dachte an Arne, den Mechaniker. Der hatte eine ähnlich kräftige Statur, auch das schwarze Haar und die dunklen Augen ließen vermuten, dass die beiden verwandt, wahrscheinlich Brüder, waren.

Elias wiederholte seine Entschuldigung. Dieser … *Bademeister* war eindeutig verrückt, doch er schien harmlos, stellte keine Bedrohung dar. Trotzdem fühlte Elias sich unwohl. Der Schweiß strömte ihm aus allen Poren, seine Zunge klebte im Mund wie ein vertrockneter Schwamm.

»Ich …« Er räusperte sich, deutete zum Ausgang. »Ich wollte sowieso gerade …«

»An der Kasse finden Sie alles, was Sie brauchen. Wir führen ein umfangreiches Sortiment an Badebekleidung, ebenso Zusatzartikel wie Schwimmhilfen und Freizeitschuhe. Frau Köhler berät sie gern.«

Ein knappes Nicken, der junge Mann wandte sich ruckartig um. Sein Blick wanderte über das Becken, konzentrierte sich auf einen Farbeimer, der direkt unter ihm neben einem Einweggrill auf den bemoosten Fliesen lag. Er musterte den Eimer unter gesenkten Brauen, als habe er Sorge, einen unsicheren Schwimmer entdeckt zu haben.

»Die Sauna«, sagte er über die Schulter, »öffnet heute erst um sechzehn Uhr. Es gibt technische Probleme.«

»Ach je«, murmelte Elias.

»Das Eintrittsgeld kann leider nicht zurückerstattet werden.« Der Bademeister beugte sich vor, richtete seine Aufmerksamkeit auf einen halbvermoderten Turnschuh. »Frau Köhler stellt Ihnen einen Gutschein aus, den können Sie in der Cafeteria einlösen.«

---

»Zehntausend Euro Vorschuss«, sagte Hermine. »Pro Buch. Macht insgesamt vierzigtausend, Darling.«

Elias lauschte der rauchigen Stimme seiner Agentin. Er hatte das Bad vor ein paar Minuten verlassen. Kurz bevor er das Ende des Parkplatzes erreichte, hatte sein Handy geklingelt.

»Das klingt gut.« Er bückte sich, schlüpfte unter der rostigen Stahlkette hindurch und lief die Straße entlang in Richtung Dorf. »Richtig gut.«

»*Gut?*« Hermines Lachen klang tief, kehlig wie das einer alten Frau, obwohl sie ein paar Jahre jünger war als Elias. »Ich erzähle dir gerade, dass vier deiner Bücher ins Englische übersetzt werden und bei den Amis erscheinen. Flipp nicht gleich aus vor Freude.« Ein weiteres Lachen. »Das ist der Jackpot.«

Das stimmte. Es kam selten vor, dass deutsche Autoren in Amerika veröffentlicht wurden, und Elias hätte nicht im Traum damit gerechnet, dass seine Bücher irgendwann in einer New Yorker Buchhandlung neben einem Werk von Stephen King stehen würden. Trotzdem konnte er sich im Moment nicht so recht darüber freuen. Weil er wusste, welche Frage Hermine als Nächstes stellen würde.

»Und?«, fragte sie dann auch. »Wie kommst du …«

»Gut«, unterbrach er. »Ich komme gut voran.«

Seine Strümpfe waren von Schweiß durchnässt. Zügig, ein wenig steifbeinig, lief er bergab, als hätte er Schmierseife in den Schuhen.

»Elias?«

Hermine wurde ernst. Der spöttische Unterton war verschwunden.

»Ja?«, fragte er.

»Du hast keine Ahnung, was du schreiben sollst. Stimmt's?«

Er blieb stehen, sah auf. Der Himmel bildete eine stahlblaue Kuppel über seinem Kopf. Keine Wolke, nur ein einsamer Kondensstreifen, der aus Richtung des Tagebaus kam und im Osten hinter den Hügeln verschwand.

»Stimmt«, nickte er. »Ich habe nicht den blassesten Schimmer.«

»Ich rufe den Verlag an.« Er hörte, wie sie an ihrer Zigarette zog. »Wir verschieben den Abgabetermin.«

»Das ist nicht nötig.«

Er sah sie vor sich. Eine schlanke Frau in hellem Kostüm, die hochhackigen Schuhe auf dem Schreibtisch abgelegt. In der einen Hand das Telefon, in der anderen die unvermeidliche Mentholzigarette.

»Wie du meinst, Elias.«

Das war es, was er an seiner Agentin so mochte. Sie redete nicht viel, und sie traf ihre Entscheidungen blitzschnell, ähnlich wie Martha. Es war gut, diese Frauen im Rücken zu haben.

»Ich …« Er räusperte sich. »Ich überlege, was anderes zu schreiben.«

»Ach.« Hermine klang amüsiert. »Ein Kochbuch?«

Eine Eidechse huschte über die Straße. Elias beobachtete, wie das Tier rechts in der Böschung unter ein paar Mohnblumen verschwand.

»Du weißt, was ich meine.«

»Allerdings.« Wieder wurde sie ernst. »Du hast genug von den banalen Schauergeschichten.«

»Ja.«

»Du weißt, was man von dir erwartet, Elias.«

»Banale Schauergeschichten.«

»Das, mein Lieber, trifft es auf den Punkt.«

Er setzte sich wieder in Bewegung. Die ersten Bäume der Obstplantage tauchten auf, er wandte sich nach rechts und lief im Schatten weiter.

»Es ist ein Risiko, Elias.«

»Das ist mir bewusst.«

»Du wirst tun, was du für richtig hältst.« Ein Feuerzeug klickte, Hermine zündete die nächste Zigarette an. »Ich weiß, dass du das nicht gerne hörst, aber du bist ein Schriftsteller, Elias. Ein *guter* Schriftsteller.«

Na ja, dachte Elias, vielleicht werd ich's ja irgendwann.

Sie wechselten noch ein paar Worte. Als sie das Gespräch beendeten, hörte Elias ein Rascheln, irgendwo rechts, hinter den Bäumen. Er blieb stehen, sah allerdings nur ein paar schwankende Äste und einen Schwarm aufgescheuchter Mücken, die über den verdorrten Grashalmen schwirrten.

Ein Tier, wahrscheinlich ein Reh, überlegte Elias und ging weiter.

―――――

– *Scheiße, das war knapp.*
– *Hat er ...*
– *... nein, er hat mich nicht gesehen.*
– *Mit wem hat er gesprochen?*
– *Mit irgendeiner Hermine. Ich hab kaum was kapiert, er hat nur über seine Bücher gelabert.*
– *Sonst nichts?*
– *Ich sage dir, der hat keine Ahnung. Der weiß nichts.*
– *Wir können nicht sicher sein.*

―――――

Er hatte die Flanke des Hügels erreicht. Rechts führte die Straße hinunter ins Dorf, zu seiner linken erstreckte sich die Ebene in Richtung Westen. Jetzt, mit der Sonne im Rücken, erkannte er den Tagebau in der Ferne. Die schartige Kante bildete die Form eines riesigen Dreiecks, dessen Spitze direkt auf das Dorf gerichtet war. Das Loch dahinter schien bodenlos zu sein, Dunst lag über der aufgewühlten Erde. Die monströsen Aufbauten eines Baggers ragten empor, ein Ungetüm, dessen stählerne Schaufeln sich unbarmherzig näher fraßen.

Da unten ist alles, was ich für eine gute Geschichte brauche, überlegte Elias. Ein Dorf, das bald verschwunden sein wird. Eine Handvoll Menschen, die alles verlieren werden. Ihr Land, ihre Häuser. Trotzdem bleiben sie bis zum Ende. Ich kann herausfinden, warum. Was genau sie verbindet. Ich kann über diese Menschen schreiben, es sind spannende Figuren: Die freundliche, etwas einfach gestrickte Betty. Jonas, der Autohändler. Jessi, ihre halbwüchsige Tochter. Arne, der Mechaniker. Nicht zu vergessen dieser rätselhafte Priester und der verrückte Bademeister.

Ja, wiederholte Elias in Gedanken, dort unten könnte eine

Geschichte auf mich warten. Eine gute Geschichte. Eine *wahre* Geschichte. Ohne Blut. Ohne Leichen. Und trotzdem spannend. Er schlenderte durch die flirrende Hitze hinunter ins Dorf.

---

Auf der Dorfstraße wandte er sich nach rechts und lief am Haus seines Großvaters vorbei, um weiter vorn in dem kleinen Laden noch etwas zu trinken zu kaufen. Er hatte Durst, seine Füße brannten, und obwohl er nur ein paar Kilometer gelaufen war, schmerzten seine Muskeln, als hätte er einen Marathon absolviert.

Nach fünfzig Metern stoppte er neben einem Papierkorb, sah hinüber zur anderen Straßenseite. Die Häuser gegenüber bildeten eine Linie, nur eines davon war ein paar Meter zurückversetzt. Im Gegensatz zu den anderen schien es ein wenig verwahrlost, das Ziegeldach war geflickt, die Fugen zwischen den Backsteinen zerbröckelt, die Farbe an den Fensterläden teilweise abgeblättert. Eine Reihe weißgekalkter Feldsteine grenzte das Grundstück vom Fußweg ab. Neben der verwitterten Haustür stand eine Hollywoodschaukel auf dem schmalen Kiesstreifen. Der alte Mann, der dort dösend im Schatten saß, war Timur Gretsch. Elias überquerte die Straße und ging auf ihn zu.

---

– *Er geht rüber zu dem Russen.*
– *Soll er ruhig.*
– *Der quatscht den an.*
– *Na und? Der Alte hat sowieso nur noch Brei im Schädel.*

---

»Herr Gretsch?«

Der alte Mann reagierte nicht. Sein Kopf war auf die Brust gesackt, das Gesicht unter einem breitkrempigen Hut verborgen. Seine Kleidung erinnerte an die Uniform eines Zimmermannes: weißes, kragenloses Hemd, schwarze, zerbeulte Cordhosen, dazu Weste und Jackett aus demselben Stoff, mit großen, silbrig schimmernden Knöpfen an den Aufschlägen.

Elias griff einen hölzernen Klappstuhl, der neben einem zusammengerollten Wasserschlauch an der Wand lehnte, und nahm vor der Hollywoodschaukel Platz.

»Wir kennen uns.« Er beugte sich vor, stützte die Ellbogen auf den Knien ab. »Ich war vorgestern auf dem Geburtstag, wir …«

»Du bist sein Enkel, ich weiß.« Der alte Mann hatte sich nicht bewegt, nur seine hohe, zittrige Stimme drang unter der Hutkrempe hervor. Der singende Tonfall, das rollende R deuteten darauf hin, dass er Russe war. »Du hast Betty direkt in den Ausschnitt gekotzt, Bürschlein.«

»Ja«, murmelte Elias verlegen.

Der Alte kicherte leise. Das Geräusch ähnelte dem Knarren der Schaukel, die in ihren rostigen Gelenken ächzte.

»Wilhelm … mein Großvater«, begann Elias vorsichtig, »ist gestorben. Ich nehme an, Sie haben davon erfahren?«

Die breite Krempe senkte sich. Ein Zeichen, das Elias als Zustimmung deutete.

»Es gibt ein Foto«, fuhr er fort. »Es zeigt Sie und Wilhelm als junge Männer. Ich nehme an, Sie waren befreundet. Ich kannte meinen Großvater kaum. Vielleicht können Sie mir etwas über ihn erzählen. Was für ein Mensch er war, wie er …«

»Sind sie immer noch so … prall?«

Elias verstand kein Wort. »Wie meinen Sie das?«

»Bettys Brüste.«

Langsam, ganz langsam hob Timur Gretsch den Kopf. Zunächst tauchte das markante Kinn aus dem Schatten auf, dann das Muttermal unter den weißen Bartstoppeln auf der Wange. Zuletzt erschienen die Augen, Elias bemerkte den milchigen Schleier über den Pupillen, die blicklos in seine Richtung sahen. Der alte Mann war blind.

»Ich habe sie seit Jahren nicht mehr gesehen.« Der Mund des Alten öffnete sich zu einem zahnlosen Grinsen. »Ihre Brüste.«

Elias hatte Mühe, den Alten zu verstehen. Dieser wiederholte die letzten Worte *(ihre Brrrrisste)* und starrte mit einem seligen Lächeln in die Richtung, aus der er Elias' Stimme hörte.

»Sie waren so ... groß. So ... *prall.*«

Elias kannte diese Augen, die starren, toten Augen eines Fisches, damals waren sie noch nicht blind gewesen, doch er ...

---

*... fürchtet sich ein bisschen vor ihnen, weil man nie genau weiß, wo Onkel Timur gerade hinguckt. Eigentlich ist er immer nett zu Elias, er lacht ganz viel und schenkt Elias Lakritze, aber Mama will das nicht, sie mag Onkel Timur nicht. Sie sagt ...*

---

»Pssst!« Der alte Mann straffte sich, hob die Hand. »Hörst du das?«

Er senkte lauschend das Kinn. Ein paar Sekunden vergingen, dann sah er Elias aus leeren, geweiteten Augen an.

»Das sind die Toten«, flüsterte er. »Sie rufen. Sie warten schon lange, und jetzt werden sie ungeduldig. Bald«, er beugte sich vor, seine knotigen Finger krallten sich in Elias' Unterarm, »werden sie hier sein.«

Der Griff des Alten war fest. Elias wollte sich losmachen, stattdessen wurde er in den Schatten der Schaukel gezogen.

»Sie werden kommen.« Ein tonloses, zittriges Krächzen, dicht an Elias' Ohr. »Es wird ihnen egal sein, ob du schuld bist. Sie wollen nur eines, Bürschlein. Rache.«

*Rrrrrrrrrrrache.*

»An allen, die das Zeichen tragen.«

Der Griff des Alten lockerte sich. Elias richtete sich auf, trat einen Schritt zurück.

»Ich verstehe nicht. Was für ein Zeichen?«

Timur Gretsch antwortete nicht. Stattdessen schob er mit zitternden Fingern den Jackenärmel zurück und hielt Elias den Arm entgegen. Die Tätowierung auf der Innenseite des Handgelenks kannte Elias schon lange.

Er trug dieselbe.

## ZWEITER TEIL

## ZWEITER TEIL

*Im Tal der brennenden Blumen*

# KAPITEL 7

Den Nachmittag verbrachte Elias im Haus. Zunächst durchsuchte er noch einmal die Schrankwand, doch er fand nichts, was sein Interesse geweckt hätte. In den Schubladen stapelten sich Rechnungen, Prospekte und alte Fernsehzeitungen, persönliche Dinge hatte sein Großvater dort nicht aufbewahrt, ausgenommen eine zerknickte Mappe, in der Wilhelm sein Parteibuch, ein paar Urkunden *(Aktivist der sozialistischen Arbeit)* und die Ernennung zum Bürgermeister abgeheftet hatte.

Nachdem Elias den Keller inspiziert hatte, wo er außer Regalen mit verstaubten Obstgläsern und einer verschlossenen Stahltür, die wahrscheinlich in den Heizungsraum führte, nichts weiter vorgefunden hatte, ging er über die schmale Treppe ins Obergeschoss. Das Schlafzimmer seines Großvaters erwies sich als spartanisch eingerichtete, stickige Kammer. Die Muster der Tapete auf den abgeschrägten Wänden waren vergilbt, der graue Veloursteppich verschlissen. Der Kleiderschrank stammte aus den siebziger Jahren, in den Regalen fanden sich Stapel säuberlich gefalteter Unterwäsche, auf den Kleiderbügeln reihten sich gebügelte Hemden. Den einzigen Schmuck bildete ein gerahmter Kunstdruck neben dem kleinen Fenster. Auf dem schmalen Eisenbett lag eine karierte Tagesdecke. Elias fühlte sich unwohl bei dem Gedanken, dass der alte Mann in diesem Bett gestorben war, er warf einen letzten

Blick auf die zertretenen Filzpantoffeln seines Großvaters und verließ das Zimmer.

Das, überlegte er, als er die knarrenden Stufen nach unten ging, soll tatsächlich alles sein? Mehr hinterlässt er nicht, nach neunzig Jahren, von denen er einen großen Teil in diesem Haus gelebt hat?

Elias wusste nicht genau, wonach er suchte. Etwas, das ihm den alten Mann vielleicht ein wenig näherbrachte. Das hatte nichts mit Neugier zu tun, jedenfalls nicht nur. Er wusste so gut wie nichts über seine frühe Kindheit, und die Bilder, die in den letzten Stunden immer wieder aufgetaucht waren, brachten kein Licht ins buchstäbliche Dunkel, im Gegenteil, sie steigerten seine Verwirrung. Je mehr er über Wilhelm herausfand, desto mehr erfuhr er über sich selbst.

*Wir sind von gleichem Blut*, hatte Wilhelm gesagt. *Wir tragen dasselbe Zeichen.*

Nicht nur wir, dachte Elias und betrachtete die kleine Tätowierung am Handgelenk. Es gibt noch jemanden. Einen verwirrten alten Mann, der aus Russland stammt und Wilhelm seit seiner Jugend kannte.

Mehr, das ahnte Elias, würde er nicht herausfinden. Jedenfalls nicht von Timur Gretsch, der offensichtlich geistig umnachtet war, womöglich sogar dement. Merkwürdigerweise hatten die Hirngespinste des Alten an die wirren Worte des jungen Pastors erinnert, der ebenfalls von auferstehenden Toten und anderem Unsinn gefaselt hatte.

Elias ging in die Küche, füllte ein Glas mit Leitungswasser und leerte es in einem Zug. Der kleine Laden hatte geschlossen gehabt (*Mittagspause von 12–13 Uhr*, war auf einem Pappschild zu lesen gewesen), doch das Wasser aus dem Hahn war kalt und glasklar. In einem der Wandschränke über der Spüle hatte Elias eine beeindruckende Auswahl diverser Kräutertees entdeckt, und später würde er sich ein Bier aus dem Kasten in der kleinen Kammer nehmen können.

An diesem Ort, überlegte Elias und stellte das leere Glas in die Spüle, geschehen seltsame Dinge. Das Telefon schrillte, er fuhr erschrocken zusammen und dachte an den unbekannten Anrufer vom gestrigen Abend. Nach einigem Zögern nahm er ab, doch anstelle einer weiteren bedrohlichen Nachricht *(verschwinde, solange du noch kannst)* erhielt Elias eine freundliche Einladung zum Abendessen.

---

»Ich hoffe, Sie sind kein Vegetarier.«

Kolberg deutete auf einen verchromten Gasgrill, der neben dem Esstisch auf der Veranda stand.

»Nee«, grinste Elias verlegen. Er entspannte sich etwas, sank nach hinten in die Lehne seines Korbstuhls und schlug die Beine übereinander. »Schön haben Sie's hier.«

Das war ehrlich gemeint, mehr als eine Floskel. Das Haus, ein paar Dutzend Meter entfernt von dem seines Großvaters am westlichen Dorfrand gelegen, war ähnlich gebaut. Von der Straßenseite war kein großer Unterschied auszumachen gewesen, doch es war modern eingerichtet, das Erdgeschoss bestand aus einem einzigen hellen Raum, die rückwärtige Seite zum Garten war vollständig verglast.

Eine junge dunkelhaarige Frau erschien, stellte eine Schüssel mit Tomatensalat auf den Tisch, bedachte Elias mit einem kurzen Lächeln und verschwand wieder im Haus. Kolberg hatte sie als Anna, seine (in Elias' Augen äußerst attraktive) Ehefrau vorgestellt.

»Danke für die Einladung«, sagte Elias.

»Gern geschehen.«

Kolberg griff nach seinem Bier, Elias tat es ihm gleich. Sie beugten sich über den Tisch, die Flaschen klirrten aneinander.

»Ich muss mich bei Ihnen entschuldigen.« Kolberg wischte sich mit dem Handrücken den Schaum von den Lippen. »Ich glaube, ich war neulich ein bisschen … forsch.«

Bei ihrer ersten Begegnung hatte er einen Anzug getragen, jetzt war seine Kleidung deutlich legerer: Sandalen, dreiviertellange Khakihose und ein verwaschenes *Nirvana*-T-Shirt.

»Kein Problem«, erwiderte Elias.

»Es ist nun mal mein Job«, seufzte Kolberg. »Klar, Wilhelm war alt, aber er war topfit, soweit ich weiß. Ich wollte einfach auf Nummer Sicher gehen. Ich nehme meine Arbeit ziemlich ernst, *zu* ernst, sagt Anna. Heute Morgen meinte sie, ich sei ein Streber.«

»Das bist du ja auch!«, drang die Stimme der jungen Frau aus dem Haus. Kolberg hob die Schultern und warf Elias einen Blick zu, der gleichzeitig Belustigung und Resignation ausdrücken sollte.

»Fragen Sie mal seine Kollegen.« Anna erschien wieder auf der Terrasse und platzierte einen geflochtenen Korb mit frischen Brötchen auf dem Tisch. »Die scheucht er nämlich ganz schön durch die Gegend. Aber er kann einfach nicht anders.« Sie gab Kolberg einen Kuss auf den Hinterkopf. »Der jüngste Hauptkommissar der Lausitz.«

Sie ging wieder ins Haus. Ein kurzer Zopf pendelte in ihrem Nacken, der hauchdünne Stoff ihres hellen Sommerkleides wehte um die gebräunten Beine. Die waren Elias bereits gestern aufgefallen, als er oben über dem Dorf auf der Bank gesessen und einen Blick auf die schlanke Frau geworfen hatte, die im knappen Bikini auf der Liege neben dem aufblasbaren Pool in der Sonne lag.

Das junge Paar war Elias sympathisch. Die beiden waren nett. Vor allem aber waren sie ... *normal.*

»Was macht Ihr Auto?« Kolberg rückte die randlose Brille zurecht.

»Herr Barbossa, ich meine, *Arne*«, verbesserte sich Elias, »meint, dass ich's morgen abholen kann. Bis dahin sollte ich alles geklärt haben.«

Kolberg hob fragend die Augenbrauen.

»Ich muss mich um Wilhelms Nachlass kümmern. Und außerdem«, Elias nippte an seinem Bier, »um die Beerdigung.«

Dieser Gedanke war ihm erst jetzt gekommen. Kein schöner Gedanke, weiß Gott nicht, doch es lag auf der Hand.

»Wilhelm, er ...« Kolberg räusperte sich. »Er liegt noch in der Pathologie. Ich denke, spätestens Ende der Woche wird seine Leiche freigegeben.«

Sie tranken schweigend. Die Sonne stand tief über den Hügeln. Das Weizenfeld hinter dem niedrigen Gartenzaun am Ende des Grundstücks schimmerte kupferfarben, wogte im lauen Abendwind.

»Bisher«, sagte Elias, »hab ich kaum was gefunden. Nur ein Fotoalbum, ansonsten keine persönlichen Dinge. Auch kein Testament. Vielleicht hat er ja irgendwo eins hinterlegt.«

»Ein Testament?« Kolberg schüttelte den Kopf. »Kann ich mir bei dem alten Knurrhahn kaum vorstellen. Sie sind sein engster Verwandter, also werden Sie sich wohl oder übel auf 'ne Stange Geld gefasst machen müssen.«

Diesmal war es Elias, der fragend die Brauen hob.

»Die Bergbaugesellschaft zahlt eine Menge für die Grundstücke«, erklärte Kolberg. »Und für die Häuser. Selbst für Wilhelms alten Kasten dürfte eine beachtliche Summe zusammenkommen.«

Darüber hatte Elias noch nicht nachgedacht.

»Das Geld«, fuhr Kolberg fort, »fließt erst, wenn die Grundstücke geräumt sind. Sozusagen als letztes Druckmittel.«

»Und warum ...«

»Warum *wir* noch hier sind?« Kolberg zuckte die Achseln. »Das neue Haus ist längst fertig. Eine Reihenhaussiedlung, knapp dreißig Kilometer entfernt. Im Moment bin ich jeden Tag eine Stunde im Auto unterwegs, von dort sind es nicht mal zehn Minuten bis ins Präsidium. Trotzdem wollen wir bis zum Herbst bleiben. Wir beide sind hier geboren, das Haus gehörte Annas Vater. Wir genießen die letzten Tage hier, betrachten es als eine Art ... Urlaub. Abgesehen davon«, er hob lächelnd den Kopf, »kommt nicht mal ein Umzugswagen bis hierher. Niemand macht sich die Mühe, diese verdammte Brücke zu sanieren. Angeblich soll sie gesprengt werden, damit die Zufahrt verbreitert werden kann, aber das wird wohl noch dauern.«

»Ich frage mich«, Elias runzelte die Stirn, »wie das die anderen hier machen. Arne Barbossa zum Beispiel. Ich meine, wovon ernährt er sich?«

»Arne?« Kolberg beugte sich zur Seite, öffnete eine Kühlbox und holte zwei neue Bierflaschen heraus. »Der wird bald ein wohlhabender Mann sein. Er hat das größte Grundstück, abgesehen von Jonas' Autohaus. Außerdem«, er öffnete die Flaschen mit einem Zischen, »ist Arne ein verdammt guter Mechaniker. Er ist viel unterwegs, hat überall seine Kunden.«

Das schien einleuchtend, doch Elias fragte sich, wie genau Arne das anstellte. Er konnte sich nicht erinnern, einen von diesen kleinen Kastenwagen gesehen zu haben, eine mobile Werkstatt oder etwas in der Art.

»Arne hatte es nicht leicht.« Kolberg reichte Elias die neue Flasche über den Tisch. »Er war siebzehn, als seine Eltern gestorben sind. Seitdem kümmert er sich um seinen Bruder. Siegmund ist zwei Jahre jünger als Arne und ein bisschen ...«

»… eigen«, nickte Elias, »ich weiß.«

Er erzählte von seinem morgendlichen Spaziergang und der befremdlichen Begegnung in dem verlassenen Spaßbad.

»Siegmund ist geistig behindert«, erklärte Kolberg. »Arne wollte ihn damals nicht in ein Heim geben, also hat Wilhelm dafür gesorgt, dass er oben im Bad einen Job als Reinigungskraft bekommt.«

»Wilhelm?«

»Ihr Großvater war hier vierzig Jahre lang Bürgermeister. Damals war er schon in Rente, aber seine Beziehungen haben immer noch funktioniert.«

Das Spaßbad, berichtete Kolberg, war kurz nach der Wende eröffnet worden. Die Besucherzahlen waren von Anfang an nicht sehr hoch gewesen, und als die Subventionen gestrichen wurden, war das Ende schnell besiegelt.

»Siegmund lebt in seiner eigenen Welt. Er ist glücklich da oben. Arne hätte seine Zelte längst abgebrochen, aber er bleibt, weil er seinen Bruder sonst ins Heim geben muss.«

»Und Betty?«

»Die hat sich um Wilhelm gekümmert. Der Alte hat sie wie eine Dienstmagd behandelt, aber sie nimmt ihre Aufgaben verdammt ernst. Also ist sie geblieben. Jonas hat ihr den Gefallen getan, obwohl ich mir nicht vorstellen kann, dass er in letzter Zeit auch nur ein einziges Auto verkauft hat. Und wenn's nach Jessi ginge, wären sie alle schon vor Jahren in die nächste Stadt gezogen. Kein Wunder, für eine Sechzehnjährige ist hier das Ende der Welt.«

Das, fand Elias, war durchaus nachvollziehbar.

»Man sieht's der Kleinen nicht an.« Kolberg prostete Elias zu. »Aber sie ist verdammt temperamentvoll. Die Familie wohnt schräg gegenüber, und wenn manchmal die Fetzen fliegen, ist es bis in unser Schlafzimmer zu hören.«

Und das, fügte er seufzend hinzu, werde sich wohl so schnell nicht ändern.

»Warum?«, fragte Elias.

»Wie gesagt, Betty nimmt ihre Aufgaben sehr ernst. Es gab nicht nur Wilhelm, sie führt auch Timur seit Jahren den Haushalt. Und im Gegensatz zu Wilhelm ist Timur allein absolut hilflos. Blind und dement, wie er ist.«

Annas Kopf erschien in der Verandatür. Der Salat sei fertig, teilte sie mit, das Fleisch könne auf den Grill. Kolbergs Bemerkung, dass er noch kurz sein Bier austrinken wolle, wurde von der jungen Frau mit einem vorwurfsvollen Blick quittiert, dann verschwand sie wieder im Haus.

»Ich habe mich heute mit Timur unterhalten. Besser gesagt«, korrigierte sich Elias, »hab ich's versucht. Ich hatte gehofft, etwas über Wilhelm zu erfahren, aber das«, er nippte kopfschüttelnd an seinem Bier, »hat nicht funktioniert.«

»Timur ist seit Jahren nicht mehr ansprechbar.«

Elias erzählte von dem vergilbten Foto, auf dem sein Großvater zusammen mit Timur Gretsch in jungen Jahren zu sehen war.

»Die beiden haben sich kurz nach dem Zweiten Weltkrieg kennengelernt«, nickte Kolberg. »Timur ist Russe, er war bei der Roten Armee. Irgendjemand hat erzählt, dass er oben im Militärgefängnis beim Wachpersonal war, da dürfte er fast noch ein Kind gewesen sein. Angeblich hat Wilhelm dort eingesessen. Die beiden haben nie darüber gesprochen, keine Ahnung, ob das stimmt.«

Elias setzte an, um nach den Tätowierungen zu fragen, doch Anna erschien und verlangte streng, dass das Fleisch umgehend auf den Grill müsse, es sei denn, ihr feiner Herr Gemahl habe Lust auf zerkochte Kartoffeln und steinharte Baguettes.

Kolberg entschuldigte sich, warf Elias einen Blick zu ...

*Frauen, was soll man machen?*
... und begab sich zum Grill.

---

»Noch eins?«

Kolberg deutete mit der Gabel auf eine Schüssel, in der sich Steaks und gebratene Würstchen stapelten.

»Nee«, wehrte Elias kopfschüttelnd ab, »wenn ich noch einen einzigen Happen esse, platze ich.«

Er bedankte sich, lehnte sich ächzend zurück und öffnete unauffällig den Gürtel. Anna ging ins Haus, um Kaffee zu kochen. Die Dämmerung brach herein, sie schaltete eine Lampe an. Warmes Licht fiel durch die hohen Fenster auf die Veranda.

»Woher hattest du eigentlich ...« Elias verstummte, eine leichte Röte überzog seine Wangen. »Ich meine, woher hatten *Sie* meine ...«

»Schon gut.« Kolberg legte das Besteck beiseite, reichte Elias kauend die Hand über den Tisch. »Ich bin Felix. Ich hab mich nicht getraut, dich zu duzen, schließlich bist du der Ältere.«

Sie schüttelten einander grinsend die Hände. Ein tiefes Knurren erklang. Elias sah nach rechts und bemerkte den Schatten hinter den Zweigen der Hecke, die das Grundstück vom Nachbarn trennte. Er versteifte sich unwillkürlich. Fast jeder in diesem Dorf schien einen Hund zu besitzen, und dieser hier war wohl mindestens ebenso groß wie die Bestie von Arne Barbossa. Schritte drangen herüber, ein knappes Kommando erklang, das Tier verstummte. Ein Männerkopf erschien über der quadratisch geschnittenen Hecke.

»Riecht gut bei euch.«

»Willst du was abhaben?«, fragte Kolberg. »Ein Steak oder ein Würstchen? Wir haben mehr als genug.«

Der Mann hinter der Hecke lehnte dankend ab. Er wechselte ein paar unverbindliche, typisch nachbarschaftliche Worte mit Kolberg, dann wandte er sich an Elias.

»Wie fühlen Sie sich?«

Elias blinzelte verwirrt. »Gut.«

»Kein Schwindelgefühl? Keine Übelkeit?«

Dieser Mann mit dem schütteren, streng nach hinten gekämmten Haar und dem Schnurrbart war Doktor Stahl, dämmerte Elias. Der Arzt, der ihn untersucht hatte, nachdem er an der Geburtstagstafel kollabiert war.

»Nein«, sagte er. »Mir geht's prima. Danke noch mal.«

»Mit einer Gehirnerschütterung ist nicht zu spaßen«, sagte Stahl im knappen, leicht überheblichen Befehlston eines Arztes. Seine hageren Gesichtszüge waren bleich, offensichtlich hielt er sich selten in der Sonne auf. »Falls sich Ihr Zustand verschlechtert, melden Sie sich bei mir, dann müssen wir ein CT machen lassen.«

Er nickte zum Abschied und verschwand hinter der Hecke. Ein weiteres beängstigendes Knurren ertönte. Ein barscher Befehl brachte den Hund zum Schweigen, dann verschwand der Arzt mit dem Tier im Haus.

»Bevor ich's vergesse.« Kolberg langte in die Hosentasche, schob einen USB-Stick über den Tisch. »Der gehört dir.«

Elias musterte den Stick unter hochgezogenen Brauen.

»Du wolltest vorhin fragen, woher ich deine Handynummer habe. Ich habe noch mehr.« Kolberg griff wieder zum Besteck, deutete mit der Gabel auf den Stick. »Da drauf ist alles, was auf deinem Telefon gespeichert ist.«

»Woher hast du ...«

»Nachdem wir gestern miteinander gesprochen hatten, wollte ich mir dein Auto näher ansehen. Du warst«, Kolberg zersäbelte den Rest seines Steaks, steckte sich einen Bissen in den Mund,

»*verdächtig*. Also bin ich zu Arne in die Werkstatt, um mir dein Auto anzusehen.«

»Und da hat er dir mein Handy gegeben.«

»Du warst ein unbeschriebenes Blatt für mich«, nickte Kolberg kauend. »Ich musste mehr über dich herausfinden. Ein Handy zu entsperren ist ein Klacks.«

»Aber darfst du das …«

»Nein, das darf ich ganz und gar nicht. Aber ich hatte dich auf dem Kieker, und manchmal«, Kolberg hob mit einem entschuldigenden Lächeln die Schultern, »muss ich schnell handeln, ohne mich an die Vorschriften zu halten. Ich habe die Daten überspielt, damit ich was in der Hand habe. Keine Sorge, ich habe mir nur deine Anruflisten angesehen. Ich kann verstehen, wenn du jetzt sauer bist.«

Das war Elias tatsächlich, ein wenig zumindest. Gleichzeitig war er beeindruckt, dass Kolberg so freimütig darüber sprach.

»Es ist in Ordnung«, sagte er und verstaute den Stick in der Jeans.

Das Fauchen einer Kaffeemaschine drang aus der Küche. Anna kam heraus, verteilte ein paar Teelichter auf dem Tisch und begann, das Geschirr abzuräumen. Elias machte Anstalten, der jungen Frau zu helfen, doch Kolberg winkte ab.

»Sie macht das schon.«

Komisch, dachte Elias. Die beiden sind höchstens dreißig, und doch leben sie wie im vergangenen Jahrhundert. Der Mann bringt das Geld nach Hause, während die Frau am Herd steht und das traute Heim in Ordnung hält.

»Anna ist übrigens ein Fan von dir«, verkündete Kolberg.

»Ach, wirklich?« Elias wurde rot.

»Sie hat alle deine Bücher, verschlingt sie geradezu.« Er tätschelte den Arm seiner Frau. »Das muss dir nicht peinlich sein, Schatz.«

Ein zartes Rosa hatte Annas Wangen gefärbt. Sie murmelte, dass der Kaffee gleich fertig sei, und lief leichtfüßig wieder hinein. Kolberg langte in die Kühltasche, brachte zwei weitere Bierflaschen zum Vorschein.

»Da ist übrigens noch was Komisches passiert«, sagte Elias, nachdem sie eine Weile schweigend in die heraufziehende Sommernacht gesehen hatten.

»Wie meinst du das?«

Elias berichtete von dem anonymen Anruf.

»Wieso erzählst du das erst jetzt?« Kolberg richtete sich auf.

»Ich weiß nicht.« Elias nippte an seinem Bier, es war das vierte. Er spürte, wie ihm der Alkohol allmählich zu Kopf stieg. »Das war bestimmt irgendein Spinner.«

»Dieser ... *Spinner*«, Kolberg hob die Stimme, er klang fast wütend, »hat dich bedroht! Er kennt dich, hat dich mit deinem Namen angesprochen! Wie kannst du das auf die leichte Schulter nehmen?«

»Du hast recht, aber es ist nicht zu ändern.« Elias pulte einen Fleischrest zwischen den Zähnen hervor. »Das kann sonst wer gewesen sein. Ich weiß nicht mal, ob's ein Mann oder eine Frau war.«

»Wenn das noch mal passiert, sagst du mir Bescheid.« Kolberg beugte sich über den Tisch. »Und zwar sofort, auch wenn's mitten in der Nacht ist.«

Seine Miene war ernst, der strenge Tonfall erinnerte an den versnobten Kriminalkommissar im maßgeschneiderten Anzug, als den Elias ihn kennengelernt hatte.

Kolberg öffnete den Mund, um ein paar mahnende Worte folgen zu lassen, doch Anna gesellte sich zu ihnen und brachte den Kaffee. Das Gespräch kam ins Stocken, Kolberg wirkte nachdenklich, während Anna verlegen in ihrer Tasse rührte. Offensichtlich war es ihr unangenehm, von Kolberg als Elias'

Bewunderin dargestellt worden zu sein, und je länger Elias die junge Frau ansah, desto sympathischer wurde sie ihm.

Die Nacht brach herein. Die Windlichter flackerten auf dem Tisch, eine Motte flatterte von Kerze zu Kerze. Elias unterdrückte ein Gähnen, räusperte sich und setzte an, sich zu verabschieden, als gedämpfte Orgelmusik heranwehte.

»Geralf.« Anna hob lächelnd den Kopf. »Er spielt wunderschön, nicht wahr?«

Elias sah den jungen Priester vor sich, allein in der düsteren Kirche an der Orgel sitzend.

»Wahrscheinlich«, Kolberg verzog das Gesicht, »ist er wieder betrunken.«

»Du sollst nicht so über ihn reden.« Anna bedachte ihren Mann mit einem vorwurfsvollen Blick. »Geralf ist …«

»… einsam, jaja.« Kolberg verdrehte die Augen hinter der randlosen Brille. »Geralf ist Priester, Anna. Die sind nun mal einsam. Hätte er was Anständiges gelernt, würde er jetzt die Finger von der Flasche lassen.«

Er war letzte Nacht also betrunken, dachte Elias. Kein Wunder, dass er in der Kirche wirres Zeug gestammelt hat.

Elias selbst war relativ nüchtern, als er wenig später unter dem sternklaren Himmel zurück zu Wilhelms Haus lief. Ein wenig beschwipst vielleicht, doch seine Gedanken waren klar. Noch immer erschienen ihm die meisten Menschen in diesem Dorf äußerst seltsam, doch es gab zumindest eine logische Erklärung für ihr merkwürdiges Verhalten. Das düstere Brausen der Orgel wehte durch das schlafende Dorf, er betrat das Haus seines Großvaters, streckte die müden Knochen, und als er wenig später auf dem unbequemen Sofa lag, tröstete er sich mit dem Gedanken, dass dies die letzte Nacht war, die er an diesem abgeschiedenen, wie aus der Zeit gefallenen Ort verbringen würde.

*– Wir hätten ihn längst ausschalten sollen.*
*– Das ist weder deine noch meine Entscheidung. Halt dich gefälligst an die Anweisung.*
*– Der Typ geht mir auf die Nerven. Langsam hab ich die Nase voll, ich …*
*– Scheiße! Was war das?*

## KAPITEL 8

Der Knall war so heftig, dass das Haus bis in Fundamente erzitterte. Elias, von einer Sekunde auf die andere aus dem Schlaf gerissen, fuhr hoch, landete auf Händen und Knien neben dem Sofa auf dem dünnen Teppich. Mühsam rappelte er sich hoch, ging zum Fenster. Sein Herz schlug bis zum Hals, die Ohren klingelten, als wäre direkt neben seinem Kopf eine Kanone abgefeuert worden. Er schob die Gardine zur Seite, sah hinaus.

Die Kirche gegenüber lag im Dunkel. Eine Taschenlampe flackerte auf, der Strahl huschte über den kleinen Friedhof. Elias hörte einen ängstlichen Schrei und stürmte hinaus.

---

Zunächst sah er nur eine dünne Gestalt in gestreiftem Schlafanzug, die gebeugt neben der Kirche stand, den Strahl der Taschenlampe auf die Erde gerichtet. Im Näherkommen erkannte er, dass es sich um Pastor Geralf handelte. Und dass die Lampe nicht auf, sondern *in* die Erde gerichtet war.

Der junge Priester stand am Rand eines klaffenden Risses und starrte hinab in die Tiefe. Der Spalt, etwa einen halben Meter breit, zog sich quer über den Friedhof und verschwand hinter den verwitterten Grabsteinen in der Dunkelheit.

»Was ... was ist passiert?«, keuchte Elias.

Er trat näher. Der Spalt schien bodenlos zu sein, Staub wirbelte aus dem aufgerissenen Boden, Wurzeln ragten aus den senkrecht abfallenden Wänden wie verkrümmte Finger.

»Und die Erde wird sich auftun«, murmelte der Priester.

»Was?« Elias rang nach Atem.

»Aus den Tiefen werden die Gequälten emporsteigen.«

Die Stimme des jungen Mannes brach. Zitternd sah er Elias an, aus wasserblauen, schreckgeweiteten Augen. Auch er schien aus tiefem Schlaf gerissen worden zu sein, die Jacke des Schlafanzugs war schief geknöpft, hing halb aus der Hose. Die schmale Brust hob und senkte sich, rötliches Haar kräuselte sich auf der bleichen Haut.

»Und sie werden Rache nehmen«, stieß er zwischen farblosen Lippen hervor, »an allen, die sie im Dunkel gefangen hielten.«

Das, erinnerte sich Elias, waren exakt dieselben kruden Worte, die er neulich in der Kirche gehört hatte.

»Was um alles in der Welt hat das zu ...«

»Psst!« Der Priester hob die Hand. »Hören Sie das?«

Sein Blick war leer, erinnerte Elias an die toten Augen von Timur Gretsch, der ihn vor ein paar Stunden genauso angesehen hatte. Elias hörte das Rauschen der Eichen über ihren Köpfen. Entferntes Stimmengewirr der alarmierten Dorfbewohner. Ihre hastigen Schritte, irgendwo auf der Straße. Und dann, ja dann hörte er etwas anderes.

*Das kann nicht sein.*

Seine Nackenhärchen richteten sich auf, Gänsehaut kroch die Arme empor. Diese Rufe, ein geisterhaftes, gespenstisches Wehklagen, kamen aus einer anderen Richtung. Nicht aus der Kirche, deren düstere Mauern hinter ihnen hoch in die Nacht ragten. Nicht von der Straße zu ihrer Linken, nicht vom Friedhof zu ihrer Rechten und auch nicht von weiter hinten aus dem kleinen Pfarrhaus, aus dessen Fenstern bleiches Licht auf die verwitterten Grabsteine fiel.

Nein.

Sie kamen von unten. Aus dem Spalt. Schreie, weit entfernt, doch deutlich zu hören. Irgendwo ausgestoßen in den gähnenden Tiefen der Erde.

Der Strahl der Taschenlampe wanderte nach rechts, folgte dem Riss, der den frisch geharkten Kiesweg teilte und sich wie eine klaffende Wunde zwischen alten, efeubewachsenen Gräbern über den Friedhof zog. Ein Knirschen ertönte hoch über ihren Köpfen, das tiefe, bedrohliche Bersten von Holz und uraltem Mauerwerk. Elias achtete nicht darauf, auch nicht auf die Warnrufe und die Schritte, die sich hastig näherten. Er starrte wie paralysiert nach rechts, wo sich der Spalt auf über einen Meter verbreitete, ein Grabstein, ein uraltes Steinkreuz, war umgekippt, und das, was darunter in zwei Meter Tiefe aus dem Spalt ragte, sah aus wie die Reste eines vermoderten Sarges.

»Die Gräber werden sich öffnen und …«

Die Worte des Priesters erstarben in ohrenbetäubendem Lärm. Elias war unfähig, sich zu bewegen, plötzlich krallten sich Finger in seinem Arm.

»Weg hier!«, schrie jemand dicht an seinem Ohr.

Er wurde zurückgerissen, im nächsten Moment stürzte der Himmel ein.

---

»Herr Haack!«

Die Stimme klang undeutlich, verschwommen, wie aus weiter Ferne. Jemand rüttelte Elias an der Schulter, er schlug die Augen auf und erkannte das blasse Gesicht von Doktor Stahl, der sich über ihn beugte und ernst auf ihn hinabsah.

»Was ... was ist ...«

»Bleiben Sie liegen.«

Elias, der sich hatte aufrichten wollen, wurde sanft nach unten gedrückt.

»Haben Sie Schmerzen?«

Die hatte Elias nicht. Abgesehen von dem quälenden Hustenreiz. Nicht zu vergessen die Tatsache, dass er keine Ahnung hatte, wo er sich befand.

Stahl hob den Zeigefinger, bewegte ihn dicht vor Elias' Nase hin und her und befahl ihm, dem Finger mit den Augen zu folgen.

»Gut.«

Elias lag auf der Straße, sein Oberkörper lehnte an einem Papierkorb. Staub wirbelte durch die Nacht, kratzte in seiner Kehle, brannte in der Lunge. Ein paar Gestalten standen in der Nähe, ihre Gesichter waren bleich und ebenso wie die Haare von einer dicken Staubschicht bedeckt. Elias erkannte Betty, die ihn mit schreckgeweiteten Augen ansah, eine hellblauen Morgenmantel vor dem Busen raffend. Jonas, ihr Mann, trug einen farblich passenden Schlafanzug, er hockte auf dem Bordstein und starrte kopfschüttelnd auf die Spitzen seiner Filzpantoffeln, während seine halbwüchsige Tochter, die offensichtlich in einem knielangen Nachthemd geschlafen hatte, hinter ihm an einem Zaun lehnte und mit leeren Augen in Richtung Kirche sah. Elias folgte ihrem Blick, doch er sah nur den Briefkasten an der niedrigen Friedhofsmauer, alles dahinter verschwand hinter dichtem, träge in der Luft hängendem Staub.

»Sehen Sie mich an.«

Elias hörte, wie der Arzt in einer Tasche kramte. Gleißendes Licht blendete erst das eine, dann das andere Auge. Schnelle Schritte näherten sich.

»Ist er okay?«

Das war Kolberg, er klang besorgt.

»Er steht unter Schock.« Stahl verschwand aus Elias' Gesichtsfeld und verstaute eine silberne Stabtaschenlampe in seiner Arzttasche. »Ansonsten ist alles in Ordnung, die Pupillenreflexe sind normal.«

Grelle Lichtpunkte blitzten vor Elias' Augen. Er blinzelte, richtete sich mühsam auf.

»Was … was ist passiert?«

»Ich bin nicht sicher.« Kolberg ging neben Elias in die Knie. Auch er war über und über mit Staub bedeckt, das dunkle Haar ebenso wie die Gläser der randlosen Brille. »Vielleicht ein Gebirgsschlag. Dieser verdammte Tagebau, die ganze Gegend hier ist instabil.« Er hob die Stimme, wandte sich an die Umstehenden. »Niemand geht da rüber! Wer weiß, vielleicht kracht der Kasten noch komplett zusammen!«

Die Staubwolke verzog sich allmählich. Die Sterne waren noch immer nicht zu sehen, nur der Mond schimmerte durch den Dunst, eine verschwommene, an den Rändern verwaschene Sichel. Elias betrachtete die schwarzen Umrisse der Kirche, sein Blick wanderte nach oben. Etwas fehlte. Der Turm war verschwunden.

»Du hast Glück gehabt«, sagte Kolberg. »Das war verdammt knapp.«

Elias erinnerte sich an die Erschütterung, die ihn geweckt hatte. An den Knall. Er war über die Straße gerannt, hatte den Spalt gesehen. Und den …

»Der Pastor. Was ist mit ihm?«

»Geralf hat 'ne Menge abgekriegt.« Kolbergs Miene verdüsterte sich. »Ein Mauerstein hat ihm das Schlüsselbein zertrümmert. Arne bringt ihn ins Krankenhaus. Sie sind schon unterwegs.«

Elias würgte, hustete einen staubigen Schleimbrocken auf den Asphalt. Eigentlich, dachte er, würde ich jetzt irgendwo unter den Trümmern liegen. Jemand hat mich zurückgerissen, im letzten Moment.

»Ich muss den Friedhof absperren«, sagte Kolberg. »Und im Präsidium anrufen, den Kollegen Bescheid geben, die …«

Er wollte sich aufrichten, Elias hielt ihn am Arm zurück.

»Du … du hast mir das Leben gerettet.«

»Stimmt.« Kolberg stand auf. »Aber dafür kannst du mir später danken.«

---

»Ich komme zurecht, Betty. Wirklich.«

Sie standen im Wohnzimmer. Die kleine Frau nestelte am spitzenbesetzten Kragen ihres Morgenmantels, musterte Elias mit skeptischem, sorgenvollem Blick.

»Soll ich Ihnen nicht doch einen Tee …«

»Danke, aber das kann ich selbst.« Elias nahm ihren Arm, führte sie sanft, aber bestimmt durch den Flur zur Tür. »Kümmern Sie sich um Ihre Familie.«

Betty trat zögernd ins Freie. Aufgeregte Rufe hallten durch die Nacht, dazwischen Kolbergs Stimme, der knappe, aber bestimmte Anweisungen gab. Vom westlichen Dorfrand drang Hundegebell herüber. Tiefe, kläffende Laute, die von mindestens einem halben Dutzend Tiere zu stammen schienen.

»Sie sollten sich hinlegen«, sagte Betty, »Sie sehen wirklich nicht gut aus.«

Danke gleichfalls, dachte Elias und sah zu, wie Betty mit wehendem Morgenmantel und schlurfenden Pantoffeln von dannen watschelte.

Er ging ins Bad, öffnete den Wasserhahn. Das Gesicht, das ihm aus dem kleinen Spiegel über dem Waschbecken entgegensah, erinnerte an die Bilder, die am 11. September überall auf der Welt im Fernsehen ausgestrahlt worden waren. Eine verkrustete graue Schicht bedeckte Stirn und Wangen, das lange Haar war verklebt und schlohweiß, wie von Puder bestäubt.

Elias musterte die struppigen, seit Tagen nicht rasierten Wangen, die tiefen Falten um seine müden, glanzlosen Augen. Er wusch sich das Gesicht, spürte die angenehme Kälte auf der Haut, füllte einen Zahnputzbecher mit Wasser und leerte ihn gierig.

*Ich trinke aus dem Becher eines Toten.*

Der Gedanke kam wie aus dem Nichts. Er betrachtete den Becher seines Großvaters, stellte ihn neben dem Seifenspender auf das Waschbecken. Betty hatte ihm eine unbenutzte Zahnbürste bereitgelegt gehabt, auch das Handtuch, stellte er fest, war am Morgen gewechselt worden.

Er spritzte sich eine weitere Ladung Wasser ins Gesicht, seine Gedanken klärten sich, allmählich kehrte die Erinnerung zurück.

Wir standen an diesem Spalt, dachte er. Dieser Priester hat all dieses wirre Zeug wiederholt, nahezu Wort für Wort. Und ich habe etwas gehört. Von unten. Aus der Tiefe. Stimmen. *Menschliche* Stimmen?

Das ist unmöglich. Ich stand unter Schock. Herrgott, ich stehe immer noch unter Schock. Wenn Kolberg (*Felix*, verbesserte Elias sich in Gedanken) nicht gewesen wäre, würde ich jetzt mit zerschmetterten Knochen unter einem Haufen Trümmer liegen.

Er trocknete sich das Gesicht ab. Die Bartstoppeln kratzten über den Frotteestoff, er roch den blumigen Duft des Weichspülers und wurde plötzlich gestört. Als er sah, *wer* ihn da störte, war alles, was geschehen war, schlagartig vergessen.

―――

– Was ist da unten los?
– Wo bist du?
– Posten zwei, bei den Windrädern. Ich sehe nur eine Staubwolke, was ist passiert?
– Komm her. Ich brauche dich hier. Sofort.

## KAPITEL 9

Im ersten Moment war Elias nicht sicher, was da vor ihm stand, auf der Schwelle zum Bad, als hätte es sich aus dem Nichts materialisiert. Es war einen halben Kopf kleiner als er, wog höchstens fünfzig Kilo. Der Schädel war kahlrasiert, um den abgemagerten Körper hing eine verschmutzte, hinten geschlossene Schürze, die an einen Operationskittel erinnerte. Elias bemerkte die winzigen Brüste, die sich unter dem grauen Leinenstoff abzeichneten, und erkannte, dass das glatzköpfige Wesen eine Frau war. Riesige Augen starrten ihn an, tief in den Höhlen liegende schwarze Löcher. Der Kopf wirkte viel zu groß für den dünnen Hals. Die farblosen, verschorften Lippen öffneten sich, das Wesen (Elias' Verstand weigerte sich hartnäckig, es als *Frau* zu bezeichnen), stieß eine Reihe melodischer und gleichzeitig staccatoartig klingender Silben aus. Elias verstand kein Wort, doch die Botschaft hinter den rätselhaften Lauten war klar.

Angst. Panik. Entsetzen.

Die dünnen Arme hoben sich. Die Hände waren schwarz, von einer verkrusteten Schmutzschicht bedeckt, die Fingernägel blutig. Ein Geruch nach Fäulnis, Moder und Urin schlug Elias entgegen. Draußen erscholl Hundegebell, das Wesen hob ruckartig den Kopf. Elias sah das schartige, von verschorftem Blut umgebene Loch im Schädel

*das Ohr, Herrgott, das Ohr ist abgeschnitten*

und dann verschwand das Wesen ebenso plötzlich, wie es erschienen war.

Kaum eine halbe Minute war vergangen.

---

»Bist du sicher?«, fragte Kolberg.

Er war kurz nach dem Verschwinden des seltsamen Wesens aufgetaucht, um, wie er gesagt hatte, noch einmal zu sehen, ob alles in Ordnung sei.

»Das bin ich.«

»Okay.« Kolberg ging zum Telefon. »Ich geb den Kollegen Bescheid.«

Elias saß auf dem Sofa, lauschte dem Rattern der altertümlichen Wählscheibe. Ja, er *war* sicher, hundertprozentig. Der faulige Geruch hing noch immer in der Luft, und falls es Zweifel gab, wurden sie von den blutigen Abdrücken, die die bloßen Füße des Wesens auf dem Flurteppich hinterlassen hatten, endgültig ausgeräumt.

»Ich bin's noch mal.« Kolberg stand neben der Schrankwand, das Telefon am Ohr. Auch er hatte sich nicht umgezogen, trug noch das weiße T-Shirt und die gestreiften Boxershorts, in denen er geschlafen hatte. »Sieh mal im Register nach, ob hier in der Gegend jemand vermisst wird«, ordnete er knapp an. »Person ist weiblich, Alter unbekannt. Womöglich südeuropäischer Abstammung. Beschreibung gebe ich dir später durch.«

Kolberg beendete das Gespräch und nahm Elias gegenüber im Ohrensessel Platz. Er seufzte, schob die Brille in die Stirn und vergrub müde das Gesicht in den Händen. Als er den Kopf hob, hatten seine Finger helle Streifen auf der schmutzigen Haut hinterlassen.

»Ich brauch 'ne Beschreibung, Elias.«

»Die hab ich dir doch gegeben. Eins sechzig groß, vielleicht fünfzig Kilo schwer. Rasierter Schädel. Irgendwie wie ... *Gollum*. Das klingt absurd, aber«, Elias stieß ein freudloses Lachen aus, »das trifft's am besten.«

»Du ... du hast 'ne Menge mitgemacht«, begann Kolberg vorsichtig. »Erst der Autounfall, dann Wilhelms Tod. Vorhin wärst du um ein Haar erschlagen worden, kein Wunder, wenn du ...«

»Ich bilde mir das nicht ein, Felix!«

Ihre Blicke trafen sich.

»Gut«, nickte Kolberg nach einer Weile. »In ein paar Stunden wissen wir mehr, vielleicht finden wir was im Register.«

Elias neigte zustimmend den Kopf. Der Couchtisch war mit einer dünnen Mörtelschicht überzogen, ebenso das vergilbte Fotoalbum seines Großvaters und die halbvolle Bierflasche, die seit dem gestrigen Abend hier stand. Elias hob den Kopf und bemerkte den dünnen, gezackten Riss, der sich diagonal über die niedrige Decke zog.

»Ich glaube nicht, dass die Häuser gefährdet sind«, sagte Kolberg, der Elias' skeptischem Blick gefolgt war. »Trotzdem habe ich einen Statiker bestellt, der sieht sich morgen im Dorf um.« Er sah auf die Uhr, eine silberne Breitling mit dickem Lederarmband. »Gleich um vier«, murmelte er, »in zweieinhalb Stunden, muss ich aufstehen.«

Sie wechselten noch ein paar Worte, dann stemmte sich Kolberg müde aus dem Sessel und ging, um noch ein wenig zu schlafen.

---

Auch Elias versuchte, etwas Schlaf zu finden, doch es gelang ihm nicht. Ruhelos wälzte er sich auf dem durchgelegenen Sofa von einer Seite auf die andere, während die Gedanken in seinem Kopf kreisten wie ein außer Kontrolle geratenes Karussell.

Er vertraute Kolberg, der in all dem Chaos der letzten Stunden wie selbstverständlich die Kontrolle übernommen hatte, ein ruhiger, besonnener Polizist, der genau wusste, was er tat. Dieses stammelnde Wesen, davon war Elias überzeugt, war keine Einbildung gewesen, es war real. Kolberg hatte Zweifel an Elias' Erzählung, das war offensichtlich, auch wenn er versucht hatte, diese Zweifel nicht zu zeigen. Doch es gab eine Erklärung, *musste* eine geben, und Kolberg – auch davon war Elias überzeugt – würde sie finden.

Anders verhielt es sich mit den Dingen, die zuvor auf dem Friedhof geschehen waren. Als E. W. Haack verfügte Elias über eine ausgeprägte Phantasie, es war sein Job, sich übersinnliche Geschichten auszudenken, je schräger, desto besser. Seinen Lesern hätte er diese Story hervorragend verkaufen können, mehr noch, die *gierten* regelrecht danach (nächtlicher Friedhof, geöffnete Gräber, Schreie aus der Tiefe), doch es war etwas völlig anderes, einen Polizisten zu überzeugen, dass es sich hier um die Realität und nicht um die Hirngespinste eines mittelmäßigen Autors handelte.

Und mittlerweile, gestand Elias sich ein, kamen ihm Zweifel. Sicherlich, sein Gehör funktionierte, abgesehen von einem leichten Tinnitus, noch immer tadellos, doch womöglich waren die Schreie nicht aus der Erde, sondern aus einer anderen Richtung gekommen, abgelenkt durch den Wind oder irgendein akustisches Phänomen.

Das, dachte Elias, war eine Erklärung.

Oder?

Seine Augen fielen zu. Er glaubte, ein leises Vibrieren zu spüren. Der Tagebau fiel ihm ein. Dieses Vibrieren, es schien stärker zu sein. Sein letzter Gedanke galt den Baggern.

Sie kamen näher.

## KAPITEL 10

Als Elias erwachte, sah er zunächst aus dem Fenster. Jetzt, bei Tageslicht, zeigte sich das gesamte Ausmaß der Zerstörung: Die oberen beiden Drittel des Kirchturms waren verschwunden, der verbliebene Teil erinnerte an die Überreste eines verfaulten Backenzahns. Dort, wo vorher ein malerischer Friedhof gewesen war, türmte sich ein meterhoher Schutthaufen, geborstene Balken ragten aus dem Dreck. Die Kronen der Eichen waren grau, bedeckt von einer schmierigen Staubschicht. Dicke gesplitterte Äste lagen umher, mitgerissen von der Gewalt der stürzenden Gesteinsmassen.

Es war früh am Tag, die Sonne stand noch hinter den Hügeln. Trotzdem waren Straße und Fußweg vor der niedrigen Friedhofsmauer gefegt, rot-weiße Absperrbänder flatterten in der

Luft. Elias wandte sich ab, der Gedanke, dass er ohne Kolbergs Eingreifen jetzt irgendwo da drüben unter dem Schutt liegen würde, ließ ihn frösteln.

Gähnend schlurfte er in die Küche, bemerkte den gedeckten Tisch und runzelte die Stirn. Die Vorstellung, schnarchend auf dem Sofa gelegen zu haben, während Betty in aller Herrgottsfrühe das Frühstück bereitgestellt hatte, war ihm unangenehm. Wahrscheinlich, dachte er und goss Kaffee ein, war das nicht nötig, schließlich lebten hier alle nach einer Devise.

*Wir kümmern uns umeinander.*

Nun, er würde trotzdem mit Betty reden. Elias war es gewohnt, sich selbst um den Haushalt zu kümmern, er brauchte keinen Dienstboten. Wenn, würde er Betty bezahlen, obwohl er nicht wusste, wie sie darauf reagieren würde. Womöglich war sie beleidigt, vielleicht erwartete sie es auch. Letzteres war naheliegend, schließlich schienen weder sie noch ihr Mann im Moment über nennenswerte Einkünfte zu verfügen.

Lustlos kaute er an einem Marmeladenbrötchen, schlürfte den heißen Kaffee. Es war ein freundlicher, heller Sommermorgen, durch die Verandatür strömte würzige Luft in die Küche. Er betrachtete die bunten, sacht hin und her schwingenden Fliegenbänder und dachte an die letzte Nacht. Jahrzehnte schienen vergangen zu sein, und doch war es nur ein paar Stunden her.

Egal, wem ich davon erzähle, dachte er, jeder muss mich für verrückt halten. Ich selbst würde mir auch nicht glauben. Erst redet ein Priester von Toten, die aus ihren Gräbern steigen, dann höre ich menschliche Schreie aus einem Spalt in der Erde. Es klingt nicht nur verrückt. Es *ist* verrückt.

Abgesehen davon war Elias momentan kaum in der Lage, seine Behauptung zu beweisen, schließlich lag der Friedhof unter einem Schuttberg begraben.

Vielleicht, dachte er, bin ich ja wirklich nicht ganz bei Trost.

Im Wohnzimmer schrillte das Telefon.

»Ja?«

»Felix hier.« Kolberg klang müde. »Du hattest recht.«

»Womit hatte ich …«

»Die Frau, die du letzte Nacht gesehen hast«, unterbrach Kolberg, der offensichtlich unter Zeitdruck stand. »Wir haben jemanden in der Kartei. Eine Frau, seit einer Woche als vermisst gemeldet. Der Name ist Carina Bukowski. Die Beschreibung passt. Sie ist vor einer knappen Woche aus einem Pflegeheim verschwunden. Laut Akte ist sie hochgradig schizophren. Ich habe auf der Karte nachgesehen, das Heim ist circa fünfzehn Kilometer Luftlinie vom Dorf entfernt. Wahrscheinlich ist sie tagelang durch den Wald geirrt, das erklärt ihren Zustand.«

»Ihr Ohr.« Elias räusperte sich. Das Bild, das vor seinem geistigen Auge erschien, war äußerst unangenehm. »Es … es hat gefehlt. Die Wunde war frisch. Als … als hätte sie's selbst abgeschnitten.«

»Das passt. In den Unterlagen steht etwas von …«, Papierraschen drang aus dem Hörer, »Hang zur Selbstverstümmelung. Du meintest, sie hätte Italienisch gesprochen?«

»Ich bin nicht sicher.«

»Sie ist gebürtige Italienerin, hat vor vier Jahren geheiratet. Ihr Mann ist Dozent an der Uni Greifswald, seitdem lebt sie hier.«

Elias hörte Stimmengewirr. Kolberg gab eine knappe, unverständliche Anweisung, schirmte offensichtlich den Hörer mit der Hand ab.

»Hier ist der Teufel los.« Kolbergs Stimme wurde wieder klar. »Ich wollte dir nur kurz Bescheid geben. Und mich entschuldigen.«

»Wofür?«

»Weil ich dir nicht geglaubt habe.«

»Du brauchst dich nicht …«

»Schon gut. Lass uns Schluss machen. Ich hab 'nen Hubschrauber angefordert, muss die Leute noch einweisen. Wir müssen die Frau finden, und zwar schnell.«

―――――

— *Er kommt aus dem Haus.*
— *Wo geht er hin?*
— *Nach Osten, Richtung Dorfausgang.*
— *Geh rein, sieh dich um.*
— *Was ist, wenn er …*
— *Ich hab das Haus im Blick. Wenn er zurückkommt, sag ich dir Bescheid. Mach schon, beeil dich.*

―――――

»Hallo?«

Elias stand in der Einfahrt zu Barbossas Grundstück. Bei seinem ersten Besuch war ihm das verrostete Emailleschild (VORSICHT VOR DEM HUND!) entgangen. Diesmal war die Warnung unnötig, die Begegnung mit dem geifernden Untier war einprägsam genug gewesen.

Arne Barbossa trat blinzelnd aus dem Schatten der Scheune, winkte Elias heran. Dieser lief zögernd über die rissigen Betonplatten, skeptisch wanderte sein Blick zwischen den Traktoren und Mähdreschern hin und her, darauf gefasst, jeden Moment angegriffen und zerfleischt zu werden.

»Keine Angst.« Barbossa begrüßte ihn mit einem kräftigen Handschlag. »Sie kennt dich jetzt.«

Das, log Elias, sei äußerst beruhigend, während Barbossa auf die letzte Nacht zu sprechen kam.

»War klar, dass das passiert. Die reißen seit Jahren den Boden auf, kein Wunder, dass es irgendwann kracht. Und jetzt?« Er hob kopfschüttelnd die breiten Schultern. »Heute früh waren zwei Typen vom Tiefbauamt da. Und ein paar Schlipsträger von der Bergbaugesellschaft. Sind ein bisschen rumgelaufen, haben sich wichtiggetan, den Friedhof absperren lassen und sind wieder abgedampft. Keiner von denen wird sich hier je wieder blicken lassen. Die haben uns abgeschrieben. Die sind froh, dass das passiert ist. Je eher wir von hier verschwinden, desto besser für die.«

Barbossa fischte eine filterlose Zigarette aus der Brusttasche. »Auch eine?«, fragte er, als er Elias' gierigen Blick bemerkte.

»Nein.« Elias schluckte. »Was … wie geht's eigentlich Pastor Geralf?«

»Na ja.« Ein Zippo klickte, Barbossa schirmte das Feuerzeug mit der Hand ab. »Die Fahrt zum Krankenhaus dauert 'ne halbe Stunde, er hat mir die ganze Zeit die Ohren vollgejammert. Kein Wunder, die Schulter sah wirklich böse aus. Schlüsselbeinbruch, sagen die Ärzte. Und ein paar Prellungen, aber er wird's überleben.«

Barbossa stieß den Rauch durch die Nase aus. Reflexartig atmete Elias tief ein, inhalierte den billigen Tabak, als wäre es edler Weihrauchduft.

»Ich …« Er schluckte erneut. »Ich wollte …«

»Dein Auto, ich weiß.« Barbossas bärtige Miene verdüsterte sich. »Ich schätze, ich habe keine guten Neuigkeiten.«

---

– *Wo bist du?*
– *Im Wohnzimmer.*
– *Und?*

*– Das Fotoalbum liegt auf dem Tisch.*
*– Damit kann er nichts anfangen. Für ihn sind das uralte Bilder, mehr nicht.*
*– Ich sehe in den Schubladen nach.*
*– Beeil dich.*

---

»Die verdammte Lichtmaschine«, seufzte Barbossa. »Das Ding sollte gestern schon hier sein. Ich hab vorhin angerufen, angeblich ist bei der Bestellung was schiefgelaufen. Jetzt wollen sie's per Kurier schicken, aber«, ein weiteres resigniertes Seufzen, »das wird bis zum Nachmittag dauern. Und ich weiß nicht, ob ich's bis heute Abend schaffe.«

Sie standen neben dem Passat, der noch immer in anderthalb Metern Höhe auf der Hebebühne schwebte.

»Ich weiß, das ist Scheiße.« Barbossa hieb frustriert mit der flachen Hand gegen den Kotflügel, der Schlag hallte von den hohen Wänden wider. »Aber ich kann's nicht ändern.«

»Tja.« Elias nagte an der Unterlippe. »Ich wollte eigentlich heute zurück.«

Das war zumindest sein Plan gewesen. Er brauchte Abstand, wollte zurück in die Stadt. Martha war noch ein paar Tage in Hamburg, doch das war nicht schlimm. Im Gegenteil, er freute sich auf die Ruhe, musste nachdenken. Vor allem aber wollte er raus aus dieser Einöde. Aus diesem verstaubten Haus, das ihn mehr und mehr beengte und (wie er sich widerwillig eingestand) ihm ein wenig unheimlich war.

Arne Barbossa entschuldigte sich wortreich und versprach, sein Bestes zu geben.

»Vielleicht«, sagte er, »krieg ich's bis heute Abend hin. Aber garantieren kann ich's dir nicht.«

*– Hier ist was.*
*– Wo?*
*– Hinter der Schublade.*
*– Er kommt zurück!*
*– Warte, ich …*
*– Hau ab! Sofort!*

Die Tür fiel hinter Elias ins Schloss. Er lehnte sich neben der Garderobe an die Wand. Sein Blick wanderte durch den engen Flur, über die klobigen, frisch geputzten Lederschuhe seines Großvaters, die Aufschrift auf dem geflochtenen Abtreter (HA-XEN ABKRATZEN), den grauen Stoffmantel, der neben der Strickjacke mit den Lederflicken auf den Ärmeln an einem geschwungenen Wandhaken aus poliertem Messing hing.

Nein, *unheimlich* war dieses Haus nicht, nicht im eigentlichen Sinne des Wortes. Aber es war das Haus eines Toten. Und die Vorstellung, eine weitere Nacht hier zu verbringen, war alles andere als verlockend.

Vielleicht, überlegte Elias, nehme ich mir heute Abend ein Taxi. Das wird eine Stange Geld kosten, aber was soll's. Ich kann's mir leisten.

Der Gedanke munterte ihn ein wenig auf, und als er ins Wohnzimmer ging, hatte sich seine Laune erheblich gebessert. Er stutzte kurz, als er den kaum wahrnehmbaren Geruch von kaltem Zigarettenqualm registrierte, achtete jedoch nicht weiter darauf. Eine Sinnestäuschung, ausgelöst von den überreizten Nerven eines Süchtigen, der seit einundsechzig (nein, *zwei*undsechzig) Tagen auf Entzug war.

Auch der Schublade unter dem Fernseher schenkte er zunächst keine weitere Beachtung. Sicherlich, er wusste, dass sämtliche Türen der Schrankwand geschlossen gewesen waren, als er das Haus verließ, ebenso die Schubladen. Eine war jetzt ein wenig herausgezogen, doch das musste nichts bedeuten, wahrscheinlich war die unermüdliche Betty noch einmal hier gewesen, um nach dem Rechten zu sehen.

Elias Haack war ein ordnungsliebender Mensch, also schloss er die Schublade. Doch sie klemmte, und als er sie nach mehreren Versuchen vollständig herauszog, bemerkte er, dass etwas mit Klebeband an der Unterseite befestigt war.

---

Er öffnete den Umschlag, das dünne Papier knisterte zwischen seinen Fingern. Ein Brief kam zum Vorschein, als er ihn entfaltete, fiel ein Foto heraus. Das Bild war alt, eine vergilbte Schwarzweißaufnahme, offensichtlich vor dem Haus aufgenommen. Ein Mädchen sah ernst in die Kamera. Sie war festlich herausgeputzt, trug eine bestickte Tracht und eine weiße Haube über den geflochtenen Zöpfen. In den Händen hielt sie eine große Kerze, hinter ihr war die Kirche zu erkennen, das Portal war mit Blumen geschmückt.

*Esther zur Erstkommunion*, stand in verblassten Buchstaben auf der Rückseite.

Elias betrachtete das Bild seiner Mutter. Seine Finger zitterten, als er den Brief las, den sie Jahre später an ihren Vater geschrieben hatte:

*Ich kann nicht mehr länger zusehen. Ich gehe weg. Wohin, wirst Du nie erfahren. Dieser Ort ist verfault, die Hölle auf Erden. Du bist es, der diese Hölle erschaffen hat.*

*Versuche nicht, uns zu finden. Elias wird bei mir bleiben, du wirst ihn nie wiedersehen. Du hast Elias gezeichnet, ebenso wie Du mich damals gezeichnet hast. Doch wir sind anders als Du. Wir mögen vom gleichen Blut sein, doch niemals werden wir tun, was Du tust. Niemals.*
*Möge Gott Deiner Seele gnädig sein. Doch wir beide wissen, daß Du in der Hölle schmoren wirst. Das tust Du bereits.*

*Ich werde dich nicht verraten, das schwöre ich.*

*Esther*

## KAPITEL 11

Er stand auf der Veranda hinter dem Haus und versuchte, seine Gedanken zu ordnen. Es war elf Uhr vormittags, doch bereits jetzt war die Luft tropisch heiß. Der Himmel war klar, nur ein paar Schleierwolken trieben gemächlich nach Osten.

Dieses Mädchen auf dem Foto war also seine Mutter. Bisher war sie nur ein Begriff gewesen, eine Märchenfigur. Jetzt hatte sie sich aus dem Nebel der Vergangenheit materialisiert, hatte Gestalt angenommen. Und gesprochen hatte sie auch, nicht zu Elias, sondern zu seinem Großvater, doch die Worte, die sie in steilen, sorgfältig gesetzten Buchstaben notiert hatte, waren rätselhaft und eindeutig zugleich.

*Du hast Elias gezeichnet*, hatte sie geschrieben. *Ebenso wie Du mich damals gezeichnet hast.*

Elias betrachtete die Tätowierung an seinem Handgelenk. Was immer diese Sonnenblume zu bedeuten hatte, etwas Gutes schien es nicht zu sein. Auch Pastor Geralf, fiel Elias ein, hatte neulich in der Kirche von den *Gezeichneten* gesprochen.

Sein Großvater hatte die Tätowierung getragen. Seine Mutter offensichtlich auch. Elias selbst trug sie. Das konnte man als eine Art abstruse Familientradition betrachten, doch was hatte der alte Timur Gretsch damit zu tun? Warum war auch er tätowiert?

Nun, es gab niemanden, den Elias fragen konnte. Sein Großvater und seine Mutter waren tot. Und es war kaum zu erwarten, dass Timur Gretsch jemals wieder ein vernünftiges Wort herausbringen würde.

Eine dicke Hummel summte über seinem Kopf. Die Girlande hing noch immer unter dem zerschlissenen Markisenstoff, die stanniolbesetzten Buchstaben (HAPPY BIRTHDAY) funkelten in der Sonne.

Dieser Brief, überlegte Elias, war mehr als ein Abschied. Es war eine Anklage. In der Nacht vor seinem Tod hatte Wilhelm von seinen *Geschäften* gesprochen. Diese Geschäfte mussten – jedenfalls in den Augen seiner Tochter – so furchtbar gewesen sein, dass sie das Dorf verlassen wollte. Und zwar nicht allein, sie …

---

*Ich verlasse dich niemals, Elias. Eher sterbe ich.*

---

… hatte Elias mitnehmen wollen.

Er musterte den alten Apfelbaum neben dem Schuppen. Die

knorrigen Zweige schwankten im Wind, die Blätter raschelten wie trockenes Papier.

Dort, dachte er, hat sie gehangen. Wie hat der Alte das ausgehalten? Fast ein halbes Jahrhundert lang hat er hier gesessen, jeden Tag hat er diesen Baum angesehen, an dem seine Tochter gestorben ist.

Sie war depressiv, hatte Wilhelm gesagt. Doch der Brief hatte entschlossen geklungen, als hätte sie eine Entscheidung getroffen. Warum hatte sie sich dann umgebracht? Entweder, sie hatte ihre Meinung geändert, oder …

Elias runzelte die Stirn.

Oder sein Großvater hatte gelogen.

———

– Er geht hoch zur Bank. Wahrscheinlich will er telefonieren.
– Das Telefon im Haus ist tot?
– Ich habe den Stecker gelockert. Glaube nicht, dass ihm das auffällt.
– Kann es sein, dass er dich vorhin bemerkt hat?
– Nee. Obwohl es knapp war, ich bin durch den Garten abgehauen. Hab mir die Hose an dem verdammten Zaun aufgerissen.
– Was war in der Schublade?
– Ein Umschlag, mit Klebeband am Boden befestigt. Mehr weiß ich nicht. Scheiße, du solltest den sehen. Ein paar Meter bergauf, und der Kerl ist völlig aus der Puste.

———

»Du wolltest gestern schon anrufen.«
»Ich weiß, Martha. Aber ich hab dir eine Nachricht geschickt. Wie läuft's in Hamburg?«

»Ein Vortrag nach dem anderen, so trocken, dass die Luft knistert. Immerhin, heute Abend hat mich ein bulgarischer Dozent für mittelalterliche Sakralbauten zum Essen eingeladen.«
»Ist er attraktiv?«
»Sehr sogar. Mindestens zehn Jahre jünger als du. Und Nichtraucher.«
»Darf ich daran erinnern, dass ich ebenfalls …«
»Was ist das für ein Lärm? Bellt da ein Hund?«
»Ja.«
»Du *hasst* Hunde, Elias.«
»Wie's aussieht, hat hier jeder einen.«
»Ach, du bist immer noch dort? Was ist passiert?«
»Wenn ich ehrlich bin, weiß ich's selbst nicht genau. Aber ich werde es rausfinden.«
»Elias?«
»Ja?«
»Pass auf dich auf, ja?«

---

Das versprach Elias und beendete das Gespräch. Er hatte sie von dem altmodischen Festnetztelefon aus anrufen wollen, doch die Leitung war tot gewesen. Also war er hoch zur Holzbank gelaufen, wo er jetzt schnaufend in der prallen Sonne saß, mit gerötetem Gesicht, die stoppelbärtigen Wangen glänzend vor Schweiß.

Ein weiteres Bellen drang herauf. Jessi stand unten an der Straße, die zwischen den Obstbäumen zum Schwimmbad führte. Der Hund zerrte an der Leine, die funkelnden Augen über dem aufgerissenen Maul direkt auf Elias gerichtet. Ähnlich wie Barbossas Hund schien das Tier hauptsächlich nur aus Muskeln und nadelspitzen Zähnen zu bestehen, und obwohl es kleiner war (für Elias' Geschmack allerdings mehr als groß genug), reichte seine Kraft aus, das magere Mädchen ein paar Schritte hinter sich herzuziehen. Jessi hielt die Leine mit beiden Händen fest, schlug das Ende heftig auf das Hinterteil des geifernden Tieres, woraufhin der Hund jaulend verstummte und im nächsten Moment friedlich weitertrottete.

Herrgott, dachte Elias fröstelnd, das Vieh würde Hackfleisch aus mir machen.

Er hob grüßend die Hand, doch Jessi reagierte nicht und verschwand mit gesenktem Kopf unter den Baumkronen.

Elias kramte eine zerknitterte Visitenkarte aus der Hosentasche. *F. Kolberg*, stand neben einem sternförmigen Polizeilogo, *Hauptkommissar*. Darunter war eine Telefonnummer notiert. Er nahm sein Handy, um einen zweiten Anruf zu erledigen.

---

»Kolberg.«

»Ich bin's, Elias. Ich störe hoffentlich nicht, ich …«

»Erzähl einfach.«

»Es geht um meine Mutter. Wilhelm meinte, sie hätte sich umgebracht, als ich vier Jahre alt war.«

»Jeder im Dorf kennt die Geschichte. Ich war damals noch nicht geboren, aber das muss schlimm gewesen sein.«

»Es … es klingt verrückt, aber … könnte es sein, dass sie womöglich noch lebt?«

»Wie kommst du darauf?«

»Sie hat Wilhelm einen Brief geschrieben. Darin steht, dass sie das Dorf verlassen wollte. Und jetzt frage ich mich …«

»… warum sie sich umgebracht hat, wo sie doch eigentlich wegwollte.«

»Ja.«

»Lass mich kurz nachdenken, Elias.«

»Ich will dir nicht auf die Nerven gehen, du hast wahrscheinlich mehr als genug zu tun. Mach dir bitte keinen ...«

»Das alles ist Ewigkeiten her, aber irgendwo im Archiv muss es eine Akte geben. Ich sehe zu, was ich rausfinden kann.«

»Danke, Felix.«

»Da nicht für. Du weißt doch, wir ...«

»... kümmern uns umeinander.«

»Wir suchen immer noch nach dieser Frau. Falls sie dir über den Weg läuft, rufst du sofort an, ja?«

»Klar.«

»Ist der Hubschrauber schon da?«

»Ich hab keinen gesehen.«

»Dann lege ich jetzt auf. Ich fürchte, ich muss ein paar Leuten hier ordentlich Beine machen.«

---

Elias blieb noch ein wenig sitzen. Betrachtete das Tal zu seinen Füßen, die schmucken Häuser, die sich links und rechts der Straße zogen wie eine doppelte Perlenkette. Die turmlose Kirche, daneben den Trümmerberg, eine schwärende Wunde in der Idylle.

Seine Mutter hatte ihn damals mitnehmen wollen. Entweder, sie hatte sich tatsächlich umgebracht, oder sie war allein gegangen. Warum?

Sein Blick wanderte über die kleinen Gärten, verharrte auf dem Grundstück seines Großvaters. Im Vergleich zu den anderen wirkte der Rasen blass, kein sattes Grün, eher ein kränkliches, fleckiges Gelb. Wahrscheinlich, überlegte er, müsste dringend gegossen werden, aber was weiß ich schon von Gartenarbeit? Was weiß ich überhaupt über diese Menschen?

Er empfand sie als sonderbar (den jungen Priester zum Beispiel), als naiv (Betty), als etwas spießig (die Kolbergs). Doch hatte er überhaupt ein Recht, sich ein Urteil zu erlauben? Er kam aus einer völlig anderen Welt. Verstand nicht, was diese Leute antrieb, warum sie so wild entschlossen waren, ihr abgeschiedenes Leben bis zur letzten Sekunde zu führen, obwohl die Bagger sich stündlich näher fraßen.

Ich versteh's nicht, wiederholte Elias in Gedanken. Ich finde einfach keinen Zugang zu ihnen. Das bedeutet allerdings noch lange nicht, dass ich ihnen überlegen bin. Es ist ihre Heimat. Sie sind glücklich hier. Vielleicht sollte ich eher neidisch sein, denn die Frage ist: Bin *ich* eigentlich glücklich?

Er sah nach links. Sein Blick fiel auf die Frau, die in einem der Gärten am westlichen Dorfrand in der Sonne lag. Anna Kolberg trug denselben knappen Bikini wie beim letzten Mal, er betrachtete die schlanken, gebräunten Beine, den flachen Bauch, schluckte und sah weg.

Du bist ein Glückspilz, Felix Kolberg, dachte Elias. Und ich? Bin ich glücklich? Klar, ich habe Martha, ich sollte zumindest zufrieden sein. Nun ja, überlegte er weiter und stand auf. Unglücklich bin ich jedenfalls nicht.

---

– *Er geht zurück.*
– *Behalte ihn im Auge. Aber bleib auf Abstand.*
– *Ich hab ihn genau im Visier.*
– *Leg das Gewehr weg! Du sollst das Fernglas benutzen, und nicht das verdammte Zielfernrohr!*
– *Er ist genau in der Schusslinie. Ich könnte ihn sofort ...*
– *Nein. Noch nicht.*

## KAPITEL 12

»Herr Gretsch?«

Elias klopfte ein weiteres Mal. Als auch diesmal keine Antwort erfolgte, drückte er vorsichtig die abgegriffene Klinke herunter. Die dicke Holztür schwang knarrend nach innen auf, muffige, abgestandene Luft strömte ihm aus dem dämmrigen Haus entgegen.

»Es ist hoffentlich in Ordnung, wenn ich kurz reinkomme?«

Keine Antwort. Elias trat in den Flur. Das Haus schien ähnlich geschnitten zu sein wie das seines Großvaters, war allerdings wesentlich spartanischer eingerichtet. Die Wände im Flur waren weiß gekalkt, von der niedrigen Decke baumelte eine nackte Glühbirne. Ein Brett aus lackierter Fichte diente als Garderobe, an ein paar Zimmermannsnägeln hingen zwei graue Mäntel, daneben ein breitkrempiger Hut.

»Ich dachte, wir könnten uns noch einmal unterhalten.«

Er lief auf eine Tür zu, hinter der er das Wohnzimmer vermutete. Die Tür stand halb offen, bleiches Licht drang durch die schmalen Milchglasscheiben. Breite Holzdielen knarrten unter seinen Schritten, er bückte sich, um sich nicht den Kopf zu stoßen, trat ein und erkannte, dass er richtiggelegen hatte.

Die Welt, in der Elias' Großvater gelebt hatte, schien sich seit vierzig Jahren nicht mehr gedreht zu haben, bei Timur Gretsch waren es zwei Jahrzehnte mehr. Die wuchtigen Möbel saugten das Licht aus dem kleinen Zimmer, links stand ein hoher, verschnörkelter Schrank aus schwarz gebeiztem Holz, gegenüber eine dazu passende Kommode. Der alte Mann, der mit dem Rücken zu den beiden winzigen Fenstern in einem Schaukelstuhl saß, bewegte sich nicht.

»Ich will Sie nicht stören, vielleicht …«

*komme ich später wieder*, hatte Elias sagen wollen, doch er hörte die tiefen, rasselnden Atemzüge, registrierte, dass der Alte schlief, und verstummte.

Elias dachte nach. Er hatte gehofft, den alten Mann in einem klaren Moment anzutreffen, womöglich doch noch etwas über Wilhelm in Erfahrung bringen zu können. Unschlüssig sah er sich um.

An den Wänden blitzten kleine russische Ikonen. Die Kommode diente als eine Art Altar, auf einer bestickten Leinendecke standen Kerzen in schweren Messingständern, dahinter zwei Blumensträuße in blauen Kristallvasen. Das Ganze war sorgfältig um ein großes, silbern gerahmtes Schwarzweißfoto arrangiert. Im ersten Moment hielt Elias den Mann auf dem Bild für Josef Stalin, die teerschwarzen Augen, der eindrucksvolle Schnauzbart und der russische Uniformmantel deuteten darauf hin. Er trat näher, betrachtete das uralte Foto, die kyrillischen Buchstaben, die mit verblasster Tinte quer über eine der unteren Ecken geschrieben waren. Als Kind hatte Elias ein paar Jahre Russisch gelernt, er hatte so gut wie alles vergessen (*doproje utro* hieß Guten Morgen, viel mehr war ihm nicht in Erinnerung geblieben), doch die Bedeutung des russischen Alphabets hatte er nicht verlernt.

Der Mann hieß Kyrill Lasarow, und dem Datum nach, das unter dem Namenszug zu lesen war, musste das Foto am 12. Mai 1935 aufgenommen worden sein.

»Fass es nicht an, Bürschlein.«

Elias fuhr erschrocken herum.

»Das ist der Meister.« Der Alte hatte den Kopf gehoben, seine milchigen Augen waren direkt auf Elias gerichtet. »Er mag es nicht, wenn man ihn anfasst.«

Er ist blind, schoss es Elias durch den Kopf. Woher, um alles in der Welt, kann er wissen, dass ich mir gerade dieses Foto angesehen habe?

»Ich ... ich wollte Sie nicht wecken«, begann er verlegen.

»Es geht dem Ende entgegen«, kicherte der Alte. Es klang wie das Klappern rostigen Metalls. »Die Erde hat sich aufgetan. Jetzt kommen sie nach oben. Die Erste war schon da. Hast du sie gesehen, Bürschlein?«

»Herr Gretsch, ich ...«

Ein Knarren ließ Elias verstummen. Er wandte sich um. Eine hagere Gestalt stand gebeugt auf der Schwelle.

»Dürfte man fragen, was Sie hier tun?«

---

*– Was hat der vor? Er war doch erst neulich bei dem Alten.*
*– Er ist hartnäckig.*
*– Der geht mir immer mehr auf die Nerven.*
*– Mir auch.*

---

»Er hat Probleme mit dem Herzen.« Doktor Stahl kniete neben dem Schaukelstuhl, maß dem Alten den Puls. »Die kleinste Aufregung kann ihn umbringen.«

Der Arzt klang kühl und sachlich, doch der Vorwurf war unüberhörbar.

»Es ... es tut mir leid«, murmelte Elias.

Stahl achtete nicht auf ihn, er sah konzentriert auf seine Armbanduhr, offensichtlich in das Zählen der Pulsschläge vertieft.

»Sein Zustand verschlechtert sich rapide«, murmelte er schließlich, öffnete seine altmodische Arzttasche und kramte ein Stethoskop hervor. »Ich sehe täglich nach ihm, aber viel kann ich nicht tun.«

Timur Gretsch ließ es widerstandslos geschehen, dass Stahl ihm das Hemd aufknöpfte. Apathisch hockte er in seinem Sessel, die farblosen Augen starrten ins Leere.

»Betty kommt nachher«, sagte Stahl und begann, den Alten abzuhorchen. »Sie bringt dir das Essen. Kohlroulade, die magst du doch.«

»Betty.« Gretschs faltiges Gesicht hellte sich auf, der zahnlose Mund öffnete sich zu einem seligen Grinsen. »Ich liebe ihre Brüste.«

Stahl sah zu Elias auf. Auch sein Blick war kühl, fast abweisend.

»Ich würde ihn jetzt gern untersuchen, Herr Haack.«

»Natürlich«, nickte Elias verschämt.

»Sie sind so … *weich*«, lächelte Gretsch. »So groß.«

Elias setzte zu einer weiteren Entschuldigung an, doch der Arzt wandte ihm bereits wieder den Rücken zu.

Na, dachte er, als er aus der Enge des Hauses in die gleißende Sonne trat, da bin ich wohl ordentlich ins Fettnäpfchen getreten. Gratulation, Herr Haack, das macht Ihnen so schnell keiner nach.

---

»Neue Frisur?«

Kolberg stand vor der Haustür.

»Wie man's nimmt.«

Elias grinste verlegen, deutete einladend in den Flur und ging voraus. Es war eine spontane Entscheidung gewesen. Er hatte geduscht, und als er sein Gesicht in dem beschlagenen Spiegel betrachtet hatte, da war er sich plötzlich albern vorgekommen, er hatte die Schere von der Ablage genommen und ohne weiteres Nachdenken den dünnen Zopf abgeschnitten, einfach so. Das Ganze hatte nicht länger als drei Sekunden gedauert.

»Du siehst besser aus«, sagte Kolberg hinter ihm. »Irgendwie ... jünger.«

»Findest du?«

»Na ja. Vorher hast du mich eher an einen alternden Hippie erinnert.«

Sie traten auf die Veranda. Kolberg nahm die verspiegelte Sonnenbrille ab und sah blinzelnd in die Nachmittagssonne. Er kam offensichtlich gerade aus dem Präsidium, in dem knapp geschnittenen Anzug und den Lederslippern erinnerte er mehr denn je an einen schneidigen Profiler aus einer amerikanischen Krimiserie.

»Willst du ein Bier?«

»Nee.« Kolberg schüttelte den Kopf. »Dann schlafe ich sofort ein.«

Elias setzte sich auf einen der Plastikstühle, Kolberg tat es ihm gleich. Er sah müde aus. Kein Wunder, dachte Elias, er kann nicht viel länger als zwei Stunden geschlafen haben.

»Wir haben sie gefunden.«

»Wen?« Elias verstand nicht sofort.

»Die Frau.« Kolberg rieb sich mit Daumen und Zeigefinger die Nasenwurzel. »Spaziergänger haben sie kurz nach Mittag aufgegriffen, ein paar Kilometer entfernt. Oben im Wald, kurz vor der Brücke.«

Elias erinnerte sich an die Worte von Timur Gretsch. Die Erde habe sich geöffnet, hatte der Alte mit seinem starken Akzent gestammelt, jetzt würden sie nach oben kommen.

*Die Erste war schon da. Hast du sie gesehen, Bürschlein?*

»Es geht ihr halbwegs gut«, fuhr Kolberg fort. »Sie war völlig entkräftet, halb verhungert und dehydriert. Jetzt ist sie im

Krankenhaus.« Er streifte das Jackett ab, lockerte den Schlips und lehnte sich mit einem erleichterten Aufatmen zurück. »Es ist das erste Mal seit Wochen, dass ich mal pünktlich Feierabend mache.«

Sie schwiegen eine Weile. Lauschten dem Surren der Insekten, dem Rascheln der Blätter in den Bäumen. Irgendwo sprang ein Rasenmäher an.

»Was deine Mutter betrifft«, sagte Kolberg, »wissen wir morgen mehr. Ich habe im Archiv angerufen, die suchen die Akte raus.«

»Danke.«

»Willst du nachher zum Essen kommen? Anna macht Pizza.«

Elias bedankte sich abermals, lehnte allerdings ab. Kurz vor Kolbergs Erscheinen war Betty aufgetaucht und hatte ihm sein Hemd (frisch gewaschen und gebügelt) und eine Tupperdose mit Kohlrouladen und Kartoffeln gebracht. Offensichtlich hatte sie nicht nur für Timur Gretsch, sondern (wie Elias vermutete) für das halbe Dorf gekocht.

»Ich hoffe, dass Arne meinen Wagen noch fertig macht«, sagte er. »Ich will übers Wochenende nach Hause, ein paar Dinge erledigen.«

Nun, das war zwar keine Lüge, aber ein wenig geschwindelt war es schon.

Das, erwiderte Kolberg, verstehe er sehr gut. Er habe sich schon ein paarmal gefragt, warum ein Großstädter wie Elias nicht schon bei seinem ersten Besuch am Ortseingangsschild auf dem Absatz kehrtgemacht habe, fügte er lächelnd hinzu, wünschte Elias einen schönen Abend und ging.

»So ein Mist.«

Elias starrte frustriert auf den Telefonhörer. Seine Laune näherte sich allmählich dem Nullpunkt, und das aus gutem Grund. Er hatte gegessen (Betty mochte zwar einfach gestrickt sein, doch sie war eine hervorragende Köchin), war noch einmal unter die Dusche gegangen, und dann hatte Arne Barbossa geklingelt, um ihm zerknirscht mitzuteilen, dass die Lichtmaschine noch immer nicht eingetroffen sei. Ohne das *hundsvermaledeite Ding*, hatte er händeringend beteuert, sei er absolut machtlos, und war mit hängenden Schultern davongeschlurft.

Nun, irgendwie hatte Elias damit gerechnet gehabt, also war er zum Telefon gegangen, um ein Taxi zu rufen. Was sich als unmöglich herausgestellt hatte, denn die Leitung war noch immer tot. Mausetot.

Da stand er nun. Acht Uhr abends, in einer muffigen Kate irgendwo in der Einöde. Ein Spruch fiel ihm ein, er wusste nicht mehr, wo er ihn gehört hatte: *Es ist zwar nicht der Arsch der Welt, aber man kann ihn von hier aus sehr gut erkennen.*

Er bedachte das Sofa mit einem scheelen Blick. Nein, er hatte nicht die geringste Lust, eine weitere Nacht auf den zerschlissenen Polstern zu verbringen, umgeben von Spitzendeckchen, billigen Kunstdrucken und verschnörkelten Sammeltassen.

Was soll's, überlegte er zähneknirschend, dann laufe ich eben hoch zu dieser blöden Bank und bestelle mir mit dem Handy ein Taxi, ich …

Er stutzte. Ohne, dass es ihm bewusstgeworden war, hatte er an dem Spiralkabel gezogen, das Telefon war auf dem geflochtenen Untersetzer ein wenig nach vorn gerutscht. Stirnrunzelnd musterte er das dünne Anschlusskabel, das hinter einer geblümten Porzellanvase in der Schrankwand verschwand und irgendwo in der Anschlussdose befestigt war. Kein Wunder, dass die Leitung nicht funktionierte. Der Stecker, der das Kabel mit dem Telefon verband, war ab.

Komisch. Elias konnte sich nicht erinnern, den Apparat von der Stelle bewegt zu haben, nein, er war *sicher*, es nicht getan zu haben. Andererseits war es kaum möglich, dass der Stecker sich von allein gelöst hatte. Oder?

Egal.

Er verband den Stecker mit dem Telefon. Tatsächlich, das Freizeichen ertönte. Die Stimme der freien Welt, frohlockte Elias innerlich, dann fiel ihm ein, dass er keine Ahnung hatte, welche Nummer er wählen sollte. Früher hatte man in solchen Fällen die Auskunft angerufen (gab es so etwas überhaupt noch?), er erinnerte sich noch an die Werbung (*elf acht drei drei – Deutschlands schlaue Nummer*). Die Wählscheibe ratterte, doch die Verbindung sollte nie zustande kommen. Nach den ersten drei Zahlen ertönte ein zaghaftes Klopfen, und als Elias erkannte, wer in der einbrechenden Dämmerung auf der Veranda stand, waren alle Pläne vergessen.

## KAPITEL 13

»Ich bin den ganzen Nachmittag rumgelaufen«, murmelte Anna.

Sie saßen in der Küche. Elias, der nie im Leben mit ihrem plötzlichen Auftauchen gerechnet hätte, hatte in seiner Verlegenheit Tee gekocht. Weder er noch die junge Frau hatte die Tasse angerührt.

»Wir … wir haben uns nicht mal gestritten.« Sie sprach leise, nachdenklich. »Wir kennen uns, seit wir klein sind, haben zusammen im Sandkasten gespielt. Felix ist … er ist ein netter Kerl. Er liebt mich. Und seine Arbeit. Und das Haus. Es ist nicht viel, sagt er immer, aber es gehört uns. Er … er würde nie verstehen, dass mir das nicht reicht.« Sie schniefte, rieb sich mit dem Handrücken über die Nase. Eine hilflose Geste, die an ein kleines Mädchen erinnerte. »Ich kann nicht mit ihm reden. Den ganzen Tag ist er bei der Arbeit, ich koche das Essen, kümmere mich um das Haus. Er ist glücklich. Ich bin's nicht.«

Elias starrte verlegen in seine Tasse.

»O Mann«, murmelte Anna kopfschüttelnd. Der Pferdeschwanz pendelte in ihrem Nacken. »Wir kennen uns nicht, trotzdem quatsche ich dir hier die Ohren voll. Aber … ich hab einfach niemanden, mit dem ich reden kann.«

Ihre Blicke trafen sich. Annas Augen waren grün, schimmerten unter langen Wimpern. Elias spürte, wie ihm das Blut in die Wangen schoss, er sah zur Seite. Sicherlich, es war schmeichelhaft, dass diese wunderschöne junge Frau ausgerechnet ihm, einem vierzigjährigen, leicht übergewichtigen Verfasser seichter Horrorgeschichten ihr Herz ausschüttete, doch es fühlte sich irgendwie … nicht richtig an. Abgesehen vom Altersunterschied war der Verfasser seichter Horrorgeschichten nicht nur übergewichtig, sondern auch verheiratet.

»Ich mag ihn«, sagte er. Seine Kehle war ein wenig trocken.

»Felix mag dich auch.« Ihr Lächeln war schön, fand Elias, auch wenn es traurig war. »Obwohl er dich anfangs nicht leiden konnte. Du wärst ein Großkotz, hat er gesagt.«

»Mir ging's genauso.« Elias musste ebenfalls lächeln.

»Ich glaube, er wäre gern wie du. Für ihn bist du so was wie … ein großer Bruder. Einer, der nicht viele Worte macht. Und trotzdem genau weiß, was er tut.«

Da, dachte Elias, irrt er sich aber gewaltig.

»Ehrlich gesagt«, er hob die Schultern, »weiß ich nicht recht, wie ich dir helfen soll.«

»Ich werde Felix verlassen.« Anna faltete die Hände auf dem Tisch. Sie sprach immer noch leise, doch ihre Stimme klang fest. »Ich werde nicht mit ihm in ein Reihenhaus ziehen. Vielleicht lag's an dem Chaos letzte Nacht, womöglich hat mich das aufgerüttelt. Als ich heute Morgen wach geworden bin, war's mir jedenfalls klar. Ich hab den ganzen Vormittag nachgedacht.«

Und dabei, schoss es Elias durch den Kopf, hab ich dich beobachtet. Du hast in der Sonne gelegen, ich hab auf deine Beine gestiert wie ein …

»Ich hab ihm einen Brief geschrieben«, fuhr Anna fort. »Hab ihm erklärt, dass ich am Ende bin. Dass ich … einfach nicht mehr *kann*. Dass ich nicht wiederkomme. Ich erwarte nicht, dass er's versteht, aber ich hoffe, er kann's akzeptieren.«

»Er wird sich Sorgen machen«, sagte Elías. »Er wird nach dir suchen.«

»Ich hab ihm geschrieben, dass ich zu meiner Schwester nach Berlin fahre. Dass ich mir später eine Wohnung suche.«

»Du bist nicht bei deiner Schwester, Anna.«

»Nein. Bin ich nicht.«

»Und jetzt?«

---

»Ich … ich wollte fragen, ob ich vielleicht hierbleiben kann«, sagte Anna. »Ich weiß nicht, wohin, und ich bin völlig durcheinander.«

»Dann solltest du vielleicht mit Felix darüber …«

»Nein.« Sie schüttelte heftig den Kopf. »Was Felix betrifft, bin ich mir hundertprozentig klar. Es geht nur um die nächsten paar Stunden, morgen früh lasse ich dich in Ruhe.«

Elias antwortete nicht. Er mochte sie beide. Kolberg war höchstwahrscheinlich völlig am Boden zerstört, während er, Elias, nur hundert Meter Luftlinie entfernt mit Anna am Küchentisch saß. Aber was sollte er tun? Einfach wegschicken konnte er sie jedenfalls nicht.

---

»Die Geschichte hat mir gefallen«, sagte Anna. »Ausgenommen der Schluss.«

Sie waren auf seine Bücher zu sprechen gekommen. Normalerweise mied Elias das Thema, doch Anna war klug, sie wusste, wovon sie sprach. Es schmeichelte ihm (obwohl er's sich ungern eingestand), dass sie seine Geschichten nicht nur gelesen, sondern auch darüber nachgedacht hatte. Ein ähnliches Gespräch hatte er damals mit Martha geführt, wie immer war sie die Erste gewesen, die das Manuskript gelesen hatte. Trotzdem war dieses Gespräch anders. Es war … *neu*.

»Ein Zwölfjähriger streift monatelang durch Europa, weil er seine kleine Schwester sucht«, fuhr Anna fort. »So weit, so gut. Aber muss er sie ausgerechnet in einem *Geheimlabor* finden?«

Eigentlich war Elias mit dem Buch zufrieden. Sicherlich, ein konventioneller Endzeitthriller, aber die Geschichte hatte alles, was sie brauchte: apokalyptisches Szenario (Menschen mutieren durch Kontakt mit künstlichen Lichtquellen zu hirnlosen Monstern), ein wenig Gesellschaftskritik (Afrika und Südamerika werden verschont), eine Hauptfigur (kleiner Junge, der sich allein durchschlägt), die dem Leser ans Herz wuchs.

»Na ja.« Elias zuckte die Achseln. »Irgendwo *muss* er sie finden. Das erwarten die Leute.«

»Ein Happy End?«

»Ja.«

»Und nebenbei findet er den Auslöser der Seuche.« Annas Brauen hoben sich ein wenig. »Ganz schön viele Zufälle.«

Exakt denselben Einwand hatte Martha gemacht. Auch damals hatte das Gespräch am späten Abend stattgefunden, Martha war erkältet gewesen, er erinnerte sich an ihre verquollenen Augen, die gerötete Nase. Sie hatte den ausgeleierten Rollkragenpullover mit den zerfransten Ärmeln angehabt, während die junge Frau gegenüber ein weißes Top trug, dessen linker Träger von der Schulter gerutscht war. Einer äußerst attraktiven, gebräunten Schulter, wie Elias verwirrt registrierte.

Er räusperte sich, schob den Gedanken fort und erwiderte das, was er auch Martha geantwortet hatte.

»Das Leben besteht aus Zufällen.«

»Stimmt«, nickte Anna. »Sonst würden wir jetzt nicht hier sitzen.«

Der Abend hatte sich über das Tal gesenkt. Eine Kerze flackerte zwischen ihnen auf dem Tisch, spiegelte sich in den Bierflaschen, die Elias aus der Kammer geholt hatte.

»Versteh mich nicht falsch.« Sie beugte sich vor, knetete mit den Fingern das weiche Wachs unterhalb der Flamme. »Ich mag, wie du schreibst, wirklich. Deine Figuren, die …«, sie überlegte einen Moment, »die *leben* einfach. Aber muss es immer dieses blutrünstige Zeug sein?«

Du lieber Himmel, dachte Elias. Diese Frau ist nicht nur wunderschön. Sie ist nicht nur klug. Gedanken lesen kann sie auch.

---

»Sieht gut aus.«

Anna sah lächelnd zu ihm auf.

»Was?«, fragte Elias, der zwei neue Flaschen aus dem Kasten geholt hatte.

»Dieses … Ding.« Sie fasste sich an den Nacken. »Gut, dass du's abgeschnitten hast. Du siehst viel jünger aus.«

Möglich, dachte Elias. Trotzdem bin ich mindestens zehn Jahre älter als du.

Stuhlbeine schabten über die Fliesen, er nahm wieder Platz. Eine Weile saßen sie schweigend beisammen. Das war kein unangenehmes Schweigen, stellte Elias verwundert fest, während Anna mit dem Zeigefinger den Mustern auf der Wachstuchdecke folgte. Sonnenblumen in unterschiedlichen Größen, bisher hatte er nicht darauf geachtet.

---

»Kanntest du ihn gut?«, fragte Elias.

»Wilhelm?« Sie schüttelte den Kopf. »Als ich geboren wurde, war er schon pensioniert. Ich hab ihn kaum zu Gesicht bekommen. Meistens«, sie deutete zur Verandatür, »hat er wohl draußen im Garten gesessen. In all den Jahren hab ich nicht mehr als ein paar Sätze mit ihm gewechselt.«

Anna beugte sich vor, spielte wieder mit der Kerze. Elias hatte eine Menge Fragen, über das Leben in dieser Abgeschiedenheit, über Timur, Betty, Pastor Geralf und all die anderen, doch es fiel ihm schwer, sich zu konzentrieren. Das Kerzenlicht flackerte über Annas gebräunte Haut, blitzte auf der goldenen Halskette, die vor dem Ausschnitt des weißen Tops baumelte. Sein Blick fiel auf die Ansätze ihrer Brüste zwischen den dünnen Trägern, er sah schuldbewusst weg.

»Soll ich lieber gehen?« Sie lehnte sich zurück, verschränkte die Arme.

»Das wäre besser«, nickte er. »Definitiv besser.«

»Ich weiß, dass du mich am liebsten zu Felix schicken würdest.«

»Du solltest mit ihm reden. Ihr ...«

»Nicht heute.« Der dunkle Pony hing ihr über die Augen, sie pustete eine Strähne aus der Stirn. »Ich habe ihn verlassen, Elias. Endgültig. Ich werde später mit ihm reden.«

Elias griff seufzend nach seinem Bier.

»Und jetzt, Elias?« Wieder trafen sich ihre Blicke.

»Tja.« Er sah zur Wanduhr, ein kitschiges Blechding, dessen emailliertes Ziffernblatt von vergoldeten Sonnenstrahlen gerahmt wurde. Urplötzlich zuckte ein Blitz durch seinen Kopf, er ...

---

*... steht in der Küche, Opa Wilhelm sieht ernst auf ihn hinab.*

*Du bist drei Minuten zu spät.*

*Er zeigt auf das Ding an der Wand. Elias weiß, dass es eine Uhr ist, aber er weiß nicht, was das bedeutet. Für ihn ist es nur eine tickende Sonnenblume mit Zeigern. Jedes Mal, wenn er hinsieht, stehen sie anders.*

*Du musst lernen, pünktlich zu sein, Elias.*

*Mama ist mit dem Bus in die Stadt gefahren. Ich bin heute Abend zurück, hat sie gesagt, Opa macht dir Abendessen. Ich bringe dich dann ins Bett und lese dir noch eine Geschichte vor.*

*Sie hat ihm einen Kuss gegeben und gesagt, dass Elias auf Opa hören soll. Das tut Elias immer, obwohl er oft nicht weiß, was Opa Wilhelm von ihm will.*

*Und jetzt weiß er nicht, warum Opa Wilhelm wütend ist. Schließlich hat er erlaubt, dass Elias draußen mit dem Ball spielen darf. Punkt sechs, hat er gesagt, steht das Essen auf dem Tisch. Keine Minute später.*

*Hast du Hunger, Elias?*
*O ja, Elias hat einen Riesenhunger.*
*Dann, sagt Opa Wilhelm, wirst du wohl hungrig ins Bett gehen.*
*Wer zu spät kommt, kriegt kein Essen.*
*Es ist nicht gut, jetzt zu weinen, aber Elias kann nicht anders.*
*Opa Wilhelm schüttelt den Kopf.*
*Du bist ...*

---

»... zu weich«, murmelte Elias. »Einfach zu weich.«

»Alles okay?« Anna holte ihn zurück in die Gegenwart. »Du siehst aus, als wäre dir ein Geist erschienen.«

»Schon gut.« Er vergrub das Gesicht in den Händen, holte tief Luft. »Ich war ... ein bisschen abgelenkt.«

Er sammelte sich kurz. Die Erinnerung verblasste bereits, während Anna ihn weiter fragend ansah.

»Und jetzt?«, wiederholte sie.

»Na ja«, seufzte er achselzuckend. »Es ist ein Uhr morgens. Ich kann dich wohl kaum einfach so rausschmeißen.«

---

»Elias?«

»Was?«

Er hatte Anna das Sofa zugewiesen, während er selbst im Ohrensessel saß, die Beine auf den Couchtisch gelegt, eine dünne (und äußerst kratzige) Wolldecke über den Schoß gebreitet. Es war dunkel im Wohnzimmer, nur aus dem Flur drang etwas schummriges Licht durch die angelehnte Tür.

»Schlaf gut.«

»Du auch, Anna.«

Zum Schlafen, da war Elias sicher, würde er kaum kommen, und wenn, würde er mit einem steifen Nacken erwachen. Die Idee, oben im Zimmer seines Großvaters zu schlafen, war ihm nicht gekommen. Nie im Leben würde er sich in das Bett eines Toten legen.

»Elias?«

»Ja?«

Kissen raschelten, er hörte, wie sie sich umdrehte.

»Ist das nicht ganz schön unbequem?«

»Allerdings.«

Er hörte ihren Atem. Roch ihren Duft. Nach frischer Seife, Blumen. Und noch etwas. Zimt. Oder Mandeln?

»Ich habe noch nie mit einem anderen Mann geschlafen.« Ein weiteres Rascheln. »Außer mit Felix.«

Das Sofa knarrte. Er sah, wie sie sich aufrichtete und mit einer raschen Bewegung das Top über den Kopf streifte.

»Anna?«

»Ja?«

»Was wird das hier, 'ne Einladung?«

»Allerdings.«

»Vergiss es.«

## KAPITEL 14

Als er erwachte, war sie nicht mehr da. Er richtete sich auf und stellte mit verkniffener Miene fest, dass nicht nur sein Nacken, sondern jede einzelne Faser seines Körpers in Flammen zu stehen schien. Steifbeinig hinkte er ins Bad, las unterwegs den Zettel, den Anna neben dem Telefon hinterlassen hatte *(bin zeitig los, nicht, dass Betty mich hier erwischt* ☺*)*, und ging unter die Dusche.

Das heiße Wasser weckte seine Lebensgeister, löste die verkrampften Muskeln. Entgegen seinen sonstigen Gewohnheiten (die Helden in den Geschichten E.W. Haacks waren zumeist hartgesottene, knallharte Typen, er selbst allerdings war eher ein Weichling), drehte er den Hahn schließlich auf kalt, und als er kurz darauf prustend in die Küche kam, hatte Betty das Frühstück wie gewohnt vorbereitet.

Später saß er mit einem Kaffee auf der Veranda in der Morgensonne, wärmte die Hände an der goldgeränderten Tasse und ließ die letzten Stunden noch einmal Revue passieren. Es hatte seine gesamte Willenskraft erfordert, Annas Angebot abzulehnen, und er wunderte sich selbst, dass er so souverän (nun, das hoffte er zumindest) reagiert hatte. Sicherlich, er hatte seine Frau in all den Jahren noch nie betrogen, und er war überzeugt, dass dies auch für Martha galt, trotzdem kribbelte sein Magen noch immer, er spürte eine leichte Erektion bei dem Gedanken, was alles hätte passieren können. Sonderlich stolz war er nicht auf seinen ritterlichen Verzicht. Im Gegenteil, er kam sich schäbig vor, denn ungeachtet der Tatsache, dass er keine Wahl gehabt hatte, blieb das Gefühl, Felix Kolberg hintergangen zu haben.

Es klingelte, Arne Barbossa stand vor der Tür und teilte ihm mit, dass er gerade einen Anruf erhalten habe. Die Lichtmaschine würde noch am Vormittag geliefert werden, der Wagen also spätestens am Abend fertig sein *(wenn nicht, kannst du mir die Eier abschneiden)*. Er entschuldigte sich noch einmal wortreich und ging.

Nun, das war zumindest eine gute Nachricht, obwohl Elias nicht wusste, wie er die nächsten Stunden verbringen sollte. Es gab in diesem Haus nichts weiter zu tun, keinen Nachlass, den er hätte *ordnen* können. Der Besitz seines Großvaters bestand aus billigem Plunder, wertlosem Zeug. Was davon sollte man aufheben? Die Sammeltassen? Die Kontoauszüge? Die gebügelten Leinenhemden mit den gestärkten Kragen? Die Urkunde, die Wilhelm den Titel *Held der sozialistischen Arbeit* verlieh?

Nichts davon war wichtig. Außer dem Fotoalbum, fiel Elias ein. Das würde er mitnehmen, und da er die Zeit irgendwie totschlagen musste, ging er ins Wohnzimmer, um sich die restlichen Bilder anzusehen.

---

Er fand das Foto auf der vorletzten Seite. Es war dasselbe, das er bei Timur Gretsch gesehen hatte, umgeben von Blumen und Kerzen. Das Datum und die kyrillischen Buchstaben in der unteren Ecke fehlten, doch Elias erinnerte sich, dass der Mann Kyrill Lasarow hieß.

*Der Meister*, hatte Timur Gretsch ihn genannt.

Das Porträt war in einem Fotostudio aufgenommen worden. Über achtzig Jahre waren seitdem vergangen, die Aufnahme war vergilbt, doch gestochen scharf. Elias betrachtete den breitschultrigen, uniformierten Mann, die schwarzen Augen unter der Schirmmütze, den Schnauzbart über der fleischigen Unterlippe. Auf dem Uniformmantel prangten die breiten Schulterstücke eines russischen Generals.

»Das ... das kann nicht sein.«

Doch, da war es. Verblasst zwar, aber eindeutig zu erkennen. Was, um alles in der Welt, hatte das zu bedeuten? Wie ...

Das Telefon klingelte.

---

»Ich bin's, Felix.«

»Hallo.«

»Wir haben die Akte über deine Mutter gefunden, Elias. Ich mach's kurz, okay?«

»Okay.«

»Viel steht nicht drin, aber es ist eindeutig. Ich würde dir das gern schonender beibringen, aber …«

»Erzähl schon.«

»Im Autopsiebericht steht Selbstmord durch Strangulation. Keine Anzeichen von Fremdeinwirkung. Laut Akte litt sie unter Wahnvorstellungen, in den Monaten vor ihrem Tod wurde sie dreimal in der Nervenklinik behandelt. Sie ist in Spremberg beerdigt worden, ich habe die Adresse des Friedhofs. Du kannst ihr Grab jederzeit besuchen. Bist du noch dran?«

»Ja. Ich … ich muss das erst mal verdauen.«

»Tut mir leid, Elias.«

»Ich weiß. Ich … trotzdem danke.«

»Ich muss jetzt weitermachen.«

»Klar, dann bis …«

»Elias?«

»Ja?«

»Anna hat mich verlassen.«

»Scheiße, wieso …«

»Sie ist bei ihrer Schwester. Sie hat mir einen Brief geschrieben. Ich kenne Anna, besser als jeden anderen Menschen. Sie kommt nicht wieder.«

»Felix, ich … ich weiß nicht, was ich jetzt sagen soll.«

»Das musst du nicht. Ich musste nur mit jemandem reden. Du bist der Einzige, der mir eingefallen ist.«

Elias legte den Hörer auf die Gabel. Vorsichtig, als könne er jeden Moment zerbrechen. Stützte sich blinzelnd an der Schrankwand ab. Versuchte, seine Gedanken zu ordnen.

Seine Mutter war tot, Wilhelm hatte die Wahrheit gesagt. Sicherlich, ihr Brief hatte Anlass zu Zweifeln gegeben, aber womit hatte er eigentlich gerechnet? Dass sie als alte Frau irgendwo in der Bretagne lebte und nur darauf wartete, dass er, Elias, sich meldete? Daran zu glauben wäre Unfug gewesen. Jetzt hatte er zumindest Klarheit. Konnte ihr Grab besuchen. Mit der Vergangenheit abschließen, zumindest in diesem Punkt.

Und Anna? Er konnte sie noch immer riechen. Ihren Duft, unpassend in dieser muffigen Kate wie eine Blume auf einem Müllhaufen. Allein der Gedanke an sie ließ sein Herz schneller schlagen. Er hatte keine Ahnung, wo sie war. Und das, fand er, war irgendwie tröstlich, wenigstens in dieser Hinsicht würde er Kolberg nicht belügen müssen.

Er richtete sich seufzend auf, sein Blick fiel auf das aufgeschlagene Fotoalbum. Kolbergs Anruf hatte ihn abrupt in eine andere Gedankenwelt katapultiert, und als er zum Sofa ging, hoffte er, sich womöglich geirrt zu haben.

Die durchgesessenen Federn ächzten unter seinem Gewicht, er beugte sich über das Bild.

Nein. Kein Zweifel.

Der Mann auf dem Foto hatte die Hände vor dem Gürtel verschränkt, die rechte über der linken. Elias starrte mit zusammengekniffenen Augen auf den behaarten Handrücken und das, was hinter dem Aufschlag des dicken Uniformmantels zu erkennen war.

Jetzt, dachte er, sind wir schon vier. Mein Großvater. Ich selbst. Timur Gretsch. Und ein russischer General, kurz vor dem Zweiten Weltkrieg. *Der Meister*, wie Gretsch ihn genannt hat.

Wir alle sind tätowiert. Mit einer Sonnenblume.

– *Was macht er?*
– *Keine Ahnung. Vorhin war er kurz auf der Veranda, jetzt ist er wieder im Haus.*
– *Melde dich, wenn er wieder auftaucht.*
– *Ich habe ein perfektes Schussfeld von hier oben, ich …*
– *Du wirst erst schießen, wenn man's dir sagt!*
– *Es wird mir ein Vergnügen sein.*

---

Auf der letzten Seite des Albums war eine Ansichtskarte aufgeklebt. Elias kannte das leicht verschwommene Farbbild, es war dieselbe Karte, die ihm Wilhelm geschickt hatte, um ihn zu seinem Geburtstag einzuladen. Das Foto war ungefähr dort aufgenommen worden, wo die Landstraße oben aus dem Eichenwald hinab in die Ebene führte, eine kitschige Ansicht dörflicher Idylle inmitten wogender Weizenfelder, typisch für die fünfziger Jahre des vergangenen Jahrhunderts, ebenso wie der geschwungene Schriftzug (GRUSS AUS VOLKOW – PERLE DER LAUSITZ).

Vorsichtig löste Elias die Karte. Sie war an seinen Großvater adressiert, die krakelige, ungeübte Schrift erinnerte an die eines Kindes. Auf der linken Seite war weder eine Anrede noch ein Gruß zu lesen, nur vier kyrillische Buchstaben, mit dem gleichen Stift notiert wie die Adresse: вход

Elias drehte die Karte wieder um. Damals war die Hügelkette hinter dem Dorf wesentlich kahler gewesen, die Obstbäume hatte man erst später gepflanzt. Dort, wo jetzt das Autohaus war, zweigte eine kleine Straße ab, schlängelte sich in Serpentinen bergauf zu den wuchtigen Mauern des Gefängnisses. Stirnrunzelnd registrierte Elias, dass der Verfasser der Postkarte eine weitere Botschaft hinterlassen hatte: einen Pfeil, dessen Spitze auf den wuchtigen Backsteinbau auf der Hügelkuppe gerichtet war.

Der Sinn hinter dieser Botschaft wurde Elias nicht klar, obwohl er wusste, was diese vier kyrillischen Buchstaben bedeuteten. Es war eines der wenigen Wörter, die ihm in Erinnerung geblieben waren.

вход
Zu Deutsch: Eingang.

## KAPITEL 15

Kurz bevor er die Bank oberhalb des Dorfes erreichte, vibrierte sein Handy. Schnaufend legte er die letzten Meter zurück, sank auf die verwitterten Bretter und sah auf das Display. Insgesamt vier entgangene Anrufe wurden ihm mitgeteilt, alle stammten von Martha. Er spürte einen leisen Stich des schlechten Gewissens, schrieb ihr eine Nachricht *(mir geht es gut, ich melde mich später)*, zögerte kurz und fügte einen weiteren Satz hinzu *(wie war dein [hoffentlich platonischer] Abend mit dem bulgarischen Dozenten?)*.

Es war kurz vor Mittag. Ein leichter Westwind wehte, Staub trieb vom Tagebau heran und bildete eine trübe, rostfarbene Glocke über dem Tal. Das Dorf wirkte verlassen, die Dächer flimmerten in der Sonne. In der Mitte ragten die Überreste der Kirche aus dem Schutt wie das Wrack eines gestrandeten Schiffs.

Eine einsame Gestalt lief gebeugt über die Straße, Elias kniff die Augen zusammen und erkannte Doktor Stahl, der gemächlich über den Fußweg schlenderte. Fröstelnd wandte er den Kopf ab, als er den Hund an Stahls Seite bemerkte, ein bulliges, gedrungenes Vieh mit kurzen Beinen und schwarzem Fell.

Elias verstaute das Telefon in der Jeans und überlegte, was der blasse, irgendwie farblos wirkende Arzt den ganzen Tag über trieb (außer am Mittag nach Timur Gretsch zu sehen). Ein Auto besaß Stahl nicht, der Carport auf seinem Grundstück neben dem Haus der Kolbergs war leer, also arbeitete er wahrscheinlich nicht in einem Krankenhaus, und weiter entfernte Hausbesuche konnte er ohne fahrbaren Untersatz kaum durchführen.

Der Hund stoppte an einem Papierkorb, schnüffelte und hob das Bein. Stahl wartete, bis das Tier gepinkelt hatte, dann ging er mit dem Hund über die Straße und verschwand hinter den Häusern.

Ein entferntes Hämmern drang herauf. Es kam vom östlichen Dorfrand, aus Richtung Barbossas Werkstatt. Elias wertete das als gutes Zeichen, wahrscheinlich war der bärtige Mechaniker damit beschäftigt, die Lichtmaschine einzubauen. Ein paar Stunden würde das wohl noch dauern, also hatte Elias beschlossen, sich ein wenig die Beine zu vertreten, um die Zeit totzuschlagen.

Am anderen Dorfende tauchte Stahl wieder auf, lief über die Straße und verschwand mit dem Hund im Haus. Elias betrachtete das Nachbargrundstück, dachte an Anna, die ihr gesamtes Leben dort verbracht hatte, und schob den Gedanken wieder beiseite.

Nein. Er hatte keine Lust, sich jetzt den Kopf über Anna zu zerbrechen. Das alles war schließlich verwirrend genug. All diese seltsamen Menschen. All die seltsamen Dinge, die hier geschahen. Mittendrin er, Elias, ohne den Hauch einer Ahnung, was ihn mit alldem verband. Sicherlich, er würde sich Klarheit verschaffen, doch hier würde ihm das nicht gelingen. Es gab eine Menge, worüber er nachdenken musste, das allerdings konnte er auch zu Hause tun, in seinem Arbeitszimmer unter dem Dach. Dort waren seine Bücher. Seine Schallplatten. Der Laptop. Internet. Ein funktionierendes Telefon. Kaffee, so viel er wollte. Ein Glas Rotwein. Der Blick über die Stadt. Alles, was er brauchte, um in Ruhe nachdenken zu können. Über menschliche Schreie aus den Tiefen der Erde. Einstürzende Kirchen. Gefängnisruinen. Sonnenblumen. Tätowierungen. Über sabbernde Greise. Verwirrte Priester und das vergilbte Foto eines russischen Offiziers. Über Wilhelm, seinen Großvater. Esther, seine Mutter.

Nicht zu vergessen: Anna.

Seufzend rieb Elias das Gesicht. Die Bartstoppeln kratzten wie Schmirgelpapier unter seinen Fingern. Vielleicht, überlegte er und stand auf, würde er ja irgendwann einen Sinn hinter diesem Chaos finden. Wenn es denn einen gab.

---

Er folgte dem Trampelpfad, der sich hinter der Bank zwischen den Apfelbäumen weiter hinauf zum Hügel schlängelte. Der Weg war steinig, Elias rutschte über scharfkantigen Schotter, stolperte über Wurzeln, Zweige schlugen ihm ins Gesicht. Bereits nach wenigen Minuten war er außer Atem, seine Lunge brannte. Glas blitzte in der Sonne, er stoppte und bemerkte eine leere Schnapsflasche, halb verborgen im hohen Gras. Schnaufend hielt er sich die stechende Seite, warf einen Blick zurück, betrachtete die Trümmer der Kirche unten im Tal, dann wieder die Flasche und dachte an Pastor Geralf.

Ein Gedanke formte sich in seinem Hinterkopf, vage, verschwommen. Etwas stimmte nicht, da war ein Widerspruch, den er nicht greifen konnte. Es hing mit dem jungen Priester zusammen.

Ein Hagebuttenstrauch versperrte den Weg. Elias zwängte sich durch das Gestrüpp, verzog das Gesicht, als ihm die dornigen Zweige die Unterarme zerkratzten. Pastor Geralf, hatte Kolberg gesagt, war ein Trinker. Das war eine Erklärung für seine wirren Worte gewesen, Trinker redeten nun einmal Unsinn.

Elias kämpfte sich weiter bergauf, dachte an die Worte des Priesters:

*Wir alle sind verdammt*, hatte er in der Kirche gesagt. *Zusammen mit denen, die das Zeichen der brennenden Blume tragen, denn sie werden jeden finden, der mit diesem Mal gebrandmarkt wurde. Und alle, die ihnen geholfen haben.*

In der folgenden Nacht, als Elias neben ihm auf dem Friedhof stand, hatte der junge Mann seine unverständliche Rede wiederholt, nahezu Wort für Wort: *Die Erde wird sich auftun. Und aus den Tiefen werden die Gequälten emporsteigen.*

Die Plantage lichtete sich, Elias erreichte eine Wiese kurz unterhalb der Hügelkuppe. Mühsam rang er nach Atem, stützte die Hände auf den Knien ab und sah hinauf zu den Windrädern, die sich zwanzig Meter weiter oben in den strahlenden Himmel reckten.

Das alles, überlegte er, hörte sich tatsächlich wie ausgemachter Unsinn an. Doch es musste eine andere Erklärung geben. Sicherlich, es klang nach dem Gestammel eines Betrunkenen, doch auf dem Friedhof, kurz bevor die Kirche eingestürzt war, hatte Elias direkt neben dem jungen Priester gestanden. Ihre Gesichter waren nur Zentimeter voneinander entfernt gewesen, so dicht, dass Elias Pastor Geralfs sauren Atem hatte riechen können.

Alkohol hatte er nicht gerochen.

Ein sanfter Wind wehte über die Kuppe herab, trocknete den Schweiß auf Elias' Hemd. Er betrachtete die Schwalben, die wie winzige Geschosse zwischen den Windrädern umherflogen, und überlegte, ob er sich womöglich irrte. Nein, entschied er nach kurzem Nachdenken, der junge Mann war verwirrt gewesen, hatte (ebenso wie Elias) unter Schock gestanden, doch getrunken hatte er definitiv nicht.

Doch was bedeutete das? *Hatte* es überhaupt etwas zu bedeuten?

Elias kam nicht dazu, über diese Frage nachzudenken, denn bevor er es tun konnte, rief jemand leise seinen Namen.

―――――――

»Hast du nach mir gesucht?«

Anna sah lächelnd zu ihm auf.

»Nee.« Er sank neben ihr ins Gras. »Ich ... ich wollte mir einfach nur ein bisschen die Beine vertreten.«

Sie saßen am Rand der Lichtung im Schatten eines Apfelbaums, die Rücken an den Stamm gelehnt.

»Schön hier«, sagte er nach einer Weile.

Keine sonderlich originelle Bemerkung, weiß Gott nicht, doch sie entsprach der Wahrheit. Die Sonne schien durch die Äste über ihren Köpfen, goldfarbene Lichtpunkte huschten über die Wiese. Grillen zirpten, Schmetterlinge tanzten zwischen Mohnblumen umher.

»Ich bin oft hier«, sagte Anna. »Es ist ein guter Platz zum Nachdenken. Als Kind hab ich immer hier oben gespielt.« Sie deutete bergauf. »Drüben, beim alten Gefängnis.«

Sie zupfte einen Grashalm ab, drehte ihn in den Händen.

»Felix hat mich angerufen«, sagte er.

Sie antwortete nicht.

»Er ... er ist fix und fertig«, fuhr Elias fort.

Noch immer keine Erwiderung.

»Findest du nicht, du solltest«, er räusperte sich, »ich meine, solltest du nicht wenigstens mit ihm ...«

»Nein.« Sie betrachtete den Grashalm, schüttelte den Kopf. Ein silberner Ohrring schwang funkelnd hin und her. »Ich werde später mit ihm reden.«

Ein Luftzug strich über die Wiese. Die Halme neigten sich wie Wellen auf einem See, Äste knarrten über ihren Köpfen. Ein Blatt torkelte durch die flirrende Luft zu Boden.

»Wann fährst du?«, fragte Anna.

»Heute Abend. Vielleicht auch schon am Nachmittag, je nachdem, wann mein Auto ...«

»Nimmst du mich mit?«

Sie sah ihn an.

»Nein, Anna.«

Es war nicht einfach, doch er hielt ihrem Blick stand.

»Gut.«

Sie nickte. Stand auf und strich das dünne Kleid glatt.

»Anna, ich ...« Er stemmte sich ebenfalls hoch. »Du musst das verstehen, ich kann dich nicht einfach ...«

»Guck mal.«

Sie schirmte die Augen mit der Hand ab, deutete hinunter ins Tal. Elias folgte ihrem ausgestreckten Zeigefinger und bemerkte die Gestalt, die auf der Seitenstraße den Hügel hinab zum Dorf lief. Barbossas Bruder kam offensichtlich gerade vom Schwimmbad, wie bei ihrer letzten Begegnung trug er weiße Kniestrümpfe, kurze Hosen und das T-Shirt mit dem Logo des Bades. Die Trillerpfeife blitzte auf seiner breiten Brust. Er war mindestens einen halben Kilometer entfernt, trotzdem glaubte Elias, das Quietschen der Badelatschen auf dem Asphalt zu hören.

»Siegmund macht Mittagspause«, lächelte Anna. »Er ist ein lieber Kerl. Ich werde ihn vermissen.«
Elias trat zu ihr.
»Anna?«
»Ja?«
»Ich kann dich nicht mitnehmen.«
»Aber du willst es.«
Diesmal war es Elias, der keine Antwort gab.
»Weil du …«, sie stellte sich auf die Zehenspitzen, hauchte ihm einen Kuss auf die Wange, »*vernünftig* sein willst. Soll ich dir was sagen?«
Er spürte ihre Finger im Nacken. Sacht. Zart. Kühl.
»Irgendwann wirst du's bereuen.«
Das stimmte, das würde er. Allerdings nicht irgendwann, sondern bereits zwei Sekunden nachdem Anna zwischen den Bäumen verschwunden war.

---

Aus der Nähe betrachtet, wirkte das alte Gefängnis längst nicht so eindrucksvoll, wie der Anblick vom Tal aus vermuten ließ. Mannshohes Unkraut säumte die zehn Meter hohen, verwitterten Mauern, Efeu rankte die vom Alter geschwärzten Backsteine und die verrosteten Gitter vor den leeren Fensteröffnungen empor. Ein Teil der Fenster war mit Brettern vernagelt oder notdürftig zugemauert, hinter anderen türmten sich die Überreste des eingestürzten Daches.
Elias folgte einem Trampelpfad, der zwischen dornigem Gebüsch und wuchernder Kamille zu dem alten Gemäuer führte. Hier oben wehte der Wind stärker, ein warmer, fast tropischer Hauch, der keinerlei Abkühlung brachte. Schweiß kribbelte unter seinen Achseln, der Hemdkragen im Nacken. Er hatte

Durst, furchtbaren Durst, doch es störte ihn nicht. Im Gegenteil, die ausgedörrte Kehle, die trockenen Lippen lenkten ihn ab. Die Neugier, die ihn ursprünglich hier heraufgeführt hatte, war verflogen, die Postkarte mit der seltsamen Markierung vergessen. Vor ein paar Minuten noch hatte er herausfinden wollen, ob es hier oben tatsächlich so etwas wie einen »Eingang« gab, was immer dieser Hinweis auch bedeuten mochte. Dann allerdings war er Anna begegnet, und sein Interesse war schlagartig erloschen.

Elias erreichte die Ruine, folgte dem Pfad, der nach einer scharfen Kurve in einem knappen Meter Abstand parallel am Fuße der hohen Außenmauer verlief. Mücken schwirrten im Schatten, abgestorbenes Laub raschelte unter seinen Schritten. Er lief, ohne sich dessen bewusst zu sein, ein verwirrter, ein wenig außer Form geratener Mann kurz vor dem vierzigsten Geburtstag, auf der Flucht vor den eigenen Gedanken. Und vor dieser Frau, die verantwortlich war für all das Chaos in seinem Kopf.

Stumm, den Blick zu Boden gerichtet, die Lippen zusammengepresst, stampfte er voran. Rechts türmte sich die hohe Backsteinmauer, links wucherte dichtes Gestrüpp, bildete einen schmalen, dämmrigen Tunnel. Zwanzig Meter lief Elias, dreißig, vorbei an einer endlosen Reihe gähnender Fensteröffnungen, aus denen ein schaler Geruch nach Moder, Fäulnis und Schimmel drang. Ausdünstungen eines Ortes, der seit Jahrzehnten dem Verfall preisgegeben war, längst verlassen, und doch gab es Anzeichen, dass in letzter Zeit Menschen hier gewesen waren: Zigarettenkippen. Zerknickte Bierdosen. Niedergetretenes Gras, das sich nicht wieder aufgerichtet hatte. Pappbecher. Eine verrostete Stabtaschenlampe.

Ein Geräusch ließ Elias aufhorchen. Er ging auf Zehenspitzen, sah durch eines der Fenster und zuckte zusammen, als ihm eine Taube aus dem Halbdunkel entgegengeflattert kam, offensichtlich aufgeschreckt vom Knacken eines Zweiges, der unter seinen Schritten geborsten war. Der Raum hinter dem Fenster war klein, zwei Meter breit und in etwa genauso lang. Ein giftgrüner, größtenteils abgeplatzter Ölsockel bedeckte das untere Drittel der Wände, kyrillische Buchstaben waren ungelenk in die Farbe geritzt. Der Boden war mit abgebröckeltem Putz und gesplittertem Glas übersät, in der Ecke lehnte ein rostiges Bettgestell. Die gegenüberliegende Wand war vergittert, hinter den Stäben war ein dämmriger Flur zu erkennen, der Boden war ebenfalls über und über mit Unrat bedeckt.

Elias lief weiter. Er schätzte, dass sich Hunderte dieser Zellen in dem riesenhaften Gemäuer befinden mussten, in einer hatte sein Großvater gesessen. Eine Tatsache, die Elias nur am Rande registrierte. Sosehr er sich auch mühte, seine Gedanken kreisten um Anna wie Motten um ein flackerndes Teelicht.

Wie hatte sie ihn genannt? *Vernünftig.* Das klang nach einem verkniffenen Spießer, doch sie hatte durchaus recht. Bisher war Elias mit seinem Leben zufrieden gewesen. Klar, er war ein Spießer. Na und? Wenn das bedeutete, ein ruhiges Leben zu führen, dann war er eben einer. Doch jetzt, stellte er fast wütend fest, war diese Ruhe dahin.

Unten im Dorf bellte ein Hund, ein weiterer antwortete mit einem heiseren Kläffen. Elias stieg über einen Schutthaufen, rutschte über einen bemoosten Dachziegel, taumelte nach rechts, stützte sich an den Backsteinen ab.

Er hatte das Ende des Gebäudes erreicht. Zehn Meter weiter befand sich eine weitere, ebenfalls vierstöckige Ruine, der Raum dazwischen wurde durch ein hohes Eisentor versperrt. Die Torflügel hingen schief in den rostigen Angeln, doch die Stahlkette, die sich um die verbeulten Streben schlang, war neu, ebenso wie das dicke Vorhängeschloss.

Elias drückte die Flügel nach innen. Diese schwangen knarrend zurück, dann spannte sich die Kette. Er sah durch den Spalt, erkannte eine verwitterte Schranke. Links daneben ein kleines Wachhäuschen, das Dach war zur Hälfte eingestürzt. Insekten schwirrten zwischen den düsteren Mauern umher, Unkraut wucherte auf meterhohen Trümmerbergen. Davor das Wrack eines russischen Jeeps, bis zu den Kotflügeln hinter Brennnesseln verschwunden. Weiter hinten ein verfallener Wachturm, in den schießschartenähnlichen Fenstern blitzten die gesplitterten Scheiben. Eine drei Meter hohe Birke hatte dort oben Wurzeln geschlagen, die dünnen Äste schwankten im Wind.

Ein faszinierender Ort. Vor allem, wenn man auf der Suche nach einer Geschichte war. Egal, ob es sich um die eigene Vergangenheit handelte oder etwas, das man zu einem Buch verarbeiten konnte.

Vielleicht, schoss es Elias durch den Kopf, ist es ja beides? Was wäre, wenn ich mir keine Geschichte ausdenke, sondern die Wahrheit schreibe? Über die Menschen im Dorf. Über das, was hier passiert ist.

Ein reizvoller Gedanke, doch es gab zwei Probleme. Das erste lag auf der Hand: Wer über die Wahrheit schreiben will, muss sie kennen. Im Moment wusste Elias so gut wie nichts. Und *was* er wusste, ergab keinen Sinn.

Das, glaubte Elias, würde er irgendwann herausfinden. Doch wenn er sie aufschreiben wollte, diese Geschichte, diese *wahre* Geschichte, ergab sich ein weiteres Problem.

Es ging um seine Familie. Um Wilhelm, seinen Großvater. Um Esther, seine Mutter. Und um ihn selbst. Er, Elias, war Teil dieser Geschichte.

Die Frage war, ob der Taschenbuchautor E.W. Haack überhaupt in der Lage war, über Elias, den *Menschen*, zu schreiben. Einen Großteil der Erinnerungen an seine Kindheit hatte Elias verdrängt, und er ahnte, dass dies aus gutem Grunde geschehen war. Die Erinnerungsfetzen, die ihn in den letzten Stunden immer wieder heimgesucht hatten, blitzartig auftauchend und ebenso schnell wieder verschwunden wie die aufgeblendeten Scheinwerfer eines entgegenkommenden Fahrzeuges bei einer nächtlichen Autofahrt, verhießen nichts Gutes. Es waren Splitter, die sich irgendwann zu einem Gesamtbild fügen würden, und dieses Bild, fürchtete Elias, würde ihm nicht sonderlich gut gefallen.

Seufzend trat Elias zurück, das Tor schloss sich knarrend. Es gab ein weiteres Problem, fiel ihm ein. Anna, auch sie war Teil dieser Geschichte. Zu einer guten Geschichte gehörte ein gutes Ende. Abgesehen davon, dass er keine Ahnung hatte, wie das alles ausgehen würde, wusste er nicht, ob er es jemals aufschreiben konnte. Nur eines war klar: Im Moment wollte er nicht darüber nachdenken.

Die Sonne brannte. Er hob den Kopf. Ein Adler schwebte direkt über ihm, die Schwingen gespreizt, reglos, als wäre er an den stahlblauen Himmel genagelt.

Elias lief ein paar Schritte weiter, blieb stehen. Was, überlegte er, mache ich eigentlich hier? Ich schwitze wie ein andalusischer Bergbauer. Ich habe Kopfschmerzen. Ich habe Durst.

Und müde war er, sehr müde. Warum also sollte er weiter in dieser Hitze durch das Unkraut stolpern? Weitere Fragen (Gab es in Andalusien überhaupt Berge? Wenn ja, wovon ernährten sich die Bauern?) drängten sich auf, Elias schob sie fort, holte das Handy hervor, las die Uhrzeit vom Display ab.

Kurz vor zwei. Ein paar Stunden würde Barbossa noch brauchen, doch die konnte Elias ebenso gut unten im Haus verbringen. Eine kalte Dusche nehmen, im Schatten der Markise auf der Veranda sitzen oder, wenn er Glück hatte, noch ein wenig schlafen.

Also machte er sich auf den Rückweg. Nach ein paar Metern stoppte er, um die Blase zu entleeren. Später sollte er sich fragen, ob es Zufall war, Schicksal oder eine höhere Bestimmung. Zu einem konkreten Ergebnis kam Elias nie, außer, dass es sich um ein weiteres, äußerst bizarres Detail dieser Geschichte handelte, denn wie sonst ließ sich erklären, dass er den Ring seines Großvaters ausgerechnet beim Pinkeln fand?

## KAPITEL 16

Kein Zweifel.

Er saß auf der Veranda und betrachtete den Goldring. Das hatte er bereits ausgiebig getan, während des zwanzigminütigen Rückwegs war er immer wieder stehen geblieben, um ihn ein weiteres Mal in Augenschein zu nehmen.

Nein, das konnte kein Irrtum sein. Der grüne, fünfeckig geschliffene Stein, gerahmt von winzigen Diamanten. Die letzten Zweifel wurden durch die beiden auf die Innenseite gravierten Buchstaben beseitigt: W.H. Die Initialen seines Großvaters.

Elias hatte geduscht, danach hatte er Kaffee gekocht. Die Tasse stand neben ihm auf dem Gartentisch, er hatte sie noch nicht angerührt. Nachdenklich drehte er den Ring zwischen den Fingern, der Stein funkelte in der Sonne.

Wilhelms Ring hatte zehn Meter neben dem Eingangstor am Stamm einer verkrüppelten Kiefer im Gras gelegen. Die Frage war nicht, warum Elias ausgerechnet diese Stelle gewählt hatte, um sich zu erleichtern. Es war müßig, sich darüber den Kopf zu zerbrechen. Die Frage war eine andere.

Wie war der Ring dort hingekommen?

Wilhelm hatte den Ring an seinem Geburtstag getragen. Am Kaffeetisch und auch später, als Elias nach seinem Zusammenbruch auf dem Sofa zu sich gekommen war. Sie hatten sich unterhalten, dann war der alte Mann nach oben gegangen. Elias war eingeschlafen, und auch Wilhelm hatte sein Schlafzimmer wohl kaum verlassen. Er musste zu Bett gegangen sein, wo er wenig später gestorben war. *Mit* dem Ring am Finger.

Jetzt lag Wilhelm in der Pathologie.

*Ohne* den Ring.

Der Wind hatte zugenommen, trieb dünne Schleierwolken von Westen heran. Die bunten Fliegenbänder in der Verandatür flatterten, hinter dem Zaun am Ende des Gartens schwankten die Sonnenblumen in der Brise.

Und jetzt?

Elias nippte an seiner Tasse. Der Kaffee war kalt, er verzog das Gesicht, stellte die Tasse wieder ab.

Kolberg fiel ihm ein. Er konnte ihn anrufen. Vielleicht gab es eine logische Erklärung (natürlich gab es die, es *musste* eine geben), und als Polizist war Kolberg am ehesten in der Lage, eine zu finden. Ja, es war naheliegend, mit ihm zu reden, doch dann würde das Gespräch unweigerlich auf Anna kommen. Und darauf war Elias momentan nicht im Geringsten erpicht.

Ein Windstoß fegte durch den Garten. Der Apfelbaum knarrte, ein paar Blätter trieben über den Geräteschuppen davon. Ein Rumpeln drang aus dem Haus. Elias stand schwerfällig auf, nahm die Kaffeetasse und ging hinein.

---

Nein, es war wohl ein Irrtum gewesen.

Elias stand lauschend im Keller. Es hatte sich so angehört, als käme das Geräusch von hier unten, doch da war nichts. Nur das Brummen der Neonröhre über seinem Kopf und ein leises Surren, das von einer Wasserpumpe neben dem Sicherungskasten stammte.

Elias sah sich unschlüssig um. Sein Blick fiel auf die Stahltür neben dem Regal mit den verstaubten Einmachgläsern. Das Schloss wirkte äußerst stabil, es gab keine Klinke, sondern einen Knauf, wie bei einer Außentür. Bei seinem ersten Besuch hier unten hatte Elias nicht weiter darauf geachtet, jetzt fragte er sich kurz, warum ein Heizungsraum (den er hinter dieser Tür vermutet hatte) mit einem Sicherheitsschloss versperrt wurde.

Er drehte den Knauf. Wie erwartet, war die Tür verschlossen. An Wilhelms Schlüsselbund befanden sich vier Schlüssel, aber keiner passte.

Eine Spinne flitzte über den betonierten Boden, umrundete eine verstaubte Gießkanne und verschwand unter dem Türspalt. Elias ging in die Knie, bückte sich und sah hindurch. Der Spalt war ungefähr zwei Zentimeter breit, doch sehen konnte er nichts, nur absolute Dunkelheit. Ein Luftzug wehte ihm entgegen, kühl, feucht, nach Moder und Erde riechend. Als wäre hinter dieser Tür kein Raum, sondern ein …

Elias richtete sich auf.

Ein Tunnel?

Lauschend legte er das Ohr an das Türblatt, wartete einen Moment. Nichts. Nur ein sanftes, entferntes Rauschen.

»Hallo?«

Ein Schlag mit der flachen Hand gegen die Tür. Noch einer, etwas stärker. Keinerlei Reaktion, doch das Geräusch klang ähnlich wie das, das ihn hergeführt hatte. Ein dumpfes, metallisches Hallen.

Er sah sich stirnrunzelnd um. Betrachtete den kleinen, aufgeräumten Keller. Die gekalkten Wände, das winzige Oberlicht, die mit Styropor ummantelten Wasserleitungen unter der Decke. Es gab keinerlei Möglichkeit, sich hier zu verstecken, hier war niemand außer ihm. Und falls er recht hatte, bedeutete das, dass nicht von innen, sondern von der anderen Seite gegen die Stahltür geschlagen worden war. Dass dort drüben jemand war. Jedenfalls bis vor kurzem noch.

Und nun?

Die Neonröhre flackerte über seinem Kopf.

Er sah zur Decke. Schluckte. Spürte ein Brausen im Kopf, das Geräusch eines Zuges, der sich mit rasender Geschwindigkeit aus einem Tunnel nähert.

Damals hatte eine verstaubte Glühbirne dort oben gehangen. Ansonsten hatte sich kaum etwas verändert, der Geruch war geblieben, nach feuchtem Beton, Benzin und stockfleckigen Zeitungen, hier hatten sie gestanden, an genau dieser Stelle und …

---

*Ich werde dir jetzt etwas zeigen, sagt Opa Wilhelm.*

*Ein Schlüsselbund klappert in seiner Hand.*

*Elias war noch nie hier unten. Er mag den Keller nicht. Es riecht nicht gut. Und die Tür, die Opa Wilhelm gleich aufmachen wird, gefällt Elias auch nicht. Er will nicht wissen, was dahinter ist.*

*Es ist ein Geheimnis, Elias.*

*Eine große Spinne krabbelt über den Boden. Elias hat Angst vor Spinnen. Seine Nase kribbelt, er wehrt sich gegen die Tränen. Er darf jetzt nicht weinen. Das würde Opa Wilhelm nicht gefallen.*

*Du wirst Mama nichts davon erzählen.*
*Elias nickt gehorsam.*
*Mama sitzt oben im Garten unter dem Apfelbaum. Das ist ihr Lieblingsplatz. Sie liest ein Buch. Heute Morgen hat sie mit Opa Wilhelm gestritten. Sie streiten oft. Eigentlich ist es kein Streit. Mama schimpft, Opa Wilhelm sagt nichts. Er sagt nie viel. Aber heute Morgen hat er etwas zu Mama gesagt. Du kannst nicht gehen, hat er gesagt. Ich lasse dich nicht weg. Elias hat nicht verstanden, was das bedeutet. Aber Mama hat geweint.*
*Sie hat doll geweint, und dann …*

---

Ein Klicken, die Neonröhre erlosch, sprang flackernd wieder an.

Elias blinzelte. Er spürte einen bitteren Geschmack auf der Zunge, ein leichtes Brennen, als hätte er an einer Batterie geleckt. Ihm war ein wenig übel, wie jemandem, der kurz die Kontrolle über sein Auto verloren hat und dessen rebellierender Magen erst nach einiger Zeit wieder zur Ruhe kommt. Der Aussetzer hatte weniger als eine Sekunde gedauert, ein Wimpernschlag, irgendwo in den Tiefen seines Unterbewusstseins, und jetzt, da er zurück im Hier und Jetzt war, setzten seine Überlegungen nahtlos an der Stelle an, wo sie soeben unterbrochen worden waren.

Die Tür.

Sie war stabil, es war sinnlos, sie aufbrechen zu wollen. Zumindest für Elias, dessen handwerkliches Geschick bereits beim Öffnen einer Bierflasche seine Grenzen erreicht hatte.

Wieder näherte er sich der Tür.

»Ist da jemand?«

Die Frage klang albern, Elias erhielt trotzdem eine Antwort.

Allerdings aus einer anderen, völlig unerwarteten Richtung, und als er sich umwandte, stand Anna oben auf dem Treppenabsatz.

---

»Er ... er ist völlig ausgerastet.«

Ihre Stimme zitterte, ebenso wie ihre Finger. Weinend saß sie Elias gegenüber am Küchentisch, in den Händen ein zerknülltes Taschentuch, das er ihr gegeben hatte.

»Ich wollte ein paar Sachen holen«, fuhr sie schluchzend fort. »Meine Kreditkarte und ein paar Klamotten. Normalerweise ist er nie vor fünf zu Hause, ich weiß nicht, warum er ausgerechnet heute früher Feierabend hatte.«

Annas Gesicht war bleich unter der gebräunten Haut, die Wimperntusche unter den grünen Augen verschmiert.

»Er hat dich geschlagen«, sagte Elias.

»Das hat er noch nie gemacht.« Sie fuhr mit der Zunge über die geschwollene Oberlippe. »Noch nie. Felix ist ... wo willst du hin?«

Elias war aufgestanden. Er war ebenfalls bleich, allerdings aus einem anderen Grund als Anna. Er war wütend. Egal, wie verletzt Kolberg war, er hatte nicht das Recht, Anna zu schlagen. Kein Mann auf der Welt hatte das Recht, eine Frau zu verprügeln.

»Rüber zu ihm.«

»Nein.« Sie zog ihn wieder auf den Stuhl. »Er ist nicht mehr da.«

Anna erzählte, wie Felix Kolberg sie im Haus überrascht hatte. Wie er die Beherrschung verloren, sie beschimpft und im Schlafzimmer eingesperrt hatte.

»Er ist mit dem Auto weggefahren, ich hab den Motor gehört.

Keine Ahnung, wo er ist. Ich …«, sie holte schniefend Luft, »ich bin aus dem Fenster geklettert. Und dann …«

Die Worte gingen in einem erstickten Schluchzen unter. Anna vergrub das Gesicht in den Händen, sammelte sich kurz, dann sah sie ihn an.

»Ich will dir nicht auf die Nerven gehen, Elias.«

»Das tust du n…«

»Vorhin, oben bei den Windmühlen, da hast du gesagt, dass du mich nicht mitnehmen willst.« Ihre Stimme zitterte noch immer, doch sie klang fest. »Zuerst war ich ziemlich sauer, aber ich denke, es ist okay. Du glaubst, ich wäre ein junges, naives Ding, das sich in 'nen älteren Typen verguckt und ein paar Wochen später wieder verschwindet.«

»Anna, ich …«

»Es ist okay«, wiederholte sie. »Ich kann's nicht ändern. Und betteln«, ihre Mundwinkel hoben sich zu einem kurzen Lächeln, »werde ich garantiert nicht.«

Nein, dachte Elias, warum solltest du auch? Ich muss den Tatsachen ins Auge sehen. Egal, ob ich's gut finde oder nicht. Ich hab mich in sie …

»Aber eine Bitte hätte ich noch.« Sie nahm seine Hand.

… *verliebt.*

Ein abgedroschenes Wort. Aber es traf nun einmal zu.

»Wir beide«, sie sah ihn an, »wollen hier weg. Und zwar so schnell wie möglich. Kannst du mich mitnehmen?«

Ein kleines Stück nur, fuhr Anna fort. Ein paar Kilometer, bis zur nächsten Bushaltestelle. Danach, versprach sie, wäre Elias sie los.

---

Eine halbe Stunde später war Elias unterwegs zu Barbossas Werkstatt. Anna war unter der Dusche, zuvor hatte sie ihn gebeten, ihr etwas Geld zu borgen, sie wollte mit dem Bus zum nächsten Bahnhof fahren und von dort in einen Zug zu ihrer Schwester steigen.

Es wurde Abend, die Sonne näherte sich dem Horizont. Ein flimmernder Ball, der durch die Dunstwolke über dem Tagebau unnatürlich groß wirkte. Elias lief die Dorfstraße entlang, die Hände in den Hosentaschen vergraben, den Blick auf die staubigen Lederspitzen seiner Schuhe gerichtet. Er war tief in Gedanken versunken, und so war es kein Wunder, dass er das dünne Mädchen mit dem pinkfarbenen Stoppelhaar erst im letzten Moment bemerkte.

»Hi.«

Jessi lehnte rauchend an der Wand eines leerstehenden Hauses. Er blieb stehen, erwiderte verwundert ihren Gruß. Schließlich war es das erste Mal, dass sie miteinander sprachen.

»Ganz schön heiß heute.« Er seufzte übertrieben.

Jessi zog schweigend an ihrer Zigarette, die sie etwas affektiert zwischen ausgestrecktem Zeige- und Mittelfinger hielt. Die Nägel waren schwarz lackiert, um ihren Hals baumelte ein blauer Kopfhörer. Den Hund, stellte Elias erleichtert fest, hatte sie nicht dabei. Sie machte keinerlei Anstalten, etwas zu sagen. Warum hatte sie ihn überhaupt angesprochen, wenn sie doch offensichtlich keine Lust zum Reden hatte?

»Wo ist eigentlich dein Hund?«, fragte er, als ihm ihr Schweigen allmählich unangenehm wurde.

»Im Zwinger.«

Sie sah ihn an, aus dunklen, kajalumrandeten Augen. Augen, die seltsam alt wirkten im glatten Gesicht eines Teenagers. Müde, gleichgültig, als hätten sie eine Menge gesehen.

»Aha«, nickte Elias, der ein höflicher Mensch war und deshalb versuchte, noch ein paar unverbindliche Worte zu wechseln. »Was ist das eigentlich für 'ne Rasse?«

Jessis Antwort war ebenso knapp wie die vorige.

»Ein Mischling. Bullterrier und Rhodesian Ridgeback.«

Von Ersteren hatte Elias gehört, Letztere kannte er nicht.

»Der sieht ganz schön gefährlich aus«, sagte er.

»Das ist er.«

»Anscheinend hat jeder hier einen.«

»Die werden gebraucht.« Jessi verschränkte die Arme vor den kleinen Brüsten. »Zum Jagen.«

»Echt? Was denn? Rehe? Füchse?«

Kopfschüttelnd, mit gespitzten Lippen zog Jessie an ihrer Zigarette. Offensichtlich hatte sie keine Lust, weiter auf Elias' Frage einzugehen.

»Du siehst nicht aus wie 'ne Jägerin«, lächelte er.

Keine Antwort.

Eine Bö fegte über die Straße. Die Absperrbänder vor dem verwüsteten Friedhof flatterten, gegenüber knarrte die alte Hollywoodschaukel vor dem Haus von Timur Gretsch.

Elias schickte sich an, die stockende Unterhaltung zu beenden, dann fiel ihm Betty ein. Er bat Jessi, ihre Mutter zu grüßen.

»Sie ist 'ne tolle Köchin. Und sie hat eine Menge für mich getan. Ich würde mich gern erkenntlich zeigen.«

»Mit Geld?«

»Klar.« Elias hob die Schultern. »Warum nicht?«

»Nicht nötig.«

»Ach komm, Jessi.« Er deutete zum Ortsausgang, in Richtung des Autohauses. »Jeder Mensch braucht Geld, und ich kann mir nicht vorstellen, dass deine Eltern im Moment sonderlich gute Geschäfte machen.«

»Keine Sorge. Die laufen hervorragend, die *Geschäfte*.«

Elias entging die Betonung des letzten Wortes nicht. Doch es hatte keinen Sinn, das Gespräch mit diesem mürrischen, wortkargen Mädchen fortzusetzen. Also verabschiedete er sich ein wenig unbeholfen und machte Anstalten weiterzugehen. Doch Jessi hielt ihn zurück.

»Du fährst heute ab.«

Das war keine Frage, sondern eine Feststellung. Elias wunderte sich nicht, dass das Mädchen seine Pläne kannte. In diesem Dorf wusste jeder über jeden Bescheid.

»Ich will zu Arne«, nickte er. »Mein Auto abholen.«

Sie stieß den Rauch durch die Nase aus. »Kommst du wieder?«

»Ja, aber ich …«

Er stockte. Eine weitere Bö hatte ihm den Rauch direkt ins Gesicht geweht. Sein Magen verkrampfte sich, als er das Nikotin einatmete, sämtliche Nerven standen schlagartig unter Strom. Jede Faser seines Körpers vibrierte, verlangte zitternd Nachschub. Immer noch, nach dreiundsechzig Tagen.

»Ich weiß noch nicht genau, wann«, beendete er schließlich.

»Mach's nicht.«

»*Was* soll ich nicht machen?«

»Wiederkommen. Hau einfach ab.« Jessi zertrat die Kippe, Kies knirschte unter ihren Sandalen. »Und dann bleib, wo du bist.«

Elias öffnete den Mund, doch das Mädchen setzte die Kopfhörer auf und ging davon.

# KAPITEL 17

»Scheiße. Es tut mir leid.«

Barbossa stand wie ein Häufchen Elend in der Werkstatt. Nein, korrigierte sich Elias mit einem Blick auf die breiten Schultern des massigen Zwei-Zentner-Mannes. Kein *Häufchen*. Ein Haufen. Beziehungsweise ein Berg.

»Dein Passat ist drei Jahre alt«, erklärte Barbossa. »Die haben mir eine Lichtmaschine für die neuesten Modelle geschickt, da gibt der Gleichrichter 'ne andere Spannung ab. Wenn ich die anschließe, dann ...«

»Moment.« Elias hob die Hand. »Du willst mir also sagen, dass mein Wagen nicht fertig ist?«

»Tut mir leid«, wiederholte Barbossa zerknirscht. »Echt, das musst du mir glauben.«

Elias traute seinen Ohren nicht. »Das ist nicht dein Ernst.«

»Ich hab 'ne neue bestellt.« Barbossa sah betreten auf den ölfleckigen Boden. »Die müsste morgen früh ...«

»Vergiss es.«

»Ich verstehe ja, dass du sauer bist, aber ...«

»Ich bin nicht sauer.« Elias' Augen verengten sich. Er legte den Kopf schief, trat einen Schritt näher. »Ich bin *stink*sauer, Arne. Du hast mir hoch und heilig versprochen, dass der Wagen heute fertig wird. Ich hab mich drauf verlassen.«

Elias war ein kontrollierter Mensch. Er konnte sich nicht erinnern, jemals die Beherrschung verloren zu haben, doch jetzt, zwischen rostigen Traktoren und auseinandergeschraubten Mähdreschern, ließ er seiner Wut freien Lauf.

»Seit fast einer Woche bin ich in diesem ... Kaff. Ich hab die Nase gestrichen voll. Von euch allen. Ihr hängt in euren spießigen Häusern, jammert rum und wartet auf die Bagger!« Elias' Stimme überschlug sich. »Ihr seid doch alle verrückt! Ich meine, was macht ihr eigentlich hier? Du mit deinen Mähdreschern, die keinen Menschen interessieren. Genauso wie Bettys Mann, was will der mit seinen dämlichen Autos? Oder Stahl, der hat gerade mal einen Patienten!« Er hob die Hand, streckte den Zeigefinger empor. »*Einen einzigen*! Den alten Timur, der nichts anderes im Kopf hat als Bettys …«, er stockte einen Moment, »Brüste!«

*Titten,* hatte Elias eigentlich sagen wollen, doch selbst jetzt, da er vor Wut geradezu schäumte, war ihm der Ausdruck zu ordinär.

»Von mir aus könnt ihr hier alle versauern. Ich rufe mir jetzt ein Taxi und dann …«

Elias, der sich zum Gehen gewandt hatte, verstummte, als er den kräftigen jungen Mann zwischen den Torflügeln bemerkte. Auch jetzt trug Siegmund Barbossa die alberne Kleidung eines Bademeisters, in der Hand hielt er einen Stoffbeutel mit dem Logo des Spaßbades.

»Sie befinden sich in einer Werkstatt«, erklärte er förmlich, nachdem er Elias von Kopf bis Fuß gemustert hatte. »Ich muss Sie darauf hinweisen, dass Ihre Kleidung nicht im Geringsten den gesetzlichen Vorgaben in puncto Arbeitsschutz entspricht. Vor allem Ihr Schuhwerk lässt äußerst zu wünschen übrig. Ganz zu schweigen von der Helmpflicht. Ich muss Ihnen wohl nicht erklären, wie gefährlich der Aufenthalt unter schwebenden Lasten ist.«

Elias öffnete den Mund. Schloss ihn wieder.

»Wie war dein Tag?«, fragte Arne Barbossa hinter ihm.

»Ziemlich turbulent«, erwiderte Siegmund ernst. Der Stoffbeutel pendelte an seiner Seite, darin zeichneten sich die Umrisse einer Tupperdose und einer Thermoskanne ab. »Am Nachmittag waren drei Schulklassen da, ich musste sicherheitshalber die Rutsche sperren. Und die zweite Kasse war nicht besetzt. Frau Haubold hat sich erkältet, ich habe sie nach Hause geschickt.«

»Ruh dich ein bisschen aus«, sagte Arne. »Aber sei so nett und sieh vorher kurz nach dem Hund. In einer Dreiviertelstunde gibt's Essen. Was hältst du von Spaghetti?«

Das, erwiderte Siegmund, passe hervorragend. Er wandte sich zum Gehen, allerdings erst, nachdem er Elias' Schuhe mit einem vorwurfsvollen Blick bedacht hatte.

»Ich mache dir einen Vorschlag, Elias.« Barbossa kratzte sich an der bärtigen Wange. »Morgen, spätestens um zwei fährt die Kiste wieder. Wenn du bis dahin ...«

»Auf keinen Fall.« Elias' Wut, eben noch ein wenig abgeflaut, flammte wieder auf. »Ich bestelle mir jetzt ein Taxi. Nein, *du* übernimmst das. Ich bin jetzt oft genug zu dieser blöden Bank hochgekraxelt.«

»Na ja.« Barbossa senkte die buschigen Brauen. »Das wird nicht einfach.«

»*Was* wird nicht einfach?«

»Das Festnetztelefon ist im Arsch.« Barbossa sah kleinlaut zu Boden. »Die Leitung wird gerissen sein, bestimmt irgendwo oben im Wald. Wird dauern, bis das repariert ist. Wahrscheinlich überhaupt nicht, denen ist scheißegal, ob wir hier telefonieren ...«

»Das glaub ich jetzt nicht!«, prustete Elias. Dann fiel ihm etwas ein. »Und wie«, er schob das unrasierte Kinn vor, »hast du dann eine neue Lichtmaschine bestellt? Ohne Telefon?«

Darauf hatte Barbossa keine Antwort. Verlegen nahm er einen ölverschmierten Lappen von der Werkbank, knetete ihn in den großen Händen.

»Es reicht jetzt«, stieß Elias hervor. »Ich verschwinde. Von mir aus könnt ihr alle hier versauern, zusammen mit euren dämlichen Hunden!«

»*Dämlich?*« Barbossa legte den Lappen zur Seite. »Die sind alles andere als dämlich. Wilhelm hatte früher auch einen. Er war sogar der erste, der einen hatte. Weißt du, wofür die gezüchtet wurden?« Er kam näher. Elias musste den Kopf in den Nacken legen, um seinem Blick standhalten zu können. »Um entlaufene Sklaven zu fangen. Die Hunde sind hässlich, das stimmt. Wir geben ihnen keine Namen, aber sie gehorchen uns aufs Wort. Niemand außer uns sollte sich mit denen anlegen.«

Nun, das hatte Elias auch nicht vor.

»Neulich«, Barbossa senkte die Stimme, seine dunklen Augen funkelten amüsiert, »hättest du dir fast in die Hose gekackt. Soll ich ihn reinholen?«

Elias machte wortlos kehrt, wobei er um ein Haar über einen verrosteten Benzinkanister gestolpert wäre. Er wollte von dannen stürmen, doch Barbossa hielt ihn zurück.

»Warte.«

»Was?« Elias wandte sich um.

»War 'n Scherz.«

Elias blinzelte verwirrt.

»Der Passat steht draußen.« Barbossa deutete durch das Tor ins Freie. »Hinter dem Gabelstapler.«

»Ich, äh …«, stammelte Elias, der kein Wort verstand. »Wie meinst du …«

»Ich hab dich verarscht!« Barbossa kam mit ausgebreiteten Armen näher, sein bärtiges Gesicht strahlte. »*Verarscht*, kapierst du? Die Kiste ist längst repariert, ich bin vor 'ner halben Stunde fertig geworden!«

Muskulöse Arme schlossen sich um den verdatterten Elias, er wurde an Barbossas breite Brust gezogen. Schweißgeruch strömte in seine Nase, vermischt mit dem Geruch des fleckigen Overalls.

»Hast du echt geglaubt, ich würde dich im Stich lassen?«, lachte Barbossa, während sein drahtiges Brusthaar Elias' Nase kitzelte. »Du kannst uns ruhig für bekloppt halten.« Er gab Elias frei, wurde ernst. »Aber du bist Wilhelms Enkel. Also gehörst du zu uns. Wir sind vielleicht 'n bisschen zurückgeblieben, aber ...«

»... wir kümmern uns umeinander«, murmelte Elias.

»Genau«, nickte Barbossa. »Das tun wir.«

Elias wusste nicht, ob er wütend oder erleichtert sein sollte. Das änderte sich auch nicht, als er ein paar Minuten später in den Passat stieg. Der Wagen sprang problemlos an, Elias fuhr über das Grundstück, bremste in der Einfahrt und sah im Rückspiegel, wie Arne Barbossa ihm zum Abschied zuwinkte.

---

Er parkte den Passat nicht vor Wilhelms Haus, sondern fuhr ein Stück weiter, bog nach links in die Straße hinauf zum Spaßbad ab und hielt nach ein paar Metern hinter einem Trafohäuschen. Es war keine bewusste Entscheidung, doch sie hatte auf eine unbestimmte Weise mit Felix Kolberg zu tun. Kolberg konnte jeden Moment zurückkehren, und wenn er den Passat bemerkte, würde er wahrscheinlich mit Elias reden wollen. Irgendwann würde Elias dieses Gespräch führen müssen, doch im Moment hatte er weder die Kraft noch die Nerven dazu. Im Moment wollte er nur eines. Weg hier. So schnell wie möglich.

Anna erwartete ihn in der Küche. Sie hatte Kaffee gekocht. Ihr Haar war noch feucht vom Duschen.

Den Kaffee tranken sie mehr oder weniger schweigend. Anna

war blass, wirkte nervös, doch als er sie fragte, ob sie tatsächlich mitkommen wolle, nickte sie.

»Bis zur Bushaltestelle sind's ungefähr zehn Kilometer. Du kannst mich dort absetzen.« Danach, wiederholte sie, würde sie Elias in Ruhe lassen.

Nun, das war Elias' Problem. Er, der seit zehn Jahren verheiratet war, war nicht mehr sicher, ob er das wollte.

In Ruhe gelassen werden. Von Anna.

Sie waren schnell reisefertig. Beide hatten sie kein Gepäck, nur Wilhelms Fotoalbum würde Elias mitnehmen. Anna fragte, welche Bedeutung das Album für ihn habe, also zeigte er ihr die Bilder: Das Foto, auf dem Wilhelm und Timur Gretsch als Jugendliche zu sehen waren. Das Bild des rätselhaften russischen Generals, den Gretsch als *Meister* bezeichnet hatte. Das Foto, das seine Mutter bei der Erstkommunion zeigte. Die Postkarte, auf der in kyrillischen Buchstaben ein *Eingang* markiert worden war. Anna hatte keines der Bilder jemals zuvor gesehen, und auch als Elias von den tätowierten Sonnenblumen und Wilhelms Ring erzählte, schüttelte sie ratlos den Kopf.

Die Sonne stand tief, als sie das Haus verließen. Schweigend stiegen sie in den Passat und fuhren die Dorfstraße entlang. Als sie das Ortsausgangsschild passierten, blitzte im Rückspiegel die Fassade des Autohauses in den Strahlen der untergehenden Sonne. Noch immer hatten sie kein Wort gewechselt.

Der Passat rollte zwischen wogenden Weizenfeldern bergauf. Elias öffnete den Mund, um ihr zu sagen, dass er sich geirrt habe, dass es ein Fehler gewesen sei, sie abzuweisen. Dass sie mitkommen solle, irgendwohin, Hauptsache, sie waren zusammen. Sie sollte bei ihm bleiben, es gab nichts, was er sich mehr wünschte.

All dies wurde ihm schlagartig bewusst. Er musste nicht nach den richtigen Worten suchen, er hatte sie oft genug in seinen

Büchern geschrieben, doch das waren Geschichten gewesen, Fiktion, Resultate seiner Phantasie. Die Realität allerdings sah anders aus, und so geschah es, dass Elias bereits nach zwei Wörtern unterbrochen wurde.

»Anna, ich ...«

Dann explodierte die Welt.

# DRITTER TEIL

*Unter der Erde*

## KAPITEL 18

Ist das ein Traum?

Wahrscheinlich. Es ist dunkel. Er kann sich nicht bewegen. Hat keine Ahnung, wo er ist. Wo er *war*. Wie er hergekommen ist. Wie lange ist er hier? Stunden? Tage? Es ist Sommer, das weiß er. Trotzdem ist ihm kalt.

Komisch. Kann man im Traum frieren?

Und dieser Geschmack im Mund. Metall. Kupfer. Er hat sich auf die Zunge gebissen. Heftig, wie es scheint. Aber er hat keine Schmerzen.

Doch ein Traum?

Nein. Wer träumt, der schläft. Wer schläft, riecht nichts. Dieser Geruch ist real, kitzelt in der Nase. Feuchte Erde. Schimmel. Nasses Holz. Bemooste Steine. Er kennt diesen Geruch.

Auch das Geräusch kennt er. Ein tiefes, monotones Brummen, wie ein Starkstromgenerator. Und noch etwas hört er.

*klick klick klick*

Als würden Reißzwecken zu Boden fallen. Es kommt näher.

*klick klick klick*

Keine Reißzwecken. Das sind

*klick klick*

Krallen. Krallen auf Beton. Direkt

*klick*

neben seinem Kopf.

Etwas Feuchtes streift seinen Hals. Ein Schnüffeln. Der Geruch ändert sich. Nein, kein Geruch. *Gestank.* Fauliges Fleisch. Mottenzerfressene Teppiche. Bettlaken, die nach dem Waschen in der Maschine vergessen wurden.

Er hält den Atem an. Öffnet die Augen. Es gelingt ihm nur mit Mühe.

*Das muss ein Traum sein.*

Er sieht in die bernsteinfarbenen Augen des Hundes. Das Tier ist direkt über ihm. Öffnet das Maul, fährt mit der Zunge über die gekrümmten, nadelspitzen Zähne.

*Bitte, Gott. Lass es ein Traum sein.*

Er schließt die Augen. Sabber tropft auf seine Wange.

*klick klick klick*

Das Geräusch entfernt sich. Er entspannt sich ein wenig, öffnet die Augen wieder, nur einen Spalt. Der Hund liegt zwei Meter entfernt auf einer alten Armeedecke, der massige Schädel ruht auf den gekreuzten Pfoten. Die gelben Augen sind auf Elias gerichtet. Starr, ausdruckslos. Neben der Decke steht eine verchromte Wasserschüssel.

Er bewacht mich, denkt Elias. Solange ich mich nicht bewege, wird er mir nichts tun.

Das, stellt Elias fest, ist auch kaum möglich. Das Teppichklebeband schlingt sich mehrfach um seine Waden, die Oberschenkel, ebenso um Handgelenke und Unterarme. Er liegt auf dem Rücken, sein Hemd und die Jeans sind klamm von feuchtem Beton.

Elias sieht nach oben. Der Tunnel ist niedrig. Wenn Elias stehen könnte, würde er sich wahrscheinlich den Kopf an der halbrunden Decke stoßen. Uralte Ziegelsteine bilden das Gewölbe, Salzflecken bedecken das bröckelnde Mauerwerk. An der Wand gegenüber hängt eine trüb funkelnde Lampe, das geriffelte Milchglas ist durch ein rostiges Gitter geschützt. Ein paar Meter weiter rechts ist noch eine befestigt, danach verliert sich der Gang in der Dunkelheit.

Elias hebt den Kopf, sieht nach links. Augenblicklich spannt sich der Hund. Die Ohren richten sich auf, honigfarbene Augen funkeln im schummrigen Licht. Der Hund gibt keinen Laut von sich, doch die Muskeln vibrieren unter dem kurzen Fell.

Er wartet, denkt Elias. Wartet, dass er angreifen kann.

Noch immer weiß er nicht, was geschehen ist. Doch er weiß jetzt, wo er ist. Er hat nur einen kurzen Blick auf die Tür geworfen, die links von ihm das Ende des Tunnels bildet.

Elias kennt diese Tür. Eine stabile Stahltür, die er bisher nur von der anderen Seite gesehen hat, als er glaubte, ein Geräusch aus dem Keller gehört zu haben. Wo immer dieser Tunnel auch hinführt, er endet unter dem Haus seines Großvaters.

Die Minuten vergehen. Seine Lider werden schwer, senken sich. Er spürt den kalten Blick des Hundes. Metall klappert, er hört das rhythmische Schlürfen des Tieres.

Er trinkt, denkt er. Ich habe auch Durst.

Ich war schon einmal hier, denkt er dann.

Elias gibt ein ersticktes Keuchen von sich. Seine Pupillen zucken hinter den geschlossenen Lidern.

---

*Wir haben eine Aufgabe, sagt Opa Wilhelm. Eine wichtige Aufgabe.*

*Elias zuckt erschrocken zusammen, als die Stahltür hinter ihnen ins Schloss fällt. Es ist kalt hier unten. Und düster. Am liebsten würde er wieder nach oben gehen, aber er traut sich nicht, es zu sagen. Opa Wilhelm würde das nicht gefallen. Man widerspricht Opa Wilhelm nicht.*

*Eines Tages wirst du diese Aufgabe übernehmen, Elias.*

*Die Lampen an der Tunnelwand flackern hinter den Gittern. Wasser tropft von der gewölbten Decke. Opa Wilhelm geht vor Elias in die Hocke, sieht ihn ernst an. Sein Atem riecht nach Pfefferminz.*

*Aber nur, wenn du stark genug bist, sagt er. Wenn du die Kraft dazu hast. Die Kraft des Meisters.*

*Das versteht Elias nicht.*

*Ich bin sein Nachfolger, sagt Opa Wilhelm. Er hat mir das Zeichen geschenkt. Wer es trägt, darf es weitergeben. Du hast es von mir bekommen.*

*Er nimmt Elias' Hand, dreht sie nach oben. Streicht mit dem Finger über die kleine Blume auf der Innenseite des Handgelenks.*

*Siehst du?*

*Ja, sagt Elias, Onkel Timur hat auch so eine.*

*Das stimmt, nickt Opa Wilhelm. Aber er ist nicht würdig.*

*Mama kann Onkel Timur nicht leiden. Einmal hat sie zu Opa Wilhelm gesagt, Onkel Timur wäre ein Monster. Elias weiß nicht genau, was ein Monster ist, aber er weiß, dass es nichts Gutes ist.*

*Mama hat auch so eine Blume. Die mag sie nicht, meistens hat sie ein Pflaster drübergeklebt. Elias überlegt, ob er Opa Wilhelm danach fragen soll, aber er lässt es lieber sein. Irgendwie weiß er, dass das seinem Großvater nicht gefallen würde.*

*Opa Wilhelm fasst Elias an den Schultern. Es tut ein bisschen weh, Opa Wilhelm ist stark. Der Blick, mit dem er Elias ansieht, macht Elias Angst. Seine Augen sind nicht so gruselig wie die von Onkel Timur, trotzdem würde Elias gern woanders hinsehen. Er tut es nicht.*

*Auch das würde Opa Wilhelm nicht gefallen.*

*Du wirst der dritte Meister, Elias. Ich muss wissen, ob du dazu fähig bist.*

*Ein Knall ertönt. Weit entfernt, irgendwo aus den Tiefen des*

Tunnels. Als würde eine Tür zugeschlagen. Dann eine Männerstimme. Es klingt wie Onkel Timur, der spricht immer so komisch. Mama sagt, dass Onkel Timur aus einem anderen Land kommt. Er scheint wütend zu sein, er brüllt. Schläge sind zu hören. Jemand beginnt zu weinen. Es klingt wie ein Kind.

Elias beginnt ebenfalls zu weinen. Er kann sich nicht dagegen wehren. Schluchzend, mit bebenden Schultern steht er da. Wünscht sich, dass Opa Wilhelm ihn tröstet, in den Arm nimmt, aber das wird nicht geschehen. Mama, die würde das jetzt tun. Aber Mama ist nicht da. Sie sitzt oben in der Sonne unter dem Apfelbaum.

Komm mit, Elias.

Opa Wilhelm steht auf. Sein Knie knackt, als würde ein trockener Zweig brechen. Er deutet in den Tunnel.

Ich werde dir jetzt etwas zeigen, wiederholt er. Normalen Menschen wird es nicht gefallen. Weil sie zu weich sind. Du, Elias, bist nicht weich.

Er geht los, ohne sich umzusehen. Opa Wilhelm ist groß, er muss den Kopf einziehen, um sich nicht an der gewölbten Decke zu stoßen. Elias folgt ihm, obwohl er nicht will. Er hat keine Wahl. Sie laufen durch den Tunnel. Nähern sich den Schlägen, die immer schneller werden. Das Weinen geht in ein Wimmern über. Onkel Timur hat aufgehört zu brüllen, er lacht jetzt. Nein, Elias will nicht sehen, wen Onkel Timur da verprügelt, er will zurück, zu Mama in die Sonne, er will …

## KAPITEL 19

»Aufwachen.«

Jemand rüttelte Elias an der Schulter, schlug ihm mit der flachen Hand auf die Wange. Elias schrak zusammen, hob instinktiv die Hände, um sein Gesicht zu schützen. Es dauerte ein paar Sekunden, bis er registrierte, warum es ihm nicht gelang. Er sah die Fesseln um Arme und Beine. Den Hund in der Ecke. Das Tier hatte sich nicht bewegt. Nichts hatte sich verändert. Ausgenommen der Mann, der neben ihm kniete.

Nach und nach tauchte Elias in die Realität auf, mühsam, wie ein Schwimmer, der sich vom Grunde eines schlammigen Sees an die Oberfläche quält.

»Was«, presste er hervor, »ist passiert?«

Noch immer wusste er nur, dass er irgendwann hier aufgewacht war. Davor war nichts. Keine Erinnerung. Nur Schwärze.

Doktor Stahl antwortete nicht. Sein Gesicht lag im Schatten. Das dünne, nach hinten gekämmte Haar glänzte im trüben Licht der Lampe, die hinter ihm an der Wand hing.

»Ich ...« Elias leckte über die trockenen, aufgesprungenen Lippen. Seine Wangen brannten, die Schläge des Arztes waren recht unsanft gewesen. »Ich weiß nicht, wie ich hergekommen bin. Jemand muss mich überfallen haben, aber ...«

»Halt's Maul.«

Stahl klang kalt, fast gelangweilt.

Elias schluckte. Spürte den Blutgeschmack, den Schmerz in der Zunge.

Ich saß im Auto, fiel ihm plötzlich ein. Ich bin gefahren. Kurz hinter dem Dorf ist etwas passiert. Da war noch jemand, ich war nicht ...

»Wo ist Anna?«

Keine Antwort.

»Ich will wissen, was mit Anna passiert ist! Verdammt nochmal, was ist hier eigentlich …«

Elias hatte sich aufgerichtet. Fast zeitgleich war der Hund aufgesprungen. Er stand auf der Decke, den breiten Schädel über den Vorderpfoten geduckt, bereit, im nächsten Moment vorzuschnellen. Kein Laut drang zwischen den entblößten Zähnen hervor, nicht einmal ein Knurren. Was es irgendwie noch schlimmer machte.

»Bitte«, murmelte Elias. »Was ist hier los?«

Stahl schnippte mit den Fingern. Er sah sich nicht nach dem Hund um, doch dieser folgte dem Kommando augenblicklich und ließ sich wieder auf der Decke nieder.

»Warum hat er dich herbestellt?«

»Ich verstehe nicht, was Sie …«

»Warum«, wiederholte Stahl, »hat er dich herbestellt?«

Sein Tonfall hatte sich nicht geändert. Widerwillig, mürrisch. Gelangweilt. Ja, das traf es am besten.

»Wenn Sie Wilhelm meinen«, krächzte Elias, »dann wissen Sie Bescheid. Er hat mich zu seinem Geburtstag eingeladen.«

»Was hat er dir erzählt?«

»Ich habe keine Ahnung, was Sie …«

»Was weißt du?«

Stahl beugte sich vor. Mit den engstehenden, tief in den Höhlen liegenden Augen, den eingefallenen Wangen und der markanten Nase erinnerte er an eine schlechtgelaunte Krähe. Nur der Schnurrbart störte, stellte Elias fest und wunderte sich gleichzeitig, wie er angesichts seiner Lage auf derart absurde Gedanken kommen konnte.

»Hören Sie.« Elias versuchte, sachlich zu klingen, vernünftig. Es gelang ihm nicht, das Zittern in seiner Stimme zu unterdrücken. »Sagen Sie mir, was genau Sie von mir wollen. Dann kann ich Ihnen auch antworten.«

»Die Frage ist einfach. Ich will wissen, was du weißt.«

Elias bewegte die Finger. Das funktionierte, doch mit den Händen gelang es ihm nicht. Das Teppichband schlang sich fest um die Gelenke, keine Chance, die Fesseln loszuwerden. Selbst, wenn er sich befreien konnte, wenn es ihm gelang, Stahl zu überwältigen, war da noch der …

»Keine Sorge. Er kommt erst zum Schluss zum Einsatz.«

Der Blick, mit dem Elias den Hund bedacht hatte, war Stahl nicht entgangen.

»Es gibt zwei Arten, die Tiere abzurichten«, sagte Stahl. »Die einen sind darauf spezialisiert, jemanden aufzuspüren. Wenn sie das getan haben, schlagen sie an und warten, bis die Zielperson in Gewahrsam genommen wurde. Im Gegensatz dazu ist die Aufgabe dieses Tieres«, er deutete über die Schulter, »die Zielperson auszuschalten. Seine Aufgabe ist klar. Die vollständige Liquidierung.«

Er klingt wie ein gelangweilter Dozent, dachte Elias fröstelnd. Ein schlechtgelaunter Studienrat, der in einem halbleeren Vorlesungssaal einen Vortrag über Steuerrecht hält.

»Er wird dich nicht angreifen«, fuhr Stahl ungerührt fort. »Erst, wenn ich ihm die Erlaubnis gebe. Dann allerdings habe ich keinen Einfluss mehr. Diese Tiere geben erst Ruhe, wenn sie ihr Ziel erreicht haben. Es geht ihnen ausschließlich um Zerstörung, um absolute, endgültige Auslöschung. Wahrscheinlich beginnen sie deshalb mit dem Gesicht. Diese Hunde verfügen über eine extrem kräftige Kiefermuskulatur. Wenn sie sich einmal verbissen haben, ist es unmöglich, sie von der Zielperson zu trennen. Selbst wenn man sie tötet, werden sie nicht loslassen.«

»Hören Sie«, wiederholte Elias. Schloss die Augen, versuchte verzweifelt, sich zu konzentrieren. Als er weitersprach, duzte er Stahl ebenfalls. »Ich sage dir alles, was du hören willst.«

»Sehr gut«, nickte Stahl zufrieden. »Also, was weißt du?«

»Ich verstehe die Frage nicht.«

»Warum bist du hier?«

»Das sagte ich doch. Wilhelm hat mich zu seinem Geburtstag einge…«

»Herrje.« Stahl seufzte resigniert, hob die hageren Schultern. »Das ist ermüdend.«

Ein Schrei ertönte. Weit entfernt, verhallt, kaum zu erahnen. Der Hund hob den Kopf, entspannte sich, als Stahl ein weiteres Mal wie beiläufig mit den Fingern schnippte.

Noch ein Schrei, gespenstisch, klagend. Ein Bild erschien in Elias' Kopf, er hatte es vorhin gesehen. Dort drüben neben der Stahltür, ein paar Meter entfernt, hatte er gestanden, ein vierjähriger, verängstigter Junge. Ich werde dir jetzt etwas zeigen, hatte Wilhelm gesagt. Auch damals hatte jemand geschrien, es hatte ähnlich geklungen wie jetzt. Sie waren durch den Tunnel gegangen und …

»Ich bin Arzt.« Stahls monotone Stimme riss Elias zurück in die Wirklichkeit. »Ich verfüge über ausgezeichnete Kenntnisse der menschlichen Anatomie. Ebenso kenne ich mich mit Schmerzen aus. Schmerz«, er beugte sich zur Seite, »gehört zu meinem Beruf. Heilung ist mit Schmerz verbunden. Es ist allerdings auch ein äußerst effektives Mittel, eine Zielperson zum Reden zu bringen.«

Elias hörte, wie Stahl seine Arzttasche öffnete. Metall klirrte.

»Es ist sinnlos, mich zu foltern«, stieß Elias hervor. »Weil ich nicht die geringste Ahnung habe, was …«

»*Folter?*« Stahl stieß pikiert die Luft aus. »Meine Aufgabe ist es, die Wahrheit herauszufinden.« Als Arzt, fügte er hinzu, verfüge er über jahrelange Erfahrung. Es gehe nicht um stumpfe, primitive Gewalt, sondern um chirurgische Präzision.«Und um das Wissen, wo die Grenze liegt. Wie weit man gehen kann, damit die Zielperson überlebt.«

Er kramte in seiner Tasche. Es war absurd, doch Elias atmete erleichtert auf, als er erkannte, dass Stahl anstelle eines blitzenden Skalpells eine Rolle Teppichklebeband in der Hand hielt. Das Herz hämmerte in Elias' Brust, Panik flutete seine Gedanken, doch es entging ihm nicht, dass es sich um dasselbe Klebeband handelte, mit dem er gefesselt war.

»Du wirst schreien«, erklärte Stahl. »Du wirst furchtbaren Lärm machen. Ich hasse das.« Er verzog das Gesicht wie ein Dirigent, der bei der Orchesterprobe einen falschen Ton hört. »Ich werde dich knebeln, wenn ich mit dir arbeite. Das wird ein paar Minuten dauern. Danach erhältst du die Gelegenheit zu reden.«

Der Hund spitzte die Ohren, als Stahl ein ungefähr zwanzig Zentimeter langes Stück Klebeband abriss.

Zuerst, teilte er Elias mit, werde er die Bauchdecke öffnen. Der Blutverlust würde beträchtlich sein, fügte er hinzu und klang wie ein Oberkellner, der seinem Gast das abendliche Menü erläutert.

»Nach meinem jetzigen Kenntnisstand sollst du die Befragung überleben. Also werde ich die Blutung rechtzeitig stoppen. Vorausgesetzt, ich erhalte keine neuen Informationen.«

Stahl beugte sich vor. Sein bleiches Gesicht blieb unbewegt. Nur seine Augen blitzten. Fiebrig. *Gierig.*

»Letzte Chance. Was weißt du?«

Er will keine Antwort, schoss es Elias durch den Kopf. Es ist im völlig egal, was ich sage. Er will mich einfach nur quälen.

»Ich weiß nicht, worum's hier geht.« Ein letzter Versuch, krächzend zwischen bebenden Lippen hervorgestoßen. »Aber wenn du mich gehen lässt, werde ich mit niemandem reden. Ich weiß ja nicht mal, worüber ich …«

Elias wandte den Kopf ab, doch Stahl presste ihm das Klebeband über den Mund. Schnaubend zerrte Elias an den Fesseln, Rotz lief aus seiner Nase, er sah, wie Stahl sich wieder seiner Tasche zuwandte. Auch eine solche Szene hatte er schon mehrmals geschrieben, Zombies, die ihr wehrloses Opfer ausweideten, gehörten zu seinen Geschichten wie das Happy End zu einem Liebesroman. Allerdings mit dem Unterschied, dass es sich bei den Opfern in Elias' Büchern immer um attraktive junge Frauen anstelle eines etwas aufgeschwemmten Mannes mittleren Alters handelte.

Er schloss die Augen in der Erwartung, diese Schmerzen, die er schon so oft äußerst plastisch beschrieben hatte, selbst erleben zu müssen, hörte ein weiteres Klirren, hörte Stahls Atem, der schwerer wurde, keuchend näher kam und dann ...

... dröhnte ein Schuss durch den Tunnel.

## KAPITEL 20

Eigentlich waren es zwei Schüsse. Kurz hintereinander abgefeuert, so schnell, als wäre es einer. Pulverdampf waberte durch den Tunnel, Elias hörte Schritte, die sich hastig näherten. Ein Ruck, das Klebeband wurde von seinen Lippen gerissen.

»Du?« Seine Augen weiteten sich.

»Wen hast du sonst erwartet? Die Heilsarmee?«

Kolberg kniete sich neben Elias, begann, die Fesseln zu lösen. Der Rauch brannte in Elias' tränenden Augen, er blinzelte, das verschwommene Bild wurde klarer.

»Ist er ...«

»... tot?« Kolberg hob kurz den Kopf. »Natürlich ist er das. Ich hatte keine Wahl.«

Der Schuss hatte Stahl zur Seite gerissen, er lag schräg hinter ihnen gekrümmt auf dem Boden. Elias sah seinen Hinterkopf, das dünne, im Nacken gestutzte Haar, die Kopfhaut schimmerte hindurch. Der Hund lag ein paar Meter neben der Decke, er musste bereits gesprungen sein, als Kolbergs Schuss ihn getroffen hatte. Die Zunge hing seitlich aus dem noch im Tode gefletschten Maul, Blut tropfte heraus, bildete eine allmählich größer werdende Lache auf dem Beton.

»Was ... was ist hier los?« Elias rieb sich die schmerzenden Handgelenke, richtete sich ächzend auf. »Ich war im Auto, das weiß ich noch. Und dann ...«

»Hier.« Metall blitzte auf, Kolberg warf Elias etwas zu. Vier lange, mit den Spitzen nach außen miteinander verschweißte Nägel landeten in Elias' Schoß. »Sie haben die Straße gesperrt, da liegen Dutzende davon. Krähenfüße.«

»Ich weiß«, murmelte Elias.

Diese Dinger hatten den Unfall bei seiner Ankunft verursacht. Und offensichtlich auch verhindert, dass er das Dorf wieder verließ.

»Sie haben dein Auto gestoppt, mehr wollten sie nicht erreichen«, fuhr Kolberg fort. »Dann haben sie dich betäubt und hergebracht.«

»Aber ... warum?«

»Sie wollten nicht, dass du wegfährst.«

»Wer sind *sie*?«

»Ich weiß es nicht genau«, seufzte Kolberg. »*Noch* nicht. Ich ... wo willst du hin?«

Elias war aufgesprungen, wollte nur eines. So schnell wie möglich ans Tageslicht.

»Du bleibst hier.« Kolberg klang ruhig, doch es war klar, dass er keinen Widerspruch dulden würde. »Hier bist du vorerst sicher.«

»Was ist mit Anna?«

»Ich konnte nur kurz mit ihr sprechen.« Kolberg stand ebenfalls auf. Sein Anzug war zerknittert, eine Tasche des Jacketts zur Hälfte abgerissen. »Aber es geht ihr gut.«

Nach dem Streit mit Anna war Kolberg eine Weile ziellos durch die Gegend gefahren. Auf dem Rückweg hatte er den Passat kurz vor dem Ortseingangsschild bemerkt. Anna, erzählte er, hatte weinend auf dem Beifahrersitz gesessen.

»Ich hab sie geschlagen«, sagte Kolberg. »Das werde ich mir ewig vorwerfen. Ich weiß nicht, ob sie mir jemals verzeihen wird. Sie ist jetzt im Haus, morgen fährt sie zu ihrer Schwester. Ich hab mich bei ihr entschuldigt, aber ich konnte nur kurz mit ihr sprechen.«

Nach Annas Erzählung hatten zwei maskierte Männer Elias aus dem Auto gezerrt. Sie waren im Weizenfeld verschwunden, Kolberg hatte keine Probleme gehabt, ihren Spuren zu folgen. Am Dorfrand hatte er eine versteckte Klappe entdeckt, war in den Tunnel gestiegen und hier gelandet.

»Einer der Maskierten war verschwunden. Der andere war Stahl.« Kolberg bedachte die Leiche mit einem kalten Blick. Seine Augen funkelten hinter den Brillengläsern. »Was wollte er von dir?«

»Ich habe keine Ahnung.«

Mein Gott, überlegte Elias. Wie oft habe ich das in den letzten Stunden gedacht? Aber es ist nun einmal die Wahrheit. Ich *habe* keine Ahnung.

»Fass nichts an«, sagte Kolberg. »Nicht, bevor die Spurensicherung hier unten war.«

Er griff in sein Jackett, holte ein paar Einweghandschuhe hervor und streifte sie über. Dann ging er neben dem Toten in die

Knie, musterte ihn mit einem weiteren, kühlen Blick, wandte sich dann der Arzttasche zu.

»Was für ein Bastard.«

Er drehte ein Skalpell in den Fingern. Elias sah schaudernd zur Seite. Seine Nackenhärchen richteten sich auf bei dem Gedanken an die anderen Dinge, die Stahl in dieser Tasche aufbewahrte. Und was er damit vorgehabt hatte.

»Du hast mir das Leben gerettet, Felix.«

»Das stimmt«, erwiderte Kolberg ruhig, die Augen noch immer auf das Skalpell gerichtet. »Zum zweiten Mal.«

»Das gibt dir nicht das Recht, mich wie einen Idioten zu behandeln.« Elias strich sich das verklebte Haar aus der Stirn.

»Du lebst hier. Bist hier geboren. Stahl war dein Nachbar, er hat jahrelang nur ein paar Meter entfernt von dir gewohnt. Also, was ist hier los?«

Das Skalpell landete klirrend wieder in der Tasche.

»Das erkläre ich dir später.«

»Nein. Ich will sofort ...«

»Hör zu.« Kolberg stand auf, fasste Elias an den Armen. »Du bist überfallen worden. Man wollte dich foltern, um ein Haar wäre das auch passiert.«

»Und deshalb habe ich ein Recht ...«

»Ich bin Polizist, Elias.«

»Du wirst es nicht glauben, aber das ist mir durchaus bew...«

»Seit Jahren«, unterbrach Kolberg, »bin ich hinter diesen Leuten her. Jetzt habe ich die Chance, sie zu schnappen. Ich habe keine Zeit für Erklärungen!« Er hatte die Stimme gehoben, das Echo verhallte neben ihnen in den Tiefen des Tunnels. »Du wirst deine Erklärung bekommen, aber jetzt werde ich meine Leute holen und diesen verdammten Laden hochgehen lassen! Und du«, er streckte Elias den Zeigefinger entgegen, »wirst mein Zeuge sein.«

»Natürlich werde ich dich entlasten. Du hattest keine Wahl, du musstest Stahl erschießen, was anderes blieb dir gar nicht ...«

»Es geht nicht um mich.« Kolberg winkte ab. »Es geht um Beweise. Ich habe endlich was in der Hand, verstehst du?«

»Gegen *wen*?«

Sie sahen sich an. Hoben plötzlich die Köpfe, lauschten dem Bellen.

»Hörst du das?«

Elias nickte stumm.

»Sie haben die Hunde losgelassen«, murmelte Kolberg. Er dachte angestrengt nach. »Komm mit.«

»Wohin?«

»Dort drüben.« Kolberg deutete zur Seite. »Da bist du sicher.«

Er zog Elias in den Tunnel. Der Pulverdampf hatte sich verzogen, die letzten Schwaden hingen noch vor den trübe flackernden Lampen.

»In zwanzig Minuten«, erklärte Kolberg im Gehen, »sollten meine Leute da sein. Bis dahin bleibst du hier.«

Er stoppte vor einer Holztür, die halb offen stand und ihnen den Weg versperrte. Elias warf einen misstrauischen Blick in ein düsteres, tonnenartiges Gewölbe, während Kolberg die Außenseite der Tür in Augenschein nahm, einen rostigen Schlüssel aus dem Schloss zog und auf der Innenseite wieder hineinsteckte.

»Falls sie die Hunde hier runterschicken, werden sie dich wittern.« Der Polizist schlug mit der flachen Hand gegen die ungehobelten Bretter. Putz bröckelte aus der Füllung. Staub wirbelte auf, Spinnweben schwangen im Rahmen hin und her. »Das sollte halten. Du wirst dich einschließen, dann bist du sicher.«

Elias trat zögernd ein. »Und was ist mit dir?«

»Ich bin mit den Hunden aufgewachsen, die werden mir nichts tun.«

Elias öffnete den Mund, Kolberg kam ihm zuvor.

»Anna ist ebenfalls sicher. Die verdammten Viecher fressen ihr aus der Hand. Apropos.« Kolberg, der die Tür bereits halb geschlossen hatte, öffnete sie wieder. »Ich werde nicht fragen, was sie bei dir im Auto wollte«, sagte er ruhig. »Ich werde auch nicht fragen, ob sie letzte Nacht bei dir war.«

»Felix, ich …«

»Nicht jetzt. Hier.« Kolberg griff in den Gürtel, drückte dem verdutzten Elias eine Pistole in die Hand. »Vorsicht, sie ist entsichert. Ich bin spätestens in einer halben Stunde zurück. Wie gesagt, die Tür müsste halten. Wenn nicht«, er wandte sich zum Gehen, »einfach abdrücken.«

Kolberg verschwand, ohne die Tür zu schließen. Elias hörte, wie er in einen lockeren Trab verfiel, mehr und mehr beschleunigte, bis seine Schritte in der Ferne verhallten. Dann wurde es still.

Elias zog die Tür ins Schloss. Drehte den Schlüssel. Einmal. Noch einmal. Stand in der Dunkelheit. Und wartete.

Was blieb ihm auch übrig?

## KAPITEL 21

Fünfundfünfzig. *Sechsundfünfzig. Siebenundfünfzig.*

Jegliches Zeitgefühl ist verloren. Also zählt er die Sekunden. Wann genau er damit angefangen hat, weiß er nicht. Er steht einfach nur da. Und zählt.

*Achtundfünfzig. Neunundfünfzig. Sechzig.*
Eine weitere Minute. Die siebenunddreißigste. Wieder von vorn.
*Eins. Zwei. Drei.*
Trübes Licht fällt durch die Ritzen zwischen den Brettern, die Farbe erinnert an Urin. In einer halben Stunde, hat Kolberg gesagt, bin ich zurück. Die muss längst vergangen sein.
*Vier. Fünf. Sechs.*
Das Zählen hilft. Beruhigt die flatternden Nerven.
*Sieben. Acht. Neun.*
Gegen die Furcht allerdings hilft es nicht. Die Angst vor den Hunden. Angst. Ein pulsierender Ball in Elias' Kopf, der jeden klaren Gedanken verdrängt.
*Zehn. Elf. Zw…*
Da. Ein Schatten unter dem Türspalt. Kolberg? Nein, der würde wohl kaum am Boden schnüffeln. Und das Schnüffeln ist deutlich zu hören.
Elias weicht einen Schritt zurück. Spürt das Gewicht der Pistole in der Hand. Etwas streift sein Haar. Spinnweben, die dicht über seinem Kopf von der Decke hängen. Ein Kratzen. Krallen streichen von außen über das morsche Holz, dann plötzlich ein Schlag gegen die Tür.
»Bist du da drin?«
Die Stimme klingt gepresst, unterdrückt. Trotzdem erkennt Elias sie. Jessi, Bettys halbwüchsige Tochter.
»Hallo?«
Sie ist mit dem Hund hier unten. Der Hund hat sie hergeführt. Gänsehaut kriecht seine Arme empor. Wir brauchen sie zum Jagen, hat das Mädchen gesagt. Elias weiß jetzt, dass sie weder Hasen noch Rehe jagt. Sie ist auf der Jagd nach Menschen. Nach ihm, Elias.
Er weicht weiter zurück. Zwei Schritte nur, dann spürt er die

Wand. Raue, feuchte Steine pressen sich in seinen Rücken. Er sieht, wie sich ihr Schatten vor der Tür bewegt. Hält den Atem an. Wartet. Wieder beginnt er zu zählen, ohne dass es ihm bewusst wird.

*Eins. Zwei. Drei.*

Geh schon. Los, verschwinde.

*Vier. Fünf.*

Ihr Schatten verschwindet vor der Tür. Schritte entfernen sich. Er stößt geräuschlos die Luft aus. Gut so.

---

Elias dreht den rostigen Schlüssel. Ein Knarren, die alte Tür öffnet sich ein paar Zentimeter. Er hebt die Pistole. Noch nie im Leben hat Elias ein solches Ding in der Hand gehabt, geschweige denn, damit geschossen. Doch er wird es tun, dazu ist er fest entschlossen.

Er lugt durch den Spalt. Nichts zu sehen, nur die Tunnelwand schräg gegenüber. In Kopfhöhe das Lichtkabel, mit rostigen Nägeln auf den morschen Ziegelsteinen befestigt.

Elias zögert. Seit Jessi verschwunden ist, sind mindestens zehn Minuten vergangen. Er hat keine Wahl, kann nicht warten. Sie wird wiederkommen. Oder ein anderer. Jemand, der stärker ist und die Tür aufbricht.

Die Tür schwingt nach außen, Elias tritt in den Tunnel, wendet sich sofort nach rechts. Ein Dutzend Meter links von ihm liegt Stahls Leiche, dahinter ist der Weg durch die Kellertür versperrt. Also nach rechts.

Der Tunnel führt leicht bergab. Das ist nicht gut. Elias will nicht nach unten. Er will hoch, an die Oberfläche. Noch nie in seinem Leben hat er sich etwas so sehr gewünscht. Durchzuatmen, frische Luft zu spüren. Den Himmel zu sehen.

Er zieht den Kopf ein. Hastet mit schweren Schritten voran, jeden Moment darauf gefasst, von einer dieser lautlosen Bestien angegriffen zu werden. Die Pistole ist schwer. Ein ungewohntes, trotzdem beruhigendes Gefühl.

Elias folgt einer scharfen Linkskurve, bleibt stehen. Rechts von ihm klafft ein gezackter Riss in der Wand, zieht sich vom Boden bis zur Hälfte der Tunneldecke. Ziegelsteine sind herausgefallen, liegen verstreut auf dem Boden. In der Mitte ist der Spalt über dreißig Zentimeter breit, ausreichend, dass sich ein Mensch hindurchzwängen kann. Warme Luft strömt heraus, sie riecht anders. Nach dunkler, fettiger Erde, feuchtem Laub und Wurzeln.

Elias weiß jetzt, wo er ist. Direkt unter der Dorfstraße, schräg gegenüber von Wilhelms Haus. Dieser Spalt ist neu, Elias hat erlebt, wie er entstanden ist. Dahinter ist der Friedhof. Elias hat dort oben gestanden in jener Nacht vor zwei Tagen, kurz bevor die Kirche eingestürzt ist. Er hat die Schreie gehört, er …

Nein. Nicht daran denken. Nicht jetzt.

Es ist einfach, am Computer zu sitzen und über gespenstische Stimmen auf einem nächtlichen Friedhof zu schreiben. Etwas anderes ist es, *tatsächlich* in einem klaustrophobischen Tunnel vor einem klaffenden Riss zu stehen, ein paar Meter entfernt von den modernden Särgen.

Elias hastet weiter.

Es wird dunkler, der Abstand zwischen den trüb schimmernden Lampen größer. Rostige Eisenringe sind an den Wänden befestigt, die Steine darüber sind rußgeschwärzt. Früher muss dieser Tunnel von Fackeln erleuchtet gewesen sein, er ist alt, *uralt*. Und doch ist er nicht verlassen, wie oben an der Ruine finden sich überall Hinweise, dass kürzlich jemand hier gewesen ist: leere Zigarettenschachteln, zertretene Kippen. Zerknüllte

Papiertaschentücher. Verpackungen von Schokoriegeln. Hundekot.

Es geht steiler bergab. Elias läuft über schmale, grob in den felsigen Boden gehauene Stufen. Das Gefühl, schon einmal hier gewesen zu sein, wird stärker. Die Wände weichen zurück, der Tunnel wird breiter, die Decke höher. Elias erreicht die letzte Stufe, und das Gefühl, eine Art Déjà-vu, steigert sich zur Gewissheit.

Er betrachtet die links und rechts abgehenden Türen, es sind Dutzende. Stabile Stahltüren, ähnlich wie die im Keller seines Großvaters. Die graue Farbe ist abgeblättert, die Kanten von Rostblasen bedeckt.

Lauschend bleibt er stehen. Zunächst ist nichts zu hören, nur das stetige Tropfen des Wassers und ein leichtes Sausen, mit dem die modrige Luft durch den dämmrigen Gang weht.

Dann hört Elias es. Leise, kaum zu erahnen, gedämpft durch die dicken Türen. Rechts ein Wimmern. Links ein Stöhnen. Daneben das Jammern einer Frau. Weiter hinten ein schluchzendes Kind.

Nichts hat sich verändert. Ausgenommen die Türen, damals haben sich Gitter vor den Zellen befunden, Elias hat hineinsehen können und …

---

*Es sind keine Menschen, sagt Opa Wilhelm. Es sind Investitionen.*

*Er ist stehen geblieben. Elias kommt näher, er humpelt ein bisschen. Auf der letzten Stufe ist er über seine kurzen Beine gestolpert und hingefallen. Blut läuft aus seinem aufgeschürften Knie, tropft über die Strümpfe auf die Sandale. Es tut doll weh, aber Elias verkneift sich die Tränen.*

*Opa Wilhelm will nicht, dass er weint.*

*Sieh sie dir an, Elias.*

*Elias gehorcht.*

*Magst du sie?*

*Elias schüttelt den Kopf. Nein, er mag sie ganz und gar nicht, die Gestalten hinter den Gittern. Sie haben keine Haare auf dem Kopf. Und schmutzig sind sie, in ihren fleckigen Kitteln. Sie sind ganz dünn, sehen wie Gespenster aus. Manche sind groß, manche noch klein. Niemand sagt was, sie stehen einfach hinter den Gittern und sehen auf die Erde.*

*Das ist gut, nickt Opa Wilhelm. Es ist gut, dass du sie nicht magst.*

*Elias freut sich. Opa Wilhelm hat ihn noch nie gelobt.*

*Es gibt zwei Sorten von Menschen, sagt Opa Wilhelm. Schafe und Wölfe. Schafe sind dumm, eine blökende Herde. Der Wolf treibt das Schaf vor sich her, und wenn er will, frisst er es. Weil er stark ist. Und je mehr Schafe er frisst, desto stärker wird er.*

*Elias friert. Er hat nur das dünne Hemd an, das Mama ihm heute Morgen angezogen hat, und die kurze Lederhose. Sein Knie brennt, aber er beißt tapfer die Zähne zusammen.*

*Jeder Mensch, sagt Opa Wilhelm, muss eine Entscheidung treffen. Ob er ein Schaf sein will oder ein Wolf.*

*Schafe hat Elias schon einmal gesehen, eine ganze Herde sogar. Ein Mann mit einem riesengroßen Hut hat sie über die Wiese hinter Opa Wilhelms Garten getrieben. Die Schafe haben Elias gefallen, er mochte das dicke, lockige Fell. Der Mann mit dem großen Hut war bestimmt böse, Onkel Timur ist zu ihm gerannt und hat ihn angeschrien. Da ist er mit den Schafen weggegangen.*

*Also, fragt Opa Wilhelm. Was willst du sein? Schaf oder Wolf?*

*Einen Wolf kennt Elias nur aus dem Märchenbuch. Das hat ihm Mama vorgelesen. Der Wolf war böse, er hat die Großmutter von einem Mädchen gefressen, das hieß Rotkäppchen. Zum*

*Schluss ist der Wolf in einen Brunnen gefallen. Sie haben ihm den Bauch aufgeschnitten und Steine reingetan. Das war gruslig, fand Elias.*

*Etwas klirrt hinter den Gittern. Eins von den Gespenstern sieht Elias an. Die Augen sind groß, richtige Gespensteraugen. Das Klirren kommt von einer Kette, die an einem Eisenring um den dünnen Hals befestigt ist. Eigentlich hat Elias Angst vor Gespenstern, aber die hier sehen traurig aus. Sie tun ihm leid.*

*Wolf oder Schaf? Was willst du sein, Elias?*

*Der Kleine hebt den Kopf. Opa Wilhelm fragt schon zum zweiten Mal. Wenn er etwas fragt, erwartet er eine Antwort. Und zwar sofort, er mag es nicht, wenn man ihn warten lässt. Also öffnet der Junge den Mund.*

*Ich will ...*

## KAPITEL 22

»... zu Mama«, murmelte Elias.

Das war es, was er damals zu Wilhelm gesagt hatte.

Die Erinnerung verschwamm bereits wieder. Doch die Angst blieb. Es war dieselbe, die er als vierjähriger Junge gespürt hatte. Er fühlte sie genauso wie damals, ebenso den unbändigen Drang, diesen Ort so schnell wie möglich zu verlassen.

Er meinte, die geisterhaften Stimmen durch den Gang hallen zu hören, gedämpft durch dicken Stahl, ein klagender Chor aus der Unterwelt. Elias dachte an die Menschen,

*Gespenster, es sind Gespenster*

die damals dort eingesperrt waren, rüttelte an einer der Türen.

Nichts. Es gab keine Beschläge, nur eine runde Aussparung für das Sicherheitsschloss. Die stählernen Rahmen waren fest in die geziegelte Wand zementiert. Keine Chance, sie zu öffnen. Selbst, wenn er dazu in der Lage gewesen wäre, er hätte einen höllischen Lärm verursacht. Und das war undenkbar. Elias hatte längst die Orientierung verloren, doch jedes Geräusch würde seine Verfolger herlocken. Und die Hunde.

Er lief weiter, zählte unwillkürlich die links und rechts abzweigenden Türen. Die zwölfte stand halb offen, er wandte sich nach rechts, bemerkte den Riss in der Wand und registrierte am Rande, dass der Gebirgsschlag, der die Kirche zum Einsturz gebracht hatte, auch hier seine Wirkung getan hatte. Der Stahlrahmen hatte sich verzogen, die Tür hing schief in den massiven Angeln.

Im Vorbeigehen warf Elias einen Blick in die Zelle. Der Raum war kaum breiter als die Türöffnung, weniger als zwei Meter lang. Eine gestreifte, stockfleckige Matratze lag auf dem betonierten Boden, der ebenso wie der Gang mit dunkelbrauner Ölfarbe gestrichen war. Eine nackte Glühbirne hing von der Decke, er bemerkte den rostigen Eimer und ein weiteres Bild schälte sich aus den Untiefen seiner Erinnerung, so unvermittelt, dass er zusammenzuckte. Irgendwo hier hatte er damals gestanden und durch die Gitterstäbe gesehen, da war …

---

*… Onkel Timur, er ist ganz schön wütend. Das Gespenst kniet vor ihm auf der Matratze, es hat die Hände über den rasierten Kopf gehoben. Der Kittel ist zerfetzt, auf dem Rücken ganz nass und dunkel. Das kommt von den Schlägen, Onkel Timur hat*

*eine dünne Eisenstange, die immer wieder auf das Gespenst hinuntersaust. Ja, Onkel Timur ist richtig wütend, so wütend, dass er manchmal danebenschlägt und den verbeulten Eimer trifft, der neben der Matratze umgekippt ist. Das Gespenst duckt sich wimmernd unter den sausenden Hieben, Onkel Timur ist knallrot im Gesicht. Und er schreit, Spucke spritzt aus seinem Mund.*

*Er hat danebengeschissen! Die Sau, ich muss es wegmachen! Das verdammte Dreckschwein ist zu blöd, in einen EIMER ZU KACKEN!*

*Die Eisenstange streift die Glühbirne an der Decke. Glassplitter prasseln auf das zitternde Gespenst herab, während Onkel Timur schlägt und schlägt und schlägt und schimpft, in dieser komischen Sprache, die Elias nicht versteht, und dann ...*

---

Elias stand zitternd im Gang. Lichtpunkte tanzten vor seinen Augen. Er spürte einen bitteren Geschmack im Mund, spuckte aus, sah das Blut und verzog das Gesicht, er hatte sich ein weiteres Mal auf die Zunge gebissen.

Los, dachte er, konzentrier dich.

Er hatte die letzte Tür erreicht. Schräg gegenüber standen ein wackeliger Hocker und ein zerkratzter quadratischer Tisch, darauf ein halbvoller Aschenbecher und eine fleckige Kaffeetasse mit dem verblassten Schriftzug des Spaßbades. Daneben lag eine aufgeschlagene Illustrierte. Elias trat näher, bemerkte ein halb ausgefülltes Kreuzworträtsel und betrachtete die Titelseite. DIE WAHRHEIT ÜBER SEINEN ABSTURZ, stand in fetten Lettern unter dem Foto einer ehemaligen Tennislegende, darüber prangte das sternförmige Logo der Zeitschrift. Elias presste die Lippen aufeinander, allerdings nicht, weil er den Artikel kannte (er hatte ihn nur bis zur Hälfte überflogen, danach war das Magazin in der Papiertonne gelandet), sondern weil er die Zeitung erst neulich gekauft hatte.

Derjenige, der sie gelesen hatte, musste dies in den letzten Tagen getan haben. Und er war in Begleitung gewesen, stellte Elias fest, als er die graue Armeedecke und den verbeulten Blechnapf neben dem Hocker bemerkte, und zwar in Begleitung eines Hundes.

Es hatte nur ein paar Sekunden gedauert, dies alles zu registrieren. Elias kam nicht dazu, weiter darüber nachzudenken, er hörte das Geräusch, weit hinter ihm, aus den Tiefen des Tunnels, die Zeitschrift entglitt seinen Händen, er hoffte (nein, *betete*), sich geirrt zu haben, doch dann bellte der Hund ein weiteres Mal, und Elias rannte los.

---

Er lief, so schnell er konnte. Eine, vielleicht zwei Minuten hielt er durch, dann verließen ihn die Kräfte. Die Beine funktionierten recht gut, doch seine Lungen ließen ihn im Stich, brannten, als wären sie mit Säure gefüllt. Jeden Moment würde er zusammenbrechen, also verlangsamte er das Tempo, es blieb ihm nichts anderes übrig.

Der Tunnel war enger geworden, wand sich in Kurven stetig bergauf. Eigentlich ein gutes Zeichen, schließlich näherte er sich der Oberfläche, doch es erschwerte das Laufen.

Elias starrte verbissen zu Boden, sein Keuchen hallte von den Wänden wider. Weitere Gänge zweigten ab, schwarze, links und rechts gähnende Löcher. Er achtete nicht darauf, folgte dem trüben Licht der schier endlos aneinandergereihten Lampen.

Irgendwo, schoss es ihm durch den Kopf, musste es einen Schalter geben. Wenn jemand das Licht ausmachte, würde er verloren sein, gefangen in dichter, undurchdringlicher Schwärze. Auch der Hund würde nichts sehen, doch das war kein Trost, Hunde folgten ihrer Nase. Was hatte Stahl gesagt? Es gab zwei Arten, diese Bestien abzurichten. Die einen begnügten sich damit, ihre Opfer zu stellen. Sie ließen ihr Ziel am Leben, doch die anderen, die wollten töten. Angenommen, das Tier hinter ihm gehörte zu Letzteren, dann ...

Nicht daran denken. Weiter. Los, vorwärts.

Es ging nicht mehr. Der Tunnel verschwamm vor seinen Augen. Auch die Beine ließen ihn jetzt im Stich, drohten, unter ihm wegzuknicken. Ohne es zu merken, war Elias in einen lockeren Trab verfallen, er biss die Zähne zusammen, erhöhte das Tempo.

Komm schon, du schaffst es. Damals hast du's auch geschafft, du bist hier rausgekommen, auch wenn es einfacher war, schließlich musstest du nur ...

―――――

*... hinter Opa Wilhelm herlaufen. Das tut Elias auch. Eigentlich müsste er sich freuen, endlich wieder zu Mama zu dürfen. Aber Elias ist nicht froh.*

*Du bist zu weich, hat Opa Wilhelm gesagt. Du bist nicht würdig, das Zeichen zu tragen. Du bist kein Meister. Aber ich werde dich dazu machen, verlass dich drauf.*

*Er sagt das, weil Elias geweint hat. Weil er nicht sehen wollte, wie Onkel Timur das Gespenst schlägt.*

*Opa Wilhelm sieht sich nicht um. Er läuft schnell, Elias muss rennen, um ihm zu folgen. Die Füße tun ihm weh, das Knie auch, es hat noch immer nicht aufgehört zu bluten, aber ...*

―――――

Keuchend stand Elias im Tunnel, den Kopf lauschend erhoben. Er hatte geglaubt, etwas gehört zu haben, doch da war nichts. Nur das Rauschen seines Blutes, unterlegt vom hämmernden Dröhnen seines Herzschlages.

Er sah in die Richtung, aus der er gekommen war, folgte den wie an einer Schnur aufgereihten Lampen, bis sie nach fünfzig Metern hinter einer Biegung verschwanden.

Los, weiter!

Elias quälte sich voran, gebeugt, eine Hand auf die stechende Seite gepresst. Nein, er würde nichts hören, kein Bellen. Kein Knurren. Der Hund würde lautlos angreifen. Ohne Warnung. Er würde ...

*klick klick klick*

Da. Doch ein Geräusch. Elias kannte es, hatte es vorhin erst gehört. Krallen auf nacktem Beton. Der Rhythmus war anders. Schneller. Viel schneller.

*klick klick klick*

Und es kam näher.

*klickklickklickklick*

Jetzt rannte Elias, schneller als jemals zuvor in seinem Leben. Er sah sich nicht um, sprintete mit angewinkelten Armen voran, getrieben von wilder Panik und Todesangst. Das Tier näherte sich mit aberwitziger Geschwindigkeit, er hörte das Klicken im Rücken, den hechelnden Atem, dann plötzlich Stille, als der Hund hinter ihm in vollem Lauf zum Sprung ansetzte. Er will mich nicht stellen, dachte Elias noch, er gehört zu der anderen Sorte, zu denen, die ihre Opfer töten, zuerst wird er mir das Gesicht zerfleischen, hat Stahl gesagt, und dann ...

Elias stieß einen Schrei aus. Nicht vor Schmerzen. Nein, sondern vor Schreck. Er war darauf gefasst gewesen, jeden Moment die Zähne der Bestie im Nacken zu spüren, stattdessen krallten sich Finger in seinen Arm, ein heftiger Ruck, und er wurde zur Seite gerissen.

---

Elias stolperte nach vorn. Ein dumpfer Knall, hinter ihm wurde eine Tür zugeschlagen. Augenblicklich herrschte Dunkelheit. Im nächsten Moment das Schleifen von Metall auf Metall, als ein Riegel vorgeschoben wurde.

Dann Schritte. Leise, das Tappen nackter Fußsohlen. Sein Puls raste. Übelkeit stieg in ihm auf, er beugte sich vor, würgte.

»Psst!«

Ein gepresstes Zischen. Elias war zu keinem klaren Gedanken fähig, doch er verstand den Befehl. Er befand sich in Sicherheit, vorläufig jedenfalls, in einem Nebengang, vielleicht in einer Kammer. Der Hund war draußen im Tunnel, doch er war nicht zu hören. War er überhaupt da gewesen? Hatte Elias sich das alles nur eingebildet? War er …

Licht flackerte auf, der Strahl einer winzigen Taschenlampe huschte über grobbehauenen Fels, richtete sich auf Elias. Dieser wich geblendet zurück, hob die Hand, um die Augen abzuschirmen und registrierte die Pistole, die er so fest umklammert hielt, dass die Finger schmerzten. In seiner Panik war er nicht darauf gekommen, die Waffe zu benutzen.

Die Pistole wurde ihm aus der Hand genommen. Elias ließ es widerstandslos geschehen, denn jetzt sah er, wer ihn in letzter Sekunde aus dem Tunnel gezogen hatte, und die Überraschung war so groß, dass er einen erstickten Schrei ausstieß. Seine Knie wurden weich, er schwankte vor, wieder zurück, dann sank er zu Boden.

# KAPITEL 23

Er hatte sie zuvor nur ein paar Sekunden zu Gesicht bekommen, doch es gab keinen Zweifel. Der rasierte Schädel. Die großen, tiefliegenden Augen. Das fehlende Ohr.
»Wer ... wer sind Sie?«
Tausend Fragen schossen Elias durch den Kopf, er hatte sich für die naheliegendste entschieden. Als Antwort prasselte ihm ein unverständlicher Wortschwall entgegen, er hob die Hände.
»Moment«. Er schüttelte den Kopf. »Ich verstehe kein Wort.«
Die Frau verstummte. Die Augen, riesig in dem verhärmten Gesicht, glänzten im Widerschein der Taschenlampe.
Wie viel mochte sie wiegen? Vierzig Kilo? Höchstens. Elias betrachtete die magere Gestalt, den verschmutzten Kittel, musste unwillkürlich an die Bilder denken, die nach der Befreiung von Auschwitz aufgenommen worden waren.
Sein Blick fiel auf die Tür hinter ihr. Er wurde blass. Der Hund, irgendwo da draußen konnte der Hund lauern. Die Frau schien seine Angst zu bemerken, sie schlug mit der Hand gegen die unbehandelten, grob zusammengezimmerten Bretter, sagte etwas. Auch jetzt verstand Elias nichts, doch er erkannte die Bedeutung. Sie waren hier sicher.
Die Frau kam einen Schritt näher. Hob in einer bittenden Geste die Hand, führte sie zum Mund und sah ihn an.
»*Mangiare.*«
Essen.
Zwei Dinge wurden Elias klar. Sie war Italienerin. Und sie hatte Hunger. Eine Melodie tauchte wie aus dem Nichts auf, eine Zeile aus einem alten Popsong, den er vor ein paar Wochen gehört hatte, als er beim Herumzappen im Fernsehen auf eine

der unzähligen Rankingshows *(die besten Songs der Achtziger!)* gestoßen war.

**Carbonara! E una Coca-Cola!**

Wie hieß die Band? Es war bizarr, geradezu grotesk, doch Elias zerbrach sich einen Moment den Kopf, bis es ihm einfiel. *Spliff.* Er hatte den Namen zuvor noch nie gehört, aber das Lied hatte ihm gefallen.

»Tut mir leid, ich habe nichts zu essen.« Er überlegte einen Moment. »*Scusi.*«

Das war alles, was er an italienischen Brocken zusammenbrachte. Er versuchte es mit Englisch, dann mit Französisch. Jedes Mal schüttelte die Frau den Kopf.

Elias stemmte sich hoch. Einen Moment lang wurde ihm schwarz vor Augen, er lehnte sich an die Wand. Das dünne Haar klebte verschwitzt an seinen Schläfen, sein Hosenboden war feucht. Wasser strömte in glitzernden Fäden von den felsigen Wänden, bildete Pfützen auf dem steinigen, mit Geröll übersäten Boden. Fröstelnd hob er die Schultern, ein kühler Luftzug wehte ihm von der Seite entgegen. Hier zweigte ein Gang ab, wesentlich schmaler als der Tunnel, doch irgendwo musste er hinführen.

Er wies zur Decke, dann nach rechts in den Gang.

»Ausgang? *Exit*?«

Sie kannte den Weg nach oben, *musste* ihn kennen. Schließlich war sie erst neulich in Wilhelms Haus gewesen. Elias deutete ihr Nicken als Zustimmung, doch als er in den Gang laufen wollte, trat sie kopfschüttelnd zu ihm, hielt ihn am Arm zurück. Ein weiterer, unterdrückter Wortschwall entströmte den verschorften Lippen, Elias lauschte dem melodischen Singsang, ein Wort, *pazienza*, konnte er verstehen, glaubte es zumindest.

Geduld.

»Okay«, nickte er. »Wir warten.«

Dieses schmächtige, halbverhungerte Geschöpf, diese Frau mit dem unnatürlich großen Kopf, den dünnen, über und über mit Schmutz und Schorf bedeckten Armen, dem verdreckten Kittel, dem totenkopfähnlichen Gesicht, diese Frau hatte ihm soeben das Leben gerettet. Er vertraute ihr.

»Ich bin«, er deutete auf seine Brust. »Elias. Und du?«

Sie verstand seine Frage, ihr Gesicht hellte sich auf.

»Carlotta.«

»Schöner Name.«

Ihr Lächeln entblößte eine Reihe gleichmäßiger Zähne. Ein seltsamer Kontrast zu den zerfurchten, eingefallenen Wangen. Wie alt mochte sie sein? Unmöglich zu schätzen. Tiefe Schatten lagen unter den dunklen Augen, doch Elias sah keine Falten, auch ihre Stimme, hell, fast kindlich, ließ darauf schließen, dass sie jünger, viel jünger war, als der erste Anschein vermuten ließ.

Seit wann versteckte sie sich hier unten? Nein, korrigierte sich Elias, sie war hier eingesperrt gewesen. Die Zellen fielen ihm ein, eine der Türen hatte offen gestanden. War sie geflohen? In der Nacht, als die Erde gebebt hatte, als sie in Wilhelms Badezimmer gewesen war?

Eine andere Frage tauchte auf. Sie hatte mit Felix Kolberg zu tun. Wieso ...

Sie straffte sich plötzlich. Lauschte einen Moment, legte den Zeigefinger auf die Lippen und sah zu ihm auf. Ein paar Sekunden vergingen, dann hörte Elias es ebenfalls. Schritte. Draußen im Tunnel. Schwere Schritte, die sich rasch näherten. Lauter wurden und plötzlich verstummten. Direkt vor der Tür.

Sie hielten die Luft an, standen wie erstarrt. Das Knarren klobiger Lederstiefel drang durch die Tür. Der schwere Atem eines Mannes, kaum einen Meter entfernt. Ein Schatten zeichnete sich unter dem Türspalt ab. Schweiß brach Elias aus, gleichzeitig wurde ihm kalt.

Die Sekunden vergingen. Die Frau (*Carlotta*, sie hieß Carlotta), sah zu ihm auf. Entsetzen lag in ihrem Blick. Nackte, pure Angst.

Von draußen ein Knirschen. Kiesel unter schweren Sohlen. Der Schatten verschwand unter der Tür. Ein Schritt. Noch einer. Ein weiterer. Schneller, leiser werdend. Dann Stille.

Sie verharrten noch eine Weile. Dann schlich Carlotta auf nackten Zehenspitzen zur Tür, lauschte mit geneigtem Kopf. Entspannte sich, richtete sich auf.

»Barbossa«, flüsterte sie.

»Du meinst ...« Elias erbleichte. »Das war *Arne*?«

»*Sí*. Barbossa.«

Ihre Lippen bewegten sich kaum. Drei Silben nur, tonlos hervorgepresst, doch es klang, als würde sie den Namen des Teufels aussprechen.

»Was hat er ...«

Elias verstummte. Es hatte keinen Sinn, weitere Fragen zu stellen. Er ging zu ihr, hob die Hand. Sie zuckte zurück, wie in Erwartung eines Schlages, eine Bewegung, die an einen verängstigten Vogel erinnerte.

»Schon gut«, murmelte Elias.

Er deutete auf die Stelle, wo früher ihr Ohr gewesen war, ein verschorftes, von verkrustetem Blut umgebenes Loch.

»War er das?«, fragte er sanft. »Barbossa?«

»*No*.« Sie schüttelte den kahlen Kopf. »*Stall*.«

Zunächst verstand Elias nicht.

»Stahl«, flüsterte er dann. »Doktor Stahl.«

Ein stummes Nicken.

»Herrgott.« Elias räusperte sich, doch als er weitersprach, klang seine Stimme noch immer belegt. »Es tut mir leid. Ich ... ich wünschte, ich könnte dir helfen. Wir werden hier rauskommen, dann ...«

Sie sprang ihm in die Arme, presste sich zitternd an ihn. Elias strich ihr tröstend über den Kopf, spürte die Haarstoppeln wie Sandpapier unter den Fingern, ignorierte ihren Geruch, den Geruch eines Menschen, der seit Ewigkeiten unter der Erde lebt. Schluchzend klammerte sie sich an ihn, beruhigte sich allmählich und machte sich schließlich los.

»*Grazie.*«

»*Prego, signora.*«

Es war nicht einfach, doch er brachte ein aufmunterndes Lächeln zustande. Der Schweiß auf seinem zerknitterten Hemd war getrocknet, jetzt war es nass von den Tränen der jungen Frau.

»Komm«, sagte er, »lass uns hier verschwinden, Carlotta.«

Das taten sie.

---

Sie lief voraus. Er hatte Schwierigkeiten, ihrem Tempo zu folgen, also versuchte er, seinen Atem mit den Schritten zu koordinieren. Einatmen, drei Schritte. Ausatmen, drei Schritte. Ein schwerfälliger Dreivierteltakt, unterlegt mit dem Rauschen des Blutes in seinem Kopf und einem dissonanten Pfeifen im linken Ohr.

Leichtfüßig lief sie vor ihm durch den Tunnel, sprang über Pfützen, wich Felsbrocken aus. Der dünne Strahl der Taschenlampe in ihrer Hand huschte umher, Quarzsplitter funkelten im feuchten Gestein.

Er folgte ihr, den Blick auf ihre nackten schmutzigen Waden gerichtet. Bergauf, bergab. Nach links und nach rechts. Bis es nicht mehr ging.

»Warte.«

Keuchend lehnte er an der Wand. Sie kam zurück, den linken Arm ausgestreckt, ihre Finger tasteten über den Felsen.

»Ich …«, er hob schnaufend die Hände, »ich muss mich kurz ausruhen.«

Sie legte den kahlen Kopf schief. Musterte ihn prüfend und nickte dann.

»*Un minuto.*«

Eine Minute.

»*Grazie.*«

Sie erwiderte sein gequältes Lächeln. Eine dünne Narbe spaltete ihre rechte Augenbraue, zog sich über die eingefallene Wange bis hinab zum Kinn. Elias betrachtete die verkrusteten Mundwinkel, die pergamentartige, über den Wangenknochen spannende Haut und dachte, dass hinter all dem Schmutz und den Wunden das Gesicht einer schönen jungen Frau verborgen war. Dieses gespenstische Wesen hatte einen Namen, sie hieß Carlotta, sie …

Stopp. Etwas stimmte nicht.

Kolberg hatte gesagt …

»*Andiamo.*«

Sie warf einen besorgten Blick zurück, richtete die Lampe in die Dunkelheit. Wasser tropfte von der niedrigen Decke, blitzte im trüben Lichtschein.

Unwillkürlich hielt Elias den Atem an. Sie waren nicht allein hier unten. Sie wurden verfolgt. Irgendwo in diesem verzweigten Labyrinth lauerten ihre Verfolger. Und die Hunde.

»Okay.« Er stieß die Luft aus, sammelte die letzten Kräfte. »Los, weiter.«

Der Tunnel wurde schmaler, der Fels porös. Uralte Holzbalken waren links und rechts an den Wänden befestigt, dienten als Auflage für massive Eichenstützen, die quer unter der morschen Decke verliefen. Elias zog den Kopf ein, stolperte vorwärts, schwankte nach rechts, nach links. Die Pistole in seiner Hand schrammte über den Fels. Carlotta warf einen Blick über die Schulter, er sah die Sorge in ihren Augen, dann lief sie weiter. Scharfkantige Steine bedeckten den Boden, doch es schien ihr nichts auszumachen.

Wer, dachte er, rettet hier eigentlich wen?

Weitere Fragen flogen durch seinen Kopf. Unkontrollierte, im Sekundentakt abgefeuerte Geschosse.

Der Hund, der ihn verfolgt hatte. War das Einbildung gewesen? Und Jessi? Hatte sie wirklich hinter der Tür gestanden? Wie lange war das her? War sie noch hier unten? Und der andere? Barbossa? Wo war er? War er vor oder nach Jessi aufgetaucht? Kolberg? Wo war Kolberg? Er hatte gesagt, dass ...

Durst. Ein Königreich für einen Schluck Wasser. Kaltes, klares Wasser.

Wieder sah Carlotta über die Schulter. Ein aufmunterndes Nicken.

»Avanti.«

Der Name. Der Name war falsch.

Kolberg hatte einen anderen genannt. Nicht Carlotta, sondern ... Carmen? Carina? Egal. Sie ist aus einer Nervenklinik geflohen, hatte er gesagt. Oder war's ein Krankenhaus?

Plötzlich Dunkelheit. Sie war hinter einer Kurve verschwunden. Panik hämmerte in seinem Kopf, er beschleunigte verbissen, erreichte die Biegung und folgte dem flackernden Licht.

Die Polizei hatte nach Carlotta gesucht. Man hatte sie auch gefunden. Sie ist in Sicherheit, hatte Kolberg gesagt. Warum, zum Teufel, war sie dann hier unten?

Es ging steiler bergauf. Stufen waren in unregelmäßigen Abständen in den Fels geschlagen. Elias stolperte, bemerkte nicht, dass Carlotta gebückt stehen geblieben war, mit der Lampe nach oben leuchtete, wo ein in der Mitte geborstener Balken schräg von der Decke hing.

»*Attenzione.*«

Ihre halblaute Warnung entging ihm nicht, doch als er sie hörte, explodierte bereits der Schmerz in seinem Kopf.

---

*Ich hab Angst vor Opa Wilhelm, sagt Elias und schmiegt sich an Mama.*

*Ich weiß, sagt sie und streichelt über seinen Kopf. Ich auch.*

---

Er hörte Carlottas Stimme. Leise, tröstende Worte, die er nicht verstand. Mühsam öffnete er die Augen, Blitze flammten durch sein Blickfeld, hinter seiner Stirn hämmerte der Schmerz. Er blinzelte, sein Blick wurde klarer.

»Nicht genug, dass ich ein miserabler Läufer bin«, murmelte Elias. »Ein Tollpatsch bin ich auch noch.«

Er war unter dem Balken zu Boden gesackt, sie kniete neben ihm. Vorsichtig fasste er sich an die Stirn, verzog das Gesicht, als er die Platzwunde berührte, betrachtete das Blut an seinem Finger.

»Scheiße.«

Sie musterte ihn besorgt, wiederholte das letzte Wort.

*Seiße.*

Es tat weh, furchtbar weh, doch Elias musste lächeln.

»Du hast recht, Carlotta. Totale Seiße.«

Sie fasste ihn unter der Achsel, wollte ihm aufhelfen.

»Warte«, wehrte er ab. »Ich muss dich was fragen.«

Er sammelte sich einen Moment. Sein Schädel dröhnte, doch seltsamerweise waren seine Gedanken klar. Als hätte der Zusammenprall seinen überforderten, von Panik blockierten Verstand wieder in Gang gesetzt wie einen abgestürzten Computer.

»Dein Ohr«, begann Elias und deutete auf die verschorfte Wunde über ihrer Schläfe. Er sprach langsam, wie zu einem Kind, jede Silbe betonend. »Der Mann, der es dir abgeschnitten hat, heißt Doktor Stahl.«

»*Stall*«, nickte sie. »*Dottore.*«

»Und vorhin, der Kerl, der nach uns gesucht hat. Das war Barbossa?«

»*Sí.*« Angst flackerte in ihren Augen. »*Diavolo.*«

Der Teufel.

»Was ist mit Kolberg?«, fragte Elias. »Felix Kolberg?«

Ihre Augen weiteten sich fragend.

»Kolberg ist Polizist. *Polizia*, verstehst du?«

»*Sí*«, bejahte Carlotta, schüttelte aber gleichzeitig den Kopf.

»Gehört Kolberg auch dazu? Wie Stahl und Barbossa?«

Ihre Antwort bestand aus einem unterdrückten, in rasender Geschwindigkeit hervorgebrachten Wortschwall.

»Schon gut.« Er legte ihr beruhigend die Hand auf den Arm. Wenn ich hier jemals rauskomme, dachte er, werde ich Italienisch lernen. Gleich morgen fange ich damit an, das schwöre ich. Und ich werde erst aufhören, wenn ich's perfekt beherrsche.

Das Mädchen kannte Stahl, so viel war klar. Auch Barbossa kannte sie. Felix Kolberg kannte sie offensichtlich nicht, zumindest nicht seinen Namen.

Elias richtete sich halb auf, sank stöhnend wieder zurück. Eine neue Welle des Schmerzes flutete seinen Kopf.

»Ich glaube«, presste er hervor, »du musst mir helfen, Carlotta.«

Das tat sie.

So liefen sie weiter, behutsam, Schritt für Schritt. Ihr Arm lag um seine Hüfte, während Elias sich auf ihre schmalen Schultern stützte.

Herrgott, dachte er, ich wiege mehr als doppelt so viel wie dieses Mädchen. Ich werde nicht nur Italienisch lernen. Nein, ich werde auch ins Fitnessstudio gehen. So lange, bis ich zehn Kilo abgenommen habe. Mindestens. Ich werde erst Ruhe geben, wenn ich einen Marathon laufen kann.

Das waren Vorsätze, *gute* Vorsätze, doch im Moment halfen sie wenig.

Etwas anderes war jetzt wichtig: Entweder Kolberg hatte gelogen. Oder er hatte sich geirrt. Falls Ersteres zutraf, konnte er auch in anderen Punkten die Unwahrheit gesagt haben.

Anna zum Beispiel.

Sie ist in Sicherheit, hatte Kolberg behauptet.

Stimmte das?

---

»Wo sind wir?«

Elias richtete sich keuchend auf. Carlotta hatte ihn durch eine schmale Öffnung geführt, die seitlich vom Tunnel abzweigte. Sie war vorausgekrochen, hatte ein paar Bretter beiseitegeschoben, die sie jetzt wieder vor die Öffnung stellte.

Elias wiederholte die Frage. Seine Stimme verhallte in der Dunkelheit. Wo immer sie sich auch befanden, der Raum musste groß sein. Riesig.

»Sag mir doch, wo wir hier …«

Sie legte den Zeigefinger auf die Lippen, deutete mit der Taschenlampe nach vorn. Schweigend liefen sie nebeneinanderher, vorbei an meterdicken, betonierten Säulen. Auch Wände und Decke waren aus Beton, die Spuren der Schalbretter zeichneten sich deutlich ab. Sie waren in einem riesigen Keller, nein, eher einem Bunker.

Elias hinkte ein wenig, sein linkes Knie reagierte bei jedem Schritt mit einem heftigen Stechen. Der Kopf schmerzte noch immer, doch zumindest das Atmen fiel ihm jetzt leichter. Der Boden war mit einer zentimeterdicken Schicht aus Staub, Mörtel und getrockneter Ölfarbe bedeckt, jeder seiner Schritte hallte wie in einer Kirche, während Carlottas nackte Füße kaum ein Geräusch erzeugten.

Sie erreichten eine eiserne Wendeltreppe, die sich um eine der Säulen nach oben wand. Wieder legte Carlotta den Finger vor die rissigen Lippen, dann ging sie vorsichtig voraus. Elias bedachte die schiefe, von Rost zerfressene Konstruktion mit einem skeptischen Blick, dann folgte er ihr. Die verbeulten Gitterroste auf den Stufen klapperten unter seinen behutsamen Schritten, Farbreste rieselten zu Boden. Carlotta stoppte über ihm, richtete die Taschenlampe auf eine hölzerne Klappe, die eine quadratische Öffnung über ihren Köpfen bedeckte.

Das, dachte Elias erleichtert, ist also der Weg in die Freiheit. Doch zu seiner Verwunderung klopfte Carlotta zaghaft gegen das Holz, und erst, als von oben mit einem ebenso leisen Pochen geantwortet wurde, öffnete sie die Klappe und schlüpfte hindurch.

Als Elias ihr nach kurzem Zögern folgte, musste er feststellen, dass Carlotta ihn nicht in die Freiheit, sondern zu einem weiteren Gefangenen geführt hatte.

# KAPITEL 24

Der Raum war wesentlich kleiner als der, aus dem sie soeben emporgestiegen waren. Wenn sich unter ihnen ein Bunker befand, handelte es sich hier eindeutig um einen Keller. Dicke, teilweise durchgerostete Heizungsrohre verliefen unter der Decke, Reste der Dämmwolle hingen herab wie verstaubte Eiszapfen vor zwei schmalen, vergitterten Kellerfenstern. Bleiches Mondlicht drang in schrägen Streifen herein. Der Putz an den dicken Mauern hatte sich größtenteils gelöst, Überreste der verkrusteten Ölfarbe hingen in Fetzen herab. Eine Wand wurde von einer Reihe schiefer Armeespinde eingenommen, die Türen standen offen, hingen schief in den Angeln.

Carlotta kniete neben einer Gestalt, die in einer Ecke auf einer Matratze auf dem Boden lag. Als Elias näher trat, fiel sein Blick auf ein verblichenes Wandbild, die ungelenke Darstellung eines Soldatenkopfes. Er sah den Stern auf dem Stahlhelm, registrierte am Rande, dass er sich im Keller des Militärgefängnisses befand, und ging neben Carlotta in die Hocke. Sein Knie reagierte mit einem empörten Stechen, er achtete nicht darauf, denn trotz des Halbdunkels erkannte er den Mann im ersten Moment.

»Hallo, Herr Haack«, murmelte Pastor Geralf, »ich dachte, Sie wären längst von hier verschwunden.«

---

Der Priester lag auf dem Rücken. Rötliche Bartstoppeln bedeckten das bleiche, eingefallene Gesicht. Platzwunden zogen sich über die Stirn, die rechte Wange und den Hals. Der Schlafanzug, den er beim Einsturz der Kirche getragen hatte, starrte vor Schmutz und verkrustetem Blut, das rechte Schlüsselbein war geschwollen, von dunklen Blutergüssen bedeckt.

Carlotta hielt seine Hand, flüsterte aufgeregt auf ihn ein. Geralf brachte sie mit einer Handbewegung zum Schweigen.

»Ich nehme an, Sie verstehen kein Italienisch.« Er wandte sich an Elias, das Sprechen bereitete ihm sichtlich Mühe. »Carlotta möchte, dass Sie mich mitnehmen. Aber das dürfte schwierig werden. Es sei denn«, er hob mit einem gequälten Lächeln den linken Arm, »Sie haben einen Schlüssel.«

Metall klirrte. Elias erkannte die Handschelle, mit der Geralf an ein verrostetes Heizungsrohr gefesselt war.

»Sie ist ein liebes Mädchen«, murmelte der Priester.

»Ich ... ich verstehe das nicht.« Elias schüttelte den Kopf. »Ich dachte, Sie wären im Krankenhaus.«

»Wer hat das gesagt? Barbossa?«

»Ja.«

»*Diavolo*«, stieß Carlotta hervor.

»Er ...« Der Priester schluckte, fuhr sich mit der Zunge über die rissigen Lippen, »er hat gelogen.«

»Warum?«

»Sie hatten Angst, dass ich reden würde. Deshalb haben sie mich hergebracht.«

»Wer sind *sie*?«

Wieder plapperte Carlotta los. Geralf ließ sie einen Moment gewähren, dann tätschelte er mit der freien Hand ihre Finger, bis sie sich schließlich beruhigte.

»Sie kennt den Weg nach draußen«, erklärte er. »Aber sie traut sich nicht weiter. Sie sollen sie mitnehmen. Wenn Sie in Sicherheit sind, schicken Sie Hilfe.«

Elias beugte sich über die Matratze, rüttelte an dem Rohr. Erst mit einer, dann mit beiden Händen. Etwas Putz rieselte von der Wand, ansonsten geschah nichts.

»Es ist sinnlos«, murmelte Geralf. »Ich hab's lange genug versucht.«

»Was geht hier vor?« Elias beugte sich über den Priester. »*Was?*«

»Ich … ich habe die Gemeinde vor drei Jahren übernommen.« Das Sprechen schien Geralf zu ermüden. Er schloss die Augen, öffnete sie wieder. »Jeden Sonntag habe ich die Messe gelesen. Ich habe ihnen die Beichte abgenommen. Sie haben erzählt, was sie tun. Weil sie wissen, dass ich nicht darüber reden darf. Ich bin Priester. Das Beichtgeheimnis ist heilig.«

»Das … das ist nicht Ihr Ernst.«

Carlotta richtete sich auf. Nervös stieß sie ein paar kurze, abgehackte Silben hervor. Der Priester antwortete, streichelte ein weiteres Mal ihre Hand und wandte sich dann an Elias.

»Carlotta hat Angst. Ich habe ihr gesagt, dass wir hier in den nächsten Stunden in Sicherheit sind. Sie kommen erst am Abend.«

»Sehen Sie sie an.« Elias hob die Stimme, deutete auf Carlotta. »Los, sehen Sie sie an! Man hat dieses Mädchen eingesperrt, sie ist halb verhungert! Die haben ihr ein Ohr abgeschnitten! Und Sie wollen diese Menschen schützen?«

»Das tue ich nicht, ich …«

»Doch, genau das tun sie! Wegen eines dämlichen … *Beichtgeheimnisses!*«

»Ich …« Der Priester wandte den Kopf ab, sah zur Wand. »Ich kann nicht anders.«

»Wer ist sie?« Elias ließ nicht locker. »Sie haben mit ihr geredet. Los, sagen Sie's mir! Wer ist dieses Mädchen? Wie lange ist sie hier?«

»Sie … sie weiß es nicht genau. Aber sie glaubt, dass es ein paar Jahre sind.«

»Was?!« Elias wurde bleich.

»Carlotta stammt aus Florenz. Ihr Vater ist Aufsichtsrat der italienischen Nationalbank.«

»Man hat sie entführt«, sagte Elias. »Richtig?«

Der Priester sah schweigend zur Decke.

»Wie alt war sie?«

»Vierzehn.«

»Mein Gott.« Elias stöhnte auf.

Das Mädchen spürte, dass über sie gesprochen wurde. Ihr Blick wanderte zwischen ihnen hin und her, als wolle sie jedes Wort von den Lippen ablesen.

»Auf dem Friedhof«, sagte Elias. »In der Nacht, als die Kirche eingestürzt ist. Wir beide haben die Schreie gehört.«

Geralf nickte stumm.

»Das war Carlotta.«

Ein weiteres Nicken.

»Ich habe vorhin die Zellen gesehen.« Elias deutete nach unten. »Eine stand offen, durch den Gebirgsschlag hat sich die Tür verzogen. Carlotta wollte fliehen. Doch sie ist nur bis zu Wilhelms Haus gekommen. Dann hat sie die Hunde gehört und sich in Sicherheit gebracht. Sie hat einen anderen Fluchtweg gesucht, dabei ist sie auf Sie gestoßen.«

»Ja.«

»Warum«, wiederholte Elias, »schützen Sie diese Menschen? Seit wann sind Sie jetzt hier?« Er überlegte, vor wie vielen Tagen die Kirche eingestürzt war. Er kam nicht darauf, Ewigkeiten schienen vergangen zu sein. »Sie sind schwer verletzt, Sie gehören in ein Krankenhaus! Stattdessen lässt man Sie hier krepieren!«

»Keine Sorge«, murmelte der Priester. »Man kümmert sich um mich.«

Er sah zu Carlotta auf, flüsterte ihr etwas zu. Das Mädchen straffte sich, langte hinter das Kopfende der Matratze und holte eine Plastikdose hervor.

»Sie hat Hunger«, sagte er zu Elias. »Wir teilen das Essen, ich brauche nicht viel.«

Carlotta hockte im Schneidersitz auf dem Boden, öffnete die Büchse auf ihrem Schoß, griff mit bloßen Fingern hinein und begann, den Inhalt gierig zu verschlingen. Ein verführerischer Duft breitete sich aus. Auch Elias hatte furchtbaren Hunger, doch er spürte es nicht, denn eine neue Erkenntnis zuckte wie ein Blitzstrahl durch seinen Verstand.

»Stimmt, Herr Pastor«, murmelte er. »Man kümmert sich um Sie. *Alle* hier kümmern sich umeinander.«

Der Priester hatte die Augen geschlossen. Das Mondlicht ließ sein Gesicht noch bleicher erscheinen. Er lag da wie ein Toter, reglos, wie zur Beerdigung aufgebahrt.

»Diese Dinger«, Elias deutete auf die Dose auf Carlottas Schoß, »sind äußerst praktisch. Tupperdosen.«

Das Mädchen saß gebeugt auf dem Boden. Ihr Schmatzen drang durch den feuchten Keller.

»Es schmeckt hervorragend, oder?«

Carlotta hob kurz den Kopf. Bratensoße lief ihr über das Kinn, tropfte auf den verschmutzten Kittel. Sie erwiderte Elias' Lächeln, widmete sich wieder dem Inhalt der Dose.

»Hackbraten«, stellte Elias fest. »Habe ich neulich auch gegessen.«

Geralf öffnete die Augen.

»Sie ist eine ausgezeichnete Köchin«, sagte Elias.

Die farblosen Lippen des Priesters bewegten sich, kein Laut drang hervor.

»Ich wette, Betty bringt Ihnen das Essen persönlich hier hoch«, fuhr Elias ruhig fort. »Pflichtbewusst, wie sie ist.«

Und jetzt?

Elias war aufgestanden, er sah hinauf zu den beiden Fenstern. Die Scheiben waren längst verschwunden, nur ein paar gezackte Splitter ragten noch aus den morschen Rahmen. Die eisernen Gitter wirkten stabil, doch selbst, wenn man sie entfernte, bot sich kein Fluchtweg. Wenn er den Arm ausstreckte, konnte er die Fensterbretter erreichen, aber auch das nutzte wenig. Selbst Carlotta würde Schwierigkeiten haben, durch die Öffnung zu schlüpfen, ganz zu schweigen von ihm, Elias, der schon zu seinen besten Zeiten mindestens doppelt so schwer wie sie gewesen war, und jetzt, da sich sein Bauch unübersehbar über dem Gürtel wölbte, würde er wohl kaum weiter als bis zu den Schultern durch das Fenster passen.

Er trat einen Schritt zurück, ging auf die Zehenspitzen. Hinter dem linken Fenster war das Dach des Wachtturms zu erkennen, der Mond spiegelte sich auf dem löchrigen Blech. Kühle Nachtluft wehte herein, gedämpftes Grillenzirpen war zu hören.

Hinter ihm schloss Carlotta die Dose, leckte sich geräuschvoll die Finger ab. Elias' Magen reagierte mit einem unüberhörbaren Knurren, kein Wunder, er hatte seit Stunden nichts gegessen, er ...

---

*Hast du Hunger, kleiner Mann?*

*Die Frau sieht nett aus, sie lächelt Elias zu. Sie hat ein schwarzes Kleid an, auf dem Kopf einen kleinen Hut, der ein bisschen schief auf den dunklen Haaren sitzt. In der Hand hat sie den Koffer, in den Opa Wilhelm Elias' Sachen gepackt hat.*

*Siehst du? Sie zeigt auf das Haus. Hier wirst du jetzt wohnen.*

*Das Haus gefällt Elias nicht. Es sieht düster aus. Und alt, wie ein Schloss. Die Mauern sind dick, die Fenster klein.*

*In dem Haus, sagt die Frau, sind ganz viele Kinder. Sie freuen sich, dich endlich kennenzulernen. Elias wird viele neue Freunde finden, verspricht sie.*

*Komm, sagt sie und legt Elias einen Arm um die Schulter, wir machen dir ein Marmeladenbrot.*

*Es stimmt, Elias hat wirklich Hunger. Die Busfahrt hat lange gedauert. Opa Wilhelm hat die ganze Zeit nichts gesagt. Zu essen hatte er nichts eingepackt, nur den Koffer mit den Sachen. Den hat er vorhin der Frau gegeben. Die beiden haben kurz miteinander geredet. Worüber sie gesprochen haben, hat Elias nicht verstanden.*

*Die Frau führt Elias zum Haus. Er sieht im Gehen über die Schulter.*

*Opa Wilhelm ist nicht mehr da. Er hat sich nicht von Elias verabschiedet.*

---

»Es hat keinen Sinn.«

Die müde Stimme des Priesters, irgendwo hinter ihm. Elias stand neben dem Fußende der Matratze vor der Tür. Er hatte keine Ahnung, wie er hierhergekommen war.

»Ohne Schlüssel«, sagte der Priester, »kommen Sie da nicht raus.«

Elias strich über das Türblatt. Rost rieselte herab. In Kopfhöhe war etwas in das Metall geritzt, die unbeholfene Darstellung einer nackten, großbusigen Frau, darunter ein paar kyrillische Buchstaben.

Geralf sagte etwas auf Italienisch. Elias hörte, wie Carlotta antwortete, es klang, als würde sie dem Priester widersprechen.

»Sie müssen mich hierlassen«, sagte Geralf. »Carlotta bringt Sie hier raus, und dann ...«

Seine Worte gingen in einem erstickten Husten unter. Carlotta beugte sich über ihn, Elias ging neben der Matratze in die Hocke.

»Ich komme wieder.« Er legte dem Priester die Hand auf den Arm. »Ich hole Hilfe, das verspreche ich ...«

Ein gellender Schrei ertönte. Carlotta sprang auf, den Mund noch immer geöffnet, die Augen in purem Entsetzen auf Elias gerichtet. Sie taumelte zurück, eine verstaubte Bierflasche rollte unter ihren Füßen zur Seite. Ein hasserfüllter Blick, sie reckte Elias den verschmutzten Zeigefinger entgegen und verschwand in der Bodenklappe.

## KAPITEL 25

»Bleiben Sie hier.«

Der Priester sah Elias an. Dieser stand gebückt über der Klappe, es hatte einen Moment gedauert, bis er den Schock überwunden hatte.

»Es ist sinnlos, ihr zu folgen«, sagte Geralf. »Selbst, wenn Sie den Weg wüssten. Carlotta hat die Taschenlampe.«

Elias sah hinab in die Öffnung. Modrige Luft wehte ihm aus der Dunkelheit entgegen.

»Was ...«, er richtete sich auf, »was ist passiert?«

»Sie hat die Tätowierung gesehen. Sie glaubt, Sie sind einer von ihnen.«

Unwillkürlich griff sich Elias ans Handgelenk.

»Das bin ich nicht.«

»Nein«, murmelte Geralf. »Das sind Sie nicht.«

Elias vergrub das Gesicht in den Händen. Die Bartstoppeln kratzten auf seinen Fingern. Er war in einer Sackgasse. Gefangen wie ein Kaninchen im Käfig. Der einzige Weg führte zurück, durch ein klaustrophobisches Labyrinth.

So stand er eine Weile da, eine kraftlose, gebeugte Gestalt, deren Schatten sich im Mondlicht auf dem staubigen Boden abzeichnete. Das dünne aschblonde Haar stand ihm wirr vom Kopf ab, das zerknitterte Hemd hing halb über dem Gürtel. Der Hosenboden war verbeult, steif von teilweise getrocknetem Lehm.

»Carlotta kennt sich dort unten aus«, sagte der Priester. »Sie ist vorerst sicher.«

Ja, dachte Elias. Aber *ich* bin es nicht.

»Im Moment ...« Geralf hob den Kopf, sank mit schmerzverzerrtem Gesicht zurück auf die Matratze, »können Sie nur warten.«

Auch das stimmte. Aber worauf?

Die Pistole lag neben der Matratze auf dem Boden. Elias hob sie auf, betrachtete den dunklen, matt schimmernden Lauf.

»Kommt sie allein?«, fragte er.

»Wer?«

»Betty.«

Elias war kein Kämpfer. Seine Geschichten wimmelten von martialischen Schlachten, blutigen Duellen und brutalen Gemetzeln, er selbst allerdings konnte sich nicht erinnern, jemals an einer Prügelei teilgenommen zu haben. Elias verabscheute Gewalt, doch selbst für ihn sollte es kein Problem sein, eine kleine, pummelige Frau zu überwältigen. Zumal er bewaffnet war.

»Ich bin nicht sicher«, sagte Geralf. »Es ging mir nicht gut, ich ... ein paarmal war ich nicht bei Bewusstsein, als das Essen gebracht wurde.«

»Und wenn Sie wach waren? War Betty allein?«

»Ja.«

»Gut«, nickte Elias. »Dann warte ich.«

---

»Es gibt einen Film.« Elias saß auf dem Boden, den Rücken an einen der schiefen Spinde gelehnt. Die Pistole pendelte zwischen den angewinkelten Beinen in seinen Fingern. »An den Titel kann ich mich nicht erinnern. Donald Sutherland spielt einen Priester, dem ein Mord gebeichtet wird.«

»Ich kenne den Film.«

»Ich habe ihn vor über zwanzig Jahren gesehen«, sagte Elias. »Ich weiß gar nicht mehr, hält er sich an sein Schweigegelübde?«

»Er ist Priester«, nickte Geralf. »Er hat keine Wahl.«

»Und der Mörder wird trotzdem gefasst?«

»Er erhält seine Strafe.«

»Auf Erden? Oder«, Elias verzog spöttisch den Mund, »im Himmel?«

»Ich erwarte nicht, dass Sie mich verstehen.«

Nun, das war tatsächlich der Fall.

»Da ist noch etwas, das ich nicht verstehe«, sagte Elias. »Warum halten die Sie hier fest? Wo sie doch wissen, dass Sie nicht reden werden.«

Geralf schwieg einen Moment.

»Ich … ich habe sie gebeten, damit aufzuhören. Ich …«

»*Womit?*«

»… ich habe sie angefleht. Sie wissen, dass … dass ich es nicht mehr aushalte. Sie vertrauen mir nicht.«

»Was ist mit Wilhelm?« Elias richtete sich auf, die Schranktür öffnete sich knarrend hinter ihm, stieß gegen seinen Rücken. »Welche Rolle hat er gespielt?«

»Bitte.« Geralf schüttelte den Kopf, sein Mund verzog sich zu einem farblosen Strich. »Ich kann nicht darüber reden, ich ...«
»Und Kolberg?«
Ein weiteres, gequältes Kopfschütteln. Die Handschelle klirrte leise, Geralf drehte sich wortlos zur Wand. Elias betrachtete den schmalen Rücken, den zerknitterten Schlafanzug, die beginnende Glatze unter dem rötlichen Haar.
Carlotta vertraut ihm, dachte Elias. Mich dagegen hält sie für ein Monster. Sie glaubt, dass ich zu all diesen Dingen fähig wäre. Dass ich in der Lage wäre, anderen Menschen ...
*Das Ohr.*
Sie haben es ihr abgeschnitten, weil ...
Ein Schatten huschte durch den Keller. Elias hob den Kopf. Eine zerzauste Taube saß zwischen den Gitterstäben im Fenster, reckte den Hals und sah mit schiefgelegtem Kopf hinein. Mondlicht glänzte in den schwarzen Augen, es war, als würde sie ihn ...

---

*... direkt ansehen. So jedenfalls kommt es Elias vor. Er steht am Fenster, während der Vogel in den schwankenden Ästen einer knorrigen Kastanie sitzt. Es ist ziemlich stürmisch, der Wind weht ein paar Blätter weg, zerzaust die Federn der Taube.*

*Elias weiß nicht genau, wie lange er jetzt hier ist. Die Frau, die ihm neulich das Marmeladenbrot gemacht hat, ist wirklich nett. Er soll sie Tante Gertrud nennen. Sie hat recht gehabt, die anderen Kinder sind auch ganz nett. Es sind viele. Nur Bertram, der über Elias schläft, ist ein bisschen laut. Aber abends, wenn er im Bett liegt, weint er. Elias weint auch. Oft sogar, aber er will nicht, dass die anderen es sehen. Tante Gertrud tröstet ihn manchmal. Wir sind jetzt deine Familie, sagt sie dann.*

*Die Taube flattert davon. Elias sieht ihr nach, bis sie hinter der Turnhalle gegenüber verschwindet. Lachen dringt heraus, ein paar von den älteren Jungs spielen Fußball. Sie haben gefragt, ob er mitmachen will, aber Elias steht lieber hier am Fenster.*
*Weil er von hier aus die Haltestelle sehen kann.*
*Manchmal hält ein Bus. Opa Wilhelm ist nicht noch einmal gekommen. Er wird dich bestimmt besuchen, hat Tante Gertrud versprochen.*
*Elias denkt oft an Mama. Er weint nicht wegen Opa Wilhelm, sondern weil er Mama so sehr vermisst. Und wenn er hier am Fenster steht und sieht, wie die Busse halten und wieder abfahren, dann wartet er nicht auf Opa Wilhelm. Der kommt bestimmt nicht, auch wenn es Tante Gertrud gesagt hat. Elias hofft, dass Mama aus dem Bus steigt. Obwohl er weiß, dass es unmöglich ist. Es wird nicht geschehen, es kann gar nicht geschehen, Elias war dabei, er hat genau gesehen, wie Mama …*

---

Er schreckte hoch, ein Flattern ertönte über seinem Kopf. Staub wirbelte auf, die Taube flog davon. Mörtel rieselte vom Fensterbrett, ein paar Glasscherben fielen herab, dann war es still. Der Mond hatte sich weiterbewegt, ein fahler Lichtstreifen fiel auf die Matratze und die nackten Füße des Priesters, der mit angezogenen Beinen in Embryonalstellung auf der Seite lag. Die schmalen Schultern hoben und senkten sich unter dem Schlafanzug, doch er schlief nicht, das war Elias klar.

»Ich habe Sie neulich belauscht.« Elias schluckte, um den bitteren Geschmack im Mund loszuwerden. »Nachts, in der Kirche. Sie haben von irgendwelchen Zeichen geredet, von brennenden Blumen. Sie meinten die Tätowierung, richtig? Außer mir hatte mein Großvater eine, Timur Gretsch ebenfalls. Und irgendein russischer General. Was hat das zu bedeuten?«

»Ich weiß es nicht.« Geralfs Stimme klang gedämpft, noch immer sah er zur Wand. »Ich weiß es wirklich nicht.«

»Jeder, der dieses Zeichen trägt, wird bestraft. Und alle«, Elias überlegte einen Moment, »die ihnen geholfen haben. Das waren Ihre Worte, Herr Pastor.«

Langsam, ganz langsam wandte Geralf sich um. Er bedachte Elias mit einem müden Blick, nickte dann.

»Wie viele Menschen werden da unten gefangen gehalten?« Elias sank zurück, die Schranktür schloss sich mit einem leisen Knall. »Carlotta ist nicht die Einzige, die entführt wurde. Man hat ihr das Ohr abgeschnitten, weil ihre Eltern nicht genug zahlen wollten, richtig? Was ist mit den anderen? Hat man denen auch das Ohr abgeschnitten? Oder die Finger? Und was passiert, wenn gar nicht gezahlt wird? Bringt man sie dann um? Oder lässt man sie einfach …«

Geralf murmelte etwas.

»Ich verstehe Sie nicht.«

»Aufhören«, wiederholte der Priester. »Sie sollen aufhören.«

»Da unten sind Kinder«, fuhr Elias ruhig fort. »*Kinder*, Herr Pastor. Sie hätten das beenden können. All diese Menschen könnten längst frei sein, wenn Sie …«

Krachend öffnete sich der Riegel, die Stahltür wurde aufgerissen.

»Es reicht«, sagte eine Stimme.

Der Schreck war so heftig, dass Elias' Herzschlag einen Moment aussetzte. Er wollte aufspringen, doch seine Beine versagten den Dienst. Am Rande registrierte er, dass der Priester nicht im mindesten überrascht schien, doch der Schock saß zu tief, als dass es Elias bewusst wurde.

»Lass den armen Mann in Ruhe.«

Die Gestalt stand im Schatten, nur die Umrisse waren erkennbar. Doch Elias kannte die Stimme. Er war überzeugt gewesen, sie nie wieder zu hören.

»Du siehst doch«, fuhr die sonore Stimme spöttisch fort, »wie sehr er sich quält.«

Die Worte erreichten Elias, doch die Bedeutung erschloss sich ihm nicht.

»Du …« Seine Stimme versagte. »Du bist … tot.«

Die Gestalt trat aus dem Schatten.

»Noch nicht«, sagte Wilhelm. »Aber bald.«

# VIERTER TEIL

*Der Meister*

# KAPITEL 26

### Winter 1946

*Na los. Stirb schon.*

Wilhelm hockt in einer Ecke der Zelle, direkt neben dem Gitter. Seine Beine sind angezogen, die Arme um die Knie geschlungen. Man könnte denken, er schläft, doch unter den halbgeschlossenen Lidern lässt er den Mann auf der Pritsche gegenüber nicht aus den Augen.

*Worauf wartest du? Verreck endlich.*

Es gibt zehn Betten, jeweils zwei übereinander. Viel zu wenig für über dreißig zerlumpte Gestalten, die sich frierend in der Zelle drängen. Niemand spricht. Ab und zu ein Husten. Wer Glück hat, schläft. Wer schläft, vergisst den Hunger. Und die Kälte. Der Krieg ist seit anderthalb Jahren beendet. Aber er ist nicht vorbei. Es ist der kälteste Winter seit zwanzig Jahren, heißt es.

Durch das Gitter dringt kehliges Lachen in die Zelle. Schwere Schritte auf dem Flur. Russische Befehle. Die Russen lachen oft, vor allem, wenn sie besoffen sind. Wilhelm ist siebzehn, die meisten von ihnen sind kaum älter als er. Milchgesichter unter schiefsitzenden Käppis. Sie stinken fast genauso schlimm wie ihre Gefangenen. Aber sie haben Essen. Und ihre wattierten Uniformen sind warm.

*Mist.*

Der Kerl auf der Pritsche bewegt sich. Wilhelm hat ihn schon seit ein paar Tagen im Visier. Ein dünnes Kerlchen, irgendwo aus Bayern. Angeblich war er bei der Waffen-SS, die Russen haben ihn geschnappt, als er nach Italien abhauen wollte. Den Namen kennt Wilhelm nicht. Niemand interessiert sich hier für einen Namen.

Etwas anderes interessiert Wilhelm. Der Kerl ist krank. Todkrank. Tagelang hat er sich die Seele aus dem Leib gehustet, wahrscheinlich Lungenentzündung. Wilhelm hat genau beobachtet, wie er immer schwächer wurde. Heute Morgen zum Appell ist er nicht aufgestanden. Die Russen haben ihn liegen gelassen. Es ist ihnen egal, wer hier abkratzt.

Irgendwo hinten steht jemand auf. Metall klappert. Unruhe macht sich breit. Stöhnen, ein unterdrückter Fluch. Beißender Gestank dringt in Wilhelms Nase, der Typ hat in den verbeulten Eimer geschissen. Wilhelm fragt sich, woher die Scheiße kommt. Und warum sie so stinkt. Einmal am Tag gibt es Wassersuppe. Wenn man Glück hat, sind ein paar Steckrüben drin. Da bleibt nicht viel übrig, was man ausscheißen kann.

Aber das ist jetzt egal. Es wird sowieso nicht lange dauern, bis die Scheiße im Eimer gefroren ist.

Etwas anderes ist wichtig.

Der Kerl auf der Pritsche.

Da sind zunächst seine Stiefel. Filzstiefel mit dicken Sohlen, fast neu. Die sind wahrscheinlich zu klein, aber Wilhelms Schuhe sind seit Monaten hinüber. Er hat sie notdürftig mit Lumpen umwickelt, aber das hilft nicht viel.

Der Mantel ist gut. Ein schwerer Armeemantel. Die Fellmütze wird wohl auch zu klein sein, aber Wilhelm hat selbst eine, mit Ohrenklappen sogar. Er hat sie unten im Dorf einem Bauern geklaut, kurz bevor ihn die Russen geschnappt haben.

Jemand fängt an zu heulen, ruft mit zittriger Stimme nach seiner Frau. Vielleicht auch nach seiner Mutter. Ein anderer schnauzt ihn an.

Halt's Maul.

Wilhelm schlingt die Arme fester um die angewinkelten Beine, macht sich so klein wie möglich. Je kleiner man ist, desto weniger friert man. Die Wintersonne scheint von oben durch das winzige Fensterloch am anderen Ende der Zelle. Wilhelms Atem dampft im kalten, abweisenden Licht.

Er bewegt die abgestorbenen Zehen unter den Lumpen. Die rotgefrorenen Finger. Seine Augen sind unter den gesenkten Lidern unablässig auf sein Ziel gerichtet.

Stiefel. Mantel. Nicht zu vergessen die mottenzerfressene Decke, mit der sich der Kerl bis zum Hals eingewickelt hat. Am wichtigsten aber ist der Platz auf der Pritsche. Es gibt keine Matratze, aber auf den Brettern ist es längst nicht so schlimm wie auf dem blanken, eiskalten Beton.

*Los. Stirb.*

Geduld. Wilhelm muss Geduld haben. Den richtigen Moment abwarten. Und dann sofort reagieren. Kein Zögern. Wer überleben will, muss handeln. Ein paar Typen hier sind deutlich größer als Wilhelm, schräg gegenüber zum Beispiel, der vollbärtige Kerl in der wattierten Weste, der könnte gefährlich werden. Er hat sich den Platz neben dem zerbeulten Kanonenofen gesichert, obwohl das Ding seit Tagen nicht geheizt wird.

Gut möglich, dass der Kerl Ärger macht. Aber Wilhelm ist entschlossen, den Platz auf der Pritsche mit allen Mitteln zu verteidigen. Wenn er irgendwann hier rauskommen will, muss er überleben. Wer überleben will, darf nicht erfrieren. Oder verhungern. Gegen den Hunger kann er im Moment nichts tun. Aber auch da wird sich ein Weg finden.

Ein Jammern dringt durch das Gitter, irgendwo aus einer der

anderen Zellen. Die hohe, weinerliche Stimme eines Mannes, es klingt, als würde er beten. Die Sprache versteht Wilhelm nicht, Tschechisch vielleicht, die Russen sind nicht sehr wählerisch, wen sie hier einsperren. Aber dieses Jammern geht Wilhelm auf die Nerven, es klingt wie ein blökendes Lamm, das zur Schlachtbank geführt wird.

Der Mensch muss sich entscheiden.

Wolf oder Schaf.

Wilhelm hat seine Wahl längst getroffen.

———————

Morgenappell. Wilhelm weiß nicht, was schlimmer ist. Das stundenlange Stehen. Der Hunger. Die Kälte. Die Marschmusik, die in ohrenbetäubender Lautstärke über den Gefängnishof plärrt.

Sie kommen im Morgengrauen, die glattgesichtigen Russen mit den schiefsitzenden Käppis. Sie schlagen nur selten jemanden, im Gegenteil, sie lachen, ihre Machorkazigaretten im Mundwinkel, die Kalaschnikow im Anschlag, treiben sie die Gefangenen aus den Zellen hinaus auf den Appellplatz. Sie machen einen Heidenlärm, stupsen die zerlumpten Gestalten so lange hin und her, bis sie zufrieden sind. Es dauert eine Weile, bis knapp zweihundert entkräftete und halbverhungerte Menschen in Reih und Glied stehen.

Wilhelm hat nicht geschlafen. Die ganze Nacht hat er den Typen auf der Pritsche im Auge behalten. Kurz vor Morgengrauen hat er gedacht, es wäre so weit, aber dann hat der Typ gehustet. Wilhelm war wütend, er hat sich rangeschlichen und versucht, ihm die Stiefel auszuziehen, doch es hat nicht geklappt. Aber die Decke hat er ihm abgenommen. Das ist zumindest ein Anfang.

Der Morgen ist genauso kalt wie der letzte. Und die anderen davor. Wilhelm hat aufgehört, sie zu zählen. Keine Wolke am

Himmel. Die Stacheldrahtrollen auf den hohen Mauern blitzen in der Sonne. Die beiden Posten auf dem Wachturm starren gelangweilt hinab. Die Musik dröhnt über den Hof.

Wilhelm steht in der ersten Reihe, neben dem vollbärtigen Kerl mit der Fellweste. Gestern Abend hat Wilhelm gesehen, wie er eine Kakerlake gefressen hat. Ihre Blicke haben sich kurz getroffen, dann hat der Bärtige schnell weggesehen. Er hat geweint. Das ist gut. Der Typ mag zwar kräftig sein, aber er ist weich. Ein Schaf. Keine Konkurrenz.

Ein Krähenschwarm kreist am Himmel, verschwindet krächzend hinter dem hohen Backsteingebäude. Wilhelm stellt sich vor, wie sie hinunter ins Tal fliegen, über das Dorf mit der kleinen Kirche und den geduckten Häusern. Nach Kriegsende hat er sich monatelang durchgeschlagen, ist ziellos durch die Gegend geirrt, wie alle hat er gestohlen, was zu stehlen war. Dort unten hat es ihm irgendwie gefallen, diese Bauern sind dumm, sie haben nicht gemerkt, dass er sie beklaut hat, wo er konnte. Stattdessen haben sie ihn durchgefüttert, obwohl sie selbst kaum was hatten.

Ein dumpfer Aufprall, irgendwo in den hinteren Reihen ist jemand umgekippt. Das passiert oft. Den Russen ist das egal. Sie warten, bis der Appell zu Ende ist. Wer liegen bleibt, ist entweder tot. Dann wird er auf einen der stinkenden Lkws verladen. Oder wird, wenn er noch atmet, zurück in die Zelle geschafft.

Er, Wilhelm, wird das Gefängnis irgendwann verlassen. Aber nicht unter der löchrigen Plane eines russischen Lkws.

Schafe enden so. Der Wolf überlebt.

Der Bärtige neben Wilhelm schwankt, fasst sich keuchend an die Brust. Ein Herzanfall vielleicht. Oder einfach nur Schwäche. Egal, Hauptsache, er kippt um. Wilhelm wird um die Pritsche kämpfen, das wird er. Aber es ist besser, die Kräfte zu schonen, und jeder, der hier liegen bleibt, ist ein Gegner weniger.

Wilhelm ist unruhig. Sein Blick wandert nach oben, streift über die Backsteinfassade des Gefängnisses. Die Zelle ist irgendwo im dritten Stock. Dort liegt der Typ, hinter einem der schmalen, vergitterten Fenster. Vorhin hat er noch gelebt, er hat gestöhnt, als der Russe ihn an der Schulter gerüttelt hat, aber das kann sich längst geändert haben.

Wilhelm wird sich nachher beeilen. Er muss als Erster in der Zelle sein. Niemand wird ihm die Pritsche streitig machen. Niemand.

Geduld. Es kann Stunden dauern, bis der General kommt.

Wenn nur diese Kälte nicht wäre. Am Kopf ist es nicht so schlimm, auch an den Ohren nicht. Die Fellmütze kneift unter dem Hals, aber wen interessiert das schon? Die Füße, die sind schlimm. Wie Eis. Es ist, als würde die Kälte direkt aus dem gefrorenen Boden in seinen Körper kriechen. Wilhelms Zähne beginnen zu klappern. Er denkt an die Filzstiefel, den Mantel. Das hilft ein wenig. Die Decke hat er sich schon geschnappt, den Rest wird er sich auch noch holen.

Die Marschmusik dröhnt. Die Sonne erscheint über der Mauer, strahlt Wilhelm direkt ins Gesicht. Er schließt geblendet die Augen, plötzlich wird ihm schwindlig. Er schwankt, reißt die Augen wieder auf, doch die Welt dreht sich, schneller, immer schneller, dann wird alles schwarz.

Nein, jetzt nicht umkippen, nicht jetzt, Wilhelm ist ein Wolf, kein Schaf, er darf jetzt …

»Nicht schlappmachen, Kumpel.«

Der Bärtige sieht ihn nicht an, sondern starrt geradeaus, wie es die Russen verlangen. Seine Finger krallen sich in Wilhelms Oberarm.

»Komm schon«, zischt er. »Halte durch.«

Sein Mund bewegt sich nicht, nur der Bart kräuselt sich über der Oberlippe.

Wilhelm ist siebzehn und ziemlich groß für sein Alter. Vor dem Kriegsende war er ein kräftiger junger Mann, doch im letzten Jahr hat er mindestens zwanzig Kilo abgenommen. Trotzdem, das, was von ihm übrig ist, wiegt immer noch eine Menge. Die Beine haben unter ihm nachgegeben, kraftlos hängt er in den Fingern des Bärtigen, doch der hat keinerlei Mühe, Wilhelms Gewicht zu halten.

»Besser?«

Er lockert seinen Griff. Wilhelm schwankt kurz, dann steht er wieder.

»Ja«, flüstert er.

»Ich bin Hubert«, zischt der Bärtige, starrt weiterhin stur geradeaus. »Hubert Struck.«

»Wilhelm. Wilhelm Haack.«

Ein Knacken in den Lautsprechern, die Marschmusik verstummt.

»Danke«, flüstert Wilhelm und denkt:

Er ist verdammt stark. Das ist nicht gut. Gar nicht gut.

---

Der Kommandant spricht lange, über eine Stunde. Ein bulliger Typ, der mit dem struppigen Schnauzbart und den dunklen Augen unter dem Schirm der Uniformmütze aussieht wie Stalin. Seine Stimme, verstärkt durch das Mikrophon, dröhnt verzerrt über die Köpfe der zerlumpten Gestalten.

»Verstehst du, was er sagt?«, zischt der Bärtige.

Seinen Namen hat Wilhelm wieder vergessen. Es ist nicht gut, die Namen der anderen zu kennen. Das macht sie zu Personen, zu *Menschen*. Deshalb hat Wilhelm beschlossen, auch den Namen seiner kleinen Schwester zu vergessen. Sie hat …

»Nein«, flüstert er zurück.

Er versteht kein Russisch.

»Wir sind Faschisten«, erwidert der Bärtige tonlos. »Wir haben dem russischen Volk unermessliches Leid zugefügt. Er gibt uns die Möglichkeit, dafür zu büßen. Er sagt, wir sollen dankbar sein.«

Wilhelm ist kein Faschist. Er ist hier, weil die Russen ihn geschnappt haben, als er einen schimmeligen Brotkanten geklaut hat. Es war dumm, sich erwischen zu lassen, aber er war halb wahnsinnig vor Hunger.

Das ist er immer noch.

Wieder ein dumpfes Klatschen. Wieder ist jemand umgekippt. Rechts, in der Baracke, wo die Wachsoldaten untergebracht sind, sehen ein paar Russen aus den Fenstern. Sie rauchen, schnippen die Asche gelangweilt in den Hof.

Der Kommandant redet weiter. Neben ihm steht sein Adjutant. Er ist einen halben Kopf kleiner als der General, ein schmächtiges Bürschchen mit farblosen Augen und einem himbeerfarbenen Muttermal auf der linken Wange. Seine Beine sind leicht gespreizt, er hat die Hände auf dem Rücken verschränkt und schlägt mit einer Reitpeitsche gegen die glänzenden Stiefel. Unablässig streift sein Blick über die Gefangenen, wandert von einem ausgemergelten Gesicht zum nächsten. Als er bei Wilhelm landet, verharrt er einen Moment.

Der General beendet seine Ansprache. Der Adjutant gibt den Wachen ein Zeichen, die Gefangenen werden zurück in die Zellen getrieben. Wilhelm beeilt sich. Er muss unbedingt als Erster dort sein. Viel Zeit wird ihm trotzdem nicht bleiben. Aber er wird sie nutzen.

---

Der Kerl bäumt sich auf. Wilhelm kniet neben der Pritsche, drückt ihm seine Mütze auf das Gesicht. Er sollte längst tot sein. Trotzdem hat er erstaunlich viel Kraft, der verdammte Misthund ist zäh. Knochige Hände verkrallen sich in Wilhelms Arm, schmutzige Fingernägel zerkratzen seine Haut.

Wilhelm beugt sich vor, sein Gewicht verstärkt den Druck. Er keucht, die letzten Meter ist er gerannt. Eine Minute Vorsprung hat er, mehr nicht.

*Los. Stirb schon.*

Ein ersticktes Schnaufen, gedämpft durch die dicke Mütze. Die Gegenwehr lässt nach. Wilhelm greift mit einer Hand nach den Füßen. Der Kerl strampelt noch immer, doch Wilhelm darf keine Zeit verlieren.

Ein Ruck, er hat den ersten Stiefel in der Hand. Noch einer. Der zweite.

Auf dem Flur nähern sich Schritte.

*STIRB!*

Der Kerl erschlafft. Wilhelm nimmt ihm die Mütze vom Gesicht. Die Augen sind starr nach oben gerichtet. Sie sind groß, erstaunlich blau. Der Mund steht halb offen, ein Goldzahn schimmert im trüben Licht.

Wilhelm schält ihn blitzschnell aus dem Mantel, rollt die Leiche auf den Boden. Rafft die Stiefel zusammen, wirft sich auf die Pritsche, schnappt den Mantel. Das alles gehört jetzt ihm. Niemand wird ihm diesen Platz streitig machen. Niemand, er …

»Hallo, Faschist.«

Der Adjutant mit dem Muttermal lehnt mit verschränkten Armen am vergitterten Zelleneingang. Die farblosen Augen sind ausdruckslos auf Wilhelm gerichtet, der Mund zu einem schmalen, irgendwie amüsierten Lächeln verzogen. Die Reitgerte pendelt in seinen Fingern, stößt sacht gegen die Gitterstäbe.

Er hat alles gesehen.

Weitere, schlurfende Schritte nähern sich. Die anderen kommen zurück. Der Adjutant bewegt den Kopf, brüllt einen Befehl in den Flur, ohne Wilhelm aus den Augen zu lassen. Er ist fast noch ein Kind, wahrscheinlich rasiert er sich noch nicht mal.

Ein Soldat kommt in die Zelle. Ein weiterer, knapper Befehl. Der Soldat salutiert, greift die Handgelenke des Toten und schleift die Leiche hinaus.

Der Adjutant mustert Wilhelm noch einen Moment lang. Dann nickt er ihm wortlos zu und geht.

Er sieht zufrieden aus.

---

»Zigarette?«

Der Adjutant hält Wilhelm eine Machorka entgegen. Wilhelm schüttelt den Kopf. Er weiß nicht, wann er das letzte Mal etwas gegessen hat. Wenn er jetzt raucht, bricht er sofort zusammen.

Sie stehen im Hof. Es ist Nachmittag. Der Adjutant hat ihn eben aus der Zelle geholt. Er hat kein Wort gesagt, nur mit einem Nicken hat er Wilhelm zu verstehen gegeben, dass er ihm folgen solle.

»Ich habe dich beobachtet, Faschist.«

Der Adjutant zieht an seiner Zigarette. Wilhelm hat Mühe, ihn zu verstehen, er hat einen starken Akzent. Der Rauch steigt Wilhelm in die Nase, kurz wird ihm schwarz vor Augen.

»Ich bin kein Faschist«, sagt er und stützt sich an der Backsteinmauer ab.

»Doch«, nickt der Adjutant, »das bist du.« Er greift an die Stelle, wo unter der wattierten Uniformbrust das Herz ist. »Hier drin.«

Wilhelm rafft den verdreckten Mantelkragen vor der Brust. Die oberen Knöpfe fehlen, doch die Wolle ist dick. Trotzdem zittert er wie Espenlaub. Die Stiefel sind mindestens drei Nummern zu klein, doch er spürt es kaum. Seine Füße sind seit Wochen wie abgestorben, er kann sich nicht erinnern, wann er zuletzt seine Zehen gespürt hat.

»Du bist stark. Du willst …«, der Adjutant sucht einen Moment nach dem richtigen Wort, »überleben. Das ist gut.«

Eine Rauchwolke schießt durch seine Nasenlöcher in die klirrende Luft.

General Lasarow, erklärt er in gebrochenem Deutsch, ist sein Onkel. Sie haben sich unten im Dorf einquartiert, jeden Morgen werden sie von einem Jeep abgeholt und abends wieder zurückgebracht.

»General Lasarow ist ein wichtiger Mann. Er hat mich zum Leutnant befördert.«

Er deutet auf die beiden Sterne auf seinen Schulterklappen, stolz wie ein Kind, das sich vor den anderen brüstet. Und ein Kind ist er auch, obwohl das Muttermal ihn älter erscheinen lässt. Wahrscheinlich, schätzt Wilhelm, ist er höchstens fünfzehn, gerade erst in den Stimmbruch gekommen.

»Wir können Leute wie dich gebrauchen. Die dort«, er deutet auf die Wachen, die schräg gegenüber gelangweilt aus ihren Fenstern starren, »sind nutzlos. Dumme Bauern, mehr nicht.«

Er zertritt die Zigarette unter der Stiefelspitze.

»Was«, fragt er und sieht Wilhelm an, »würdest du tun, um zu überleben?«

Die Antwort erfolgt sofort. »Alles.«

»Gut.«

Der Adjutant zerrt den Ledergürtel nach oben. Der Gürtel hängt schief auf seinen mageren Hüften, das Gewicht der großen Pistole zerrt an den Schlaufen.

»Ich habe mit dem General über dich gesprochen«, erklärt er. »Er will dich sehen.«

»Wann?«

»Abwarten, Faschist.«

»Ich bin kein ...«

»Wie soll ich dich dann nennen?«

Wilhelm sagt seinen Namen.

»Ich bin Timur.«

Der Adjutant tippt sich grinsend an das Käppi. Eine kleine Tätowierung erscheint, als der wattierte Uniformärmel hochrutscht. Eine Sonnenblume. Er nickt kurz, dann stolziert er über den Appellplatz davon.

## KAPITEL 27

»Und? Ist er dazu fähig?«

Wilhelms Augen waren starr unter den buschigen Augen auf Elias gerichtet, doch die Frage hatte er dem Priester gestellt.

»Nein.« Geralf setzte sich auf. »Ich glaube, nicht.«

Seine Stimme klang plötzlich kräftig, auch seine Bewegungen waren schnell. Die Verletzungen waren längst nicht so schwer, wie es bis eben noch den Anschein gehabt hatte.

Noch immer stand Elias unter Schock. Sein Blick irrte durch den Keller, wanderte zu seinem Großvater, dann zu dem Priester, wieder zurück.

»Hier.«

Metall blitzte auf, Wilhelm warf dem Priester einen winzigen

Schlüssel zu. Dieser öffnete die Handschelle, seufzte erleichtert und sank mit dem Rücken an die Wand.

»Sie ... Sie gehören dazu?«

Elias lauschte seinen eigenen Worten. Er hörte, wie dumm sie klangen, aber er konnte nicht verhindern, sie auszusprechen.

»Eigentlich«, sagte Geralf und rieb sich das Handgelenk, »war ich dagegen. Ich hätte sonst was gewettet, dass Sie mir die Geschichte nicht abkaufen.« Er schüttelte kichernd den Kopf. »*Beichtgeheimnis*. Wie blöd muss man eigentlich sein?«

Er tut nur so, schoss es Elias durch den Kopf. Er spielt den Abgebrühten, um Wilhelm zu imponieren. In Wahrheit hat er Angst vor ihm. Furchtbare Angst.

»Was«, krächzte er, »hat dieses ganze Theater zu be...«

»Mein Gott.« Wilhelm schnitt ihm mit einer unwirschen Handbewegung das Wort ab. »Es reicht nicht, dass du ein Weichei bist, du bist auch noch schwer von Begriff! Die Zeit läuft mir davon, ich brauche einen Nachfolger! Jemanden, der diese Anstalt übernimmt!«

*Anstalt?*

»Und da hast du an *mich* gedacht?« Elias lachte auf. Es klang, als würde jemand gegen einen rostigen Eimer treten. »Du hast ernsthaft geglaubt, dass ich ...«

»Der Test ist noch nicht vorbei«, unterbrach Wilhelm. »Du bekommst eine weitere Chance.«

*Test?*

»Sie haben das Opfer gespielt.« Elias wandte sich an den Priester. »Sie sollten herausfinden, ob ich bei diesem Irrsinn mitmache. Habt ihr tatsächlich damit gerechnet, dass ich *nicht* zur Polizei gehen würde?«

»Du wirst erfahren, worum es hier geht«, sagte Wilhelm. »Du bist klug genug, um den Sinn zu verstehen. Und dann bekommst du deine Chance. Es wird die letzte sein.«

»Ich will keine verdammte …«

»Halt's Maul.«

Wilhelm trat einen Schritt vor. Neunzig Jahre hatten tiefe Falten in sein Gesicht gegraben, doch seine grauen Augen waren klar, die Stimme tief, der Rücken gerade.

»Ich habe dich nie geschlagen«, erklärte er ruhig. »Aber glaub mir, ich werde es tun, wenn du meine Geduld weiter auf die Probe stellst.«

Elias stand auf.

»Ich habe keine Angst vor dir.«

Sie sahen sich an.

»Gut«, nickte Wilhelm. »Das ist zumindest ein Anfang.«

Die Stahltür in seinem Rücken stand halb offen. Der Raum dahinter lag im Dunkel. Fahles Licht fiel auf gesplitterte Bodenfliesen, Gitterstäbe schimmerten matt. Ein winziger Schatten huschte vorbei. Eine Ratte vielleicht.

»Sie haben es nicht nur gewusst«, sagte Elias zu Geralf. »Sie haben mitgemacht.«

Der Priester zuckte die Achseln. »Natürlich.«

Es klang beiläufig, selbstverständlich.

Ja, er hat Angst, dachte Elias, dem das Zittern in Geralfs Stimme nicht entgangen war. Neulich Nacht in der Kirche, da hat er geweint. Er quält sich. Was immer er auch hier tut, er tut es, weil er am Leben bleiben will.

Wilhelm ging an Elias vorbei. Dieser roch das Parfüm des alten Mannes, *Old Spice*, es war ihm schon neulich aufgefallen. Dieser Geruch …

---

… *ist so stark, dass er Elias in der Nase kneift. Vor allem, wenn Opa Wilhelm dicht vor ihm steht, so dicht, dass ihre Gesichter sich fast berühren. Seine Augen sind riesengroß unter den struppigen Brauen, graue, bodenlose Löcher. Opas Hände graben sich tief in Elias' Schultern.*

*Du wirst es Mama nicht erzählen, sagt er.*

*Ein paar Spinnweben hängen noch in Opa Wilhelms Haaren. Elias ist froh, wieder hier oben zu sein. Er will nicht noch einmal nach unten. Zu den Gespenstern. Er will es nie wieder sehen. Er will es nie wieder hören. Onkel Timur, wie er schreit, wenn er eines von den Gespenstern verprügelt. Und reden will Elias ganz bestimmt nicht darüber, auch nicht mit Mama.*

*Aber dazu kommt es gar nicht. Weil Mama es sowieso schon weiß. Sie kommt in die Küche. Wahrscheinlich sieht sie es in Elias' Augen. Sie schreit Opa Wilhelm an.*

*Wie kannst du einem Kind so etwas zeigen?, ruft sie und schlägt Opa Wilhelm sogar, ihre Fäuste trommeln gegen seine Brust.*

*Komm, sagt sie dann und nimmt Elias' Hand. Wir müssen hier weg.*

*Weinend zieht Mama Elias aus der Küche, dann …*

---

»Was ist mit der Klientin?«

Wilhelms sonore Stimme hallte durch den Keller. Er stand unter dem Fenster und sah hinauf, die Hände auf dem Rücken gefaltet.

»Sie war vorhin hier.« Geralf klang unsicher. »Dann ist sie geflohen, als sie …«

»Findet sie.«

Der Alte wippte auf den Zehenspitzen vor und zurück. Das weiße Haar schimmerte im Mondlicht.

*Klientin*, dachte Elias. Er nennt Carlotta eine Klientin.

»Ich konnte sie nicht aufhalten«, verteidigte sich der Priester.

Er klang weinerlich, wie ein trotziges Kind. »Schließlich war ich gefesselt, also wie ...«

»Ich sagte«, Wilhelm wandte sich ruckartig um, »*findet sie*!«

Er hatte die Stimme nur unmerklich gehoben, doch Geralf duckte sich wie unter einem Schlag.

»Ich frage mich«, der Alte musterte ihn verächtlich von Kopf bis Fuß, »wofür ich dich eigentlich bezahle.«

Der Priester nestelte verlegen an den Knöpfen der Schlafanzugjacke, sein Blick irrte flackernd durch den Keller.

»Na los!«, bellte Wilhelm plötzlich. »Abmarsch!«

Geralf machte kehrt, schlüpfte hastig aus dem Keller. Uralte, längst geborstene Fliesen klapperten unter seinen Füßen, eine Tür fiel krachend ins Schloss. Der Knall verhallte zwischen endlosen Fluren, dann wandte sich Wilhelm an seinen Enkel.

»Und nun«, sagte er, »zu uns.«

## KAPITEL 28

Der General spricht.

Wilhelm steht neben den anderen in der Morgenkälte und wartet. Gestern Abend ist er zum General bestellt worden, nachdem er eine Woche gewartet hat. Eine ganze, verfluchte Woche. Sieben Tage, einer länger als der andere. Ausgefüllt mit Hunger, Kälte, Enge, Gestank. Fast hatte er die Hoffnung schon aufgegeben, doch dann ist der glattgesichtige Adjutant in der Zelle erschienen.

Komm, hat er gesagt. Mehr nicht.

Es schneit. Eisiger Wind treibt die Flocken schräg über den Appellplatz. Die monotone Stimme des Generals plärrt aus den Lautsprechern. Er liest von einem Zettel ab, den er in den lederbehandschuhten Händen hält. Der Adjutant steht neben ihm, sein Blick wandert über die apathischen Gestalten. Die Reitpeitsche schlägt rhythmisch gegen die glänzenden Stiefelschäfte.

Das Büro des Kommandanten ist schräg gegenüber vom Eingangstor, in einem Nebengebäude, das aussieht wie eine Fabrikantenvilla. Der General saß hinter einem klobigen, mit Schnitzereien verzierten Schreibtisch. Auf einem gestärkten Tischtuch stand sein Abendessen. Schüsseln und Teller aus goldgerändertem Porzellan. Darin Kartoffeln. Bohnen. Braten. Eine Kristallschale mit Obst. Er hat Wilhelm keines Blickes gewürdigt. Viel gesprochen hat er nicht, er war mit seinem Essen beschäftigt. Der Adjutant hat seine Worte übersetzt.

*Man hat mir gesagt, wozu du fähig bist.*

Das Besteck blitzte in seinen Fingern. Er hatte die Lederhandschuhe nicht ausgezogen. Er aß langsam, bedächtig. Hinter ihm hing ein riesiges Ölbild an der Wand. Lenin, den Blick in heroischer Pose in die Ferne gerichtet.

*Ich brauche Menschen mit solchen Fähigkeiten.*

Wilhelm stand stramm vor dem Schreibtisch. Über ihm baumelte ein Kronleuchter von der stuckverzierten Decke. Der Hunger fraß wie Säure in seinen Eingeweiden. Der General säbelte ein Stück Fleisch ab. Wilhelms Magen verkrampfte sich zu einem pulsierenden Loch.

*Ich will einen Beweis.*

Der Adjutant lehnte an der Schreibtischkante. Eine Hand spielte mit einer Stalinbüste, in der anderen hielt er einen Apfel. Einen roten, glänzenden Apfel, den er ab und zu in die Luft warf.

*Wir werden dich testen.*

Als der Adjutant diese Worte übersetzte, hat der General kurz aufgesehen. Wilhelm hatte Mühe, dem Blick dieser teerschwarzen, ausdruckslosen Augen standzuhalten. Etwas Soße hatte sich in dem struppigen Schnauzbart verfangen, die fleischige Unterlippe glänzte vom Bratenfett. Als der General einen Fleischrest zwischen den Zähnen hervorpulte, wurde Wilhelm schlecht. Er musste sämtliche Kraftreserven mobilisieren, um nicht das Gleichgewicht zu verlieren. In diesem Moment war es gut, anstelle eines Magens einen faustgroßen Stein im Bauch zu haben. Denn was nicht da ist, kann nicht erbrochen werden.

In der Ecke bullerte ein großer Kanonenofen. Schweiß strömte unter den Lumpen über Wilhelms verdreckten Körper. Seine Füße taten höllisch weh, jetzt, da sie nach einer gefühlten Ewigkeit in eisiger Kälte allmählich auftauten.

Sie haben Wilhelm erklärt, was er tun soll. Dann hat der General seinen Teller zur Seite geschoben, er hatte sein Mahl beendet, ebenso die Audienz. Der Teller war noch halb voll. Wilhelm hat keine Fragen gestellt. Als er zurück in die Kälte geschickt wurde, schrie jede Faser seines abgemagerten Körpers nach Nahrung. Das Letzte, was Wilhelm sah, war der Adjutant, der grinsend in den Apfel biss.

---

Der Wind macht die Kälte noch schlimmer. Schnee wirbelt wie ein Geschosshagel über den Appellplatz, verbeißt sich in den geröteten, von Schwären und Schmutz überzogenen Gesichtern der Gefangenen.

Wilhelm steht in der ersten Reihe. Das war eine der Bedingungen. General Lasarow, hat der Adjutant gesagt, will zusehen.

Irgendwo rechts ein dumpfes Stöhnen, jemand fällt um. Der Erste an diesem Morgen. Es wird nicht der Letzte sein.

Das Heulen des Windes mischt sich mit der verzerrten Stimme des Kommandanten. Kaum jemand von den Gefangenen versteht den Sinn dieser Worte, doch Wilhelm glaubt, jetzt zu wissen, was der General bezweckt. Man könnte sie schlagen, zum Arbeiten zwingen, doch das tägliche, stundenlange Stehen, die sinnlosen, nicht enden wollenden Reden sind zermürbender als Folter und Gewalt.

Wilhelm steht neben dem breitschultrigen Kerl mit dem Vollbart. Der hat sich einen löchrigen Lappen um den Kopf geschlungen, ein naiver Versuch, die Ohren vor der Kälte zu schützen.

Letzte Nacht hat er sich zu Wilhelm an die Pritsche gesetzt. Zuerst hat Wilhelm gedacht, er wolle ihm den Platz streitig machen. Aber der Bärtige wollte nur reden. Flüsternd hat er erzählt, dass er Lehrer sei. Dass seine Frau irgendwo in Berlin unter den Trümmern einer Mietskaserne liege. Dass er auf der Suche nach seinen beiden Söhnen war, als ihn die Russen auf einem Güterbahnhof geschnappt haben. Wilhelms Geschichte ist ähnlich, aber er hat sie nicht erzählt. Das ist vergangen, er will nicht daran denken. Außerdem war er damit beschäftigt, seinen Plan zu fassen.

Hinter ihm schluchzt ein Kind. Wilhelm weiß, wer das ist, ein Junge, sieben, vielleicht acht Jahre alt. Kurz vor dem Appell haben ihn die Wachen in die Zelle geschleppt, ein zerlumptes, heulendes Bündel. Wilhelm war nicht der Einzige, dem das Flennen auf die Nerven gegangen ist, ein paar Leute haben sich beschwert. Die, die es nicht getan haben, waren zu schwach. Nur der Bärtige hat sich um den Jungen gekümmert, er hat versucht, ihn zu trösten. Als sie zum Appell mussten, hat er Wilhelm gebeten, dem Jungen seinen Platz auf der Pritsche zu überlassen.

Wilhelm hat zugestimmt, obwohl er eher sterben würde, als seinen neuen Schlafplatz wieder herzugeben.

Der Wind rüttelt an der Baracke. Hinter den Fenstern bewegen sich die Silhouetten der Soldaten. Der Wachturm verschwindet beinahe im Schneegestöber, nur die Umrisse sind zu erkennen.

Und der General redet.

Sie haben Wilhelm nichts versprochen. Keinerlei Vorteile, weder Essen noch Wärme. *Ich brauche jemanden mit deinen Fähigkeiten*, hat der General gesagt, aber wozu genau er Wilhelm braucht, hat er nicht gesagt. Wilhelm weiß nur, was sie von ihm erwarten. Er wird diesen Test bestehen. Was danach kommt, wird sich zeigen. Schlimmer jedenfalls kann es nicht werden. Wilhelm ist in den tiefsten Tiefen der Hölle, egal, was geschieht, es kann nur besser werden.

Starr wie die anderen steht Wilhelm in der Reihe. Unmerklich bewegt er die steifgefrorenen Finger. Beide Hände sind taub, doch es wäre nicht gut, wenn die rechte Hand versagt. Wenn ihm die Glasscherbe entgleitet, die er unter dem Mantelärmel versteckt hat.

---

Der General redet.

Er hat nicht gesagt, wann genau Wilhelm es tun soll. Trotzdem hat Wilhelm beschlossen, keinen Tag zu zögern. Worauf soll er auch warten?

Er hat den Platz neben dem Bärtigen bewusst gewählt. Nicht etwa wegen der Geschichte von letzter Nacht. Es stimmt, Wilhelm hat Ähnliches erlebt, wenn es auch Unterschiede gibt.

Auch Wilhelms Haus liegt in Trümmern. Seine Eltern sind im Bombenhagel gestorben. Auch Wilhelm war nicht der Einzige,

der überlebt hat. Da war seine Schwester, sie war dreizehn, vier Jahre jünger als er. Sie hieß …
*keinen Namen, du hast ihren Namen vergessen*
Ein Windstoß fegt über den Appellplatz. Schnee wirbelt von den Kronen der stacheldrahtbewehrten Mauern. Wilhelm beißt die Zähne aufeinander.

Ihr Gesicht verschwindet bereits. Nur ihre Augen sieht er noch vor sich, manchmal, wenn er schläft. Große, treuherzig blickende Augen unter langen Wimpern, die Farbe ist grau, ebenso wie bei Wilhelm mit winzigen gelben Sprengseln um die Pupillen. Auch an die blonden, geflochtenen Zöpfe erinnert er sich. Einmal, kurz vor dem Bombenangriff, ist
*Elsa*
zu ihm gekommen, sie hatte Angst vor den Sirenen, er hat
*ihr Name war Elsa*
sie getröstet, und später, als sie
*deine Schwester hieß Elsa*
»Alles in Ordnung, Kamerad?«

Finger krallen sich in Wilhelms Oberarm. Dieser richtet sich stöhnend wieder auf, der Bärtige wirft ihm aus den Augenwinkeln einen besorgten Blick zu.

»Ja«, zischt Wilhelm, nachdem der Schwindel nachgelassen hat.

Er muss ihren Namen vergessen. Erst ihren Namen, dann ihr Gesicht. Wenn das geschafft ist, wird sie irgendwann ganz verschwunden sein. Und dann werden endlich diese Träume aufhören, als sie …

---

»Wilhelm?«
*Er wird wach, reibt sich verschlafen das Gesicht. Elsa rüttelt*

ihn noch immer an der Schulter, sie sieht ihn an mit ihren großen Augen unter den Wimpern, die so lang sind, dass sie Schatten auf die schmutzigen Wangen zu werfen scheinen.

»Mir ist kalt, Wilhelm.«

Das monotone Rattern des Güterzuges hat ihn in den Schlaf gewiegt. Er richtet sich auf, nimmt den Kartoffelsack, den er als Kopfkissen benutzt hatte, und legt ihn ihr um die Schultern. Das grobe Gewebe hat ein Muster auf seiner Wange hinterlassen.

»Besser?«

Sie schüttelt den Kopf.

Wilhelm sieht sich um. Das hat er schon ein paarmal getan, und auch jetzt ist nichts Brauchbares zu entdecken, außer den steinharten Zementsäcken, die im vorderen Teil des Waggons bis unter die Decke gestapelt sind, einer rostigen Schaufel und ein paar Stricken, die an den Wänden baumeln.

Elsa beginnt zu weinen.

Der Fahrtwind pfeift durch die Ritzen zwischen den ungehobelten Brettern. Er zieht den Kartoffelsack enger um ihre schmalen Schultern, versucht, die Seitenklappe zu schließen. Es gelingt ihm nicht, die Rollen klemmen in den verbogenen Schienen.

»Wir sind bald da!«, ruft er, um das Tosen des Windes zu übertönen. Sein Haar flattert umher.

»Wo?«, schluchzt Elsa.

Das weiß Wilhelm nicht. Wochenlang ist er mit ihr durch die zerbombte Stadt geirrt, immer auf der Suche nach etwas Essbarem. Viel gefunden hat er nicht, kein Wunder, es sind Tausende, die sich halbverhungert durch die Trümmer wühlen. Also ist er mit ihr zum Bahnhof gegangen, auch in den Güterwaggons hat er nichts gefunden, doch als der Zug plötzlich anfuhr, hat er beschlossen zu bleiben.

Wenn sie Glück haben, fährt der Zug nach Süden. In Bayern, wird gemunkelt, ist es nicht ganz so schlimm.

*Wilhelm sieht durch den Spalt. Felder ziehen vorbei, malerische Dörfer. Man könnte meinen, der Krieg hätte diese Gegend verschont, doch wenn man genauer hinsieht, erkennt man die zerstörten Dächer, die eingestürzten Kirchtürme, die zerschossenen Mauern.*

*»Ich hab solchen Hunger«, sagt Elsa.*

*Es wird Herbst, die Luft riecht bereits nach Schnee. Sie haben nichts, außer den dünnen Sachen, die sie am Leibe tragen. Bis vor zwei Tagen hatten sie wenigstens noch eine alte Decke, doch die ist Wilhelm gestohlen worden, ebenso wie der Rucksack, in dem er ein paar Kartoffeln und Elsas Mantel verstaut gehabt hatte.*

*»Ich auch«, sagt Wilhelm. »Ich besorge uns was.«*

*Er ist müde. Schlafen, das würde er jetzt gern, ein bisschen nur, um Hunger und Kälte zu vergessen. Aber Elsa gibt keine Ruhe.*

*»Wann?«, fragt sie. »Wann essen wir was, Wilhelm?«*

*»Bald.«*

*»Wann ist bald?«*

*Die Lokomotive gibt ein ohrenbetäubendes Pfeifen von sich. Dampfwolken fliegen in weißen Fetzen vorbei. Bremsen quietschen, der Zug wird langsamer.*

*So geht es nicht weiter, überlegt Wilhelm und bläst in die blaugefrorenen Finger. Bald kommt der Winter, entweder erfrieren wir, oder wir verhungern. Ich muss mich …*

---

*»… entscheiden«, murmelt Wilhelm.*

*Der Wind hat nachgelassen. Dafür fallen die Flocken jetzt dichter, bilden eine weiße, hauchzarte Schicht auf knapp zweihundert zerlumpten Mützen, Kopftüchern, zerrissenen Schals und löchrigen Mänteln.*

Wieder bewegt Wilhelm die Finger. Spürt die gezackte Scherbe in der Hand. Seine Augen wandern nach rechts. Die Fellweste des Bärtigen ist dick, sie hätte ein Problem werden können. Doch der Idiot hat sie dem kleinen Jungen übergestreift, er trägt nur einen Rollkragenpullover mit ausgefransten Ärmeln.

Wolf oder Schaf, denkt Wilhelm.

Seit er seine Entscheidung getroffen hat, in einem stinkenden Güterwaggon irgendwo im Nirgendwo, ist eine Weile vergangen. Falls er anfangs noch Zweifel hatte, sind sie längst in Hunger und Kälte verflogen.

---

*»Es ist ein fairer Tausch«, grinst der Schutzmann.*

*Wilhelm betrachtet seine Schwester. Elsa schläft, mit dem Rücken an die Zementsäcke gelehnt. Auch Wilhelm hat geschlafen, als der Polizist den Zug kontrolliert hat. Wilhelm ist nicht sicher, ob er ein wirklicher Polizist ist, womöglich ist er nur Schaffner oder Aufseher. Doch er trägt eine dunkelblaue Uniform. Er hat einen Schlagstock. Und es ist ihm ernst, das war vom ersten Moment an klar, als er Wilhelm unsanft geweckt hat.*

*»Also, was sagst du?«*

*Der Uniformierte stinkt, nach Knoblauch und billigem Fusel. Zuerst hat er Wilhelm aus dem Waggon werfen wollen, doch dann hat er das schlafende Mädchen bemerkt.*

*»Ich könnte dich festnehmen«, hat er begonnen. »Wegen Plünderei.«*

*»Ich hab nicht geplündert«, hat Wilhelm protestiert.*

*»Wem«, hat der Uniformierte erwidert, »wird man wohl glauben? Dir oder mir? Auf Plündern steht Todesstrafe. Du hängst schneller am Galgen, als du denken kannst.«*

*Und dann hat er Wilhelm ein Geschäft vorgeschlagen:*

»Überlass mir das Mädchen.«
»Auf keinen Fall«, hat Wilhelm gesagt.
»Ich kenne wichtige Leute«, hat der Uniformierte erwidert. »Wohlhabende Leute. Sie suchen nach solchen Mädchen. Sie wird es gut haben. Sie bekommt zu essen und schöne Kleider. Was willst du mehr?«
Wilhelm hat abgelehnt.
»Warte«, hat der Uniformierte gesagt. »Ich bin gleich zurück.«
Wilhelm hätte abhauen können, doch er ist geblieben.
Und jetzt sitzen sie hier in einer Ecke. Es ist dunkel geworden, vom Bahnsteig fällt ein Streifen Laternenlicht in den Waggon. Zwischen ihnen liegt eine Stange Lucky Strike. Daneben zwei Büchsen Schmalzfleisch.
»Es ist ein gutes Geschäft«, sagt der Uniformierte. »Für dich, ebenso wie für mich.«
Sein Grinsen entblößt die Überreste fauliger Zähne.
»Es wird ihr an nichts fehlen, glaub mir.«
Wilhelm weiß, was er mit Elsa vorhat. Die Gier in den trüben Augen sagt alles.
»Nein.« Er schüttelt den Kopf.
Schwere Stiefelschritte dröhnen draußen über den Bahnsteig. Kehlige Männerstimmen schallen herüber, knappe Kommandos.
»Die Militärpolizei«, grinst der Uniformierte. »Die warten nur auf solche wie dich. Die machen kurzen Prozess, im Handumdrehen bist du aufgeknüpft.«
Elsa murmelt im Schlaf.
»Nein«, wiederholt Wilhelm.
»Na dann …«
Der Uniformierte steht achselzuckend auf, hebt scheinbar bedauernd die Schultern und macht Anstalten, den Waggon zu verlassen.
»Ich will drei«, sagt Wilhelm.

*Der Uniformierte versteht nicht.* »Was meinst du damit?« *Wilhelm deutet auf die Stange Zigaretten.*

»Drei von denen.«

*Es ist Wilhelms erstes Geschäft. Viele werden noch folgen, doch auch jetzt schon verhandelt er hart. Als er kurz darauf aus dem Waggon steigt, hat er seine schlafende Schwester für drei Stangen Zigaretten, vier Büchsen Schmalzfleisch und ein halbe Tafel Bitterschokolade verkauft.*

---

Hinter den hohen Mauern heult ein Diesel auf. Ein Lastwagen nähert sich mit schepperndem Motor. Das Tor wird aufgeschoben, das Quietschen ist bis auf den Appellplatz zu hören.

Der General spricht weiter. Sein Atem kondensiert in der klirrenden Luft, weiße Wolken dringen im Rhythmus der unverständlichen Worte unter dem Schnurrbart hervor.

Wilhelm schließt einen Moment lang die Augen, konzentriert sich. Sie wollen es sehen, das gehört zu den Bedingungen. Wen genau Wilhelm aussucht, ist ihnen egal.

Als der Bärtige lautlos neben ihm zusammenbricht, reagiert niemand. Nur der Adjutant sieht kurz herüber. Der General hebt beiläufig den Kopf, dann konzentriert er sich wieder auf den Zettel in seinen Händen.

Wilhelm steht in Habachtstellung zwischen den anderen. Die Bewegung war blitzschnell, er ist sie vorher dutzendfach in Gedanken durchgegangen. Stur stiert er aus leeren Augen nach vorn. Aus seinem rechten Mantelärmel tropft etwas Blut. Die Scherbe ist wieder unter der dicken Wolle verschwunden, doch sie hat einen Schnitt auf seiner Handfläche hinterlassen.

Der Bärtige liegt mit dem Gesicht nach unten im Schnee. Eine Blutlache bildet sich seitlich neben seinem Bauch. Der

Stich saß perfekt, genau in die Niere. Gut, dass er die dicke Weste nicht anhatte, der gefütterte Stoff hätte den Stich dämpfen können.

Der Kommandant verstummt. Als er den zusammengefalteten Zettel in seinem Uniformmantel verstaut, treffen sich ihre Blicke. Der Adjutant bellt einen zackigen Befehl, der General geht davon. Wilhelm ist nicht sicher, aber er glaubt, dass der General ihm kurz zugenickt hat.

Die Wachen treiben die Gefangenen zurück. Vier Menschen bleiben liegen. Wilhelm würdigt sie keines Blickes, auch den Bärtigen nicht. Die Blutlache verschwindet bereits unter einer dünnen Schneeschicht.

Der Kerl war stark, doch gefährlich war er aus einem anderen Grund. Er war gutmütig, hat anderen geholfen. An diesem Ort ist kein Platz für Menschen. Hier gibt es nur Wölfe und Schafe. Deshalb musste er weg.

Wilhelm geht mit den anderen zurück in die Zelle. Der General wollte, dass er noch jemanden tötet. Das hat Wilhelm getan. Er hat den Test bestanden.

Jetzt muss er nur noch warten.

## KAPITEL 29

»In ein paar Monaten werden die Bagger hier sein«, sagte Wilhelm. »Ich habe die Verlegung der Anlage bis ins kleinste Detail geplant, danach werde ich mich aus dem Geschäft zurückziehen.«

Es wurde dunkel. Elias hob den Kopf und sah, wie eine Wolke sich vor den Mond schob. Ein paar Sekunden später war sie verschwunden, wieder fiel bleiches, unwirkliches Licht in den Keller.

»Über sechzig Jahre habe ich dieses Unternehmen geführt«, fuhr der Alte fort. »Das ist eine verdammt lange Zeit. Meine Geschäftspartner sind nicht gerade zimperlich, ich kann mir nicht den geringsten Fehler leisten.«

Elias lauschte der sonoren Stimme seines Großvaters, der in dürren Worten erklärte, dass seine Partner einen reibungslosen Ablauf der Geschäfte erwarteten, dass er, Wilhelm, dies über Jahrzehnte hinweg garantiert hatte, ein tadellos arbeitendes Uhrwerk, perfekt abgestimmt bis ins kleinste Zahnrad.

»Unsere Klienten stammen aus allen Teilen Europas. Meine Auftraggeber liefern sie hier ab, ich garantiere für die Zeit des Aufenthaltes sichere Unterbringung, Ernährung und ärztliche Versorgung.«

»Es sind Menschen. Ihr haltet Menschen dort unten gefangen, nachdem ihr sie entführt habt. Ihr erpresst ihre Familien, ihr ...«

»Nein.« Der Alte schüttelte den Kopf. »Wir nehmen sie in Verwahrung, mehr nicht. Alles, was außerhalb dieser Einrichtung geschieht, geht mich nichts an. Die Durchführung der Aktion ist Sache meiner Geschäftspartner. Ich erhalte nur die Information, ob die Operation erfolgreich war. Wenn ja, wird der Klient von meinen Partnern abgeholt und entlassen.«

»Wenn nicht, lasst ihr ihn hier verhungern.«

Elias klang müde. Nun, das war er auch. Er hatte keine Lust, sich Wilhelms Geschwafel weiter anzuhören, über *Klienten*, diese *Anstalt* und die angebliche *ärztliche Versorgung*. Hinter all diesen Phrasen steckten Folter, Erpressung, Mord.

»Es ist ein Geschäft«, sagte Wilhelm. »Ein lukratives Geschäft. Ich biete dir die Möglichkeit, in dieses Geschäft einzusteigen, ich ...«

Elias lachte kopfschüttelnd auf.

»Was ist so lustig?« Der Alte musterte Elias von Kopf bis Fuß. »Was gibt dir das Recht, über mich zu lachen? Sieh dich an! Ein verfetteter Weichling, der nichts im Leben erreicht hat, außer ein paar ... *Bücher* zu schreiben. Wie viel hast du mit diesen Schwarten verdient? Fünfzigtausend? Hunderttausend?«

»Das geht dich nichts an«, sagte Elias ruhig. »Es ist ehrlich verdientes Geld. Ich habe lange dafür gearbeitet.«

»Ich *auch*, verdammt!«

Wilhelm trat wutentbrannt gegen eine der Spindtüren. Der Knall peitschte wie ein Pistolenschuss durch den Keller, verhallte in den labyrinthischen Weiten des Flurs. Unwillkürlich wich Elias zurück, er ...

---

*... hat Opa Wilhelm noch nie so wütend gesehen.*

*Die Tür des Besenschranks schwingt wieder auf, ein Schrubber fällt heraus, landet klappernd auf dem Küchenboden. Opa Wilhelm hat so fest zugeschlagen, dass ein Riss in der Tür klafft.*

*Der Junge bleibt hier, zischt er.*

*Die Worte sind an Mama gerichtet. Sie hat einen Arm um Elias' Schultern gelegt, drückt ihn an sich. Er spürt die raue Wolle ihres Mantels an der Wange.*

*Nein, sagt Mama. Elias kommt mit.*

*Ihre Stimme klingt fest, doch Elias spürt, wie sie zittert. Er selbst zittert ebenfalls am ganzen Leib, schmiegt sich enger an Mama.*

*Tu, was du willst, Esther, sagt Opa Wilhelm. Von mir aus kannst du gehen. Aber der Junge bleibt hier. Ich brauche ihn, er ...*

»Du bist ein Idiot.«

Die Worte des Alten rissen Elias zurück in die Gegenwart. Die schmale Schranktür vibrierte noch immer in den morschen Angeln, Putz rieselte von der Wand. Kaum eine Sekunde war vergangen.

»Wie die meisten heutzutage.« Ein kurzer Blick, kalt, verächtlich unter schlohweißen Brauen. »Ihr seid alle gleich. Egal, ob ihr Bücher verkauft, Milch oder Möbel. Ihr seid zufrieden mit eurem armseligen kleinen Leben und habt keine Ahnung, womit die anderen ihr Geld verdienen.«

»Die *anderen*? Du meinst Verbrecher.«

»Geschäftsleute.«

»Du bist verrückt.« Elias sah den Alten an. »Völlig verrückt.«

»*Was* bin ich?« Wilhelm kam näher, eine Glasscherbe barst unter seinen Schuhen. »Niemand redet so mit mir«, zischte er. »*Niemand*, ist das klar?«

Irgendwo, weit entfernt in den labyrinthischen Tiefen, bellte ein Hund.

»Ich werde zur Polizei gehen«, sagte Elias leise. »Du wirst im Gefängnis landen, einem *richtigen* Gefängnis. Es sei denn, du bringst mich um.«

»Ich würde nicht eine Sekunde zögern, Elias.«

»Ich weiß.«

»Aber noch ist es nicht so weit.«

Wilhelm wandte sich ab. Elias' Blick fiel auf die Pistole, die neben der Matratze auf dem Boden lag. Zwei Schritte genügten, um die Waffe zu erreichen. Und dann? Durch die Klappe konnte er nicht flüchten, dort unten wartete undurchdringliche Finsternis. Doch die Stahltür stand offen, er konnte …

»Vergiss es. Du kommst nicht weit.«

Wilhelms Mundwinkel hoben sich zu einem schmalen Lächeln.

»Damals«, er wurde ernst, »war ich überzeugt, dass du ungeeignet bist. Ich hatte einen anderen zu meinem Nachfolger bestimmt. Er hat sich als unfähig erwiesen. Also habe ich beschlossen, dir noch eine Chance zu geben. Ich hatte gehofft, dass du dich in all den Jahren geändert hast, und ich glaube, das ist auch geschehen. Du bist stärker, als ich dachte. Stärker, als es dir selbst bewusst ist.«

»Verschone mich mit diesem Schwachsinn! Ich werde ...«

Ein Schuss erklang, weit entfernt, irgendwo unter ihnen in der Tiefe. Elias glaubte, den Schrei eines Mannes zu hören.

»Ich lasse dich jetzt eine Weile allein.« Auch Wilhelm hatte den Schuss gehört. Er wandte sich zum Gehen, stoppte neben der Pistole. »Die hier«, er gab der Waffe einen Tritt, diese rutschte über den Boden, drehte sich mehrmals um die eigene Achse und blieb vor Elias' Füßen liegen, »wirst du vielleicht noch brauchen.«

Die Tür krachte ins Schloss. Der Riegel wurde vorgeschoben, wieder geöffnet. Wilhelms Kopf erschien noch einmal in der Tür.

»Meine Geschäftspartner werden allmählich ungeduldig. Sie erwarten, dass ich ihnen einen Nachfolger präsentiere. Einen *würdigen* Nachfolger. Ich bin alt, aber fest entschlossen, noch ein paar Jahre zu leben. Meine Partner sind kühl kalkulierende Männer, doch wenn ich ihre Geduld zu sehr strapaziere, bin ich in zwei Tagen tot.«

# KAPITEL 30

»Der General will Informationen«, sagt Timur, der Adjutant. »Er will, dass du dich unter den Gefangenen umhörst.«

»Als Spitzel?«

Eiskalter Wind pfeift über den Appellplatz. Wilhelm hat die Arme vor die Brust geschlungen, versucht, wenigstens die Hände unter den Achseln zu wärmen. Es nutzt nicht viel, obwohl er die Fellweste des Bärtigen über dem Mantel trägt. Der kleine Junge ist letzte Nacht gestorben, Wilhelm hatte Glück, dass er's als Erster bemerkt hat. Die Weste gehört jetzt ihm.

»Ja«, nickt der Adjutant. »Als Spitzel.«

Damit hat Wilhelm kein Problem. Trotzdem ist er enttäuscht. Er hat gehofft, dass er die Zelle verlassen kann, dieses stinkende Loch, das so kalt ist, dass selbst die Scheiße in dem verbeulten Blecheimer innerhalb weniger Minuten gefriert. Wenn er die anderen aushorchen soll, ist das unmöglich. Abgesehen davon gibt es kaum etwas, das er berichten kann. Mehr als zwei Dutzend verlauste Gestalten, frierend auf engstem Raum zusammengepfercht, einzig und allein mit der Frage beschäftigt, etwas Essbares zu ergattern. Was sollte einer von denen planen? Die Flucht? Einen Aufstand? Das ist lächerlich. Die sind so schwach, dass sie's gerade mal bis zum Morgenappell schaffen.

»Der General ist ein misstrauischer Mann.« Der Adjutant zieht an seiner Zigarette. »Du musst dir sein Vertrauen erarbeiten.«

Er spuckt einen Tabakkrümel aus. Sein glattes Gesicht ist vor Kälte gerötet, das Muttermal leuchtet wie ein Furunkel. Zu frieren scheint er nicht, kein Wunder. Wilhelm würde seine Seele für die gefütterten Stiefel verkaufen. Die wattierte Uniform. Die fellbesetzte Mütze.

»Und dann?«, fragt Wilhelm.

»Dann wirst du wichtigere Aufgaben bekommen.« Der Adjutant schlendert davon. »Und vielleicht«, im Gehen greift er in die Manteltasche, dreht sich um und wirft Wilhelm etwas zu, »wirst du belohnt werden.«

Ein Brotkanten. Steinhart, aber nicht verschimmelt. Drei Bisse genügen, um ihn zu verschlingen. Wilhelm hat seit Ewigkeiten keine feste Nahrung zu sich genommen, er müsste sich Zeit lassen, doch er kann sich nicht beherrschen. Als der Adjutant kurz darauf in der Wachbaracke verschwindet, steht Wilhelm würgend an der Mauer und kotzt sich die Eingeweide aus dem Leib.

---

»Wirklich?«, fragt der Adjutant. »Gar nichts?«

»Nein«, sagt Wilhelm. »Es gibt nichts, was den General interessieren könnte.«

Eine weitere Woche ist vergangen. Er hätte sich etwas ausdenken können, um sich wichtig zu machen. Aber irgendwie hat er das Gefühl, dass es besser ist, die Wahrheit zu sagen. Und er scheint richtigzuliegen, der Adjutant sieht zufrieden aus.

»Die sind halbtot«, sagt Wilhelm. »Alle sind froh, wenn sie den nächsten Morgen erleben.«

Ihm selbst geht es nicht anders. Die Nächte sind kälter geworden. Wilhelm hätte nicht geglaubt, dass das überhaupt möglich ist. Selbst die beiden Russen oben im Wachturm frieren wie verrückt, treten in ihren dicken Stiefeln von einem Bein aufs andere, blasen in die blaugefrorenen Hände.

»Gut«, nickt der Adjutant.

Ein Motor dröhnt auf, dann biegt ein verdreckter Lkw um die

Ecke, hält auf dem Appellplatz. Über zwei Dutzend erschöpfte Gestalten sitzen frierend auf der Pritsche, die Barackentür wird aufgerissen, ein paar Soldaten kommen heraus, treiben die Neuankömmlinge mit vorgehaltenen Maschinengewehren in das Hauptgebäude.

»Es gefällt mir, dass du …« Der Adjutant überlegt einen Moment. »Wie heißt es in eurer Faschistensprache? *Ehrlich* bist?«

Wilhelm nickt. Er ist halb wahnsinnig vor Hunger, doch er ist zufrieden. Es war richtig, die Wahrheit zu sagen, wahrscheinlich war es nur ein weiterer Test, sie wollten herausfinden, ob er …

Rufe werden laut. Ein Russe stößt einem der Neuankömmlinge den Gewehrkolben ins Genick, dieser stolpert gegen den Kotflügel des Lkw, hält sich jammernd die blutende Nase. Das interessiert Wilhelm nicht im Geringsten, es ist die schmale Gestalt, die gerade von der Pritsche steigt, ein Mädchen, das aussieht wie …

»Was ist?«

Der Adjutant mustert ihn aus wässrigen Augen.

»Nichts«, murmelt Wilhelm.

»Ich werde mit dem General sprechen«, erklärt der Adjutant und zertritt die Machorka im Schnee. »Er wird zufrieden sein.«

Das sind gute Nachrichten, doch Wilhelm hört kaum zu. Er hat sich umgedreht, wendet der Gestalt hinter dem Lkw den Rücken zu. Das zerlumpte Mädchen steht gebeugt neben dem klapprigen Auspuff, inmitten rußiger Abgaswolken. Wilhelm hat sie nur ein paar Sekunden gesehen. Das hat genügt.

Er senkt den Kopf. Hört das Schluchzen des Mädchens und zieht die Schultern hoch. Es ist nicht gut, wenn sie ihn erkennt. Dieses Mädchen, dessen Namen er längst vergessen wollte.

Elsa, seine kleine Schwester.

---

»Iss langsam.«

Der Adjutant hat recht, natürlich hat er das, doch es ist schwer, unglaublich schwer. Das Schlimmste wäre, wenn Wilhelm die Reissuppe wieder auskotzen würde, doch sie ist *warm*, fettig, mit Karotten und Bohnen. Es kostet Wilhelms sämtliche Willenskraft, nicht alles auf einmal hinunterzustürzen.

Das Zimmer des Adjutanten liegt ein Stockwerk höher als das Büro des Generals, ein kleiner, vergleichsweise karg eingerichteter Raum. Der Adjutant sitzt hinter einem abgewetzten Schreibtisch und beobachtet, wie Wilhelm seine Suppe isst, auf einem klapprigen Holzstuhl sitzend, tief über den Blechnapf gebeugt.

Langsam. Einen Löffel nach dem anderen.

Rindfleisch. Sogar *Fleisch* ist in der Suppe.

Die letzte Nacht war schlimm. Die Ungewissheit hat Wilhelm beinahe in den Wahnsinn getrieben. Er wusste, dass er geduldig sein muss, doch er hat fast den Verstand verloren, als er dort zitternd in der Dunkelheit lag, auf der Pritsche, zugedeckt mit allem, was er hatte, und doch war es so, als würden ihm die Gliedmaßen nach und nach absterben. An Schlaf war nicht zu denken gewesen, die Zelle war erfüllt mit Jammern, Husten und dem Stöhnen der Sterbenden, und Wilhelm war klargeworden, dass er eine weitere Nacht nicht überstehen würde. Einmal hat er geglaubt, Elsas entferntes Weinen zu hören, die irgendwo auf dem endlosen Flur in einer Zelle sein musste, doch er war nicht sicher.

Der Löffel kratzt auf dem Boden des Napfes. *Mehr!*, schreit Wilhelms Magen, *mehr!*, doch er beherrscht sich, auch gegen den Drang, ein Karottenstück vom zerbeulten Boden zu lecken. Es ist nicht gut zu betteln. Ein Zeichen von Schwäche. Niemand soll denken, dass Wilhelm schwach ist. Niemand.

»Der General hat eine Aufgabe für dich.«

*Endlich.*

Der Adjutant legt die Füße auf den Schreibtisch, die Stiefel glänzen im Licht der Morgensonne. Wilhelm hat ebenfalls welche an, sie sind ein wenig zerkratzt, aber wen interessiert das? Sie sind warm, *himmlisch* warm, ebenso wie die wattierte Uniform, die ihm der Adjutant gegeben hat. Die Streifen auf den Schulterstücken machen Wilhelm zum Gefreiten der russischen Streitkräfte, aber militärische Dienstgrade sind im Moment das Letzte, wofür er sich interessiert.

»Komm mit.«

Der Adjutant schwingt die Stiefel vom Tisch, steht auf und knöpft die Jacke zu. Die Uniform ist viel zu groß für seinen schmalen Körper, er sieht aus wie ein Kind, das heimlich den Kleiderschrank seines Vaters geplündert hat. Er führt Wilhelm nach nebenan.

»Hier«, sagt er, »wirst du schlafen.«

Die Kammer ist winzig, ein muffiger Verschlag. Der schiefe Holzschrank scheint jeden Moment auseinanderzufallen, die Matratze auf dem schmalen Eisenbett ist fleckig, Stroh quillt aus den Ecken hervor. Doch in Wilhelms Augen ist es das schönste Zimmer der Welt, es ist *sein* Zimmer, ein *warmes* Zimmer, der kleine Ofen in der Ecke glüht regelrecht.

Der Adjutant öffnet das vergitterte Fenster. Eisige Luft strömt herein. Das gefällt Wilhelm nicht, sicherlich, es stinkt hier drin, aber es ist warm, etwas anderes zählt nicht. Doch er schweigt.

Nicht betteln. Keine Schwäche zeigen.

Der Adjutant winkt Wilhelm ans Fenster, deutet hinab auf den Appellplatz.

»Wir brauchen Männer«, erklärt er. »Kräftige Männer.«

Wilhelm soll diese Männer beim nächsten Appell aussuchen.

»Wie viele?«, fragt er.

»Alle«, erwidert der Adjutant. »Jeden, der eine Schippe halten kann.«

Unter dem Gefängnis, erfährt Wilhelm, gibt es ein Tunnelsystem. General Lasarow will, dass dieses System ausgebaut wird. Wilhelm soll die Arbeiten beaufsichtigen.

»Dieses Projekt ist geheim. Streng geheim.«

Der Adjutant sieht Wilhelm an. In Wilhelms Augen ist dieser milchgesichtige kleine Russe ein Großmaul, ein Angeber, der sich in gebrochenem Deutsch wichtigmacht. Aber Wilhelm wird sich hüten, sich etwas anmerken zu lassen, geschweige denn, es auszusprechen. Also nickt er nur stumm.

»Es ist eine Ehre für dich«, sagt der Adjutant und erklärt in holprigen Worten, dass der General ein wichtiger Mann sei, nicht nur in der Armee, sondern auch daheim in Weißrussland.

»Die Lasarows sind eine verzweigte Familie. Der General hat mich in diese Familie aufgenommen, und wenn er mit dir zufrieden ist, wirst auch du Teil seiner Familie sein.«

Der Adjutant reicht Wilhelm die Hand.

»Es ist eine Ehre«, wiederholt er feierlich. »Eine große Ehre, Wilhelm.«

Es klingt wie *Will-chelm*. Er hat Schwierigkeiten, den Namen auszusprechen.

Sie schütteln sich die Hände. Wilhelm überlegt einen Moment, er hat vergessen, wie der kleine Russe heißt. Dann fällt es ihm wieder ein. Timur.

»Weißt du, was beim Bau der großen Pyramide geschehen ist?«, fragt Timur. »Die Grabkammer wurde bis heute nicht gefunden. Weißt du, warum?«

»Nein.«

»Niemand wusste, wo die Gänge verlaufen. Die Arbeiter, die sie gegraben haben, sind gestorben, bevor sie es jemandem erzählen konnten.«

Er kneift vielsagend ein Auge zusammen.

Wilhelm sieht hinab auf den Appellplatz. Er wird die Kräftigsten bestimmen. Jeder, den er auswählt, ist zum Tode verurteilt. Und er, Wilhelm, soll dieses Urteil später vollstrecken. Deshalb also wollte der General sehen, wie Wilhelm jemanden tötet. Es ging nicht nur darum, ob er dazu fähig ist. Sondern darum, ob Wilhelm *gut* ist.

Er sieht hinüber zum Hauptgebäude. Der Tag ist klar, Eiszapfen blitzen an den Gittern vor den winzigen Zellenfenstern. Er wird nicht fragen, was der General vorhat, welchen Zweck diese Tunnel besitzen. Es muss eine große, eine *sehr* große Sache sein, sonst würden wohl kaum so viele Menschen dafür sterben. Irgendwann, das weiß Wilhelm, wird er Teil dieser großen Sache sein, doch er muss sich langsam vorarbeiten, Schritt für Schritt, bis er …

Die Tür des Hauptgebäudes wird aufgerissen. Eine Gestalt stolpert heraus, gefolgt von zwei Russen, die sie johlend über den Appellplatz treiben. Sie wehrt sich, einer zerrt sie grob am Arm. Sie fällt in den Schnee. Als sie sich aufrichtet, sieht sie nach oben, direkt in die Augen ihres großen Bruders.

Elsa.

Man hat ihr den Kopf geschoren. Sie trägt noch das Kleid, das sie im Zug anhatte. Den einzigen Schutz gegen die Kälte bildet ein grobmaschiger Wollschal, den sie um die mageren Schultern geschlungen hat. Ihre nackten Arme sind blaugefroren, die Füße mit Lumpen umwickelt. Als sie den Mund öffnet, sieht Wilhelm, dass ihre Schneidezähne fehlen.

»*WILHELM!*«

Ihr Schrei hallt über den Appellplatz. Elsa ist noch ein Kind, doch es klingt tief, heiser, die Stimme einer alten, gebrochenen Frau.

»Kennst du sie?«, fragt Timur.

Wilhelm bejaht. Sinnlos, es abzustreiten, sie hat seinen Namen gerufen.

»Eine Hure«, erklärt Timur. »Man hat sie am Bahnhof aufgegriffen und wegen Prostitution verhaftet. Hast du sie auch gefickt?«

»Nein«, sagt Wilhelm und sieht zu, wie die Soldaten seine kleine Schwester an den Armen packen. Elsa schüttelt die beiden ab, den Blick noch immer hinauf zu Wilhelm gerichtet. Ihre Augen, groß unter den langen Wimpern, sind entzündet. Doch sie sind trocken, keine Träne rinnt über ihre eingefallenen Wangen.

»Viel zu mager, was?«

Dieses picklige Bübchen hat gerade einmal den ersten Flaum am Kinn, doch er redet, als habe er schon Hunderte Frauen gehabt.

»Genau«, nickt Wilhelm. »Viel zu mager.«

Die Russen packen Elsa am Arm, zerren sie zur Baracke. Jetzt wehrt sie sich nicht mehr. Der Schrei scheint ihre letzten Kräfte gekostet zu haben, doch sie sieht immer noch hoch zu Wilhelm.

Die Barackentür wird aufgestoßen. Ein paar Soldaten strömen heraus, umwirbelt von dichtem Zigarettenqualm. Elsa wird johlend in Empfang genommen.

Ein letztes Mal treffen sich ihre Blicke. Wilhelm sieht keinen Vorwurf in ihren Augen, keine Bitte. Auch keine Angst. Nur Leere.

Die Tür kracht hinter ihr ins Schloss.

Wilhelm sieht keine Möglichkeit, ihr zu helfen. Später wird er sich fragen, ob er es hätte versuchen müssen, doch die Frage erübrigt sich bald, denn es gelingt ihm tatsächlich, seine Schwester zu vergessen.

Gedämpftes Männerlachen dringt aus der Baracke. Von Elsa kein Laut.

»Lassen wir ihnen den Spaß«, grinst Timur.

»Ja.«

Wilhelm versucht, ebenfalls zu grinsen, es gelingt ihm nicht ganz. Er weiß zwar, dass seine Entscheidung richtig war, dass er jetzt ein Wolf ist, endgültig, unwiderruflich. Doch er kennt auch den Preis.

Er hat seine Schwester schon einmal im Stich gelassen. Jetzt, da es zum zweiten Mal geschieht, hat er nicht nur Elsa, sondern auch seine Seele verkauft.

## KAPITEL 31

Das ist kein Gefängnis, dachte Elias. Womöglich war es das früher ja, aber jetzt, jetzt ist es ein Irrenhaus.

Wilhelm war vor einer Minute gegangen. Elias war nicht dazu gekommen, einen halbwegs klaren Gedanken zu fassen. Er bekam auch keine Gelegenheit dazu, denn kaum hatte sich die Stahltür hinter seinem Großvater geschlossen, öffnete sich die Bodenklappe wie bei einem Theaterstück, wenn kurz nach dem Abgang eines Schauspielers ein weiterer erscheint, um den nächsten Akt einer seichten Boulevardkomödie zu eröffnen.

Die hölzerne Klappe schwang auf, fiel mit einem leisen Knall auf den Boden des Kellers. Im ersten Moment fragte sich Elias, ob das entführte italienische Mädchen wieder auftauchen würde. Und tatsächlich kletterte Carlotta inmitten einer Staubwolke aus der Öffnung, dicht gefolgt von einer zweiten Gestalt.

»Was … was wird das hier?«

Kolberg antwortete nicht. Mehr noch, er ignorierte den verdatterten Elias zunächst, lief stattdessen durch den Keller, durchleuchtete jede Ecke mit einer Stabtaschenlampe, während Carlotta neben der Klappe stand, die großen Augen ängstlich auf Elias gerichtet.

»Würdest du mir vielleicht erklären, was …«

»Psst!«

Kolberg hob die Hand, die Taschenlampe hoch zu dem vergitterten Fenster gerichtet. Elias konnte sich nicht erinnern, wie der Polizist gekleidet gewesen war, als er ihn vorhin (vor Stunden? Tagen?) aus der Gewalt des sadistischen Arztes befreit hatte, doch die kugelsichere Weste, die Kolberg über dem kurzärmligen Hemd trug, hatte er da noch nicht angehabt.

»Ich will jetzt wissen, was hier los ist, und zwar sofort. Ansonsten«, Elias holte tief Luft, »*HAU ICH DIR EINE IN DIE FRESSE!*«

Seine Nerven lagen blank. Kein Wunder also, dass er die Beherrschung verlor. Noch nie im Leben hatte er sich einer derart vulgären Wortwahl bedient, ganz zu schweigen von der Lautstärke, mit der er sie vorgebracht hatte.

Carlotta wich erschrocken zurück, Felix Kolberg allerdings begnügte sich mit einem kurzen Blick in Elias' Richtung, bevor er sich weiter der Inspektion des Kellers widmete. Irgendwann hielt er inne und bequemte sich, sein unerwartetes Erscheinen zu erklären.

---

Kolberg war zurückgekehrt, um Elias aus dem Versteck zu holen. Dieses war verlassen gewesen, und auf seiner Suche nach Elias war Kolberg dann in den Gängen auf Carlotta gestoßen.

»Ich spreche nicht viel Italienisch, aber es reicht, um mich mit ihr verständigen zu können. Sie hatte Angst, du würdest zu denen gehören, aber ich habe sie vom Gegenteil überzeugt. Also hat sie mich hergeführt.«

Der Polizist ging vor der Stahltür in die Hocke, untersuchte das Schloss, den rostigen Rahmen. Ein Knacken ertönte, er langte nach einem Funkgerät, das neben dem Pistolenholster am Gürtel befestigt war. Eine verzerrte Männerstimme erklang, Kolberg ließ sie nicht ausreden.

»Kein Zugriff! Ich wiederhole, Zugriff erst auf mein Kommando! Und wehe, ihr bleibt nicht in Deckung!«

Kolberg klang angespannt, doch er strahlte Entschlossenheit aus. Seine Männer, erklärte er Elias, hatten das Gelände umstellt. Er selbst war zunächst allein in das Tunnelsystem gegangen.

»Ich konnte nicht wissen, ob sie dich entdeckt haben. Wenn ja, hätten sie eine Geisel gehabt, das musste ich verhindern. Und jetzt erzähl mir, was passiert ist.«

Das tat Elias.

---

»Okay«, seufzte Kolberg. »Die Frage ist, wie wir hier rauskommen.«

Er saß auf der Kante der Matratze, schräg hereinfallendes Mondlicht spiegelte sich in den Gläsern seiner randlosen Brille. Elias' wirrem, atemlos vorgetragenem Bericht war er mit unbewegter Miene gefolgt.

Elias öffnete den Mund, er hatte Fragen, eine Menge Fragen, doch Kolberg kam ihm zuvor.

»Alles andere besprechen wir, wenn wir in Sicherheit sind.«

Er stand auf, holte die Waffe aus dem Holster und reichte Elias die Lampe. »Ich gehe voraus, du leuchtest. Das Mädchen folgt uns.«

Elias traute seinen Augen nicht, als Kolberg wie selbstverständlich gegen die Tür drückte und diese vorsichtig einen Spalt öffnete.

»Ich habe keine Ahnung, wo genau wir sind«, flüsterte der Polizist. »Aber irgendwie kommen wir ins Freie. Nach unten jedenfalls werden wir nicht wieder gehen, in den Gängen wimmelt's von …« Er hatte sich umgewandt, bemerkte Elias' perplexes Gesicht. »Dein Großvater muss dich für ziemlich dämlich halten, sonst hätte er abgeschlossen. Zumindest in diesem Punkt scheint er recht zu haben, du hast nicht mal versucht, die Tür zu öffnen. Und jetzt komm, wir müssen hier raus!«

Er lugte durch den Spalt, lauschte in den Flur. Schließlich gab er Elias ein Zeichen, hob seine Waffe und wollte hinausschlüpfen, doch Elias hielt ihn zurück.

»Wir gehen keinen Schritt, Felix. Weder ich«, er deutete auf das verängstigte Mädchen, »noch sie. Nicht, bevor du mir ein paar Fragen beantwortet hast.«

---

»Du wolltest mir weismachen, sie wäre aus einem Krankenhaus geflohen.« Wieder deutete Elias auf Carlotta. »Du hast mir erzählt, sie wäre in Sicherheit. Warum hast du gelogen?«

Im ersten Moment schien Kolberg die Frage nicht zu verstehen.

»*Gelogen?*« Vorsichtig zog er die Tür wieder heran, bedachte das Mädchen mit einem verwunderten Blick. »Du hast *sie* in dieser Nacht gesehen?«

»Was dachtest du denn?! Glaubst du, ich …«

»Wenn du weiter so schreist«, zischte Kolberg, »kommen wir

hier nicht lebend raus. Verflucht nochmal, pass gefälligst auf, dass du mich nicht aus Versehen über den Haufen knallst!«

Unwillkürlich hatte Elias die Pistole gehoben und auf Kolberg gerichtet.

»Das Ding geht verdammt schnell los«, fuhr Kolberg fort. »Glaub mir, ich weiß das. Es ist schließlich meine. Sonst hätte ich sie dir nicht gegeben. Abgesehen davon macht das Ding einen Heidenlärm. Es reicht schon, dass ich Barbossa erschießen musste. Die müssten taub sein, wenn sie's nicht gehört haben. Sie ahnen wahrscheinlich schon, dass was nicht stimmt, und wenn sie ihn finden, war alles umsonst.«

Auch Elias hatte den Schuss vor ein paar Minuten gehört.

»Er ist«, er schluckte, »tot?«

»Barbossa«, murmelte Carlotta. »*Diavolo.*«

»Es ging nicht anders«, beschied Kolberg knapp. »Ich bin ihm direkt in die Arme gelaufen.«

Mehr sagte er nicht. Er hatte sichtlich Mühe, ruhig zu bleiben.

»Du hast mir eine Beschreibung gegeben«, fuhr er fort, nachdem er tief durchgeatmet hatte. »Eine Frau. Kahlgeschoren, unterernährt, in Krankenhauskleidung. Nach einer solchen Frau wurde schon seit Tagen gesucht, und als sie gefunden wurde, ist sie in eine Klinik eingewiesen worden. An ihren Namen kann ich mich leider nicht erinnern, der steht in der Akte. Die kann ich dir gerne zeigen, aber im Moment«, seine Augen blitzten wütend hinter der Brille, »ist das ein wenig ungünstig, weil ich verdammt nochmal andere Probleme habe!«

Das mochte stimmen. Trotzdem, Elias war noch nicht fertig.

»Was ist mit Wilhelm?«

»Was soll mit dem sein?«, gab Kolberg unwirsch zurück.

»Vor ein paar Minuten war er hier.« Auch Elias hatte Mühe, sich zu beherrschen. »Er stand genau dort, wo du gerade stehst.

Wie ist das möglich, Felix? Wo er doch in der Pathologie liegt, wie du behauptet hast?«

»Ich war sicher, dass er dort liegt. Nach meinen Informationen ...«

»*Was* für Informationen?«

»Herrgott, verstehst du denn nicht? Es gibt sogar eine Akte über Wilhelms Tod! Es geht nicht um dieses Dorf, die sitzen in ganz Europa! Die ... die sind wie eine Seuche! Seit Ewigkeiten bin ich hinter denen her, aber die waren mir immer einen Schritt voraus! Ich wusste, dass sie jemanden im Präsidium sitzen haben, aber bis gestern hatte ich keine Ahnung, wer das Dreckschwein ist. Jetzt endlich ...«

Wieder knackte das Funkgerät, eine verzerrte Stimme verlangte gedämpft nach neuen Anweisungen.

»Jetzt nicht!«, bellte Kolberg. »Bleibt in Deckung!«

Der Ruf eines Kuckucks drang durch das Fenster. Ein seltsames Geräusch in diesem düsteren, nach Diesel und feuchtem Mörtel stinkenden Keller, als würde beim Showdown eines Actionfilms die Tonspur einer Naturdokumentation laufen.

»Ich kann niemandem vertrauen«, murmelte Kolberg. »Niemandem.«

Er rieb sich übers Gesicht, seine zitternden Finger entgingen Elias nicht.

»Du hättest *mir* vertrauen können, Felix.«

»*Dir?* Kolberg lachte auf. Als er den Kopf hob, hatte er sich wieder unter Kontrolle. »Du bist Wilhelms Enkel. Woher sollte ich wissen, ob du nicht in dieser ganzen Scheiße drinsteckst? Und da ist noch was.« Er senkte die Stimme. »Würdest *du* jemandem vertrauen, der hinter deiner Frau her ist?«

»Felix, ich ...«

»Warst du mit ihr im Bett?«

»Nein.«

»Scheiß drauf.«

Kolberg straffte sich, bewegte den Kopf, als wolle er das Gewicht der Schutzweste auf den Schultern verteilen. Er wandte sich an Carlotta, streckte ihr lächelnd die Hand entgegen.

»*Andiamo.*«

Das Mädchen kam zögernd näher. Ihre nackten Füße tappten über den kalten Beton. Mit der einen Hand raffte sie den verdreckten Kittel vor der mageren Brust, die andere schloss sich um Kolbergs Finger.

»Stahl war ein Handlanger, Barbossa ebenso.« Kolberg sah Elias ruhig an. »Selbst Wilhelm ist nicht viel mehr als eine Marionette, geschweige denn all die anderen hier. Neulich hast du gefragt, warum ich noch hier bin. Ich hab dir erzählt, dass ich bis zum Schluss bleibe, weil ich diesen Ort liebe. Das stimmt nicht. Ich will sie drankriegen, jeden Einzelnen hier.«

Er sieht nicht nur aus wie der Darsteller einer amerikanischen Krimiserie, er redet auch so, schoss es Elias durch den Kopf. Aber es scheint ihm ernst zu sein.

»Ich war froh, einen Zeugen zu haben. *Dich*, Elias. Aber weißt du was?« Kolberg lächelte müde, legte Carlotta einen Arm um die Schulter. »Jetzt hab ich *sie*. Es sollte mir also egal sein, ob du mitkommst. Aber eins kann ich dir versprechen: Wenn du hierbleibst, bist du in ein paar Minuten tot.«

# KAPITEL 32

Der Winter des Jahres 1946 ist der härteste seit Menschengedenken. Als endlich der Frühling nach Deutschland kommt, sind Hunderttausende erfroren oder verhungert. In dem russischen Militärgefängnis auf der Hügelkette über dem beschaulichen Dorf Volkow sterben die Häftlinge wie die Fliegen, Kinder, Greise, Frauen, Männer, die meisten, ohne zu wissen, warum sie eingesperrt wurden, denn kaum einem wird der Prozess gemacht. Die Leichen werden auf klapprigen Pritschenwagen abtransportiert, doch das Gefängnis leert sich nicht, ständig werden zerlumpte Neuankömmlinge in die Zellen getrieben.

Wilhelms Aufgabe ist einfach. Jeden Morgen steht er am Fenster, beobachtet die Neuankömmlinge beim Appell und sucht die Kräftigsten aus. Er genießt die Macht, doch er hält sich im Hintergrund, die Gefahr, ein weiteres Mal von Elsa erkannt zu werden, ist zu groß. Anfang März bleibt ihr Platz in den Reihen der Gefangenen leer. Wilhelm hat nicht gesehen, wie ihre Leiche abtransportiert wurde, also wartet er ein paar Tage, um sicherzugehen, dass sie weg ist.

Am Ende des Monats hat Wilhelm das Arbeitskommando zusammengestellt, knapp drei Dutzend Männer. Er sorgt dafür, dass sie in einer getrennten Baracke untergebracht werden, für halbwegs ordentliches Essen, festes Schuhwerk und warme Kleidung. Die Männer vergöttern ihn, betrachten ihn als ihren Wohltäter, doch für Wilhelm sind sie nur Werkzeuge, Maschinen, die so lange wie möglich funktionieren sollen. Und das tun sie, denn Wilhelm verspricht ihnen, dass sie in ein paar Monaten in Freiheit sein werden, was seiner Meinung nach nicht unbedingt eine Lüge ist.

Der Tod, findet Wilhelm, ist schließlich auch eine Art Befreiung.

---

»Hier.«

Wilhelm drückt Timur einen gefalteten Zettel in die Hand. Er hat aufgeschrieben, was er an Baumaterial braucht. Außerdem fehlen Werkzeuge, Spitzhacken, Spaten, Maurerkellen.

»Gut.«

Der Adjutant verstaut den Zettel in der Innentasche seiner Uniformjacke, ohne einen Blick darauf zu werfen. Der Himmel über dem Appellplatz ist strahlend blau, die Mittagssonne blitzt auf den Bajonetten der Wachen, dem Stacheldraht auf den Mauerkronen, den vergitterten Fenstern der Wachbaracke.

»Ich brauche jemanden, der sich mit Strom auskennt.«

»Einen …«, Timur überlegt einen Moment, »*Äääh-lek-tri-kaa?*«

Wilhelm hat Schwierigkeiten, das Wort zu verstehen.

»Ja«, nickt er.

Der General will, das Licht in die Gänge gelegt wird. Er ist nach Weißrussland gefahren, um sich um seine Geschäfte zu kümmern. Wenn er in zwei Monaten zurückkommt, muss er alles zu seiner Zufriedenheit vorfinden.

Der Adjutant verspricht, einen Elektriker zu finden. Die Auswahl ist groß, irgendeiner unter den Gefangenen wird bestimmt in der Lage sein, die Stromkabel anzuschließen. Sie schweigen einen Moment, der Rauch ihrer Machorkas kräuselt sich im lauen Frühlingswind.

»Du brauchst eine neue Uniform.«

Timur deutet grinsend auf die Jacke, deren olivgrüner Stoff über Wilhelms Bauch spannt. Wilhelm hat mindestens zehn

Kilo zugenommen. Nach Monaten des Hungers fällt es ihm immer noch schwer, sich beim Anblick von etwas Essbarem zu beherrschen.

Eine Gefangene kommt aus dem Hauptgebäude. Sie geht gebeugt über den Hof, das Gewicht eines Wassereimers zieht ihren Körper zur Seite. Wahrscheinlich ist sie eine von denen, die als Reinigungskraft abgestellt wurden. Schmutziges Wasser schwappt auf ihre zerlöcherten Schuhe. Die Augen des Adjutanten werden schmal, als sein Blick auf ihre schmutzigen Waden fällt, den Büstenhalter, der sich unter dem dünnen, zerschlissenen Stoff ihres Kleides abzeichnet.

Der Adjutant bellt einen Befehl, seine helle Stimme hallt über den Hof. Er gibt einer der Wachen ein Zeichen, deutet mit der Reitgerte auf die Gefangene. Der Soldat oben auf dem Wachturm nickt, und somit ist das Schicksal der Frau besiegelt.

Wilhelm weiß nicht genau, was Timur mit den Frauen anstellt. Er hört nur ihre Schreie, wenn er nachts in seinem schmalen Bett liegt, nur ein paar Meter entfernt vom Zimmer des Adjutanten. Die Wände sind dick, doch das Jammern, die peitschenden Schläge dringen hindurch. Zwei-, manchmal dreimal pro Woche wählt Timur eine der Gefangenen aus. Wilhelm kann sich nicht erinnern, eine von ihnen je wiedergesehen zu haben.

Der Soldat lehnt gelangweilt oben am Geländer, die Unterarme auf dem Handlauf abgestützt, das Käppi tief in den Nacken geschoben. Er schnippt seine Zigarette beiseite, diese trudelt in einem Bogen in die Tiefe, verlischt mit einem leisen Zischen knapp neben der Frau in einer Pfütze.

Wilhelm hebt grüßend die Hand, der Soldat grüßt zurück. Sie kennen sich, Wilhelm kennt jede der Wachen. Bauerntölpel, die nach billigem Wodka und Machorka riechen, doch er sucht das Gespräch mit ihnen, wann immer es möglich ist. Zum einen, weil er sich mit ihnen gutstellen muss, doch wichtiger ist, diese verdammte Sprache zu lernen.

Wilhelm ist jetzt ein Wolf. Doch auch die anderen sind Wölfe. Wölfe kennen keine Skrupel, sie töten einander, und wenn Wilhelm überleben will, muss er ihre Sprache verstehen.

Die Gefangene verschwindet in einem Nebeneingang. Timur sieht ihr nach, mit blitzenden, gierigen Augen. Das glatte Gesicht verzieht sich zu einem schmalen Grinsen, er leckt sich die Lippen, gibt ein leises Keuchen von sich.

Wilhelm unterdrückt ein Gähnen. Er schert sich einen Dreck um die Frau, doch er ist müde, und heute Nacht, das weiß er, wird er wohl kaum zum Schlafen kommen.

---

Der General lässt sich Zeit. Er sitzt hinter seinem riesigen Schreibtisch und liest einen Brief. Wilhelm steht in Habachtstellung da, sein Herz klopft bis zum Hals. Bei der Begehung heute Morgen durfte er nicht dabei sein, nur Lasarow und sein Adjutant haben die Gänge inspiziert. Erst jetzt, vier Stunden später, ist er in das Büro des Kommandanten bestellt worden.

»General Lasarow ist nicht zufrieden«, sagt Timur.

Er steht neben dem Schreibtisch vor der russischen Fahne. Die Reithose bläht sich über den Stiefeln, die Gerte in seinen auf dem Rücken gefalteten Händen schlägt leise klickend gegen die glänzenden Schäfte.

Wilhelm erbleicht. Er hat die Männer bis zum Umfallen arbeiten lassen. Mindestens die Hälfte ist völlig erschöpft, nutzlos, Wilhelm wird sie demnächst eliminieren müssen. Die Unfälle häufen sich, allein letzte Woche sind drei von den Männern unter einem herabstürzenden Felsen begraben worden.

Und mit dem Nachschub steht es nicht sonderlich gut, die Pritschenwagen mit den Neuankömmlingen kommen immer seltener.

»Es dauert zu lange«, sagt Timur mit unbewegter Miene.

Wilhelm könnte sich verteidigen, er hat genügend Argumente. Doch er schweigt. Noch immer ist er Luft für den General, der weiter mit seiner Lektüre beschäftigt ist. Ab und zu zieht er an einer dicken Zigarre, die neben der Leninbüste in einem Kristallaschenbecher qualmt.

»Wir werden die Arbeiten beschleunigen«, sagt Wilhelm.

»Gut«, lächelt Timur kalt.

Wenn sie allein sind, spielt er manchmal den Kumpel. Jetzt, im Beisein des Generals, genießt er seine Macht. Käme es darauf an, würde dieses blasse Bübchen keine Sekunde zögern, Wilhelm über die Klinge springen zu lassen. Das weiß Wilhelm. Und er weiß auch, das Timur sich darüber im Klaren ist, dass er, Wilhelm, ebenfalls erbarmungslos zuschlagen würde.

Der General sagt etwas, die dunklen Augen noch immer auf den Brief gerichtet.

»Wie lange wirst du noch brauchen?«, übersetzt Timur.

Das ist nicht nötig, Wilhelm hat die Frage verstanden. Aber auch darüber schweigt er.

»Drei Monate«, sagt er.

Der Schweiß läuft ihm über den Rücken. Vor ein paar Monaten noch hätte er für diese Uniform getötet, jetzt, im Hochsommer, hasst er sie, den rauen, kratzigen Stoff, die dicken Stiefel, das schwere Koppel.

Der General lehnt sich zurück, saugt genüsslich an der Zigarre. Die Orden blitzen auf der breiten, uniformierten Brust. Einer davon, das russische Emblem, umgeben von zwei großen, fünfzackigen Sternen, ist neu. Der Orden des Vaterländischen Krieges, hat Timur ehrfürchtig erklärt, der General hat ihn bei seinem Besuch in der Heimat von Stalin persönlich verliehen bekommen.

Wieder sagt der General etwas. Die Worte sind nicht für Wilhelm bestimmt, es sind knappe Anweisungen an seinen Adjutanten. Diesmal versteht Wilhelm nicht alles, doch er kann sich den Sinn zusammenreimen.

Ende des Jahres, sagt der General, wird das Gefängnis aufgelöst. Wenn die Truppen abgezogen sind, wird die Anlage in Betrieb genommen. Timur wird die Leitung übernehmen, doch zunächst muss er sich bewähren. Er ist verantwortlich, dass alles reibungslos abläuft. Egal, ob er der Neffe des Generals ist, er haftet mit seinem Kopf.

Timur nickt. Versucht dabei, seine Angst zu verbergen. Es gelingt ihm nicht ganz, das Blut schießt ihm in die Wangen, das Muttermal lodert auf, als stünde es in Flammen.

Wilhelm ahnt, was dort unten entstehen soll. Einige der Gänge existieren seit dem Mittelalter, er weiß nicht, was damals hier abgebaut wurde. Scheinbar ziellos verlaufen sie in der Tiefe, doch diejenigen, die sie neu graben oder erweitern mussten, folgen einem System. Einige münden an der Oberfläche, doch alle führen zu einem bestimmten Punkt, einer natürlichen Höhle. Dorthin verlaufen die Stromleitungen, dort haben sie den Boden betoniert und die schweren Gitter eingebaut, die die winzigen Zellen voneinander trennen.

Wenn das Gefängnis auf den Hügeln geschlossen ist, wird tief unter der Erde ein neues eröffnet. Der Sinn erschließt sich Wilhelm noch nicht, doch irgendwann wird er es herausfinden.

Timur öffnet den Mund. Es klingt, als würde er dem General antworten, doch es ist eine Frage. Eine Frage, die Wilhelms Schicksal entscheiden soll.

*Was machen wir mit ihm?*

Der General greift nach einem vergoldeten Federhalter, notiert etwas in einer ledergebundenen Kladde.
*On choroscho rabotaet.*
»Der General gibt dir noch eine letzte Chance«, sagt Timur.
Wilhelm nickt. Seine Miene bleibt ernst, doch die Wut brodelt in seinem Bauch wie kochendes Wasser. Schließlich hat er verstanden, was der General gesagt hat. Er ist zufrieden, Wilhelm hat gut gearbeitet. Dieser russische Milchbubi hat vorhin gelogen.
»Richte dem General aus, dass ich ihm danke. Er wird zufrieden sein.«
Timur tut, als würde er übersetzen, doch er stellt eine weitere Frage.
*I potom?*
Und danach?
Diesmal ist die Antwort ausführlicher. Der General klingt gelangweilt, während er spricht, kratzt die Feder über das Papier. Auch jetzt versteht Wilhelm nicht alles, doch *was* er versteht, ist ausreichend:
*Er kennt die Pläne. Nach Abschluss der Arbeiten ist er verzichtbar. Er hat gut gearbeitet. Er soll einen schnellen, gnädigen Tod haben. Du wirst ihm ins Genick schießen.*
»Der General lässt ausrichten, dass er dir vertraut«, lächelt Timur. »Wenn die Arbeiten zu seiner Zufriedenheit beendet sind, wird er sich persönlich für deine Entlassung einsetzen.«
Das, erwidert Wilhelm, sei eine große Ehre.
Er ist weder überrascht noch schockiert, er selbst hält seine Männer schließlich in diesem Glauben. Er wundert, nein, *ärgert* sich, dass dieser kleine Russe ihn für so dumm halten kann.
»Dann solltest du schnell wieder an die Arbeit gehen«, sagt Timur.
Wilhelm strafft sich. »Zu Befehl, Genosse Leutnant!«

Er könnte längst geflohen sein. Es wäre ein Kinderspiel, die beiden Wachen zu überwältigen und durch einen der Tunnel zu verschwinden, er kennt die Gänge wie seine Westentasche. Vielleicht wird er das irgendwann tun, doch etwas hält ihn zurück.

Was auch immer der General vorhat, es muss gewaltig sein. Dieser Mann gibt sich nicht mit Kleinigkeiten ab. Im Moment ist Wilhelm … wie hat der General gesagt?

*Unverzichtbar.*

Nun, eigentlich ist es einfach. Wilhelm muss nur dafür sorgen, dass es so bleibt. Dort unten entsteht etwas Großes. Etwas Mächtiges. Und Wilhelm will Teil dieser Macht sein.

Er salutiert zackig. Der General streift schweigend die Asche seiner Zigarre ab. Timur rückt das Koppel vor der Uniformjacke zurecht, mustert Wilhelm aus hellen, fast durchsichtigen Augen.

Lächle du nur, denkt Wilhelm. Du fühlst dich sicher, aber das kann sich ändern. Der General braucht dich, doch was wäre, wenn *ich* an deine Stelle träte? Dann wärst du ein Nichts. Und ich? Ich wäre …

*… unverzichtbar.*

Als Wilhelm kurz darauf ins Freie kommt, flimmert der Appellplatz in der sommerlichen Hitze. Er hat noch keinen Plan, doch es sind noch ein paar Monate Zeit. Das Ziel jedenfalls ist klar.

Wilhelm wird Timur aus dem Weg räumen.

Ja, das wird er. Um jeden Preis.

# KAPITEL 33

Der Flur schien kein Ende zu nehmen. Kolberg schlich gebückt voraus, Elias folgte, hinter ihm lief Carlotta. Links und rechts zweigten weitere Keller ab, einige Türen standen offen, andere fehlten. Die Räume dahinter waren unterschiedlich groß, manche waren leer, in den meisten türmten sich alle erdenklichen Arten von Unrat.

Elias hatte nicht lange gezögert. Kolbergs Erklärungen waren schlüssig gewesen, abgesehen davon hatte er kaum eine Wahl gehabt. Wenn er geblieben wäre, hätte er untätig warten müssen, und wer wusste schon, was dann passiert wäre? Also hatte er sich entschlossen, Kolberg zu vertrauen.

In der einen Hand hielt Elias die Pistole, in der anderen die Taschenlampe. Er hat mir eine Waffe gegeben, dachte Elias und betrachtete Kolbergs grotesk verzerrten Schatten, der vor ihnen über die gesplitterten Bodenfliesen huschte, es ist richtig, ihm zu vertrauen. Zweimal hat er mir das Leben gerettet, zuerst auf dem Friedhof, dann, als Stahl mich beinahe umgebracht hätte. Jetzt tut er's wahrscheinlich zum dritten Mal.

Eine Fliese barst unter seinen Schuhen. Kolberg blieb ruckartig stehen, warf ihm einen wütenden Blick zu. Elias hob entschuldigend die Hände, bedachte Carlotta mit einem aufmunternden Lächeln, dann schlichen sie weiter.

Niemand von ihnen wusste, wohin dieser Weg führte. Düsteres Zwielicht fiel in verschwommenen Streifen aus den Kellern, in jedem lauerte Gefahr. Sicherlich, Stahl und Barbossa waren tot, doch was war mit dem Priester? Wo waren Wilhelm? Jessi? Betty? Jonas, ihr Mann? Barbossas Bruder?

Wo waren die verfluchten Hunde?

Und warum hatte Wilhelm die Tür nicht verschlossen? Was hatte er gemeint, als er gesagt hatte, dass ...

Kolberg stoppte so abrupt, dass Elias um ein Haar gegen seinen Rücken geprallt wäre. Einen Moment verharrten sie stumm, dann zog Kolberg Elias am Arm in einen der Kellerräume.

»Da vorn ist ein Treppenhaus«, zischte er. »Keine Ahnung, wer uns da oben erwartet. Ihr bleibt hier, ich gehe voraus und ...«

»Nein.« Elias flüsterte ebenfalls. »Ich komme mit.«

Das klang heroischer, als es gemeint war. Es war möglich, dass sie auf Wilhelm trafen. Elias konnte, nein, *wollte* sich nicht vorstellen, dass der Alte seinen eigenen Enkel töten würde. Wenn er Kolberg begleitete, würde der ihn womöglich schützen können. Sicher war Elias nicht, sowohl was das eine als auch das andere betraf, doch er hoffte es zumindest.

Kolberg bedachte Elias mit einem skeptischen Blick. Carlottas Augen flackerten ängstlich zwischen ihnen hin und her.

»Keine Diskussion, Felix.«

Der Raum war größer, als von außen zu vermuten war. Drei riesige Öfen reihten sich an den Wänden, verbunden durch ein Gewirr rostiger Leitungen. Ein seit Jahrzehnten verlassener Heizungskeller.

»Warum«, Elias deutete auf Kolbergs Funkgerät, »holst du nicht deine Leute?«

Der Polizist sah Elias an, als wäre er nicht ganz bei Trost.

Das Gelände, presste er hervor, sei riesig. Niemand von ihnen wisse genau, wo sie seien. Er habe alle zusammengetrommelt, denen er vertrauen könne.

»Sieben Mann, im Gelände verteilt. Ganze sieben Mann, um dieses verfluchte Labyrinth zu sichern. Ich muss zuerst wissen, wo diese Schweine sind. Sonst tauchen die ab wie die Ratten, verschwinden in den Gängen, und alles geht von vorn los.«

Er winkte Carlotta heran. Diese kam zögernd näher, uralter Kohlenstaub wirbelte unter ihren nackten Füßen auf. Sie wechselten ein paar leise Worte auf Italienisch, dann wandte sich Kolberg an Elias.

»Gut. Dann also alle zusammen.«

---

Sie schlichen die Treppe hinauf. Eine dicke Schicht abgeblätterter Farbe bedeckte das rissige Linoleum auf den breiten Stufen. Elias' Finger glitten über den Handlauf, er spürte das kühle, glatte Holz.

»Lampe aus!«, zischte Kolberg.

Er war auf einem Absatz in die Hocke gegangen, spähte neben dem Geländer um die Ecke, wo die Treppe in rechtem Winkel weiter nach oben führte. Die Taschenlampe erlosch, bleicher Mondschein tauchte den Absatz in silbriges Licht. Die Wände des Treppenhauses waren über und über mit kyrillischen Buchstaben bedeckt, Zeichnungen und Zahlen, ungelenk in die bröckelnde Farbe geritzt, dazwischen verblasste Graffiti.

Carlotta stand dicht hinter Elias. Er spürte ihren flachen, hektischen Atem im Genick.

Was, fiel ihm plötzlich wieder ein, hatte Wilhelm vorhin gesagt?

*Es ist ein Test.*

Es war nicht das erste Mal, dass der Alte diese Worte benutzt hatte. Damals, als sie …

---

*… ein zweites Mal unten bei den Gespenstern sind.*

*Es ist kalt. Elias friert fürchterlich, obwohl er den dicken Ano-*

rak mit der fellbesetzten Kapuze anhat. Er hat gerade im Garten einen Schneemann gebaut, als Opa Wilhelm ihn in die Küche gerufen hat.

*Wir machen jetzt einen Test*, hat er gesagt.

Dann sind sie in den Keller gegangen, durch die dicke Tür die Gänge entlang, bis sie hier in der Zelle angekommen sind, wo Onkel Timur schon bei dem Gespenst gewartet hat.

Das Gespenst ist klein. Es macht Elias keine Angst, obwohl es ein bisschen größer ist als er. Fast könnte man denken, es ist ein Junge, aber dann hätte er Haare auf dem Kopf und richtige Sachen an und nicht diesen dünnen Kittel. Und seine Arme wären nicht so dünn und so blau.

*Was siehst du?*, fragt Opa Wilhelm.

*Ein Gespenst*, sagt Elias.

*Sehr gut.*

*Opa Wilhelm nickt zufrieden.*

*Es friert*, sagt Elias. *Es hat bestimmt Hunger. Und es hat Angst.*

Das gefällt Opa Wilhelm nicht, er wird ganz blass. Onkel Timur allerdings scheint es lustig zu finden, er kichert leise. Es ist so kalt, dass weißer Dampf aus seinem Mund kommt. Aber Onkel Timur friert bestimmt nicht in seiner dicken Wattejacke, den Filzstiefeln und der Fellmütze mit dem blitzenden Stern auf der Stirn.

*Ich habe etwas für dich*, sagt Opa Wilhelm und streckt die geöffnete Hand aus.

Elias traut seinen Augen nicht, als er das Messer sieht. Der Griff ist aus Horn, die geschwungene Klinge mit winzigen Eichenblättern verziert.

*Gefällt es dir?*

*O ja, und wie!*

Das Messer ist wunderbar. Nichts für kleine Kinder, aber Elias ist schon groß, das sagt Opa Wilhelm immer wieder.

*Du kannst es haben, Elias. Aber du musst etwas dafür tun.*

*Nichts auf dieser Welt ist umsonst. Du weißt, was wir besprochen haben?*

*Natürlich, Elias weiß es. Opa Wilhelm hat einen schweren Sandsack in der Küche aufgehängt. Jeden Tag muss Elias gegen den Sack schlagen und darf erst aufhören, wenn Opa Wilhelm zufrieden ist. Ein Wolf, sagt er dann, wehrt sich mit den Zähnen. Zuerst wirst du lernen, dich mit den Fäusten zu wehren.*

*Opa Wilhelm stützt die Hände auf den Knien ab, beugt sich zu Elias hinab.*

*Ich habe dir gezeigt, wie man schlägt, sagt er. Beweise mir, dass du es kannst.*

*Er hält Elias die geöffnete Hand entgegen. Das Messer blitzt im Schein der Glühbirne über ihren Köpfen.*

*Ein Schlag, und es gehört dir, Elias. Wenn nicht ...*

*Die Finger schließen sich. Das Messer verschwindet, stattdessen sieht Elias Opa Wilhelms geballte Faust.*

*Wir machen ein Geschäft, sagt er, greift Elias an den Schultern und schiebt ihn so, dass er direkt vor dem Gespenst steht. Ich will, dass du die Nase triffst. Ich will sehen, dass es blutet.*

*Das Gespenst riecht nicht gut. Schlimmer als das Plumpsklo in Onkel Timurs Haus. Es sieht Elias an, aber gleichzeitig auch irgendwie nicht, als würde es durch ihn hindurchgucken.*

*Es ist ein gutes Geschäft, sagt Opa Wilhelm. Ein einziger, kurzer Schlag für ein Messer.*

*Elias sehnt sich nach Mama. Sie ist schon so lange fort, aber er soll nicht an sie denken, weil sie jetzt weg ist. Er soll sie vergessen, und an ein paar Dinge erinnert sich Wilhelm schon nicht mehr. Der Tag, an dem Mama gegangen ist, zum Beispiel, da ...*

*Worauf wartest du, Elias?*

*Er ist zu weich, kichert Onkel Timur. Ich hab's dir schon immer gesagt, er ...*

*Halt's Maul, Timur!*

*So was hat Opa Wilhelm noch nie gesagt. Er muss wirklich wütend sein.*

*Das Gespenst schwankt ein bisschen, es sieht aus wie eine große Puppe.*

*Es ist einfach, Opa Wilhelm hat's Elias oft genug gezeigt. Und er wünscht sich das Messer, mehr als alles andere, doch er würde nie zuschlagen. Es ist zwar nur ein Gespenst, aber Elias weiß, dass er ihm weh tun würde, und das, hat Mama gesagt, ist das Schlimmste, was man machen kann.*

*Dann sieht Elias die Träne über die schmutzige Wange rollen und wundert sich, dass Gespenster weinen können. Wenn das so ist, überlegt er, dann frieren sie auch, er streift den Anorak ab, hängt ihn dem Gespenst über die Schultern und sagt Opa Wilhelm, dass das Messer eigentlich gar nicht so toll ist.*

*Jetzt wiehert Onkel Timur vor Lachen, und Opa Wilhelm ist richtig wütend, so wütend, dass er ...*

---

»... wochenlang nicht mit mir gesprochen hat«, murmelte Eilas. »Und als er mich dann im Heim abgegeben hat, da hat er sich nicht mal verabschiedet, weil er da immer noch ...«

Er erhielt einen sanften Stoß zwischen die Schulterblätter. Kolberg war verschwunden, und Carlotta gab ihm aufgeregt gestikulierend zu verstehen, dem Polizisten zu folgen.

Elias blinzelte, um das Schwindelgefühl zu vertreiben, schluckte, doch der Kupfergeschmack blieb. Sein Herz schlug wie verrückt, und als er vorsichtig auf den Absatz trat, sagte er sich, dass dies wahrscheinlich auch zuvor schon der Fall gewesen war, doch diese Erinnerungen, diese ... *Flashbacks* waren nicht nur verwirrend, sondern zu allem Überfluss auch körperlich anstrengend. Elias war diesen Bildern wehrlos ausgeliefert, ein chaotischer, willkürlich zusammengeschnittener Film ohne die geringste Chronologie.

Kolberg hatte das Ende der Treppe erreicht. Er stand vor einer zweiflügeligen Schwingtür, die früher einmal verglast gewesen war. Warnend hob er den Zeigefinger, deutete auf die Scherben auf den letzten Stufen, schob mit der Schulter einen der Flügel nach außen und lugte über den gezückten Pistolenlauf durch den Spalt.

Carlottas Finger schlossen sich um Elias' Hand, er spürte ihr Zittern und gab ihr, ohne darüber nachzudenken, einen Kuss auf die Stirn. Sie folgten Kolberg, zwängten sich durch die Tür, und als die Flügel hinter ihnen zurückschwangen, hielten sie sich noch immer an den Händen.

Im ersten Moment dachte Elias, sie wären in einer Turnhalle. Die verblassten Linien auf dem Betonboden ließen darauf schließen, ebenso die riesigen Industrielampen, zehn Meter über ihren Köpfen, auch die gesplitterten Hölzer, die rechts von ihnen an der Wand befestigt waren und an die Überreste einer Sprossenwand erinnerten. Dann bemerkte Elias die Klaviatur eines Flügels, die senkrecht neben dem Stumpf eines abgeschweißten Stahlträgers an der Wand lehnte, und richtete seine Aufmerksamkeit auf Felix Kolberg.

Dieser schlich gebückt durch die Halle, die Arme vor dem Körper ausgestreckt, und richtete die Pistole, die er mit beiden Händen umklammert hielt, immer wieder ruckartig in eine andere Richtung.

Er ist besser als Bruce Willis, dachte Elias. Ein unpassender Gedanke, doch Kolbergs lautlose, geschmeidige Bewegungen mussten selbst den berühmtesten amerikanischen Actionstar vor Neid erblassen lassen.

Doch dies war kein Film, erst recht kein Actionfilm. Und die Stimme, die plötzlich am anderen Ende der Halle erklang

– mürrisch, gelangweilt, ein wenig brüchig – hätte wohl eher zu einer biederen Vorabendserie gepasst.

»Schluss mit dem Schwachsinn.« Wilhelm trat aus dem Schatten. »Ich hab genug.«

## KAPITEL 34

Im Herbst hat Wilhelm fünfzehn Männer verloren, darunter den Elektriker, der beim Verlegen der Lichtkabel in einem Nebentunnel versehentlich von einem betrunkenen Wachsoldaten erschossen wurde. Trotzdem gehen die Arbeiten zügig voran, Ersatz war unter den Gefangenen schnell gefunden (auch für den Elektriker), doch Wilhelms Dilemma bessert sich dadurch nicht.

Er hat dem General zugesagt, die Arbeiten bis Mitte November zu beenden. Das ist zu schaffen, doch es bedeutet gleichzeitig seinen Tod. Niemand, Wilhelm nicht ausgenommen, soll diese Aktion überleben. Verzögern kann er die Arbeiten nicht, der General, da ist Wilhelm sicher, würde ihn, ohne zu zögern, liquidieren lassen und durch einen anderen ersetzen.

Was also tun?

Nächtelang zerbricht sich Wilhelm den Kopf, Nächte, in denen er schlaflos auf seiner schmalen Pritsche liegt und hört, wie die Schreie der gequälten Frauen aus Timurs Zimmer durch die dicken Wände dringen. Und während die Zeit unerbittlich voranschreitet, die Nächte allmählich kühler werden und die ersten Lastwagen mit allen erdenklichen Beutegütern zurück in Richtung Russland rollen, reift allmählich ein Plan, der immer mehr an Kontur gewinnt, und endlich, an einem kühlen Novembermorgen, als die Pfützen auf dem Appellplatz mit einer dünnen Eisschicht bedeckt sind, erwacht Wilhelm und weiß nun, wie er es anstellen wird.

---

»Es ist eine große Ehre für dich, dass du General Lasarow und mich begleiten darfst«, sagt Timur.

Wilhelm nickt stumm. In zwei Wochen will der Kommandant die Katakomben besichtigen. Als Wilhelm erfahren hat, dass er diesmal dabei sein soll, hat er seinen Plan gefasst.

»Hier.«

Er reicht dem Adjutanten einen Zettel. Dieser überfliegt die Liste mit den Baumaterialien, die Wilhelm noch braucht.

»Eichenbalken?«, fragt er stirnrunzelnd.

Der Hauptgang, erklärt Wilhelm, muss gestützt werden. Ein paar hundert Meter vor dem Zentralbunker ist das Gestein instabil. Er benutzt das Wort *Bunker*, weil auch Timur es benutzt. Obwohl ihm längst klar ist, welchen Zweck die vergitterten Zellen haben. Aber das muss niemand wissen. Dieses Wissen gehört neben der Tatsache, dass er die russische Sprache versteht, zu seinen einzigen Vorteilen. Und er wird sie nutzen.

»Es ist nur ein kurzer Abschnitt, aber wir sollten sichergehen«, sagt er. »Falls Eichenholz ein Problem ist, können wir Kiefer nehmen.«

Ersteres stimmt, Letzteres nicht. Kiefernholz ist nicht stabil genug, das weiß Wilhelm. Der Zimmermann, dem er gestern den Spalt in der Decke gezeigt hat, hat ausdrücklich nach Eiche verlangt.

»*Choroscho.*«

Timur streicht sich mit Daumen und Zeigefinger über die Oberlippe. Das tut er in letzter Zeit ständig, seit er versucht, sich einen Schnauzbart wachsen zu lassen. Mehr als ein dünner, struppiger Flaum ist jedoch noch immer nicht zu erkennen.

»Gibt es sonst irgendwelche Probleme?«, fragt Timur.

Der General ist seit drei Wochen nicht im Gefängnis aufgetaucht. Während seiner Abwesenheit hat Timur das Kommando. Er hat sich ein Büro im Erdgeschoss einrichten lassen, direkt neben dem des Generals. Der Raum ist wesentlich kleiner, auch der Schreibtisch, hinter dem sich der Wichtigtuer spreizt, ist längst nicht so eindrucksvoll. Aber er hat eine Wache vor der Tür postieren lassen, er genießt das Knallen der zusammengeschlagenen Hacken, wenn er das Büro betritt oder verlässt.

»Wir werden planmäßig fertig«, sagt Wilhelm.

»Gut. Denn wenn nicht, rollt zuerst *dein* Kopf.«

Timur verstaut den Zettel in einer ledergebundenen Mappe. Wilhelm hat damit gerechnet. Es ist Teil seines Plans.

»Wie gesagt«, wiederholt er. »Kiefer genügt.«

Sicher ist sicher.

Wie immer wird Timur einen Lkw mit ein paar Soldaten losschicken. Die werden die Gegend nach Brauchbarem absuchen (nicht nur nach Holz, davon ist Wilhelm überzeugt). Neue Eichenbalken werden sie kaum finden, stabiles Holz ist Mangelware, wird dringend gebraucht, um die zerbombten Städte wieder aufzubauen. So war es zumindest, als Wilhelm vor knapp einem Jahr hier im Gefängnis gelandet ist. Seitdem ist er praktisch von der Außenwelt abgeschnitten, doch er kann sich nicht vorstellen, dass sich viel geändert hat.

»Und?«, fragt Timur. »Was wirst du tun, wenn du entlassen bist?«

Als er lächelt, spannt sich das Muttermal über der linken Wange.

Wilhelm behauptet, noch unsicher zu sein.

»Vielleicht«, sagt Timur, »kannst du für mich arbeiten.« Bald, fügt er hinzu, werde der General endgültig in die Heimat zurückkehren. Timur werde hierbleiben und sich um die Geschäfte seines Onkels kümmern. »Und dazu brauche ich zuverlässige Leute.«

Das, erwidert Wilhelm, klinge sehr vielversprechend. Er tritt einen Schritt vor, lässt die Schultern hängen, knetet das Käppi in den Händen, um möglichst einfältig zu wirken, und stellt die Frage, die der russische Milchbart von ihm erwartet.

»Was für Geschäfte sind es denn?«

»Das ist geheim. Du wirst es später erfahren.«

Wilhelm neigt den Kopf. Allerdings nicht aus Zustimmung, sondern um sein Lächeln zu verbergen.

Dieses Bürschlein hält ihn für dumm. Dabei ist nicht Wilhelm, sondern Timur der Einfaltspinsel, wie sonst käme er auf den Gedanken, dass Wilhelm ernsthaft damit rechnen könnte, diesen Ort lebendig zu verlassen? Sein Tod ist längst beschlossene Sache, doch dieser kleine Windhund glaubt tatsächlich, dass Wilhelm ihm diese Geschichte abkauft.

Nun, Wilhelm ist kein Idiot, weiß Gott nicht. Soll Timur ihn ruhig dafür halten. Auch das ist Teil des Plans. Mehr noch, es ist die wichtigste Voraussetzung, damit er gelingt.

»Ich an deiner Stelle«, grinst Timur, »würde mir zuerst eine Frau besorgen. Deine Finger müssen doch schon wund sein vom vielen …«

Er macht eine vielsagende Handbewegung über dem Schritt.

Wilhelm sieht zum Fenster. Dünner Nieselregen rinnt die Scheiben hinab. Hinter den geschwungenen Gittern hängt der graue Novemberhimmel über den Reihen der ausgezehrten Häftlinge, die seit Stunden auf dem Appellplatz stehen. Im Spätsommer hat der General aufgehört, seine Ansprachen zu halten, seitdem werden die Gefangenen morgens auf den Hof getrieben und müssen dort verharren, manchmal bis tief in die Nacht, manchmal bis mittags, manchmal nur ein paar Minuten. Eine Taktik, die Wilhelm insgeheim bewundert. Nichts zermürbt einen Menschen mehr als die Ungewissheit.

Der Adjutant wedelt mit den Fingern in Richtung Tür, das Gespräch ist beendet. Wilhelm macht zackig kehrt, verlässt den Raum.

Du willst also mit mir spielen, denkt er. Nun gut, dann lass uns das tun. Du glaubst, dieses Spiel endet mit meinem Tod. Aber du irrst dich. Bald, sehr bald, werde ich auf deinem Grab tanzen.

―――――

Zwei Wochen später steht Wilhelm am Fenster und beobachtet die Ankunft des Generals. Timur hat alle verfügbaren Wachen antreten lassen, um seinen Onkel gebührend zu empfangen. Sie stehen hinter der Schranke Spalier, während der Kommandant aus dem offenen Jeep steigt und Timurs Meldung entgegennimmt. Wilhelm ist zu weit entfernt, um etwas zu verstehen, doch er sieht, wie die Miene des Generals zunehmend versteinert, die dunklen Augen blitzen unter dem Schirm der Uniformmütze. Er ist wütend, kein Wunder, denn er erfährt nicht nur, warum gerade einmal knapp die Hälfte seiner Soldaten angetreten ist, sondern auch, dass in den letzten Tagen ungewöhnlich viele Häftlinge gestorben sind, während die anderen wimmernd in den Zellen liegen.

Es war einfach, das Rattengift zu besorgen. Ebenso wie in die Küche zu schleichen und das Gift in das Essen der Soldaten und die riesigen Töpfe mit der wässrigen Suppe für die Gefangenen zu mischen, schließlich kann sich Wilhelm innerhalb des Gefängnisses frei bewegen. Bei der Menge hat er sich ein wenig verschätzt, die Toten sind überflüssig, aber wen interessieren die schon? Sein Ziel war, Chaos zu schaffen, und das ist ihm gelungen. Der General ist unzufrieden, *sehr* unzufrieden, und wie erwartet gibt er die Schuld seinem unfähigen Stellvertreter. Seine Reaktion ist heftiger, als Wilhelm zu hoffen gewagt hat, und als Lasarow die Lederhandschuhe abstreift und diese Timur links und rechts vor versammelter Mannschaft in das bleiche Gesicht schlägt, da ballt Wilhelm die Fäuste und stößt einen leisen Triumphschrei aus.

Der erste Schritt ist getan. Ein kleiner Schritt nur, denn der schwerste, komplizierteste Teil steht noch bevor, wenn der General am Nachmittag die unterirdischen Gänge inspizieren wird.

---

Auf dem Hinweg verliert der General kein Wort. Schweigend, die Hände auf dem Rücken verschränkt, läuft er vor Wilhelm durch den Hauptgang, während Timur, der neben ihm geht, umso mehr redet. Wilhelm hat noch Schwierigkeiten, selbst Russisch zu sprechen, doch er versteht mittlerweile fast jedes Wort, und nur darauf kommt es an.

Wortreich brüstet sich Timur, als habe er selbst jeden Stein ausgebessert, jede Stufe betoniert, jede einzelne Lampe an die felsigen Wände geschraubt. Es scheint, als habe er die öffentliche Demütigung von heute Morgen vergessen, doch Wilhelm weiß, dass der General es *nicht* vergessen hat. Und nur das ist, was zählt. Timur ist nicht in der Lage, das Gefängnis zehn Meter über ihren Köpfen zu leiten. Wie also soll er dazu fähig sein, hier unten für Ordnung zu sorgen?

Nach zehn Minuten passieren sie die Stelle. Erwartungsgemäß bemerken weder der General noch Timur den Hammer, den Wilhelm griffbereit auf einem Querbalken deponiert hat, und obwohl er erst auf dem Rückweg zuschlagen wird, beschleunigt sich sein Puls. Als sie kurz darauf den unterirdischen Zellentrakt erreichen, klopft sein Herz noch immer bis zum Hals.

Schweigend inspiziert der General die Zellen. Seine polierten Stiefel knarren auf dem frisch gewienerten Beton, es riecht nach Ölfarbe und dem Kalk, mit dem Wilhelm die Felswände hat tünchen lassen.

Dieser Ort, erklärt Timur indessen, sei absolut ausbruchsicher, er persönlich habe die Baustoffe besorgt, ausschließlich Material bester Qualität. Wilhelm verkneift sich ein Grinsen. Auch das gehört zum Plan.

Der General betrachtet die schmalen Pritschen, die fast die Hälfte der winzigen Zellen einnehmen. Er presst ein paar Silben hervor.

*Weg damit.*

Wer immer hier eingesperrt werden soll, wird auf dem blanken Beton schlafen müssen. Timur nickt eifrig, während der Blick des Generals auf einen roten Sowjetstern fällt, der auf Timurs Befehl hin über die Stahltür zum Zellentrakt gepinselt wurde.

»*Schto eto?*«

Timur setzt zu einer drucksenden Antwort an, doch die teerschwarzen Augen unter den buschigen Brauen lassen ihn verstummen. In zwei Stunden, versichert er eilig, werde der Stern übermalt sein. Und Wilhelm wird klar, dass dieser Raum so anonym wie möglich bleiben soll.

Der General fragt nach den Männern, die am Bau beteiligt waren. Als er erfährt, dass sie noch am Leben sind, runzelt er die Stirn.

»*Likvidirovatch.*«
Liquidieren.
»*Kogda?*«, fragt Timur.
Wann?
»*Njemedlenno.*«
Sofort.
»*On taksche?*«
Timur sieht Wilhelm nicht an. Das ist auch nicht nötig, schließlich ist die Frage eindeutig: Er auch?
»*Konjeschno, durak!*«
Natürlich, du Dummkopf!
Timur wirft Wilhelm einen Blick zu. Dieser verzieht keine Miene, obwohl er soeben sein Todesurteil vernommen hat. Er hat keinerlei Schwierigkeiten, weiter den ahnungslosen Dummkopf zu spielen, schließlich bedeutet diese Anweisung nur, dass der General mit seiner Arbeit zufrieden ist. Jetzt muss er nur noch überzeugt werden, dass Wilhelm ihm weiterhin nützlich sein kann. Dass er besser ist, *viel* besser als sein aufgeblasener Neffe.

Auf dem Rückweg geht Wilhelm voran. Der General will, dass er einen gnädigen Tod haben wird, doch hier unten wird Timur ihm nicht ins Genick schießen, nicht im Beisein seines Onkels. Und später wird es nicht dazu kommen.

Wieder nähern sie sich der Stelle, erneut bricht Wilhelm der Schweiß aus. Jedes Detail ist genau präpariert, jede Bewegung auf den Sekundenbruchteil geplant. Doch es bleibt ein Vabanquespiel, eine Menge kann schiefgehen.

Wilhelm hat alles auf eine Karte gesetzt. Und er ist fest entschlossen, das Spiel zu gewinnen.

Er greift im Gehen nach dem Hammer. Ein kräftiger Hieb aus dem Handgelenk gegen den nur lose aufliegenden Balken, der Schlag geht in tosendem Donner unter. Blitzschnell dreht

Wilhelm sich um, reißt den verdutzten General in einen Seitengang.

Immer und immer wieder ist er die Szene im Kopf durchgegangen. Es war einfach, den losen Balken direkt neben dem Seitengang zu platzieren, doch Wilhelm ist weder Zimmermann noch Statiker, wie bei dem Rattengift musste er sich auf sein Gefühl verlassen. Ein oder zwei herabstürzende Deckenbalken hätten wohl kaum etwas genutzt, doch das Gestein gibt nach, wie von chirurgischer Meisterhand geplant, und als die Staubwolke sich allmählich verzieht, sind mehr als zehn Meter des Hauptganges von wuchtigen Felstrümmern bedeckt.

Der General sieht Wilhelm an. Es ist das erste Mal, dass er es tut. Die prunkvolle Uniform, das Gesicht, selbst der Schnurrbart sind von einer Staubschicht bedeckt. Als er den Mund öffnet, zittert seine Stimme.

»*Tui spas ... mne schisn.*«

Er spricht aus, was er glauben soll. Dass Wilhelm ihm das Leben gerettet hat.

Aus dem Hauptgang dringt ein Wimmern herein. Auch Timur hat überlebt, doch das interessiert Wilhelm nur am Rande, er stellt schon längst keine Gefahr mehr dar.

Wilhelm wischt etwas Staub von den blitzenden Schulterstücken des Generals, sieht ihn eindringlich an. Als er den Mund öffnet, klingt sein Russisch perfekt, er hat die Worte lange geübt.

»*Esli wui posvolitje mne schitch, ja budu sluschitch wam do samoi smerti.*«

Wenn Sie mich leben lassen, werde ich Ihnen dienen, bis ich sterbe.

Als Timur zwei Tage später zu Wilhelm kommt, liegt dieser auf seiner Pritsche, die Arme hinter dem Kopf verschränkt, die Stiefel auf dem Metallgestell am Fußende abgelegt. Er steht nicht auf, sieht Timur einfach nur an. Seine Ruhe ist nicht gespielt. Wilhelm *ist* ruhig.

Der General hat kein Wort mehr gesagt. Seit sie den Tunnel verlassen haben, hat Wilhelm ihn nicht wieder zu Gesicht bekommen. Doch er ist noch am Leben. Ein Zeichen, deutlicher als tausend Worte.

Ein paar Sekunden vergehen.

Timur kratzt sich die geschwollene Nase. Er trägt den linken Arm in einer Schlinge. Ein Felsbrocken hat ihm das Schlüsselbein gebrochen, ansonsten ist er glimpflich davongekommen.

Sie sehen sich an.

Wilhelm lässt sich Zeit. Am Nachmittag ist er zu Timurs Büro gegangen, doch dort war er nicht. Der General, hat ihm ein Wachsoldat mitgeteilt, hat angewiesen, dass Timur das Büro räumen muss. Wilhelm hat sich seine Genugtuung nicht anmerken lassen und dem verwunderten Soldaten erklärt, dass er Timur sprechen wolle. Die Zeiten, in denen er sich von dem kleinen Russen hat herumkommandieren lassen, sind vorbei.

»Was wirst du tun?«, beginnt Wilhelm schließlich.

Timurs wässrige Augen weiten sich fragend.

»Du dachtest, du würdest hierbleiben«, fährt Wilhelm ruhig fort. »Aber der General wird dich mit den anderen zurück nach Russland schicken.«

Ein Schuss ins Blaue. Doch Timurs Reaktion zeigt, dass es ein Volltreffer war. Er nestelt an seinem Koppel, öffnet den Mund, doch Wilhelm kommt ihm zuvor.

»Du wirst deine Uniform abgeben müssen. Dann bist du ein Nichts. Was machst du dann? Schafe züchten?«

Timur starrt wütend auf Wilhelm herab. Die Kiefermuskeln

zucken unter den bleichen Wangen. Er kocht vor Wut. Das gefällt Wilhelm, sehr sogar, doch es ist noch zu früh, um es zu genießen.

»Ich kann dafür sorgen, dass du bleibst.«

Timur hebt den Kopf.

»Du wirst zum General gehen«, sagt Wilhelm. »Du wirst ihm erklären, dass ich besser geeignet bin als du. Du wirst ihm vorschlagen, dass *ich* die Leitung übernehme, wenn er abgereist ist.«

»Das werde ich nicht tun.« Timur klingt verschnupft, ein Resultat der geschwollenen Nase. »Warum sollte ich …«

»Der General ist dein Onkel, du kennst ihn besser als ich. Er hat dich zu seinem Stellvertreter gemacht, du hast versagt. Ich wette, jeder andere wäre längst tot. Aber was, glaubst du, wird er sagen, wenn er erfährt, dass du viel mehr auf dem Kerbholz hast? Dass er deinetwegen um ein Haar erschlagen worden wäre? Dass *du* verantwortlich bist für den Einsturz des Tunnels?«

Timurs Augen weiten sich. Seine Verblüffung ist echt. Natürlich ist sie das, er hat keine Ahnung, was hier vorgeht. Woher auch?

»Ich hatte dich um Eichenholz gebeten«, lächelt Wilhelm. »Du hast darauf bestanden, dass ich Kiefer verwende, obwohl ich dich mehrfach gewarnt habe.«

Ein rhythmisches Krachen dringt durch das schmale Fenster. Ein Trupp Wachsoldaten marschiert im Gleichschritt über den Appellplatz.

»Du könntest es natürlich abstreiten«, fährt Wilhelm seelenruhig fort. »Aber vergiss nicht den Zettel, auf dem ich das notiert habe. Er liegt noch immer auf deinem Schreibtisch. Deinem *ehemaligen* Schreibtisch, schließlich darfst du dein Büro nicht mehr betreten. Dein Onkel jedenfalls dürfte den Zettel äußerst interessant finden.«

»*Poschoi k tschertu*«, zischt Timur.

»Irgendwann bestimmt«, nickt Wilhelm. »Aber so, wie es im Moment aussieht, wirst du der Erste sein, der von uns beiden zum Teufel geht.«

In seiner Wut registriert Timur nicht, dass Wilhelm ihn verstanden hat. Er stößt eine Flut russischer Verwünschungen aus. Wilhelm lässt ihn eine Weile gewähren, dann deutet er auf den Aufschlag des Uniformärmels.

»Ich will dieses Zeichen.«

»Niemals.« Timur streicht über die tätowierte Sonnenblume. »Du gehörst nicht zur Familie.«

»*Noch* nicht.«

Draußen beginnt es zu regnen. Irgendwo weint eine Frau.

»Ich biete dir einen Ausweg«, sagt Wilhelm. »Du wirst leben. Du kannst hierbleiben. Und du darfst für mich arbeiten.« Dann fügt er exakt die Worte hinzu, die Timur bei ihrer ersten Begegnung benutzt hat: »Ich kann Leute wie dich gebrauchen.«

Jegliche Farbe ist aus Timurs Gesicht gewichen.

»*Bljadski rot.*«

Diesen Ausdruck kennt Wilhelm noch nicht. Er weiß natürlich, dass es sich um eine weitere, vermutlich noch obszönere Beschimpfung handelt. Doch dieses Mal lässt er es ihm noch durchgehen. Bald, sehr bald, wird ihm Timur den gebührenden Respekt entgegenbringen.

# FÜNFTER TEIL

*Der Horrorschriftsteller, die Wahrheit und
das Ende einer blutigen Geschichte*

## KAPITEL 35

Vier Uhr morgens.

Der Vollmond strahlte noch hell über dem Tal, doch im Osten hinter der Hügelkette war das zarte Rosa der heraufziehenden Dämmerung bereits zu erahnen. Die Windräder standen starr in der nächtlichen Brise, die Positionslichter flackerten auf, erloschen wieder. Gegenüber im Westen zeichneten sich die vagen Umrisse eines gleißenden Lichtkegels über dem Tagebau am Horizont ab.

Das Dorf schien zu schlafen, wie jedes andere auch. Nur das Flüstern des Windes war zu hören, das entfernte Dröhnen der Bagger und das Zwitschern der ersten Vögel.

Im Eichenwald oben am Taleingang flatterte ein Steinadler auf, schraubte sich flügelschlagend in die Höhe und folgte der Straße, die zwischen den Weizenfeldern hinab ins Dorf führte. Er war auf der Suche nach Nahrung, der weiße Passat, der kurz vor dem Ortseingangsschild schräg in der Böschung stand, interessierte ihn nicht. Auch das glänzende Autohaus ignorierte er, auf dem asphaltierten Parkplatz war kaum mit brauchbarer Beute zu rechnen. Gegenüber sah es schon anders aus, das verwilderte Grundstück mit der großen Scheune und den riesigen Baumaschinen bot ausreichend Platz für Hasen, Kaninchen oder eine streunende Katze. Doch der Adler kannte sein Revier, der Hund war ein ernstzunehmender Gegner. Im Moment war er zwar nicht zu entdecken, doch er konnte irgendwo im Schatten eines Traktors lauern.

Reglos, mit ausgebreiteten Schwingen, trieb der Adler durch die schwindende Nacht. Tief unter ihm huschte sein Schatten im hellen Mondlicht über die niedrigen Dächer, die gepflegten Rasenstücke, die akkurat gestutzten Hecken. Über der Dorfmitte verharrte er, kreiste ein paarmal über den Trümmern der Kirche. Die Ratte, die über einen geborstenen Dachbalken huschte, entging ihm nicht, doch er verschmähte das Tier. Jetzt, im Sommer, gab es bessere Beute.

Also drehte er ab, segelte hinüber zu den Hügeln, um auf dem verlassenen Militärgelände nach einer der unzähligen Tauben Ausschau zu halten. Doch es war keine zu entdecken, und die Gestalten, die sich vor dem rostigen Eingangstor der Ruine im Gebüsch duckten, kamen als Beute nicht in Frage. Der Adler mied die Menschen, mehr noch als die Hunde.

So flog er denn weiter, den Kopf zwischen den ausgebreiteten Schwingen geneigt, die kleinen, glänzenden Augen in die Tiefe gerichtet. Die Kuppel des ehemaligen Spaßbades tauchte zwischen den Baumkronen auf, urplötzlich legte der Adler die Flügel an, schoss pfeilschnell in die Tiefe.

Einen Augenblick später hockte er am Rand des früheren Kinderbeckens neben einem leeren Bierkasten, die Krallen tief in das Fell eines Kaninchens gegraben. Während sein Schnabel das zuckende Fleisch zerteilte, entstand unten im Dorf Bewegung.

Auf dem Grundstück der Kolbergs trat eine schlanke Gestalt aus dem Schatten. Leichtfüßig lief die Frau über den Rasen, schloss lautlos das niedrige Gartentor hinter sich, huschte über die Dorfstraße und verschwand in der Dämmerung.

# KAPITEL 36

»Ich habe genug von diesen Spielchen.«

Wilhelm lehnte mit verschränkten Armen an der Wand.

»*Du?*« Elias traute seinen Ohren nicht. »Wer, verflucht nochmal, spielt hier irgendwelche … *Spielchen?*« Seine Stimme überschlug sich, dröhnte durch die schmutzige Halle. »Ich nicht! Sie«, er deutete auf Carlotta, die neben ihm stand, die Arme um den Oberkörper geschlungen, als wäre ihr kalt, »auch nicht! Oder sieht es danach aus, als würde sie … *Spielchen spielen?*«

Der Alte antwortete nicht. Er achtete weder auf Carlotta noch auf Felix Kolberg, der ein paar Meter entfernt neben den Überresten einer hölzernen Bank stand. Kolbergs Gesicht lag im Schatten, doch seine Körperhaltung verriet, dass er jeden Moment darauf gefasst war, die Pistole in Anschlag zu bringen.

»Früher«, sagte der Alte, »haben die Wachen hier manchmal Fußball gespielt. Ich selbst durfte nie mitmachen.«

Fahles Licht drang schräg durch den mit Drahtnetzen vergitterten Streifen, der an der linken Wand hoch über ihnen knapp unter der Decke verlief. Der untere Teil der Halle lag im Dunkel, während über ihren Köpfen Milliarden aufgewirbelter Staubkörnchen im Zwielicht tanzten.

»Manchmal«, Wilhelm atmete tief ein, »glaube ich, ihren Schweiß noch zu riechen. Das ist natürlich Einbildung, schließlich sind sie seit über einem halben Jahrhundert verschwunden.«

Carlotta griff Elias' Arm, deutete zum gegenüberliegenden Ende der Halle. Elias folgte ihrem Blick und erkannte die Tür unter dem überdimensionalen Wandbild, den Überresten eines Sowjetsterns, der vor Ewigkeiten an die Wand gepinselt worden war. Das Mädchen zitterte vor Angst. Sie verstand nicht, was hier gesprochen wurde, sie wollte ins Freie, und die Tür, so viel schien klar, war der einzige Weg.

»Sie sollte bleiben, wo sie ist.« Wilhelm, dem Carlottas stumme Bitte nicht entgangen war, klang gelangweilt. »Es sei denn, sie will sich eine Kugel einfangen. Oder von den Hunden zerfetzt werden.«

Elias warf Kolberg einen Blick zu. Dieser hatte sich keinen Millimeter von der Stelle bewegt. Worauf wartet er?, schoss es Elias durch den Kopf. Wir sind beide bewaffnet, es wäre ein Klacks, einen neunzigjährigen Greis zu überwältigen. Felix hat das Funkgerät, ein Knopfdruck, und seine Männer sind hier, und dann …

Ja, was dann?

Irgendwo dort draußen waren Wilhelms Leute. Und auch die Hunde waren keine leere Drohung gewesen. Kolberg ließ sich Zeit, wartete auf den richtigen Moment.

Und da war noch etwas.

Bisher gab es kaum handfeste Beweise, hatte Kolberg gesagt. Elias kannte sich in vielen Dingen aus, während der Arbeit an seinen Büchern recherchierte er eine Menge. Mit echter Polizeiarbeit hatte er sich allerdings noch nie beschäftigt (umso mehr mit der menschlichen Anatomie, schließlich legte er Wert darauf, das Ausweiden eines Körpers möglichst realitätsnah beschreiben zu können), doch er war überzeugt, dass Kolberg mittlerweile mehr als genug in der Hand hatte, um jeden einzelnen hier für den Rest seines Lebens hinter Gitter zu bringen.

Das reicht ihm nicht, dachte Elias. Er will die Hintermänner. Und je mehr ich mit meinem Großvater rede, desto mehr wird er erfahren.

»Ihr entführt diese Menschen nicht selbst«, sagte Elias.

»Nein.« Der Alte klang verwundert. »Natürlich nicht.«

»Aber ihr haltet sie hier gefangen.«

Keine Antwort.

»Und werdet dafür bezahlt.«

»Das«, nickte Wilhelm, »ist der Sinn des Geschäfts.«

»Wer sind deine Auftraggeber?«

Schweigen.

»Die russische Mafia?«

»Das erfährst du vielleicht später.«

»Was heißt *vielleicht*?«

»Wenn du den Test bestanden hast.«

Es hatte keinen Sinn nachzufragen. Elias tat es trotzdem.

»Was für ein Test?«

»Abwarten.«

Der Alte klang ruhig, *zu* ruhig. Wilhelm, das wusste Elias, war nicht nur skrupellos, sondern auch clever. Warum also hatte er nicht die geringste Angst? Warum war er nicht überrascht gewesen, als sie hier aufgetaucht waren? Er wusste, dass Kolberg Polizist war, doch diese Tatsache schien ihn nicht zu interessieren, bisher hatte er Kolberg nicht eines einzigen Blickes gewürdigt. Etwas stimmte hier nicht.

*Was hat er vor?*

Kolberg schien ähnlich zu denken, aus den Augenwinkeln sah Elias, wie der Polizist sich in der Dunkelheit straffte.

»Warum«, fragte Wilhelm, »bist du gekommen?«

Elias verstand zunächst nicht.

»Du hast mich eingeladen.«

»Und was hast du erwartet?«

»Ich …«

»Einen senilen Tattergreis, dem du kurz zum Geburtstag gratulierst und dann schleunigst wieder in deine heile Welt verschwindest, nachdem du«, Wilhelm trat einen Schritt vor, »deinen *familiären Pflichten* nachgekommen bist? Du konntest kaum erwarten, wieder abzufahren. Wenn überhaupt, wärst du zu meiner Beerdigung noch mal hier aufgetaucht.«

»Das stimmt«, gab Elias zu. »Jedenfalls habe ich nicht damit gerechnet, dass mein Großvater ein Schwerverbrecher ist, ein Mörder, ein Lügner, der ...«

»Stopp!«

Auch Elias war vorgetreten. Ohne, dass es ihnen bewusst wurde, standen sie in der Mitte der Halle, im Zentrum des Mittelkreises, dessen Umrisse sich noch immer auf dem bröckelnden Betonboden erahnen ließen.

»Ich bin kein Lügner«, sagte der Alte. »*Dich* jedenfalls habe ich nie belogen. Nur ein einziges Mal.«

Elias schwankte, Wilhelms faltiges Gesicht verschwamm vor seinen Augen. Er spürte den aufsteigenden Kupfergeschmack, während die Worte seines Großvaters wie aus weiter Ferne zu ihm durchdrangen.

»Du hattest es vergessen, Elias. Und das war gut so.«

---

*Mama schläft. Sie hat sich mit Opa Wilhelm gestritten, dann hat sie sich hingelegt, weil sie so müde war. Opa Wilhelm sieht auch müde aus, seine Augen sind ganz trüb.*

*Es ist warm in der Küche. Elias hat den Sonntagsmantel an, Mama hat darauf bestanden, dass er ihn anzieht, weil sie ja verreisen wollten. Die Knöpfe gefallen Elias, sie glänzen, als wären sie aus Gold. Aber der Mantel ist schwer, der dicke Filzstoff kratzt am Hals. Elias würde ihn gern ausziehen, aber er traut sich nicht. Er muss leise sein, weil Mama ja schläft. Wenn jemand schläft, soll man ihn nicht wecken.*

*Opa Wilhelm kommt zu Elias. Er stößt mit dem Filzpantoffel gegen ein rotes Holzrad, das über die Fliesen rollt und unter dem*

*Küchentisch verschwindet. Das Rad stammt von der Eisenbahn, die Elias zu Weihnachten bekommen hat. Er hat sie mitnehmen wollen, aber Mama hat gesagt, dass sie nicht in den Koffer passt. Elias hat geweint, Mama hat es trotzdem nicht erlaubt.*

*Opa Wilhelm hockt sich hin, streicht Elias über den Kopf. Als er die Hand wieder runternimmt, sieht Elias, dass seine Knöchel ganz abgeschürft sind. Das kommt bestimmt daher, weil er vorhin gegen die Tür vom Besenschrank geschlagen hat, die hat jetzt einen Riss und hängt ganz schief in den Angeln.*

*Geh raus in den Garten, sagt er. Los, geh ein bisschen spielen.*

*Er klingt anders als sonst. Ganz leise und traurig. Jetzt glänzen seine Augen, sind ganz rot, als wären sie entzündet.*

*Das hier, sagt Opa Wilhelm, ist nie passiert.*

*Hinter ihm flattern die bunten Bänder, die Mama neulich in der Tür zum Garten aufgehängt hat, damit nicht so viele Fliegen in die Küche kommen. Eine hat es trotzdem geschafft, die krabbelt Mama jetzt über die Wange. Elias hat kurz Angst, dass sie in Mamas offenen Mund kriecht, dann würde Mama bestimmt wach, aber die Fliege verschwindet irgendwo unter ihren Haaren. Vielleicht sollte Opa Wilhelm sie doch wecken, damit sie sich oben ins Bett legt, das ist bestimmt besser, als so schief und krumm vor der Heizung zu liegen. Wenn sie aufsteht, wird sie sich bestimmt gleich die Haare waschen, die sind ganz verklebt.*

*Sieh mich an, Elias.*

*Opa Wilhelm nimmt Elias' Gesicht in die Hände. Seine Finger sind weich und ganz warm.*

*Du gehst jetzt in den Garten, sagt er leise. Spiel mit deinem Ball, der liegt hinten am Schuppen. Ich rufe dich, wenn du wieder reinkommen kannst.*

*Er will bestimmt aufräumen, denkt Elias. Opa Wilhelm mag keine Unordnung. Der Fleck auf den Fliesen unter Mamas Kopf wird immer größer, er wird ihn aufwischen wollen.*

*Es ist nie passiert, wiederholt Opa Wilhelm.*

*Er zieht Elias' Kopf dicht zu sich heran, ihre Nasen berühren sich fast. Seine Augen werden immer größer, bis sie zu verschwimmen scheinen.*

*Du wirst es vergessen.*

*Elias nickt. Er ist es gewohnt zu gehorchen.*

*Ab in den Garten, sagt Opa Wilhelm zum dritten Mal.*

*Auch das tut Elias, ohne zu widersprechen. Als er auf die Veranda kommt, glaubt er, durch die flatternden Fliegenbänder ein Schluchzen aus der Küche zu hören. Aber das muss ein Irrtum sein. Opa Wilhelm weint nie.*

---

»Es … es war kein Selbstmord.«

»Nein.«

Wilhelm hielt dem Blick seines Enkels ruhig stand. Seine Augen waren trüb, um die grauen Pupillen gerötet. Nicht etwa als Zeichen einer Gefühlsregung, sondern einzig und allein seinem biblischen Alter geschuldet.

»Du … du hast sie umgebracht.« Elias' Stimme klang rau. »Weil du Angst hattest, sie würde deine verdammten … *Geschäfte* auffliegen lassen.«

»Ich konnte euch nicht gehen lassen.«

»Ist dir klar, was du gerade getan hast?«, rief Elias. »Du hast gerade einen Mord gestanden! Und zwar«, er deutete mit zitterndem Finger auf Kolberg, »im Beisein eines Polizisten! Man wird dich …«

»Ja, ja.« Der Alte winkte ab. »Man wird mich einsperren.«

»Kann es sein«, schnaubte Elias, »dass ich dich langweile?«

»Nein.« Wilhelm schüttelte den Kopf. »*Du* langweilst mich nicht. Ich bin müde. Und jetzt lass uns das hier beenden.« Er wandte sich um und lief auf das andere Ende der Halle zu. »Niemandem von euch wird etwas passieren«, sagte er über die Schulter. »Vorerst zumindest. Weder dir noch«, er erreichte die Tür, stieß sie auf und wandte sich um, »dem Herrn ... *Polizisten.*«

Der Alte deutete eine sarkastische Verbeugung an, wies einladend in einen dämmrigen Flur und ging voraus, ohne sich noch einmal umzusehen.

---

Als sie auf den Appellplatz kamen, wurde es hell. Die letzten Sterne verblassten über den Ruinen, der Mond schwebte neben dem schiefen Wachturm wie eine verlöschende Lampe.

»Genau hier war mein Platz.« Wilhelm stand im kniehohen Unkraut. »Da drüben,« er deutete auf die dunkle Mauer des Hauptgebäudes, »hat der General seine Ansprachen gehalten. Dort oben ...«

Er verstummte, als Carlotta urplötzlich losrannte. Der schmutzige Kittel wehte um ihre nackten Beine, mit großen Sprüngen hüpfte sie auf die Überreste der Außenmauer zu, kletterte über einen Trümmerhaufen, schlüpfte durch einen gezackten, zwei Meter breiten Riss in der Mauer und war im nächsten Moment verschwunden.

»Dort oben«, wiederholte der Alte ungerührt und sah hinauf zu den dunkel gähnenden Quadraten, in denen früher die vergitterten Fenster gewesen waren, »war meine Zelle. Im vierten Stock, die achte von links. Ich ...«

»Was wird das hier?«, presste Elias hervor. »Eine Besichtigungstour?«

Kolberg stand in drei Meter Entfernung neben ihm. Er hatte den Kopf gehoben und starrte aus zusammengekniffenen Augen in die Richtung, in der das Mädchen gerade verschwunden war. Die schwarze Schutzweste, das weiße Hemd, das kurzgeschnittene Haar und selbst die randlose Brille waren über und über mit Dreck und Mörtelstaub bedeckt. Nichts verriet, was in ihm vorging, doch Elias bemerkte, dass seine linke Hand griffbereit auf dem Funkgerät lag.

Irgendwo dort drüben, dachte Elias, sind seine Leute. Er geht davon aus, dass Carlotta direkt zu ihnen läuft. Sonst hätte er wohl kaum zugelassen, dass sie …

»Nenne es, wie du willst«, sagte Wilhelm.

Elias blinzelte verwirrt. Den Alten hatte Carlottas Flucht nicht im Geringsten aus dem Konzept gebracht. Er war also sicher, dass sie nicht weit kommen würde.

»Dort stand die Wachbaracke.«

Wilhelm wandte sich um. Hinter einer Reihe halbwüchsiger Birken waren die Konturen einer niedrigen Mauer zu erkennen, in den leeren Fensteröffnungen kreuzten sich die morschen Balken des eingestürzten Daches.

»Das interessiert mich nicht.« Elias nahm die Pistole in die andere Hand.

Was hat Kolberg vor?, überlegte er. Er ist Polizist, er *darf* nicht zulassen, dass Carlotta diesen Schweinen wieder in die Hände fällt. Es sei denn …

»Das sollte es aber, Elias.«

… er will sie opfern. Er will dieses Rattennest ausnehmen. Wartet noch immer auf den richtigen Zeitpunkt. Was aus dem Mädchen wird, ist ihm egal.

»Du kannst von alldem hier halten, was du willst«, sagte Wilhelm. »Aber ohne diesen Ort würdest du nicht existieren«,

Elias horchte auf. »Was meinst du damit?«

»Ich habe hier deine Großmutter getroffen. Und direkt hinter dir«, der Alte deutete zu den bemoosten Überresten der Wachbaracke, »wurde deine Mutter geboren.«

# KAPITEL 37

»Sie ist Französin«, erklärt Timur. »Der General sagt, dass sie mindestens zwei Millionen bringt.«

Sie sind unterwegs zum unterirdischen Zellentrakt, ihre Schritte hallen durch den Hauptgang. Die Russen sind vor einem halben Jahr abgezogen, seitdem sind vier Klienten eingetroffen. Die Französin ist die fünfte, die Lasarow schickt.

»Lass das hier endlich reparieren«, knurrt Wilhelm.

Sie haben die Stelle erreicht, an der er vor ein paar Monaten den Einsturz provoziert hat. Die Balken sind längst ausgetauscht, die Felsbrocken weggeräumt, doch die klaffenden Löcher in der Tunneldecke sind noch immer nicht ausgebessert.

»*Konjeschno*«, versichert Timur eifrig.

»Und rede gefälligst Deutsch.«

Bisher ist noch niemand abgeholt worden. Doch es kann täglich geschehen, dass Lasarow seine Männer schickt, um einen der Klienten zu übernehmen. Entweder weil das Lösegeld gezahlt wurde oder weil der General die Aktion für beendet erklärt und den Klienten entsorgen lässt. Falls Letzteres eintrifft, ist die Geheimhaltung nicht wichtig, doch Lasarow legt größten Wert darauf, die Klienten sowohl über die Identität dieses Ortes als auch über die des Personals im Unklaren zu lassen. Wilhelm hat angewiesen, dass sie ihre Gesichter immer verhüllen müssen, doch es wäre fatal, wenn der milchgesichtige Russe seine Nationalität allzu freimütig preisgibt, sein Akzent ist schon Hinweis genug.

Sie erreichen die Stahltür zum Zellentrakt, nehmen die schwarzen Kapuzen von den Haken und streifen sie über die Köpfe. Timur öffnet die Tür, der Litauer springt auf, nimmt

Haltung an. Lasarow hat ihnen vier Leute geschickt, drei Litauer und einen jugoslawischen Koch. Sie arbeiten gut, erfüllen zuverlässig ihre Aufgaben, doch Wilhelm wird sie bald austauschen müssen. Die vier würden eher sterben, als etwas auszuplaudern, schließlich gehören sie zur Familie, aber sie fallen auf. Auf lange Sicht ist es unmöglich, ihre Anwesenheit zu erklären, doch Wilhelm hat bereits einen Plan, wie er dieses Problem angehen wird.

Er ordnet die Schlitze über den Augen, inspiziert die erste Zelle. Dies tut er täglich, morgens und abends. Ab und zu taucht er unangekündigt auf, Disziplin ist wichtig. Ebenso wie Respekt. Und Sauberkeit.

»Halbe Ration«, befiehlt Wilhelm knapp, als er den Knick in der Wolldecke des Klienten bemerkt. Ursprünglich hatte Lasarow weder eine Decke noch die Matratze auf dem Boden gestattet, doch Wilhelm hat ihn überzeugt. Es bringt nichts, wenn die Klienten an Lungenentzündung eingehen. Doch ebenso wie beim Personal achtet Wilhelm auch bei den Insassen strengstens darauf, dass seine Anweisungen peinlich genau befolgt werden. Dazu gehört die akkurat gefaltete Decke, exakt parallel zum Fußende der Matratze liegend. Und natürlich das Strammstehen des Klienten, wenn das Personal erscheint.

Klient Nummer eins ist Schweizer, einziger, knapp zwanzigjähriger Sohn eines Bauunternehmers, dem ein knappes Dutzend Hotels in den Alpen gehört.

Wilhelm gibt Timur die Anweisung, den Kopf des Klienten zu rasieren. Nummer eins ist seit vier Monaten hier, die Haare sind nachgewachsen. Bei der Entführung haben Lasarows Männer die übliche Nachricht hinterlassen, danach haben sie sich ein Vierteljahr nicht gemeldet, eine Taktik, die Wilhelm imponiert, sie erinnert ihn an die ständige Ungewissheit, in der Lasarow die Gefangenen auf dem Appellplatz gelassen hat.

»Was«, fragt Timur, »ist mit dem Finger?«

Lasarow will vier Millionen Schweizer Franken. Der Bauunternehmer hat ein Lebenszeichen gefordert, worauf der General anbot, einen Finger zu schicken. Das, so ist der Plan, soll in einer Woche geschehen, falls das Lösegeld bis dahin nicht geflossen ist.

Timur wiederholt die Frage.

Er würde die Aufgabe mit Freuden übernehmen, er *giert* förmlich danach, doch langfristig gesehen wird Wilhelm einen fähigen Arzt brauchen. Eingriffe dieser Art müssen professionell vorgenommen werden, um zu verhindern, dass der Klient verblutet oder an Wundbrand stirbt. Abgesehen davon ist die Einrichtung erst seit kurzem in Betrieb, wenn alle vierzehn Zellen belegt sind, wird eine ärztliche Betreuung unumgänglich sein.

Klient Nummer zwei wird fünfeinhalb Millionen bringen. Weiblich, vierzehn Jahre alt, die Eltern besitzen eine Casinokette in Monaco.

Wilhelm wendet sich der nächsten Zelle zu, stutzt. Der Litauer steht direkt hinter ihm, selbst durch die Kapuze ist der Schnapsgeruch deutlich wahrzunehmen. Alkohol ist hier unten strengstens verboten, Wilhelm kann sich keine betrunkenen Aufseher leisten. Er öffnet den Mund, besinnt sich dann. Er wird sich den Litauer später vorknöpfen, obwohl es sinnlos ist. Die Kerle sind bärenstark, sie murren nie, doch das Saufen wird ihnen selbst Wilhelm nicht austreiben.

Aber es wird auch nicht nötig sein. Das Dorf unten im Tal gefällt Wilhelm. Die Häuser wurden vom Krieg verschont. Vier stehen leer, zwei hat er schon gekauft, eins für sich, eins für Timur, zu einem lächerlichen Spottpreis. Die anderen wird er nach und nach ebenfalls kaufen, jedes Mal, wenn eines frei wird, wird er sofort zuschlagen. Die Leute dort unten sind Bauern, es ist einfach, ihr Vertrauen zu gewinnen. Natürlich wird Wilhelm nicht alle gebrauchen können, es wird dauern, sehr, sehr lange sogar, bis er weiß, wen er in Betracht ziehen kann, und er wird sich auch außerhalb nach geeignetem Personal umsehen müssen.

Wilhelm inspiziert Nummer drei. Männlich, Holländer, verheiratet mit der Erbin einer großen Reederei. Forderung: dreieinhalb Millionen. Nummer drei ist vor zwei Wochen eingeliefert worden, noch immer gibt es Probleme. Nächtlicher Lärm, Wutausbrüche. Wilhelm hat Disziplinarmaßnahmen angeordnet, dementsprechend schlecht ist der Zustand des Klienten.

Die vierte Zelle begutachtet Wilhelm nur mit einem beiläufigen Blick. Die Forderung beläuft sich auf sieben Millionen Pfund, was Wilhelm durchaus als angemessen empfindet bei einem entfernten Verwandten des britischen Königshauses. Doch die Verhandlungen verlaufen stockend, eine Geldübergabe ist bereits geplatzt. Lasarow wird demnächst die Anweisung zur Entsorgung geben. Fehlinvestitionen sind Teil des Geschäfts, Wilhelm wird lernen, damit umzugehen.

Er geht weiter, um Nummer fünf, den neuesten Klienten, in Augenschein zu nehmen, und als er es tut, ändert sich plötzlich alles.

---

Wilhelm sitzt im Garten. Die Sonne flimmert über dem Rasen, Bienen summen umher. Er nippt an dem Blechnapf, verzieht das Gesicht. Der Kaffee ist aus gerösteter Gerste, Bohnenkaffee ist schwer zu bekommen.

Wilhelm Haack hat Pläne. Das Haus muss gestrichen werden, das Dach sollte repariert werden. Er hat vor, einen Geräteschuppen zu bauen, hinten am Zaun will er einen Apfelbaum pflanzen. Doch er kann sich nicht recht konzentrieren.

Nummer fünf geht ihm einfach nicht aus dem Sinn.

Er hat die Klienten bewusst nummeriert. Sie haben keine Namen, es sind Objekte, die in Verwahrung genommen werden und nach einer gewissen Zeit wieder verschwinden. Wohin, ist Wilhelm egal, er wird ausschließlich für die Unterbringung bezahlt.

Doch Nummer fünf ist kein Objekt. Nummer fünf ist eine *Frau.* Eine wunderschöne Frau. Er hat sie nur kurz gesehen. Sie trug schon den Kittel, ihr Kopf war bereits rasiert. Trotzdem ist Wilhelm die Kinnlade unter der Kapuze heruntergeklappt, als er sie sah. Eine Königin.

In zwei Monaten wird Wilhelm neunzehn. Er war noch nie mit einer Frau zusammen. Anders als Timur käme er nie auf den Gedanken, eine mit Gewalt zu nehmen. Er hat kein Problem damit, zuzusehen, wie Frauen gequält werden. Es ist Teil des Geschäfts. Aber selbst Hand anzulegen widerstrebt ihm.

Er schüttet den Kaffee auf die Wiese, steht auf. Es ist viel zu früh für die abendliche Inspektion, doch Wilhelm findet einfach keine Ruhe.

---

Der Weg hoch zum Gefängnis ist anstrengend, führt in engen Serpentinen bergauf. Lange wird Wilhelm ihn nicht mehr benutzen müssen, der Verbindungstunnel zum Keller seines Hauses ist fest eingeplant.

Er stolpert über einen Stein, bleibt fluchend stehen. Die riesigen Reifen der russischen Laster haben sich tief in das Erdreich gefressen, Mücken schwirren über den schlammigen Pfützen, die sich in den Furchen gesammelt haben.

Wilhelm reibt sich über den verschwitzten Nacken, sieht ins Tal. Auf dem unbefestigten Weg zuckelt ein Pferdefuhrwerk zwischen den Feldern hinunter ins Dorf, ein paar winzige Gestalten schwingen gebeugt ihre Sensen. Aus der großen Scheune am Dorfrand dringen klirrende Hammerschläge herauf. Die Schläge verstummen, Hubert Barbossa, der Dorfschmied, tritt blinzelnd in die Sonne. Ein bulliger Mann mit rabenschwarzem, militärisch gescheiteltem Haar, ehemaliger Nazi, der noch immer ein schmales Hitlerbärtchen trägt. Seine Frau, blass, zierlich, im siebten Monat schwanger, kniet neben einem rostigen Pflug in einem Gemüsebeet und jätet Unkraut. Der Schmied bellt ihr einen kurzen Befehl zu, sie stemmt sich schwerfällig hoch und läuft zu einem Bretterverschlag, während ihr Mann wieder in der Scheune verschwindet.

Dieser Barbossa, überlegt Wilhelm, könnte ein geeigneter Kandidat sein. Ebenso wie Hermann Laux, ein schmächtiges Jüngelchen, das gegenüber von Barbossas Grundstück in einer windschiefen Kate haust. Es heißt, Laux sei bei der Waffen-SS gewesen, doch das muss Wilhelm noch überprüfen. Er wird sich Zeit lassen, wird die beiden genau beobachten, bevor er ernsthaft in Erwägung zieht, sie für sich arbeiten zu lassen.

Kindergeschrei weht herauf. Irgendwo wiehert ein Pferd.

Ja, es gefällt Wilhelm hier. Die kleine Kirche in der Dorfmitte, die einfachen, aber sauberen Häuser. Der Duft nach Salbei und gemähtem Gras. Irgendwann werden die Leute fragen, was Wilhelm hier tut. Doch auch dafür hat er einen Plan.

Die russische Besatzungszone wird in dieser Form nicht mehr lange existieren. Es heißt, dass Deutschland geteilt werden soll. Dass im Osten ein *Arbeiter-und-Bauern-Staat* entsteht. Das interessiert Wilhelm einen feuchten Dreck. Trotzdem ist er in diese neue Partei eingetreten, die vor einem Jahr gegründet wurde, seitdem ist Wilhelm nach außen hin ein überzeugter Kommunist. Es wird Wahlen geben, und Wilhelm hat vor, hier

Bürgermeister zu werden. Ein *guter* Bürgermeister natürlich, der für das Dorf und seine Bewohner sorgt.

Die Fassade ist perfekt. Eine bessere Tarnung kann es nicht geben.

---

Er ahnt sofort, dass etwas nicht stimmt. Der Litauer lehnt rauchend neben der geschlossenen Stahltür im Hauptgang, und als er Wilhelm radebrechend zu verstehen gibt, dass Timur ihn aus dem Zellentrakt geschickt hat, wird die Ahnung zur Gewissheit. Wilhelm reißt die Tür auf, hört einen Schrei und registriert am Rande, dass er nicht von einer Frau, sondern von einem Mann ausgestoßen wird, dann stürmt er in den Zellentrakt.

Zuerst sieht er Timurs nackten, bleichen Hintern. Der Russe steht mit heruntergelassener Hose in der Zelle, immer noch schreiend, die Hände schützend vor das Gesicht haltend. Wilhelm fackelt nicht lange, packt Timur am Kragen, schleudert ihn gegen das Gitter. Metall vibriert, als Timur gegen die Stäbe kracht, Wilhelm zieht ihn wieder hoch.

»Raus.«

Er weiß natürlich, dass Timur ein kranker Sadist ist, aus diesem Grund hat er ihn damals am Leben gelassen. Wilhelm braucht jemanden wie ihn, doch es geht nicht an, dass er sich seinen Befehlen widersetzt. Einer davon ist, sich niemals ohne Wilhelms Anweisung an den Klienten zu vergreifen.

Timur spuckt einen Schwall Blut aus, rappelt sich hoch und stolpert mit noch immer heruntergelassener Hose davon. Wilhelm wartet, bis die Stahltür hinter ihm ins Schloss fällt, dann wendet er sich um.

Sie steht neben der Matratze, die Glühbirne baumelt über ihrem rasierten Kopf. Sie ist schlank, hochgewachsen, nur ein wenig kleiner als Wilhelm. Ruhig sieht sie ihn an, aus grünen Augen unter langen, gebogenen Wimpern. Er bemerkt das Blut an den Knöcheln ihrer rechten Hand und weiß jetzt, dass Timur sich die gebrochene, grotesk verschwollene Nase nicht beim Aufprall gegen das Gitter geholt hat.

Sie hat keine Angst. Die Königin. Die Wölfin.

Später werden sie sich auf Deutsch unterhalten, Wilhelm wird ihren Akzent lieben. Doch als die Wölfin das erste Mal mit ihm spricht, tut sie es auf Französisch.

»Merci.«

Zwei Dinge werden Wilhelm in diesem Moment klar. Dass er sich unsterblich verliebt hat. Und dass sie es ihm ansehen muss, denn in seiner Wut hat er vergessen, die Kapuze aufzusetzen.

---

Ihr Name ist Anaïs, doch in Wilhelms Gedanken wird sie für immer die Wölfin bleiben. Ihr Großvater hat die zweitgrößte Bank Frankreichs gegründet; als Lasarows Männer sie holten, war sie auf einem der Weingüter ihrer Familie in der Provence, um ihren Stiefvater zu besuchen.

Wilhelm wird nie ganz verstehen, warum sie sich in ihn verliebt. Es liegt nicht daran, dass er sie vor Timur gerettet hat, sie ist eine Wölfin, braucht niemanden, der sie verteidigt. Vielleicht spürt sie, dass sie etwas schafft, was noch niemandem gelungen ist. Dass sie Wilhelms Weltbild ins Wanken bringt. Dass er zu zweifeln beginnt. Dass er ihr nach und nach immer mehr vertraut, so sehr, bis er schließlich sein Leben in ihre Hände gibt.

Er überlegt sich einen Plan, den er einen Monat später in die Tat umsetzen wird. Als er sie eines Morgens scheinbar tot in der Zelle findet, erklärt er der Wache, dass er sich persönlich um die Entsorgung kümmern wird. Er versteckt die Wölfin in der

Wachbaracke, richtet ihr dort eine kleine Wohnung ein. Dem General lässt er ausrichten, dass die Klientin an der Ruhr gestorben sei, und erinnert daran, dass die medizinische Versorgung der Anstalt noch immer nicht gewährleistet sei. Lasarow schäumt vor Wut, die Klientin war auf achteinhalb Millionen taxiert.

Es wird das einzige Mal sein, dass Wilhelm den General hintergeht.

Von nun an verbringt er jede freie Minute mit der Wölfin.

Sie könnte jederzeit flüchten. Dies würde sein Todesurteil bedeuten, eine Tatsache, die sie noch enger an ihn bindet. Irgendwann, beschließen sie, wird die Wölfin Kontakt mit ihrer Familie aufnehmen, später werden sie vielleicht gemeinsam nach Frankreich gehen. Mit dem Geld der Familie können sie an jedem Ort auf der Welt sorgenfrei leben. Doch bis dahin müssen sie warten. Wilhelm braucht die Einwilligung des Generals, er kann nicht einfach verschwinden. Lasarows Leute würden ihn überall finden, egal wo er sich versteckt. Wilhelm ist sicher, dass ihm eine einleuchtende Erklärung einfallen wird. Vielleicht werden sie auch warten, bis der General stirbt, er ist alt, mehr als ein paar Jahre kann es nicht dauern.

Die Wochen vergehen. Tagsüber kümmert sich Wilhelm um die Geschäfte, nachts verlässt er das Haus, schleicht sich im Schutz der Dunkelheit aus dem Dorf hoch zur Wachbaracke. Noch immer existiert der Tunneleingang im Keller nur auf dem Papier, es wird Jahre dauern, bis Wilhelm genug Leute hat, ihn zu realisieren.

Als die Wölfin dann schwanger wird, ist Wilhelm zunächst irritiert. Ein Kind werden sie kaum in der Baracke aufziehen können, obwohl er alles besorgt hat, damit sie sich wohl fühlt. Selbst ein Sofa hat er herangeschafft, es hat Stunden gedauert, es mit dem Karren in der Dunkelheit den Berg hochzuschaffen.

Dann wird ihm klar, dass er sie sowieso nicht mehr lange hier verstecken kann, die Mauern bröckeln bereits, das erste Unkraut sprießt auf dem Appellplatz.

Also schmiedet Wilhelm einen neuen Plan.

Einen einfachen, genialen Plan.

Wenn das Kind da ist, werden sie im Dorf wohnen. Niemand dort unten hat die Wölfin jemals zu Gesicht bekommen. Alle werden sich freuen, wenn ihnen ihr zukünftiger Bürgermeister die junge Französin vorstellt, die er auf einem Treffen der kommunistischen Jugend in Ostberlin kennengelernt hat. Auch die Wachen werden kein Problem sein. Zwei der Litauer sind bereits ausgetauscht worden, beim dritten ist es nur eine Frage der Zeit, wenn er sich nicht vorher zu Tode säuft. Der jugoslawische Koch ist unwichtig, er hat keine Ahnung, wer seine wässrige Suppe und die angeschimmelten Brotkanten isst.

Bleibt nur Timur.

Die Dörfler lieben ihn, er verteilt ständig Schnaps, säuft mit den Bauern um die Wette. Niemand schöpft Verdacht, alle glauben, die Russen hätten Timur abgestellt, um die Kommunisten beim Aufbau ihrer neuen Partei zu unterstützen.

Timur hat Wilhelm die Geschichte abgekauft. Auch er ist überzeugt, dass die Wölfin tot ist. Wilhelm könnte ihm die Wahrheit erzählen, doch er zieht diese Möglichkeit nicht eine Sekunde lang in Betracht.

Sein Leben liegt in den Händen der Wölfin. Sie macht keinen Hehl daraus, wie sehr sie seine Geschäfte verabscheut. Doch sie lässt ihn gewähren, weil sie ihn liebt. Sie ist klug, denn sie hat verstanden, dass Wilhelm keine Wahl hat. Selbst wenn er wollte, er kann nicht einfach beenden, was er begonnen hat.

Die Wölfin ist stark. Sie ist wunderschön. Und sie erwartet sein Kind. Wilhelm vertraut ihr. Bedingungslos. Er ist ihr ausgeliefert, auf Gedeih und Verderb. Nie, niemals im Leben hätte er damit gerechnet, und er wird es auch nicht wieder zulassen. Schon gar nicht bei Timur. Wahrscheinlich würde er den Mund halten, doch er hätte Wilhelm für immer in der Hand.

Nein. Timur muss weg.

Es ist Spätsommer, als Wilhelm seinen Tod beschließt, zwei Monate vor der Geburt. Sie haben beschlossen, das Kind in der Baracke zur Welt zu bringen. Zwei Wochen später, wenn die Wölfin sich erholt hat, werden sie zusammen ins Dorf gehen. Wilhelm ist besorgt, er weiß nicht, wie er bei der Geburt helfen soll. Die Wölfin lacht ihn aus. Ja, sie ist stark, doch Wilhelm ist unsicher. Im übernächsten Dorf wohnt eine Hebamme. Wenn er sie holt, wird er sie töten müssen. Der Gedanke gefällt Wilhelm nicht, also beschließt er, später darüber zu entscheiden. Auch über die Art, wie genau er Timur aus dem Weg räumen wird, will er in Ruhe nachdenken.

Doch er wird beide nicht töten müssen.

Die Hebamme nicht, weil das Kind zwei Wochen zu früh kommt.

Und Timur nicht, da sein Tod sich erübrigt. Denn an seiner Stelle stirbt jemand anderes und somit auch das Geheimnis, mit dem er Wilhelm hätte erpressen können.

Wilhelm schafft es zwar, seiner Tochter auf die Welt zu helfen. Doch es gelingt ihm nicht, die Blutung der Wölfin zu stoppen.

»Esther«, sagt die Wölfin noch. »Ich will, dass sie Esther heißt.«

Dann ist sie tot.

# KAPITEL 38

»Das Kind lag quer«, murmelte Wilhelm. »Ich konnte nichts tun. Sie hätte einen Kaiserschnitt gebraucht.«

Er sah zu den bemoosten Steinen, die sich undeutlich hinter den jungen Birken abzeichneten. Winzige Eintagsfliegen schwirrten über seinem kantigen Kopf, bildeten einen flirrenden Heiligenschein über dem weißen, kurzgeschnittenen Haar.

»Du …« Elias schluckte. »Du hast mir nie etwas über meine Familie erzählt.«

»Niemand durfte davon wissen.«

»Warum …«

»Warum ich's *jetzt* tue? Es ist nicht mehr wichtig. Und du hast ein Recht, alles zu erfahren. Damals …«

Ein gellender Schrei zerriss die morgendliche Stille. Neben dem Wachturm stoben ein paar aufgeschreckte Tauben auf.

»… musste ich mich schützen«, fuhr Wilhelm gleichmütig fort. »Jetzt nicht mehr. Ich bin alt, ich …«

»Sie heißt Carlotta«, unterbrach Elias ruhig.

Der Alte hob die Brauen. »Was?«

»Das Mädchen. Deine … *Klientin.* Ihr Name ist …«

»Wie auch immer.«

»Deine Leute haben sie gerade …«

»… geschnappt?« Wilhelm warf einen Blick zu dem Spalt, hinter dem Carlotta durch die Mauer verschwunden war. »Natürlich, was dachtest *du* denn?«

Plötzlich war Elias sehr, sehr müde. So müde wie nie zuvor in seinem Leben. Er sehnte sich nach einem Bett, einer Decke, die er über den Kopf ziehen konnte. Nach Ruhe. Schlaf. *Langem* Schlaf. Nie wieder aufwachen. Nie, nie wieder. Und Martha, nach ihr sehnte er sich auch. Wie lange hatte er nicht mehr an sie gedacht?

Als er sich an Kolberg wandte, klang seine Stimme brüchig, als wäre er um zwanzig Jahre gealtert.

»Du … du hast mich …«

Er verstummte erschöpft. Kolberg erwiderte seinen Blick. Seine Augen verschwanden hinter der Brille, die ersten Sonnenstrahlen spiegelten sich in den Gläsern.

»Das alles hier …«

Elias wurde vom Knacken des Funkgeräts unterbrochen.

»Person ist in Gewahrsam«, schnarrte eine tiefe Stimme.

Es war ein Mann. Ein Mann, den Elias kannte.

»Festhalten«, befahl Kolberg knapp und verstaute das Funkgerät wieder neben dem Pistolenholster am Gürtel.

Langsam, sehr langsam hob Elias den Kopf. Der Tag würde schön werden, keine Wolke war zu sehen. Ein einsamer Kondensstreifen zog sich quer über den Himmel, blutrot gefärbt vom Licht der aufgehenden Sonne.

Fliegen, dachte Elias, wäre jetzt auch schön. Einfach wegfliegen und nie wiederkommen. Alles vergessen. Wilhelm. Kolberg. Meine Dummheit.

Er öffnete den Mund, aber er hatte keine Lust mehr zu reden.

Da draußen waren keine Polizisten. Waren nie dort gewesen. Nein, der Mann, der soeben am Funkgerät verkündet hatte, Carlotta *in Gewahrsam* genommen zu haben, war alles andere als ein Polizist.

Es war Arne Barbossa.

---

»Du wolltest mich nicht befreien«, murmelte Elias. »Du hast mich hierhergeführt. Zu ihm.«

Kolbergs Antwort bestand aus einem spöttischen Heben der Mundwinkel.

Ein leichter Windstoß fegte über die Überreste der Außenmauer. Die Birken vor den Trümmern der Wachbaracke raschelten leise, die Disteln auf dem Appellplatz bewegten sich sacht.

»Willst du nicht wissen, warum?«

Wilhelms Stimme, ein paar Meter hinter Elias. Er antwortete nicht, sah sich auch nicht um. Es war ihm egal. *Alles* war egal. Nein, nicht alles.

»Was habt ihr mit ihr vor?«

Die Frage kam unvermittelt, doch Wilhelm verstand, was Elias meinte.

»Barbossa bringt sie in ihre Zelle.«

»Und dann?«

»Das wird sich zeigen.« Der Alte hob die Schultern. »Jedenfalls wird sie ihre Zelle nicht lebend verlassen. Wie genau mit ihr verfahren wird, liegt im Ermessen des Meisters. Vielleicht wird es ja *deine* Entscheidung. Die erste, die du zu treffen hast.«

Kolbergs Lachen hallte über den Appellplatz.

»Was«, zischte der Alte, »ist so lustig?«

Das Lachen verstummte.

»Sei vorsichtig.« Wilhelm ging durch das Unkraut auf Kolberg zu. Ein Dachziegel barst unter seinen Schritten. »Noch habe *ich* hier das Sagen.«

Er hob die Hand. Der Ärmel des schwarzen Pullovers rutschte hoch, gab die Tätowierung am Handgelenk frei. Elias sah zu Kolberg und wusste jetzt, was dieser die ganze Zeit unter der Uhr mit dem breiten Lederarmband verborgen hatte.

Kolberg trug dieselbe.

## KAPITEL 39

Die Zeremonie ist ein wenig übertrieben, findet Wilhelm. Doch er lässt es sich nicht anmerken, denn dem General ist es sehr, sehr ernst.

Nach zwei Jahren ist Lasarow plötzlich hier aufgetaucht, ohne vorherige Ankündigung. Die Leute im Dorf haben tuschelnd die Köpfe zusammengesteckt, als er in seiner glänzenden Limousine vorgefahren wurde. Wilhelm wird ihnen morgen erklären, dass ein hoher russischer Funktionär sich persönlich überzeugen wollte, welche Fortschritte der Aufbau des ersten sozialistischen Staates auf deutschem Boden macht.

Und es ist keine komplette Lüge, denn die *Fortschritte* sind nicht zu übersehen, jedenfalls unter der Erde. So ist es kein Wunder, dass Lasarow äußerst angetan war, als Wilhelm ihn durch die Anlage geführt hat.

Sie stehen in dem Raum, den Wilhelm ein paar Meter vor dem Durchgang in den Keller seines Hauses hat anlegen lassen. Dies, hat Lasarow bestimmt, sei der geeignete Ort für die Zeremonie, und Wilhelm hat sich insgeheim beglückwünscht, dass die Arbeiten viel schneller beendet waren als geplant. Der Verbindungstunnel ist erst vor einem knappen Monat fertig geworden, der Kalk an den Wänden noch frisch, der Beton gerade getrocknet.

Lasarow hat einen Tisch aufstellen lassen, ein weißes Tuch ist darübergebreitet. Ein Madonnenbild, gerahmt von flackernden Kerzen, bildet eine Art Altar. Vier Männer sind vor dem Tisch versammelt, neben dem General und Wilhelm noch Timur und Lasarows Leibwächter, ein breitschultriger Asiate, der als Zeuge fungieren wird.

Lasarow hält eine Rede. In feierlichem, gestelztem Russisch spricht er über seinen Vater, der die Organisation vor über fünfzig Jahren ins Leben gerufen hat, von Treue, Familie, Ehre, unbedingter Verschwiegenheit bis in den Tod.

Dann reicht ihm der Asiate die Nadel, und während er Wilhelm tätowiert, murmelt er ununterbrochen vor sich hin. Er betet, bittet die Jungfrau Maria um Schutz für das neue Mitglied der Familie. Wilhelm, jüngster Bürgermeister im Umkreis von fünfzig Kilometern, verzieht keine Miene. Das Parteiabzeichen am Revers seines Anzugs flackert im Kerzenschein.

Die brennende Blume, erklärt der General und legt die Nadel weg, ist ein uraltes Zeichen.

*Znak.*

Die Sonne steht für das Licht. Die Blume für Vergänglichkeit. Hell und dunkel, Anfang und Ende, für immer vereint. Bis in den Tod.

»*Do smerty, moi General*«, wiederholt Wilhelm.

Lasarow ist längst pensioniert, doch Wilhelm weiß, wie sehr ihm seine Stellung gefallen hat. Noch immer verströmt er eine Aura, der sich kaum zu entziehen ist. Das militärisch kurzgeschnittene Haar ist grauer geworden, der buschige Schnauzbart ebenso, doch auch ohne die Uniform bleibt Lasarow eine eindrucksvolle Erscheinung.

Lasarow gibt Wilhelm drei Küsse. Zwei auf die Wangen, einen auf den Mund. Letzterer ist besonders lang. Und unangenehm, Wilhelm spürt den struppigen Schnauzer, die feuchten Lippen, den sauren Atem des alten Mannes und ist erleichtert, als es endlich vorbei ist.

Ich hatte nie einen Sohn, erklärt Lasarow. Seine Augen glänzen, als er mit bebender Stimme hinzufügt, dass er mit Wilhelm nun endlich einen gefunden habe.

Auch das klingt pathetisch, doch Wilhelm spürt einen Kloß

im Hals. Er schämt sich ein wenig, dass er diesen Mann, der ihn gerade zu seinem Sohn, seinem Nachfolger erklärt hat, beinahe hintergangen hätte. Doch das ist vergessen, die Wölfin ist tot, ihr Grab neben dem Wachturm unter wildem Klatschmohn und Löwenzahn verschwunden.

Der Asiate tritt vor, macht eine tiefe Verbeugung und schwört Wilhelm ewige Treue. Timur wiederholt das Ritual, und als er sich aufrichtet, treffen sich ihre Blicke. Wilhelm sucht nach Anzeichen von Neid, Wut oder Ähnlichem, doch Timurs Augen bleiben leer. Das ist nicht gespielt, Wilhelm hat ihn längst unter Kontrolle. Er führt das Rudel. Und das wird er weiter tun, unangefochten bis zum Ende.

Lasarow strafft sich und beendet das Ritual.

*Dieser Mann ist der zukünftige Meister. Nach meinem Tod, der mit Gottes Hilfe noch in weiter Ferne liegt, wird er meinen Platz einnehmen. Möge die Jungfrau Maria ihm beistehen.*

Wilhelm erhält einen weiteren Kuss.

Du wirst mich nicht enttäuschen, sagt Lasarow. Und ebenso wie ich wirst auch du irgendwann einen würdigen Nachfolger bestimmen. Vielleicht hast du ihn schon gefunden.

Er hat sich auch das Haus zeigen lassen. Als er Esther in ihrer Wiege sah, hat er nicht nach ihrer Mutter gefragt. Er wollte nur wissen, ob Wilhelm ihr Vater sei. Als Wilhelm bejahte, hat Lasarow das schlafende Kind aus der Wiege genommen, und obwohl Esther aus Leibeskräften schrie, hat er sie erst wieder zurückgelegt, nachdem er sie ausgiebig gemustert hatte.

Ein gutes Kind, hat er gesagt und Wilhelm einen freundlichen Klaps auf den Rücken gegeben. Ein starkes Kind.

Nun, Wilhelm geht ebenfalls davon aus. Esthers Mutter war eine Wölfin, ihr Vater ist Anführer des Rudels.

Wie kann sie da nicht stark sein?

## KAPITEL 40

»Es war ein Irrtum«, murmelte Wilhelm.

Seine Lippen bewegten sich kaum. Er wandte den Kopf und betrachtete seinen Enkel, der abwesend, mit hängenden Schultern neben dem Schuttberg stand, der sich aus den Trümmern der halb eingestürzten Mauer gebildet hatte. Elias sah jämmerlich aus in dem fleckigen, aus der zerbeulten Hose hängenden Hemd, dem dünnen, wirr abstehenden Haar, den grauen Bartstoppeln auf den bleichen Wangen. Als hätte er die Nacht in einem Müllcontainer verbracht.

Ein Eichhörnchen hüpfte über die schwankenden Zweige der Birken, huschte zwischen ein paar Brennnesseln eine schief herabhängende Dachrinne hinauf und verschwand in einer Fensteröffnung der Wachbaracke.

Der alte Mann dachte an seine Tochter, die dort hinten zur Welt gekommen war. Esther hatte seine Erwartungen nicht erfüllt, und die Hoffnung, dass die Anlagen ihrer Eltern eine Generation übersprungen hatten, schien sich anfangs ebenfalls zu zerschlagen. Elias war ein weiches, verträumtes Kind gewesen, Wilhelm hatte schnell einsehen müssen, dass er ungeeignet war. Doch jetzt, fast vierzig Jahre später, war er gezwungen worden, seine Entscheidung zu überdenken, und mittlerweile glaubte er, dass zumindest ein Fünkchen Hoffnung nicht unrealistisch war.

Kolberg, der sich bisher zurückgehalten hatte, meldete sich zu Wort.

---

»Er ist nicht nur zu weich, Wilhelm.«

Elias beobachtete, wie Kolberg gemächlich herbeigeschlendert kam. Seine Spur zeichnete sich hinter ihm in den wuchernden Disteln ab.

»Er ist auch *dumm*«, fuhr Kolberg fort, ohne Elias anzusehen. Seine Hosenbeine waren feucht vom Morgentau, Kletten hatten sich im Stoff verfangen. »Ich meine«, er hob die Arme, »wie unglaublich dämlich muss man sein, um mir diese Geschichte abzukaufen?«

»Du bist kein Polizist«, murmelte Elias. »Bist nie einer gewesen.«

»Guck mal einer an.« Kolberg vollführte eine Vierteldrehung, bedachte Elias mit einem höhnischen Grinsen. »Der Herr ist ein Blitzmerker.«

Wilhelm beobachtete die beiden aus trüben, müden Augen.

»Du hattest meine Visitenkarte. Zugegeben«, nickte Kolberg, »die sah ziemlich echt aus. Aber jedes Mal, wenn du mich im …«, ein Kopfschütteln, »*Präsidium* angerufen hast, saß ich ein paar Meter von dir entfernt unter der Veranda und hab mir die Sonne auf den Bauch scheinen lassen.« Unvermittelt wandte er sich wieder an Wilhelm. »Verstehst du denn nicht? Dieser Kerl ist ein *Vollidiot*!«

Da hat er wohl recht, dachte Elias.

Schritte erklangen, Steine polterten. Ein massiges, bärtiges Gesicht tauchte in der Maueröffnung über dem Schuttberg auf. Schwerfällig kletterte Arne Barbossa auf den Haufen, rutschte unbeholfen wieder hinab und blieb in einer Staubwolke stehen.

»Sie ist in der Zelle«, erklärte er gleichmütig. »Siegmund ist bei ihr. Sicherheitshalber. Nicht, dass sie uns noch mal durch die Lappen …«

»Wen haben wir denn *da*?«, unterbrach Kolberg, die Augen, in scheinbarer Überraschung geweitet, auf Elias gerichtet. »Ich dachte, Arne ist tot! Ich habe ihn doch erschossen! Hm.« Er kratzte sich mit dem Pistolenlauf an der Schläfe. »Da muss ich wohl gelogen haben.«

Barbossa spitzte die bärtigen Lippen. Ein Pfiff gellte über den Appellplatz, ein Schatten tauchte auf dem Trümmerberg auf. Im nächsten Moment hockte der Hund neben Barbossa, die gelben Augen auf Elias gerichtet.

»Tut mir leid, Elias.« Barbossa rieb sich die großen, staubigen Hände. »Mit deiner Lichtmaschine, meine ich. Die war wirklich verdammt schwer zu besorgen.«

Es klang wie eine Entschuldigung. Doch seine Augen unter den schwarzen, struppigen Brauen funkelten höhnisch.

»Fick dich, Arne.«

Wilhelm quittierte Elias' Worte mit einem zufriedenen Nicken. Er hielt die Bemerkung für eine Beschimpfung, für ein Zeichen der Wut. Doch das war nicht der Fall, und wenn ja, richtete sie sich gegen Elias selbst. Allerdings eher aus Resignation, er war weder wütend noch ängstlich. Selbst der Hund interessierte ihn nicht. Er hatte sich vorführen lassen, zuerst von Kolberg, dann von Barbossa, der die Reparatur des Passats einzig und allein deshalb verzögert hatte, um Elias so lange wie möglich an der Abreise zu hindern. Was ihnen auch gelungen war.

Kolberg sah auf die Uhr. Als er sich an Wilhelm wandte, wirkte er ungeduldig.

»Wo bleiben die anderen?«

»Er«, der Alte deutete auf Barbossa, »ist hier. Das ist ausreichend.«

»Wie du meinst.«

Achselzuckend öffnete Kolberg die Klettverschlüsse und streifte die Schutzweste ab. Verblüfft sah Elias, wie Kolberg begann, hin und herzulaufen wie ein Sprinter, der sich kurz vor dem Hundertmeterlauf noch einmal aufwärmt, schließlich in zehn Meter Entfernung Aufstellung nahm und gelangweilt bekanntgab, dass der Test jetzt beginnen könne. Elias' Verblüffung wich einem ungläubigen Staunen, während der Alte mit ruhiger Stimme erklärte, was er von seinem entsetzten Enkel erwartete.

---

»Er oder du, Elias.«
Die Worte seines Großvaters klangen verwaschen, dumpf, wie von einem alten Tonband abgespielt. Elias' Hirn arbeitete auf Hochtouren, sein übermüdeter Verstand, krampfhaft bemüht, das Gehörte zu verarbeiten, drohte zu überhitzen wie die Maschine einer außer Kontrolle geratenen Dampflok.
Die Zeit, hatte Wilhelm gesagt, sei abgelaufen. Die Einrichtung müsse evakuiert werden, er selbst werde diese Aufgabe nicht mehr übernehmen. Ihr beide, hatte er hinzugefügt, tragt das Zeichen.
»Einer von euch wird mein Nachfolger.«
Kopfschüttelnd betrachtete Elias die Pistole. Seit Stunden schleppte er sie jetzt mit sich herum, doch es schien, als sähe er sie nun zum ersten Mal.
»Du hast es in der Hand, Elias.«
Ein Duell. Wie im billigsten Western der Welt.
Die Sonne erschien über den schartigen Resten der Mauerkrone. Elias kniff geblendet die Augen zusammen, während Kolberg zu einem Schemen verschwamm. Breitbeinig stand er im Gras, die Waffe locker in der rechten Hand neben dem Oberschenkel.
Er ist clever, dachte Elias. Er steht so, dass er die Sonne im Rücken hat, das bringt ihm einen Vorteil, er …

*Verflucht nochmal! Worüber denke ich hier eigentlich nach?*

»Sieh ihn dir an, Wilhelm!« Das war Kolberg. Kopfschüttelnd, die Stimme triefend vor Hohn. »*Das* soll dein Nachfolger werden? Der nächste Meister? Dieses verfettete …«

»Still!«, bellte der Alte.

Ein Sperling zischte dicht über ihren Köpfen vorbei.

»Es ist *meine* Entscheidung«, fuhr Wilhelm fort, wieder sachlich wie zuvor. »Ich habe das Recht dazu. Einer stirbt. Der andere lebt. Und wird der Meister. Du bist Zeuge.« Der letzte Satz war an Barbossa gerichtet. »Und wirst dafür sorgen, dass alle es akzeptieren.«

»Komm schon, Elias!«, rief Kolberg. »Fass sie wenigstens richtig an!«

Elias stand mit gesenktem Kopf da, die leeren Augen auf die Pistole in seinen Händen gerichtet. Ein neuer Gedanke schoss ihm durch den Kopf.

*Wo*

»Du bist dazu fähig, Elias.«

*ist*

»Ich weiß es.«

*Anna?*

Elias' Finger schlossen sich um den Pistolengriff. Er sah hinüber zu Kolberg, der sich lächelnd spannte, dann zu Wilhelm.

»Deine Großmutter ist hier oben verblutet«, sagte der Alte. »Ich will nicht, dass es meinem Enkel ebenso ergeht. Aber wenn es sein muss, dann muss es sein.«

Ich habe seine Augen geerbt, dachte Elias. Dasselbe Grau, die gelblichen Splitter um die Pupillen. Mehr habe ich nicht von ihm.

Ein Gedanke formte sich in seinem Kopf.

*Ich will nicht sterben.*

Ein weiterer.

*Das muss ich auch nicht.*

Dann kam die Erkenntnis. Vage erst, wie das Brausen eines heranrasenden Zuges in einem Tunnel, langsam klarer werdend, ähnlich dem fernen Glimmen des Scheinwerfers, um schließlich als gleißendes Licht in Elias' Verstand zu explodieren.

Seine Zunge fuhr über die Lippen, er spürte den Kupfergeschmack.

*Ich habe es schon einmal getan.*

Er hob die Waffe.

»Du wirst nicht schießen«, lächelte Kolberg.

»Doch«, nickte Elias.

Und drückte ab.

## KAPITEL 41

*Er steht im Garten. Der Ball liegt unter dem Apfelbaum im Gras. Ein schöner Ball, gelb mit roten Marienkäfern, Elias hat ihn von Opa Wilhelm zu Ostern bekommen. Er spielt oft mit dem Ball, fast jeden Tag. Aber jetzt hat Elias keine Lust, obwohl Opa Wilhelm gesagt hat, dass er's tun soll.*

*Elias weiß jetzt, dass Mama nicht schläft. Das hat er vorher schon geahnt, schließlich hat er noch nie gesehen, dass jemand mit offenen Augen schläft. Aber als er den großen Fleck unter Mamas Kopf gesehen hat, da ist ihm klargeworden, dass etwas Schlimmes passiert ist. Er kann sich nur nicht daran erinnern. Er weiß noch, dass er wütend auf Mama war, weil er die Eisenbahn nicht mitnehmen durfte. Und sie hat überhaupt nicht auf ihn ge-*

*achtet, sie hat sich die ganze Zeit mit Opa Wilhelm gestritten, und das hat Elias noch wütender gemacht, weil es Mama egal war, dass er geweint hat. Sonst hat sie ihn dann immer getröstet, aber diesmal …*

*Eine Stimme dringt aus der Küche. Onkel Timur ist gekommen. Die beiden reden leise miteinander, dann fangen sie an zu streiten. Onkel Timur sagt, dass sie so wie die anderen entsorgt werden soll, aber das will Opa Wilhelm nicht. Elias versteht nicht, was sie damit meinen, aber er will, dass sie endlich aufhören zu streiten, er geht hinein, und als sich die bunten Fliegenbänder flatternd hinter ihm schließen, da sieht er, dass Mama jetzt neben dem Besenschrank liegt, und von der Heizung, wo sie zuvor gelegen hat, zieht sich eine dunkle Schleifspur zu ihrem Kopf. Elias sieht auch, dass die Trümmer seiner Eisenbahn überall in der Küche verstreut sind und dass Opa Wilhelm und Onkel Timur am Küchentisch sitzen. Opa Wilhelm hat den Kopf auf die Unterarme gelegt, er weint tatsächlich, aber Onkel Timur weint nicht, im Gegenteil, er sitzt breitbeinig auf seinem Stuhl und lächelt Elias an.*

*Sieh mal einer an, sagt er, der kleine Racker hat mehr auf dem Kasten, als ich dachte.*

---

Der Schuss hallte wie ein Peitschenknall zwischen den uralten Mauern wider. Aus Kolbergs Richtung war ein dumpfer Aufschlag zu hören, Elias achtete nicht darauf, er ließ die Pistole fallen und wandte sich Wilhelm zu. Dieser nickte zufrieden, Pulverdampf waberte um sein faltiges Gesicht.

»Siehst du? Du bist dazu fähig. Man muss nur die richtigen Umstände schaffen, dann ist *jeder* dazu fähig.«

Hinter ihm war der Hund aufgesprungen, ein tiefes Knurren

drang zwischen den gefletschten Zähnen hervor. Barbossas haarige Pranke krallte sich in das Halsband, es dauerte einen Moment, bis er das aufgeschreckte Tier beruhigt hatte.

»Du hast es gesehen!« Wilhelm hob die Stimme, die Worte galten Barbossa. »Ich habe dich als Zeugen bestimmt, und du wirst bestätigen, dass er ...«

»Du wolltest mich schützen«, unterbrach Elias leise. »Du ... du wolltest, dass ich's vergesse, weil du mich schützen wolltest.«

Für einen Außenstehenden ergab dies nicht den geringsten Sinn, doch der Alte verstand sofort, obwohl seine Miene unbewegt blieb wie zuvor.

»Du erinnerst dich also.«

»Du wolltest mich schützen«, sagte Elias zum dritten Mal. »Aber nicht vor der Wahrheit.«

Er schloss einen Moment die Augen, bevor er fortfuhr.

»Sondern vor mir selbst.«

---

*Onkel Timur lächelt noch immer. Das Lächeln gefällt Elias nicht, weil Onkel Timurs Augen aussehen, als gehörten sie einem toten Fisch. Also schaut er lieber woandershin, und als er die Trümmer seiner Eisenbahn sieht, fällt es ihm wieder ein.*

*Erst hat er Mama am Ärmel gezogen, aber die hat es gar nicht bemerkt. Sie hat Opa Wilhelm angeschrien, dass sie jetzt gehen werde, jetzt, sofort, und dass sie NIE, NIE WIEDER zurückkommen werde, dass sie Elias mitnehme und dass Opa Wilhelm es ja nicht WAGEN solle, sie aufzuhalten.*

*Elias hat sie noch nie so wütend gesehen. Opa Wilhelm offensichtlich auch nicht, er ist ganz blass geworden. Aber das hat Elias kaum interessiert, er wollte sein Spielzeug mitnehmen, seine*

*DAMPFLOK, und das hat er auch gerufen, aber Mama war das egal.*

*Komm, hat sie zu ihm gesagt, wir müssen jetzt los, der Bus kommt gleich. Wir können die Eisenbahn nicht mitnehmen, sie ist zu groß.*

*Das stimmt, sie ist groß, Elias musste sie mit beiden Armen umklammert halten. Aber deshalb mag er sie ja so sehr.*

*Wir kaufen dir eine neue, versprochen.*

*Kopfschüttelnd hat Elias die Eisenbahn an die Brust gepresst. Es ist SEINE. Sein Lieblingsspielzeug.*

*Mama hat Elias am Ärmel gegriffen, aber er hat sich nur noch fester an die Bahn geklammert. Jetzt ist sie wütend auf IHN geworden. Ich will, dass du auf mich hörst, hat sie gesagt, ich will nicht, dass du ein böser Junge bist! Und das wollte Elias auch nicht, er hat Mama noch nie widersprochen, aber sonst hat sie ihm auch immer zugehört.*

*Bitte, Elias. Wir müssen los.*

*Sie hat nach der Eisenbahn gegriffen, aber Elias hat nicht losgelassen. Opa Wilhelm wollte zu ihnen kommen und etwas sagen, aber Mama hat ihn nur angeguckt, da ist er stehen geblieben.*

*Und dann hat Mama an der Lok gezogen, und als die dann auf den Boden gefallen ist und die Teile überall herumlagen, da hat Elias geweint. Mama hat auch geweint, aber Elias hat es kaum gesehen, weil alles nur noch verschwommen war.*

*Es tut mir leid, hat Mama geschluchzt, es tut mir so leid.*

*Sie wollte Elias in die Arme nehmen, aber jetzt musste sie ihn auch nicht mehr trösten. Das war GEMEIN!, hat Elias geschrien. Ich will dich nie wiedersehen! NIE WIEDER!*

*Und dann hat er Mama geschubst. Und Mama ist nach hinten gestolpert. Er hat gesehen, wie der Schornstein der Dampflok unter ihrem Schuh zerbrochen ist. Und dass sie gefallen ist. Ihr Hinterkopf ist gegen die Tischkante geprallt. Elias hat noch das Knacken gehört, dann war plötzlich alles schwarz. Das hat eine Weile gedauert, und als er die Augen wieder aufgemacht hat, stand Opa Wilhelm vor ihm und hat ihn in den Garten geschickt. Es ist nie passiert, hat er gesagt. Du wirst es vergessen.*

---

»Du wolltest mich damals gar nicht loswerden.« Elias lauschte den eigenen Worten, als habe er Schwierigkeiten, ihren Sinn zu erfassen. »Du hast mich ins Heim gegeben, weil mich das Haus immer wieder daran erinnert hätte. Du hast mich nicht besucht, weil *du* mich daran erinnert hättest. Selbst vorhin, als ich gesagt habe, dass du sie umgebracht hättest, hast du nicht widersprochen.«

»Es war ein Unfall«, sagte Wilhelm.

»Ich weiß«, nickte Elias bedächtig. »*Jetzt* weiß ich es. Du wolltest mir helfen. Über die Art und Weise ließe sich streiten, aber allein die Tatsache, dass du's versucht hast, ist beachtlich. Ich hätte nicht erwartet, dass jemand wie du zu einer menschlichen Regung fähig ist.«

Die Sonne war höher gestiegen. Tau glitzerte im knietiefen Unkraut, blitzte in den rostigen Resten der Stacheldrahtrollen auf der Mauerkrone, tropfte von den löchrigen Dachrinnen des Hauptgebäudes.

»Wir werden das später besprechen«, beschied Wilhelm. »Jetzt müssen wir ...«

»Mich zum *Meister* erklären? Das war doch der Sinn dieses ... *Tests*, oder? Du wolltest mir klarmachen, dass ich fähig bin, einen Menschen zu erschießen. Und wenn ich *das* kann, bin ich auch in der Lage, dein Nachfolger zu werden. Richtig?«

Der Alte nickte stumm.

»Und wie geht's jetzt weiter? Gibt es irgendein ... Ritual?

Wird das alles mit Blut besiegelt? Muss ich 'ner Fledermaus den Kopf abbeißen? Oder ...«

»Wir werden ein Protokoll aufsetzen.« Wilhelm überhörte den beißenden Sarkasmus. »Danach werde ich meine Geschäftspartner informieren, und du erhältst die Befehlsgewalt.«

Elias blickte nachdenklich zu Boden, schob mit dem Schuh das Unkraut zur Seite und vertiefte sich einen Moment in den Anblick einer geborstenen Bierflasche.

»Einen Befehl«, sagte er dann und hob den Kopf, »würde ich gern sofort geben.«

Wilhelm sah ihn erwartungsvoll an.

»Du kannst jetzt aufstehen!«, rief Elias. »Na los, Felix!«

## KAPITEL 42

Elias Haack war kein mutiger Mensch. Er selbst hätte dies auch kaum von sich behauptet, abgesehen davon war er im Verlauf seines knapp vierzigjährigen Lebens nie ernsthaft in die Verlegenheit gekommen, etwas in dieser Art unter Beweis stellen zu müssen. Doch als Geschichtenerzähler war E. W. Haack ein mit allen Wassern gewaschener Profi, dem genau bewusst war, dass jedes scheinbar noch so nebensächliche Detail eine Story, eine *gute* Story, grundlegend verändern kann.

»Ich weiß nicht, was mich mehr ärgert«, sagte er zu Wilhelm, das Rascheln in seinem Rücken ignorierend. »Dass du immer noch glaubst, ich würde diesen Irrsinn mitmachen, oder dass du mich für dermaßen dumm halten konntest. Klar, ich *bin* dämlich, da hat er recht.« Ohne sich umzudrehen, wies Elias über die Schulter auf Felix Kolberg, der sich hinter ihm aufgerappelt hatte. »Aber selbst ein Idiot wie ich verfügt wenigstens über ein Fünkchen Verstand. Ich hoffe«, er hob die Stimme, »du hast keine Grasflecken abbekommen, Felix!«

»Ich hatte geglaubt«, Wilhelms Augen verengten sich, »du hättest Vernunft angenommen.«

»Oh, das hab ich!«, nickte Elias. »Leider wieder mal zu spät, das gebe ich zu. Sonst hätte ich schon vor Stunden mitbekommen, dass ich nicht mit 'ner Waffe, sondern einer Attrappe durch die Gegend gerannt bin. Ich muss zugeben,« er wandte sich Kolberg zu, »du hast eine Glanzleistung abgeliefert, besonders als du mich im letzten Moment aus den«, er malte ein paar Anführungszeichen in die Luft, »*Fängen des bestialischen Doktor Stahl* gerettet hast, war wirklich beeindruckend. Apropos.« Elias kratzte sich scheinbar nachdenklich an der Schläfe. »Wo ist der eigentlich?«

»Er wird bald hier sein«, sagte Wilhelm.

»Natürlich.«

Elias schwieg einen Moment.

»Natürlich«, wiederholte er dann.

Kolberg stand schweigend mit verschränkten Armen im Gras. Hinter ihm flüsterten die Blätter der Birken im Wind.

»Du sagtest, du hättest ihn erschossen, Felix.« Elias deutete auf Barbossa, der breitbeinig am Rand des Trümmerbergs auf einem fauligen Dachbalken hockte. »Ich hab das geglaubt, aber als er vorhin hier aufgetaucht ist, da dachte ich: Wenn Barbossa noch lebt, dürfte Stahl ebenso wenig tot sein.«

»Hervorragend kombiniert, Watson«, grinste Kolberg.

Felix Kolberg war wütend. Dieses dämliche Spielchen war ihm von Anfang an zuwider gewesen, jetzt ging es ihm gehörig auf die Nerven. *Alles* hier ging ihm auf die Nerven, vor allem das Gerede dieses aufgeblasenen Wichtigtuers, der hier den Superschlauen gab, obwohl er die halbe Nacht mit einer (zugegebenermaßen täuschend echt wirkenden) Spielzeugknarre unterwegs gewesen war, ohne es im Geringsten zu ahnen. Man musste weiß Gott kein Genie sein, diesen uralten Trick zu durchschauen.

Er verstaute seine Pistole im Holster, hob die Schutzweste auf und streifte sie über, ohne sie zu schließen, während Mister Superschlau erklärte, was selbst einem Kleinkind längst klargeworden wäre. Dass Kolberg mit Platzpatronen auf Stahl geschossen und die Waffe dem Wichtigtuer dann gegeben hatte. Und es stimmte, nie im Leben hätte er damit gerechnet, dass Mister Superschlau tatsächlich abdrücken würde. Er hatte es doch getan und Kolberg damit einen gehörigen Schreck eingejagt, o ja, doch nun, da er wusste, warum, hatte die Sache ein Gutes.

Kolberg hatte von Anfang an gewusst, was der Alte mit seinem albernen Test bezwecken wollte. Er hatte seinem Enkel beweisen wollen, dass er zumindest theoretisch dazu fähig war, einen Menschen zu töten. Nun, das war danebengegangen, und zwar gründlich, schließlich hatte Elias gewusst, dass er mit einer Attrappe schoss.

Der Alte stand wie versteinert im Gras. Wie immer sah man ihm nicht an, was er dachte. Kolberg hatte seine Anweisungen widerspruchslos befolgt, Wilhelm war der Meister, niemand stellte seine Befehle in Frage. Vor allem nicht, wenn man seinen Platz einnehmen wollte. Und dazu war Felix Kolberg entschlossen, schließlich trug er das Zeichen, und seit knapp einem Jahr war er praktisch schon am Ziel gewesen. Ein paar Geschäfte hatte er bereits allein abgewickelt, und es schien nur eine Frage der Zeit zu sein, dass Wilhelm ihn auch offiziell zu seinem Nachfolger erklärte.

Bis plötzlich sein Enkel aufgetaucht war. Jedem, wirklich *jedem*, musste auf den ersten Blick klar gewesen sein, dass es irrsinnig war, diesen Schreiberling auch nur eine Sekunde lang ernsthaft in Betracht zu ziehen, doch Wilhelm hatte darauf bestanden. Wurde er langsam senil? Oder sentimental auf seine alten Tage? Egal, was davon zutraf. Es war ein Fehler.

Und Fehler durfte der Meister nicht machen. Niemals.

Elias kam einen Schritt näher. Er hatte keine Angst. Kein Wunder, er fühlte sich sicher, schließlich war er der Enkel des Meisters. Kolberg dachte an die Pistole in seinem Holster. Nun, *diese* Waffe war echt.

*Sei vorsichtig, Freundchen. Ganz, ganz vorsichtig.*

»Was hast du mit Anna gemacht, Felix?«

Kolberg antwortete nicht. Dieses Großmaul wollte ihr noch immer an die Wäsche. Er war sicher, dass die beiden nicht gefickt hatten. Trotzdem, Anna war aufmüpfig gewesen, Kolberg hatte zwar schon ein Hühnchen mit Madame gerupft, aber fertig war er noch lange nicht mit ihr.

---

»Ich hab dich was gefragt, Felix. Wo ist sie?«

Elias rechnete auch jetzt nicht mit einer Antwort, trotzdem ließ er ein paar Sekunden verstreichen. Als Kolberg ihn weiterhin hinter blitzenden Brillengläsern anstarrte, den Mund zu einem höhnischen Lächeln verzogen, wandte er sich seufzend an seinen Großvater.

»Du meintest vorhin, du wärst müde. Nun, das bin ich auch. Du weißt jetzt, dass ich mich nie, ich wiederhole, *niemals* an diesem Wahnsinn beteiligen werde, also lass uns dieses Schmierentheater beenden.«

»Ich hätte nie gedacht, dass ich das mal sagen würde.« Kolberg nahm die Brille ab, reinigte die Gläser an seinem Hemdzipfel. »Aber er hat recht. Du brauchst einen Nachfolger, Wilhelm. Es gibt nur einen, der in Frage kommt. Und dieser eine bin ich.«

»Das dachte ich früher auch«, sagte der Alte bedächtig. »Jetzt allerdings nicht mehr.«

---

Kolberg setzte die Brille wieder auf. Seine Finger zitterten nicht, er hatte von Wilhelm gelernt, sich seine Gefühle nicht anmerken zu lassen. Doch der Schweiß brach ihm unter der Schutzweste aus, trotz der kühlen Morgenbrise, die von den bröckelnden Mauern herabwehte.

Er ahnte, worauf der Alte hinauswollte. Eine Ahnung, die zur Gewissheit wurde, als die anderen auf dem Appellplatz erschienen.

---

Zuerst tauchte Jonas Laux auf. Der Besitzer des Autohauses trug halblange Khakishorts, das geblümte Hemd war schief geknöpft. Seine Hände waren im Schritt gefaltet, der Kopf war gesenkt, das schüttere Haar hing ihm ins Gesicht. Dicht hinter ihm lief Stahl, der Arzt, und als er Laux einen unsanften Stoß in den Rücken gab und dieser unbeholfen ins Stolpern kam, erkannte Elias, dass Laux' Hände nicht gefaltet, sondern gefesselt waren.

Der dritte im Bunde war Pastor Geralf, während Betty, die sich mit einer schweren Tasche abmühte, schnaufend den Abschluss der kleinen Prozession bildete.

Es ist verrückt, dachte Elias. Wenn sie die Hände auf die Schultern ihres Vordermanns legen würden, könnten sie eine perfekte Polonaise tanzen. Nun ja, nicht alle, korrigierte er sich, als Barbossas Hund gemächlich hinterhergetrabt kam.

Niemand sagte ein Wort, nur das Zwitschern der Vögel war zu hören. Dann ein Plätschern, als der Hund an einen rostigen Benzinkanister pinkelte, gefolgt vom Quietschen der maroden Türflügel des Hauptgebäudes, die von Pastor Geralf geöffnet wurden. Elias traute seinen Augen nicht, als er kurz darauf mit der Bank einer nagelneuen Biergarnitur auftauchte, diese an die schimmelnde Wand lehnte und ein paarmal hin- und herlief, bis er eine weitere Bank und zwei Tische ins Freie geschleppt hatte. Die anderen verfolgten schweigend, wie der Pastor die Möbel aufklappte und seelenruhig zu einer langen Tafel vor dem Eingang aufstellte.

Laux erhielt einen weiteren unsanften Stoß, stolperte auf seinen Adiletten ein paar Schritte vor und blieb schräg vor der Tafel stehen, während Wilhelm in der Mitte Platz nahm. Dies schien ein Zeichen zu sein, die anderen setzten sich links und rechts neben ihn. Auch Barbossa kam herbeigeschlendert, doch als Kolberg einen Schritt näher trat, hielt Wilhelm ihn zurück.

»Du bleibst.«

Betty öffnete die Tasche, holte einen Lappen heraus, und als sie begann, eifrig den Tisch abzuwischen, hätte Elias um ein Haar lauthals aufgelacht. Doch dann dachte er an den Hund, der irgendwo im Gebüsch verschwunden war, an Jonas Laux, der wie ein Häufchen Elend in der Morgensonne stand, und an Kolberg, der sich hinter ihm nicht von der Stelle gerührt hatte.

Das war eine Versammlung, ein Ritual, das schon oft hier oben stattgefunden haben musste. Jeder kannte seinen Platz und jeder schien zu wissen, worum es ging. Auch Kolberg, der zunehmend blass geworden war.

»Die Sitzung ist hiermit eröffnet«, erklärte Wilhelm.

Pastor Geralf, der offensichtlich als Schriftführer diente, öffnete eine dünne Aktenmappe.

»Jemand Kaffee?«, zwitscherte Betty.

Zustimmendes Gemurmel ertönte.

Diesmal gelang es Elias nicht, ein Prusten zu unterdrücken, doch niemand beachtete ihn. Er stand etwas abseits neben dem löchrigen Kotflügel eines längst verschrotteten russischen Lkws. Die Mauer war höchstens zwanzig Meter entfernt, die klaffende Lücke etwas mehr. Die herabgestürzten Steine davor würden ihn aufhalten, zehn Sekunden, schätzte er, würde es dauern, über den Trümmerberg zu klettern, weitere zehn, um dorthin zu gelangen. Doch Kolberg stand genau im Weg, die Alternative war, nach links, parallel zum Hauptgebäude über den Appellplatz zu laufen und dann um die Ecke zu biegen, wo Elias das rostige Haupttor vermutete. Sicher war er nicht, doch es war besser, als …

»Wenn er sich auch nur einen Zentimeter bewegt, lässt du den Hund los.«

Wilhelms Worte waren an Barbossa gerichtet. Dieser bedachte Elias mit einem ausdruckslosen Blick, stieß einen Pfiff aus. Wie ein Pfeil kam der Hund aus dem Gebüsch geschossen, legte sich zu Barbossas Füßen unter den Tisch, die bernsteinfarbenen Augen auf Elias gerichtet, als habe auch er den Befehl des Alten verstanden.

»Jonas Laux«, begann Wilhelm, »ist seit neunzehn Jahren ein wertvolles Mitglied der Gemeinschaft. Er hat sich zuverlässig um die Finanzen gekümmert, es gab nie einen Grund, sich zu beklagen über unseren Buchhalter. Ist es nicht so?«

Erneut ertönte bejahendes Gemurmel.

Laux starrte schweigend auf seine Plastiksandalen, während Betty geschäftig um den Tisch wuselte, Porzellantassen verteilte und aus einer Thermoskanne Kaffee eingoss, ohne ihren Ehemann zu beachten.

»Felix Kolberg«, der Alte hob den Kopf, faltete die Hände auf dem Tisch, »ist seit zwölf Jahren Mitglied in unserer Gemeinschaft, vor zwei Jahren habe ich ihm das Zeichen verliehen. Ich war überzeugt, einen würdigen Nachfolger gefunden zu haben. Wir alle waren es. Ist es nicht so?«

Allgemeine Zustimmung.

»Jemand Zucker?«, fragte Betty in die Runde.

Die Szene erinnerte Elias an Wilhelms Geburtstag. Wie lange war das jetzt her? Er wusste es nicht. Seine überreizten Nerven flatterten an allen Enden.

Wenn sie jetzt noch Torte verteilt und Sprühsahne aus ihrer Tasche holt, dachte er, dann schreie ich. Egal, ob der Hund mich zerfleischt.

»Es geht um das Geschäft vom …« Wilhelm zögerte, warf einen Blick nach links, wo der Pastor bereits eifrig in seiner Akte blätterte.

»Vom dreiundzwanzigsten Mai«, half Geralf.

»Welche Summe wurde verbucht?«

Der Pastor blätterte zurück.

»Vierhundertsiebenundachtzigtausend.«

»Und welchen Umfang«, der Alte wandte sich an seinen Buchhalter, »hatte das Geschäft tatsächlich?«

»Sechs…« Laux' Stimme versagte, er räusperte sich, setzte noch einmal an. »Sechshundertfünfundvierzigtausend Schweizer Franken. Beim aktuellen Umrechnungskurs wären das …«

»Wie hoch«, unterbrach Wilhelm, »ist die Differenz?«

Laux brauchte drei Sekunden, um die Summe zu errechnen.

»Neunundsiebzigtausendvierhundertdrei Euro und dreiundzwanzig Cent.«

»Wo ist das Geld?«

Kolbergs Wut war einem dumpfen, sich stetig steigernden Unbehagen gewichen. Der Plan war einfach und sicher gewesen, so schien es jedenfalls. Es war das zweite Geschäft, dass Wilhelm ihn persönlich hatte abwickeln lassen. Der Klient war Sohn eines spanischen Börsenmaklers gewesen, Kolberg hatte von den Auftraggebern die Höhe des Lösegelds erfahren und die üblichen Prozente für die Unterbringung des Klienten ausgehandelt. Die Aktion war reibungslos abgelaufen, also war Kolberg nach Lausanne geflogen, um das Honorar in Empfang zu nehmen. Wie immer war Jonas Laux dabei gewesen, auch Wilhelm hatte sich bei diesen Anlässen von seinem Buchhalter begleiten lassen.

Die Idee war Kolberg auf dem Hinflug gekommen. Der Auftraggeber war ebenfalls Spanier gewesen. Der Kontakt war über mehrere Mittelsmänner hergestellt worden, ein kompliziertes System, bei dem kaum einer den anderen kannte. Das Honorar richtete sich nach der Höhe des Lösegelds, und diese Summe, hatte Kolberg überlegt, kannte nur er. Und Jonas Laux, doch es war einfach gewesen, den blassen Buchhalter zu überzeugen, schließlich war Kolberg der zukünftige Meister. So stand jetzt eine wesentlich niedrigere Summe in den Büchern, die Differenz hatte Kolberg gut gebrauchen können, schließlich war er dabei, sich ein neues Haus einzurichten. Auch Laux war zufrieden gewesen, obwohl er sich mit zehn Prozent hatte abspeisen lassen.

Kolberg hatte an alles gedacht. Nur den Alten hatte er unterschätzt. Wilhelm war seit über siebzig Jahren im Geschäft, dieser misstrauische Sack hatte wahrscheinlich keine Probleme gehabt, den Auftraggeber zu kontaktieren.

Und herausgefunden, dass er geleimt worden war.

»Das Geld«, sagte Wilhelm, »ist Eigentum der Gemeinschaft. Es ist Aufgabe des Meisters, für eine angemessene Verteilung zu sorgen. Ist es nicht so?«

Diese Frage, überlegte Elias, schien Teil des Rituals zu sein, ebenso wie das zustimmende Gemurmel danach.

Betty war aufgestanden, um Pastor Geralf Kaffee nachzuschenken, als dieser seine erste Tasse geleert hatte. Erst jetzt bemerkte Elias die rosafarbene Seidenschürze, deren Rüschen über dem üppigen Busen schwangen. Er war nicht sicher, ob Betty die Schürze bereits bei ihrem Erscheinen getragen hatte.

»Ebenso ist es Aufgabe des Meisters, für Gerechtigkeit zu sorgen«, fuhr Wilhelm fort. »Er entscheidet, wer in die Gemeinschaft aufgenommen wird. Er, der Meister, bürgt für die Bezahlung, garantiert jedem ein sorgenfreies Leben. Im Gegenzug erwartet er Treue. Unbedingten Gehorsam. Und absolute Ehrlichkeit. Ist es nicht so?«

Die Antwort kam wie erwartet.

»Jonas Laux.« Wilhelm hob die Stimme. »Bekennst du dich schuldig, die Gemeinschaft betrogen zu haben?«

»Das tue ich«, nickte Laux, bückte sich, um sich an den nackten, von Disteln zerstochenen Waden zu kratzen. »Aber ich weise darauf hin, dass ...«

»Der Befragte«, unterbrach Wilhelm, »bekennt sich schuldig.«

Es wurde still. Nur das Summen der Mücken war zu hören und das leise Kratzen des Stiftes, mit dem der Pastor gewissenhaft mitschrieb.

»Ich gebe hiermit zu Protokoll, dass die Gemeinschaft vollzählig versammelt ist«, sagte der Alte. »Mit Ausnahme von Timur Gretsch, der aus bekannten Gründen nicht anwesend ist.

Ebenfalls gebe ich zu Protokoll, dass der Meister die langjährigen Dienste des Beschuldigten strafmindernd berücksichtigt und bestimmt, dass das Urteil zügig zu vollstrecken ist.«

Arne Barbossa leerte seinen Kaffee. Betty hob mit einem fragenden Lächeln die Thermoskanne. Barbossa wehrte kopfschüttelnd ab, wischte sich über die bärtigen Lippen.

»Jonas Laux«, sagte Wilhelm. »Du hast die Gemeinschaft betrogen.«

Laux hob den Kopf, sah hoch in den wolkenlosen Himmel.

»Was«, fragte der Alte laut, »verdient jemand, der die Gemeinschaft betrügt?«

»*Den To-hooooood!*«, trällerte Betty.

Sie war aufgestanden, bedachte die an der Tafel Versammelten mit einem Lächeln und griff dabei in ihre Schürze. Urplötzlich vollführte sie eine Drehung um die eigene Achse, streckte dabei den rechten Arm aus, so dass ihre Hand in einem schwungvollen Halbkreis dicht am Hals ihres Mannes vorbeiflog.

Zunächst bemerkte Elias das Rasiermesser in ihren Fingern, dann sah er die klaffende Wunde am Hals des Buchhalters und das Blut, das in rhythmischen Strömen ins Unkraut gepumpt wurde. Als der Verurteilte schließlich reglos zu Boden sackte, wurde Elias klar, dass die noch immer lächelnde Betty ihrem Mann soeben die Kehle durchgeschnitten hatte.

## KAPITEL 43

Okay. Das war's, dachte Elias. Ich werde hier sterben.

Es war eine einfache, nüchterne Erkenntnis, eine logische Schlussfolgerung der Ereignisse, mit keinerlei Emotionen verbunden. Diese Menschen waren wahnsinnig, einer verrückter als der andere und einer von ihnen würde dafür sorgen, dass Elias diesen Ort nicht lebendig verließ.

Jonas Laux lag mit dem Gesicht im Gras. Der Mann war tot, es gab keinen Zweifel. Dies war keine alberne Inszenierung wie vorhin, als Elias mit einer schnöden Platzpatrone hinters Licht geführt worden war. Das Blut, das in immer schwächer werdendem Pulsieren aus der Halswunde strömte und die Disteln neben dem Kopf des Buchhalters färbte, war echt. Ebenso das Rasiermesser, Betty verstaute es gerade wieder in ihrer Schürze und während sie zu ihrer Tasche lief, zupfte sie die rosafarbenen Rüschen vor ihrem Busen zurecht.

Niemand an der Tafel war überrascht. Barbossa strich sich gähnend den Bart, Stahl schien mit seinen Fingernägeln beschäftigt. Der Pastor schrieb eifrig, Wilhelm rührte in seinem Kaffee.

Ja, wiederholte Elias in Gedanken, ich werde hier sterben.

Es gab keinen Ausweg. In seinen Büchern hätte er jetzt eine Zombiearmee aufmarschieren lassen, halbverweste russische Soldaten wären passend gewesen, in zerfetzten Uniformen und mit rostenden Kalaschnikows. Oder die Geister der Ermordeten, eine Horde Untoter mit Maden in den leeren Augenhöhlen wäre über die Mauer gekrochen, um geifernd an ihren Peinigern Rache zu nehmen, während der eben noch dem Tode geweihte Held im allgemeinen Getümmel entkommen konnte.

Aber dies war nun mal keine Geschichte, jedenfalls keine, die der blutigen Phantasie eines E.W. Haack entsprungen war. Obwohl sie, so viel schien klar, äußerst blutig enden würde.

Er, Elias Haack, stand ein paar Meter entfernt von einem Mann, den er bis vor ein paar Minuten noch für einen aufrechten Polizisten gehalten hatte (und, wie Elias sich eingestehen musste, in dessen Frau er zu allem Überfluss noch immer verliebt war) im Hof eines seit Jahrzehnten verlassenen Militärgefängnisses neben einem Toten, dessen Mörderin gerade damit beschäftigt war, Plätzchenteller auf einer klapprigen Biergarnitur zu verteilen.

Eine Kleinigkeit für zwischendurch, erklärte Betty, aber zu Mittag gäbe es etwas Handfestes. Die Ente sei schon im Ofen, die Klöße bereits vorbereitet. Als sie zu Wilhelm trat und ihm fürsorglich den Nacken massierte, bemerkte Elias die Blutspritzer auf ihrer Seidenschürze.

»Danach legst du dich ein bisschen hin, Wilhelm«, erklärte sie liebevoll, aber bestimmt. »Du hattest einen anstrengenden Tag.«

Der Alte nickte kurz, tätschelte ihre fleischige Hand und wandte sich an Felix Kolberg: »Nun zu dir.«

---

Es war sinnlos, sich zu verteidigen, Worte brachten nichts. Also beschloss Kolberg zu schweigen. Der Alte wusste Bescheid, daran war nichts zu ändern.

Laux' Tod war keine Überraschung gewesen, selbst kleinere Vergehen wurden so bestraft, es war schon immer so gewesen. Und Betty, das musste Kolberg widerwillig zugeben, hatte das Urteil wie immer geradezu exzellent vollstreckt. Sie war verrückt, noch verrückter als Siegmund Barbossa, der jeden Morgen in seinen Badelatschen zum verlassenen Spaßbad schlurfte. Der Alte schätzte Betty, mochte sie womöglich sogar, sie kümmerte sich nicht nur aufopferungsvoll um ihn, sondern erfüllte jede seiner Anweisungen. Das taten auch die anderen, Stahl genoss es sogar, die Klienten zu foltern, ebenso wie der bärenstarke Barbossa. Doch Betty war einzigartig, sie vergötterte Wilhelm geradezu, fragte nie nach, und wenn sie jemanden tötete, tat sie dies ohne Zögern, kannte keinerlei Skrupel, denn nach ein paar Sekunden hatte sie es wieder vergessen.

»Hast du etwas zu deiner Verteidigung vorzubringen?«, fragte Wilhelm.

Kolberg schwieg.

Stahl bat ums Wort, das ihm von Wilhelm mit einem Nicken erteilt wurde.

»Er hat meinen Hund getötet«, begann der Arzt. »Ich verlange einen Ausgleich.«

Kolberg hasste Stahl. Die bleiche Visage, den dünnen Schnurrbart, das schüttere, streng nach hinten gegelte Haar. Doch auch jetzt schwieg er. Es war Wilhelm, der den Plan entworfen hatte.

Der Alte hielt sich an die Regeln, ließ Stahls Forderung ins Protokoll aufnehmen und verkündete sofort seine Entscheidung.

Der Hund, erklärte er, sei zweifellos wertvoll. Doch der Tod des Tieres war unvermeidlich. Stahls vorgetäuschte Erschießung und die angebliche Befreiung waren Teil der Aktion, allerdings, dass müsse allen klar sein, sei ein angreifender Kampfhund wohl kaum mit einer Platzpatrone aufzuhalten.

»Der Antragsteller hat einen Verlust zu beklagen«, stellte er fest. »Seine Ansprüche sind berechtigt, also lege ich fest, dass die Forderung von der Gemeinschaft beglichen wird.«

Das gehörte zum Prozedere, Kolberg hatte es oft genug erlebt. Dies alles interessierte ihn nicht, auch nicht sein Urteil.

Die Sache war klar, sein Tod war längst beschlossen. Die Frage war, wer das Urteil vollstrecken würde.

Die Sonne war höher gestiegen, stand hinter ihm und schien den Männern am Tisch direkt in die Augen. Das war ein Vorteil.

Kolbergs rechte Hand bewegte sich unmerklich, die Fingerspitzen tasteten nach dem Holster. Vielleicht war der Alte tatsächlich senil, warum sonst hatte er dann nicht angewiesen, Kolberg zu entwaffnen?

Nun, es war egal, warum.

Nichts war hier entschieden. Noch lange nicht.

---

»Schuldig«, erklärte Wilhelm. »Schuldig des Verrats an der Gemeinschaft, in besonders schwerem Falle.«

Der Schweiß strömte Elias die Achseln hinab. Er sah zu Kolberg, der reglos, scheinbar gelassen in der Sonne stand. Eine Hummel brummte herbei, krabbelte über den kahlen Hinterkopf der Leiche und verschwand im blutverschmierten Kragen des geblümten Hemdes. Schaudernd fiel Elias ein, dass er selbst ein Hemd trug, das dem Toten gehört hatte, er wandte den Kopf ab und bemerkte, dass Pastor Geralf ihn ansah. Als ihre Blicke sich trafen, errötete der Priester und widmete sich hastig wieder seinen Notizen.

»Hat jemand Einwände?«

Niemand antwortete.

»Möchte noch jemand?«

Betty deutete auf die Thermoskanne. Schweigend hob Stahl seine Tasse. Als sie ihm nachgoss, fiel ihr Blick auf Elias. Ihre Miene verdüsterte sich, als bemerke sie ihn erst jetzt.

»Sie sehen wirklich erbärmlich aus.« Ein vorwurfsvolles

Kopfschütteln. »Als Schriftsteller sollten Sie mehr auf sich achten. Sie müssen sich dringend rasieren, junger Mann.«

Elias dachte an das Messer in ihrer Schürze und erbleichte. Im nächsten Moment allerdings hatte sie ihn wieder vergessen und begann, ein paar Fliegen über den Plätzchentellern zu verscheuchen.

»Felix Kolberg.« Der Alte straffte den Rücken. »Hast du noch etwas zu sagen?«

---

Nein. Hatte er nicht.

Ein paar Sekunden blieben noch. Höchstens.

Die Waffe hatte sechs Schüsse. Einen hatte Kolberg im Tunnel abgegeben, um Barbossas Tod vorzutäuschen. Blieben noch fünf. Mehr als genug.

Doch wen zuerst?

Den Hund? Das Vieh war schnell, doch zwei Sekunden würde es dauern, bis er Kolberg an der Kehle hing. Nein, zuerst Barbossa. Man sah's ihm nicht an, doch trotz seiner Masse war er schnell. Und bewaffnet. Ebenso wie Stahl, den würde Kolberg danach ausschalten. Dann den Hund.

Blieben zwei Schüsse übrig.

Einer für Wilhelm. Nicht, weil er gefährlich war. Er hatte es verdient.

Der andere? Für Betty?

Nein. Die hatte sowieso nur Brei im Kopf.

Elias. Es würde ein Vergnügen werden, diesen Idioten zu töten.

---

Ein Schatten huschte über den Appellplatz. Elias hob den Kopf und sah den Raubvogel, der mit ausgebreiteten Schwingen hoch über ihren Köpfen kreiste.

Ein Geier?

Nein, das konnte nicht sein. Aber passend wäre es.

Ja, überlegte er, in *meiner* Geschichte wäre es ein Geier.

---

*Drei.*

Kolberg begann, rückwärts zu zählen.

Sein Tod würde qualvoll sein, der Schwere seiner Schuld angemessen. Vielleicht würden sie den Hund auf ihn hetzen. Oder ihm die Pulsadern aufschneiden und ihn langsam verbluten lassen. Womöglich würden sie ihn auch hinüber zum Wachturm bringen und an einer der rostigen Querstreben aufhängen, ein solches Urteil hatte der Alte schon mehrmals vollstrecken lassen.

*Zwei.*

Wie dumm sie waren. Da saßen sie in der Sonne, starrten ihn aus zusammengekniffenen Augen an. Sie wussten, dass er bewaffnet war. Sie wussten, wie *gut* er war. Sie wussten, dass er nicht zögern würde.

Dummköpfe.

Kolberg hielt die Luft an. Ging in Gedanken seine Ziele durch. Barbossa. Stahl. Der Hund. Wilhelm. Der Wichtigtuer.

Seine Hand lag am Holster.

*Eins.*

Das Funkgerät knackte.

---

Das Knacken war laut. So laut, dass Elias unwillkürlich zusammenzuckte. Auch Kolberg erstarrte, während die anderen gelassen auf ihren Bänken saßen.

Ein weiteres Knacken, gefolgt von einer Stimme:
*Felix?*
Verzerrt, undeutlich. Doch ebenfalls laut, für alle zu hören. Eindeutig die Stimme einer Frau.

---

*Hallo, mein Schatz!*
Das Funkgerät plärrte an Kolbergs Gürtel. Seine Finger verharrten über dem Holster.
*Denk nicht mal dran, Felix.*
Das war sie.
*Ich bin schneller als du.*
Das Miststück.
*Viel schneller. Das weißt du, mein Schatz.*
Allerdings, das wusste Felix Kolberg. Und er wusste jetzt auch, warum sie ihm die Waffe nicht abgenommen hatten. Er hatte nie eine Chance gehabt. Sie war die Beste. Und es machte ihr Spaß. Es war deutlich zu hören, auch wenn ihre Stimme verzerrt war.
*Ich hab dich genau im Visier, Liebling.*
Er hob den Kopf. Wo, verdammt nochmal, war dieses Luder?
*Ich bin …*

---

*… direkt über dir, Süßer!*
Herrgott, was bin ich nur für ein Idiot, dachte Elias.
Idiot! Idiot! IDIOT!

Die quäkende Stimme plärrte über den Appellplatz. Elias hatte sie anders in Erinnerung, zuletzt hatte sie verängstigt geklungen, hilfsbedürftig, nicht kühl und amüsiert wie jetzt.

*Weiter rechts, Felix!*

Kolberg sah hinauf zur Fassade des Hauptgebäudes. Unwillkürlich folgte Elias seinem Blick über die dunkel gähnenden Fensterlöcher.

*Dritter Stock über dem Eingang!*

Elias kniff die Augen zusammen. Metall blitzte in der Sonne.

»Beeil dich, Liebes!«, trällerte Betty und stellte eine weitere Tasse auf den Tisch. »Der Kaffee wird kalt!«

Als Antwort erscholl ein Kichern aus dem Funkgerät an Kolbergs Hüfte.

Elias starrte nach oben.

Anna war nicht zu sehen.

Nur der Gewehrlauf, der direkt auf Kolberg gerichtet war.

---

Felix Kolberg liebte seine Frau. Es war Annas Idee gewesen, Elias zu verarschen, nachdem Barbossa ihn nicht länger mit der Reparatur seines Autos hatte hinhalten können. In der Nacht zuvor hatten sie bis zur Besinnungslosigkeit gevögelt und bevor sie losgegangen war, hatte er sie noch schlagen müssen, obwohl er sich anfangs geweigert hatte. Anna hatte darauf bestanden, um das Ganze so überzeugend wie möglich zu machen, und als er es schließlich getan hatte, da hatte sie es genossen.

*Du hast Betty gehört! Ich soll mich beeilen, mein Schatz!*

Nichts würde Anna abhalten. Nichts. Seit Tagen hatte sie Elias im Visier gehabt, es war schwer gewesen, sie am Abdrücken zu hindern. Jetzt würde sie es tun. Sie konnte es kaum erwarten.

*Soll das Urteil vollstreckt werden?*

Die Frage war an den Meister gerichtet. Kolberg starrte nach oben, die Augen hinter der Brille verengt, um einen letzten Blick mit seiner Frau zu tauschen. Doch Anna blieb ein Schemen in einem dunklen Viereck, gerahmt von bröckelnden Backsteinen. Nur die Mündung des Präzisionsgewehrs war deutlich zu sehen.

»Ja!«, erscholl die feste Stimme des Alten.

Kolberg schloss die Augen.

Der Knall war vergleichsweise leise.

Nicht einmal die Tauben flatterten auf.

In den vergangenen Wochen hatte Felix Kolberg eine Menge Irrtümer begangen. Der letzte, stellte er noch fest, erwies sich als tröstlich. Er hatte mit einem langsamen, qualvollen Tod gerechnet, und so war es nicht verwunderlich, dass Kolberg mit einem erleichterten Lächeln starb, als das Projektil seine Stirn exakt zwischen den Augenbrauen zertrümmerte.

## KAPITEL 44

Anna saß zwischen den anderen am Tisch und machte Betty ein Kompliment über ihre Frisur. Betty errötete geschmeichelt, ordnete in einer linkischen Geste die Dauerwelle und erklärte, dass sie eine neue Tönung ausprobiert habe.

»Wildpflaume. Ist es nicht ein bisschen zu … *gewagt*?«

»Nicht doch«, wehrte Anna ab. »Steht dir hervorragend.«

Der Pastor stimmte beflissen zu.

Ein hysterisches Kichern blubberte in Elias' Hals, klopfte an seine Kehle wie ein ungebetener Gast. Er begann die Tauben auf den intakten Resten der Mauerkrone zu zählen.

Es waren acht.

Elias zählte noch einmal. Irgendetwas musste er tun, um nicht loszuschreien. Oder in irres Gelächter auszubrechen. Oder wegzulaufen. Oder alles gleichzeitig.

Immer noch acht.

Kolberg lag auf dem Rücken. Die Brillengläser waren blutverschmiert. Oberhalb der Stirn bildete sein Schädel eine breiige Masse. Nase und Mund waren unversehrt, ein seltsamer Kontrast. Es sah aus, als würde er ... lächeln?

Anna biss in einen Keks.

»Sollten wir nicht«, sie wandte sich kauend an Wilhelm, »das Protokoll vervollständigen?«

Elias war Luft für sie. Niemand schien ihn zu beachten. Ausgenommen der Hund, der zu Füßen Barbossas lag. Der breite Kopf ruhte auf den gekreuzten Pfoten, die gelben Augen waren unablässig auf Elias gerichtet.

»Der Verräter wurde gerichtet«, erklärte der Alte. »Das Urteil ist vollstreckt.«

Geralf beugte sich über die Akte, schrieb jedes Wort mit.

»Ich, Wilhelm Haack, lege hiermit mein Amt nieder. Es ist meine Pflicht, einen Nachfolger zu bestimmen, was ich hiermit tue.«

Der Alte nannte einen Namen. Anna Kolberg.

Betty stieß einen Juchzer aus, klatschte in die Hände und drückte die errötende Anna an ihren Busen, als hätte diese soeben einen Filmpreis gewonnen.

Das, erkannte Elias, steckte also dahinter. Wilhelm hatte Kolberg als seinen Nachfolger eingeplant. Der hatte ihn betrogen, also hatte er Elias gerufen. Er hatte damit gerechnet, dass Elias nicht in Frage kommen würde. Also hatte er auf eine zweite

Karte gesetzt. Auf Anna. Hatte ihr angeboten, sie zu seiner Nachfolgerin zu machen, wenn sie ihren Mann erschoss. Was sie mit Freuden getan hatte.

Nun, sie war die perfekte Wahl. Skrupellos. Klug. Und clever. So clever, dass sie zwei Menschen gleichzeitig getäuscht hatte. Kolberg und Elias.

Und schön war sie. *Verflucht* schön.

Ihre Wangen, von einem hauchzarten Rosa überzogen. Die grünen Augen glänzten unter den langen Wimpern. Sie strich eine Haarsträhne hinters Ohr, wandte sich an Wilhelm.

»Was wird aus ihm?«

Der Alte schwieg einen Moment, dann sah er Elias an.

»Es ist sinnlos, dich zum Schweigen aufzufordern. Du würdest es nicht tun. Ich denke, du würdest es nicht einmal versprechen.«

Vielleicht hätte Elias es getan. Er liebte sein Leben, sehr sogar. Doch Wilhelm hatte recht, es *war* sinnlos. Selbst, wenn er tausend Eide schwor, nicht zur Polizei zu gehen, niemand würde ihm glauben.

»Es ist nicht mehr meine Entscheidung.« Wilhelm stand auf. »Es liegt im Ermessen des Meisters. Des *neuen* Meisters.«

Schwerfällig ging er davon. Wie immer hielt er sich gerade, doch seine Bewegungen waren steif. Zum ersten Mal war ihm das Alter anzusehen.

»Ruh dich ein bisschen aus!«, rief Betty ihm besorgt nach. »Jessi weckt dich, wenn das Essen fertig ist.«

Elias beobachtete, wie sein Großvater hinter einem mit Unkraut überwucherten Bretterhaufen verschwand. Seine Schritte verhallten zwischen den Ruinen, dann wurde es still.

Er will nicht dabei sein, dachte Elias. Er ist traurig.

Immerhin, zumindest der Hauch einer menschlichen Regung. Ein Trost war das nicht.

Anna ließ sich Zeit. Sie genoss ihre neue Position, das war offensichtlich. Und sie hatte sich gründlich vorbereitet, erteilte ruhig und bestimmt ihre ersten Anweisungen. Barbossa wurde beauftragt, die beiden Leichen zu entsorgen, Pastor Geralf zum neuen Buchhalter ernannt. Der Priester nahm die Beförderung errötend zur Kenntnis, während Stahls Miene sich kurz verfinsterte, er schien ebenfalls auf den frei gewordenen Posten spekuliert zu haben.

Mittlerweile stand die Sonne hoch am wolkenlosen Himmel. Barbossa bat Betty um Wasser für den Hund; diese watschelte auf der Stelle davon, und als sie kurz darauf mit einem Blechnapf zurückkehrte, wäre sie um ein Haar über die Leiche ihres Mannes gestolpert. Sie stutzte, musterte den Toten aus leeren Augen und schien einen Moment nicht zu wissen, wo sie sich befand. Dann fiel ihr Blick auf den Napf, sie erinnerte sich ihrer Aufgabe und gab dem Hund das Wasser.

Elias betrachtete das gierig schlürfende Tier und überlegte kurz, die Gelegenheit zur Flucht zu nutzen. Anna schien seine Gedanken zu erraten. Das Gewehr lehnte griffbereit neben ihr an der Tischkante, sie griff nach dem Lauf, bedachte Elias mit einem strahlenden Lächeln und formte mit den Lippen einen lautlosen Kuss.

Elias verstand sofort.

Sie liebte ihr Gewehr. Kolberg war der Erste, den sie damit erschossen hatte. Und sie konnte kaum erwarten, es noch einmal zu benutzen.

## KAPITEL 45

Als Wilhelm eintrat, saß Timur schlafend im Sessel. Es war angenehm kühl in der dämmrigen Kammer, doch die Luft war stickig, roch nach stockender Wäsche, Franzbranntwein und Urin.

Er verzog das Gesicht, öffnete die Vorhänge. Licht strömte durch die kleinen Fenster. Timur reagierte mit einem unwilligen Brummen, schnarchte dann weiter. Wilhelm zog einen Stuhl vor den Sessel, nahm Platz und strich die Decke über Timurs Schoß glatt.

Er musterte den Schlafenden aus grauen, stechenden Augen. Timurs Kinn war auf die Brust gesackt, Sabber floss ihm aus dem Mundwinkel. Er zuckte im Schlaf, seine Lippen bewegten sich.

»Du träumst«, murmelte Wilhelm. »Wir beide haben dasselbe erlebt, unsere Träume ähneln sich bestimmt. Wenn dem so ist, dann dürfte deiner nicht sehr angenehm sein.«

Wie zur Bestätigung stieß Timur einen leisen Schrei aus. Wilhelm beugte sich vor, nahm seine Hand. Behutsam, fast zärtlich strich er über die knotigen Finger, die runzlige, von Altersflecken bedeckte Haut.

»Die Toten«, flüsterte er. »Tagsüber sind sie weg, aber wenn wir schlafen, kommen sie wieder.«

Er betrachtete Lasarows Foto auf der Kommode. Die Kerzenständer daneben glänzten frisch poliert, doch die Tulpen in den beiden Kristallvasen ließen die Köpfe hängen, ein paar Blätter lagen auf dem weißen Tischtuch. Nun, Betty würde sich bald darum kümmern.

Wilhelm sah zum Fenster. Auf den Hügeln glänzten die Windräder in der Sonne. Weiter links entstand Bewegung, ein Vogelschwarm flatterte über der Ruine auf.

»Es tut mir leid«, murmelte der alte Mann. »Es tut mir leid, Elias.«

---

»Wilhelm hat sie mir geschenkt.« Anna stand an der Stirnseite des Tisches. Sie hielt das Gewehr in den Händen, sah Elias an. »Er hat sie in Russland besorgt. Sie hat einen integrierten Schalldämpfer, ist so gut wie lautlos. Ich durfte sie nur mitnehmen, wenn ich auf Posten war.«

Zärtlich strich sie über die Holzmaserung des Schafts. Die anderen saßen nebeneinander auf den Bänken, lauschten Anna, als würden sie ein Theaterstück verfolgen.

»Sie ist unglaublich leicht. Wiegt weniger als drei Kilo.«

Anna lächelte Elias zu. Schwieg einen Moment, als erwarte sie eine erstaunte Bemerkung. Dies blieb natürlich aus. Es gab nichts mehr zu sagen.

»Vierundzwanzigfache Vergrößerung.« Ihr Zeigefinger fuhr über das Zielfernrohr. »Wenn ich auf Posten war, hatte ich alles hervorragend im Blick. Vor allem«, ihr Lächeln wurde breiter, »*dich*. Aber es wird langweilig, wenn man nicht abdrücken darf. Felix hat's mir verboten.«

Barbossa unterdrückte ein Gähnen, auch Stahl wirkte gelangweilt. Er hatte seine Pistole aus dem Gürtel genommen und reinigte den Lauf. Die Tatsache, dass er dies mit einer Serviette tat, wurde von Betty mit einem missbilligenden Blick quittiert.

»Laut Protokoll stehen dir ein paar letzte Worte zu. Aber ich fürchte ...«

Ein Geräusch unterbrach Anna. Die Tauben stoben vom Mauersims auf. Stahl verfolgte aus zusammengekniffenen Augen, wie die Vögel über den Appellplatz in den wolkenlosen Himmel flatterten, während Annas Blick weiter auf Elias gerichtet war.

»Ich fürchte«, endete sie lächelnd, »es wird niemanden interessieren.«

Barbossa langte nach dem Plätzchenteller.

Anna hob die Waffe.

Gut, dachte Elias. Wenigstens verspottet sie mich nicht. Lacht mich nicht aus und erklärt mir, welchen Spaß sie dabei hatte, mir die verängstigte Frau vorzuspielen, in die ich Idiot mich verliebt hatte.

Verwundert registrierte er, wie ruhig er war. So, dachte er, fühlt es sich also an, wenn man mit dem Leben abgeschlossen hat.

Er vermisste Martha. Sie fehlte ihm. Er ärgerte sich, das Rauchen aufgegeben zu haben. Er ärgerte sich, weil er nie ein richtiges, ein *gutes* Buch schreiben würde. Und er war traurig. Jetzt, nach all den Jahren, hatte er sich erinnert. Er hatte das alles verdrängt, ein traumatisiertes Kind, das sich die Schuld am Tod seiner Mutter gibt. Er würde nie dazu kommen, dies alles zu verarbeiten.

»Apropos Protokoll.« Anna, das Gewehr bereits halb im Anschlag, ließ es wieder sinken. »Wir müssen uns an die Regeln halten.«

Sie gab dem Pastor ein Zeichen, dieser griff zum Stift, beugte sich eilfertig über die Mappe, während Anna mit klarer Stimme diktierte, dass die Interessen der Gemeinschaft oberste Priorität hätten und die Verhandlung somit zwangsläufig mit dem Todesurteil enden müsse.

»Das Urteil wird sofort vollstreckt, und zwar vom Meister persönlich. Deshalb ...«

»Entschuldigung!«, zwitscherte Betty und hob die Hand wie

ein beflissener Schüler, der sich im Unterricht zu Wort meldet. »Müsste es nicht ... Meister*in* heißen?«

Anna stutzte, dachte stirnrunzelnd nach.

»Du hast recht«, nickte sie dann. »Wir Frauen sind lange genug unterdrückt worden. Die Zeiten haben sich geändert.«

Sie lobte die errötende Betty und wies Geralf an, ihren Hinweis im Protokoll zu vermerken. Kaum hatte der Pastor geendet, ertönte ein Knarren, die Tür zum Hauptgebäude öffnete sich, und Siegmund Barbossa erschien blinzelnd auf dem Appellplatz. Seine Badelatschen und die weißen Socken waren über und über mit Staub bedeckt, die Trillerpfeife baumelte vor seiner kräftigen Brust.

»Die Anlage«, erklärte er gespreizt, »musste wegen Überfüllung geschlossen werden.«

»Wieso«, zischte Anna, »bist du nicht auf deinem Posten? Du solltest die Klientin bewachen, du Idiot!«

»Nenn ihn nicht so«, brummte Arne. »Er ist kein ...«

»Es gibt Vorschriften«, unterbrach Siegmund seinen älteren Bruder. »Aufgrund fehlenden Personals sah ich mich nicht in der Lage, einen ordnungsgemäßen Betrieb aufrechtzuerhalten. Schon allein aus hygienischen Gründen war ich gezwungen ...«

»Volltrottel«, knurrte Stahl, der noch immer mit seiner Pistole beschäftigt war.

»Er ist kein *Trottel*!« Arnes grollender Bass hallte zwischen den Mauern.

»Laut Hausordnung«, fuhr Siegmund ungerührt fort, »ist das Betreten der Anlage in Straßenschuhen verboten. Und wenn die Gäste unpassend gekleidet sind ...«

Sein Blick fiel auf die Tafel. Hastig kam er näher, griff nach den Tellern und begann, gierig die Plätzchen in sich hineinzustopfen. Arne zog seinen jüngeren Bruder am T-Shirt neben sich auf die Bank.

Anna bedachte Siegmund mit einem verächtlichen Blick, dann konzentrierte sie sich wieder auf Elias. Ihre schlanken Finger schlossen sich fester um das Präzisionsgewehr, die grünen Augen verengten sich.

---

»Wilhelm.«
»Ja. Ich bin hier.«
Timurs Finger tasteten über die zerschlissene Decke, schlossen sich um Wilhelms Hand. Eine Weile saß er so da, das Kinn noch immer auf der Brust. Fast schien es, als sei er wieder eingeschlafen, dann öffnete er den zahnlosen Mund.
»Ich habe von dir geträumt.«
»Ein guter Traum?«
*»Ja sabyl.«*
Hab's vergessen.
»Du bist zu beneiden«, sagte Wilhelm leise. »Ich habe dich übrigens immer beneidet, weißt du das? Du hast nie bereut, was du tust. Du hast keine Kinder, musstest auf niemanden Rücksicht nehmen.«
Timur hob langsam den Kopf, sah aus milchigen, blicklosen Augen in Wilhelms Richtung.
»Betty«, krächzte er. »Ich liebe ihre ... Brüste.«
*Brrrrisssste*
»Du hast keine Ahnung, wo du bist«, lächelte Wilhelm. »Mein einziger Freund ist ein hirnloser, sabbernder Sadist, der vergessen hat, wie gern er getötet hat.«
Ein Knall peitschte von den Hügeln herab über das Tal.
Wilhelm hob den Kopf.
»Ich hoffe, sie lässt ihn schnell sterben«, murmelte er. »Das hoffe ich wirklich.«

# KAPITEL 46

Elias starrte in die Gewehrmündung. Darüber blitzte die Öffnung des Zielfernrohrs wie das tote Auge eines Zyklopen.

Er schloss die Augen. Hörte das Schmatzen, mit dem Siegmund das Gebäck vertilgte. Dann Bettys mahnende Stimme.

Herrgott, dachte er. Das Letzte, was ich in meinem Leben höre, ist, wie jemand aufgefordert wird, nicht zu hastig zu essen.

»Ich denke, man sollte ihr eine ernsthafte Verwarnung aussprechen«, erklärte Siegmund kauend.

»Wem?« Das war Stahl. Misstrauisch.

»Jessi.« Elias hörte, wie Siegmund ein weiteres Plätzchen vom Teller nahm. »Schließlich hat sie die Gäste hergeführt. Wenn sie das schon tut, sollte sie wenigstens auf die Kleiderordnung achten. Gerade das Schuhwerk ist … ach, da sind sie ja.«

Elias öffnete die Augen.

Siegmund deutete kauend hoch zur Mauer. Barbossa folgte seinem ausgestreckten Zeigefinger aus großen, dümmlich glotzenden Augen, ebenso Geralf, der mit offenem Mund nach oben starrte.

Stahl reagierte zuerst, hechtete unter den Tisch. Elias wandte den Kopf, um ebenfalls hinüber zur Mauer zu sehen. Auf halbem Wege fiel sein Blick auf das Gewehr, das noch immer auf ihn gerichtet war.

Annas Gesicht war durch das Zielfernrohr verdeckt. Elias sah nur ihre Stirn. Ein zusammengekniffenes Auge. Eine Haarsträhne. Und einen blitzenden Ohrring.

All das explodierte im nächsten Augenblick. Und verschwand hinter einer blutroten Wolke.

»Hier, trink.«

Wilhelm hielt Timur das Glas an die Lippen. Weitere Schüsse peitschten heran, er achtete nicht darauf.

»Komm«, lächelte er, »du hast bestimmt Durst.«

Timur trank gierig, umklammerte das Glas mit zitternden Fingern.

»Das reicht.«

Wilhelm zog das halbvolle Glas zurück, leerte den Rest in einem Zug.

»Es wird wahrscheinlich weh tun.« Er wischte sich mit dem Handrücken über den faltigen Mund. »Aber Schmerzen sind unser Geschäft, nicht wahr?«

Timurs rissige Lippen verzogen sich zu einem zahnlosen Grinsen.

»Wie lange kennen wir uns?« Wilhelm drehte das Glas in den knotigen Fingern. »Fast fünfundsiebzig Jahre, mein Freund. Das ist mehr als ein Menschenleben. Ich denke«, er stellte das Glas auf der Kommode ab, »dann können wir auch zusammen in den Tod gehen.«

Timur folgte dem Geräusch, starrte aus leeren Augen zu dem vergilbten, von Kerzen und Blumen gerahmten Foto.

»Der … der Meister«, hauchte er.

»Ja«, nickte Wilhelm. »Vielleicht wäre es besser, ich hätte ihn nie kennengelernt. Esther würde noch leben. Und …«, er stockte kurz, »Elias auch.«

Ein weiterer Schuss dröhnte heran. Lauter, viel lauter.

»Nun ja.« Wilhelm hob in einer hilflosen Geste die Hände. »Es ist, wie es ist. Er ist tot, ich konnte es nicht verhindern.«

Anna lag auf dem Boden. Später würde Elias nicht mehr sicher sein, doch in diesem Moment hätte er schwören können, diese Wolke, diesen blutroten Nebel noch immer sehen zu können. Dort, wo eben noch ihr Kopf gewesen war.

Er sah die dick vermummten Gestalten auf der Mauerkrone. Die angelegten Gewehre. Sah, wie der Hund losraste und im nächsten Moment eine ähnliche, etwas kleinere Wolke, als der Schädel des Tiers explodierte.

Eine Sekunde Stille.

Dann eine nachdenkliche Stimme.

»Ich sollte den Sprungturm sperren.« Siegmund saß, noch immer kauend, am Tisch. »Nicht, dass sich hier noch jemand verletzt.«

---

»Ich hatte nie Angst in meinem Leben.« Wilhelm wischte Timur den Speichel vom Kinn, tätschelte ihm die faltige Wange. »Jetzt habe ich welche, zum ersten Mal. Deshalb habe ich dich mitgenommen, wenigstens bin ich nicht allein.«

»Betty«, murmelte Timur. »Ich ... *liebe* ihre ...«

Er versteifte sich plötzlich. Schaum trat aus seinem Mund, gurgelnd griff er sich an die Brust.

»Bei dir geht es schneller, mein Freund.« Wilhelm drückte den Sterbenden sacht zurück in den Sessel. »Ich komme gleich nach.«

---

Elias wurde unsanft zu Boden gerissen. Jemand lag über ihm, drückte sein Gesicht ins Unkraut, zischte ihm zu, sich nicht zu bewegen. Er roch nach Metall, Leder und Schweiß.

Elias hörte den schweren Atem des Mannes. Grashalme kitzelten seine Nase. Stiefelschritte dröhnten, Schatten huschten vorüber. Betty begrüßte die neuen Gäste, entschuldigte sich, dass sie ihnen keinen Kaffee mehr anbieten könne.

»Aber es gibt genug Plätzchen!«

Krachend fiel der Tisch um. Kommandos wurden gebrüllt. Ein gellender Schmerzensschrei, ausgestoßen von Stahl. Dann Arne Barbossa, der die *verfluchten Bullenschweine* in die Hölle wünschte, zusammen mit Jessi, dieser verdammten Verräterin, die er eigenhändig erwürgen werde. Ein weiterer Schuss. Dann wieder Betty, die Barbossa pikiert aufforderte, seine Wortwahl zu überdenken, schließlich spreche er über ihre Tochter.

Irgendwo heulte eine Sirene.

Eine laute Männerstimme: »Gelände gesichert!«

Der Druck auf Elias' Rücken ließ nach. Er hob den Kopf, sah sich blinzelnd um. Stahl presste sich zitternd an die Hauswand, während ihm Handschellen angelegt wurden. Neben ihm lag Barbossa, zwei vermummte Polizisten knieten über ihm. Weiter hinten wurde der Pastor abgeführt, gefolgt von Betty, ebenfalls von zwei Beamten flankiert, denen sie leutselig erklärte, dass sie dringend nach dem Essen sehen müsse, die Ente sei bestimmt bald gar.

Elias richtete sich schwerfällig auf. Sein Blick fiel auf Annas Leiche, er registrierte erleichtert, dass ihr Kopf hinter dem Stamm einer Birke verborgen war.

Ein raues Kommando ertönte. Siegmund Barbossa, der noch immer auf der Bank saß, wurde aufgefordert, sich zu erheben. Er ignorierte die gezückten Waffen und wies die drei Polizisten mit strenger Miene an, vor dem Betreten des Saunabereiches gefälligst die Dusche zu nutzen.

Wilhelm wusste, dass das Gift äußerst schmerzhaft war. Doch als Timur sich dann schreiend in seinem Sessel wand, dämmerte ihm, dass der Weg, den er eingeschlagen hatte, wesentlich steiniger war als erwartet. Eine Ahnung, die sich bestätigen sollte, denn kurz darauf gellten auch Wilhelms Schreie durch das Haus, während er selbst sich auf dem dünnen Teppich krümmte.

Sein Leben war zu lang, als dass es in seinen letzten Sekunden noch einmal hätte an ihm vorbeiziehen können (was er als tröstlich empfand, denn die Reihe der Menschen, die er auf dem Gewissen hatte, war ebenso lang). Seine letzten Gedanken galten der Wölfin, Esther und Elias, er hoffte, sie irgendwo wiederzutreffen, doch dann wurde ihm klar, dass auch die anderen auf ihn warteten, all jene, die er erschlagen, erschossen, vergiftet oder erstochen hatte.

Ein letztes Bild tauchte auf, der Brief, den Esther ihm geschrieben hatte.

*Du hast die Hölle auf Erden geschaffen.*

Und auch dort, hatte sie gesagt, würde Wilhelm enden. Wimmernd bat er also um Vergebung, doch als er starb, tat er dies in dem Bewusstsein, dass alles Betteln vergeblich war.

## KAPITEL 47

»Sind Sie verletzt?«

Die Stimme des Polizisten drang dumpf hinter dem Visier hervor.

»Nein.« Elias schüttelte den Kopf. »Ich … ich sollte mich wohl bei Ihnen bedanken.«

»Wenn Sie meinen.« Die dick gepolsterten Schultern hoben sich. »Ich hatte den Auftrag, Sie zu schützen. Also habe ich Ihre Nase ins Gras gedrückt, aber die Drecksarbeit haben die anderen erledigt.«

Der Polizist schob das Visier über den Helm. Nur seine Augen waren zu sehen, der Rest seines Gesichts verschwand unter einer schwarzen Sturmhaube.

»Ich kenne Sie. Sie sind doch dieser … dieser Schriftsteller, oder?«

Elias hockte mit hängenden Schultern im Gras. Die Halme hatten Abdrücke auf seiner rechten Wange hinterlassen. Zwischen seinen Füßen lag das Stück einer Porzellantasse, der Henkel war noch intakt. Elias fragte sich kurz, wie die Scherbe hierhergelangt war, der Tisch, an dem man vor wenigen Minuten sein Todesurteil beschlossen hatte, war mindestens zehn Meter entfernt.

»Meine Schwester hat ein paar von Ihren Büchern.« Die Augen des Polizisten waren stechend blau. Kein Fältchen war zu entdecken, er war jung, höchstens Mitte zwanzig. »Ich hab versucht, eine von diesen Schwarten zu lesen, mehr als zehn Seiten hab ich nicht geschafft. Eine größere Scheiße ist mir noch nie untergekommen.«

Elias konnte nicht anders. Er legte den Kopf in den Nacken und lachte. Es war kein fröhliches Lachen, ein kurzes Scheppern, das an das Zuschlagen einer klapprigen Schranktür erinnerte, und im nächsten Moment von einem Würgen beendet wurde.

Elias beugte sich vor.

Dann ergoss sich sein Mageninhalt zwischen die angewinkelten Beine.

## KAPITEL 48

»Was wirst du jetzt tun?«, fragte Elias.

Jessi sog achselzuckend an ihrer Zigarette.

»Meinen Vater beerdigen, denke ich.«

Sie saßen auf der Bank über dem Dorf. Auf der Straße wimmelte es von Polizisten, ein halbes Dutzend Mannschaftswagen reihte sich am Bordstein. Entfernte Rufe drangen herauf, irgendwo sprang ein Motor an.

»Meine Mutter«, fuhr das Mädchen ruhig fort, »wird wohl für den Rest ihres Lebens im Knast landen. Oder im Irrenhaus. Ich werde sie ab und zu besuchen müssen.«

Sie redete von ihrer Mutter, die ihrem Vater vor einer Stunde die Kehle durchgeschnitten hatte, als wäre sie eine entfernte Bekannte. Doch diese Gelassenheit, diese Kälte, war Selbstschutz, das wusste Elias.

»Und Bruno werde ich wohl weggeben müssen.«

Er hob fragend die Brauen.

»Den Hund.« Jessi klopfte die Asche ab. Die giftgrün lackierten Fingernägel glänzten in der Sonne. »Arne hat ihn abgerichtet. Er wollte nicht, dass wir ihm einen Namen geben, aber ich hab's trotzdem getan. Eigentlich ist Bruno ein lieber Kerl, doch Barbossa hat's aus ihm rausgeprügelt, um ihn scharf zu machen.«

Der Wind flüsterte in den Zweigen über ihren Köpfen. Ein Blatt löste sich, verfing sich in ihren pinkfarbenen Stoppelhaaren und segelte zu Boden.

»Der Anruf neulich Abend«, sagte Elias. »Das warst du. Du wolltest mich warnen.«

»Meine Eltern haben mir nie gesagt, was sie da unten treiben.

Die ganze Zeit haben sie die … die heile Familie gespielt. Meine Mutter, ich meine …« Jessi spitzte die dunkel nachgezogenen Lippen, stieß den Rauch aus. »Ich hab gewusst, dass mit ihr was nicht stimmt. Aber dass sie …«

Sie verstummte, rieb sich mit dem Handrücken die Augen. Ihre zitternden Finger entgingen Elias nicht.

»Jessi.« Er griff sanft nach ihrer Hand. »Wenn ich irgendwas für dich tun kann, dann musst du's mir nur …«

»Ich komme zurecht.«

Sie versteifte sich, entzog ihm ihre Hand und erklärte schroff, keine Hilfe zu benötigen. Von niemandem.

Zwei breitschultrige Männer in orangefarbenen Overalls erschienen vor Wilhelms Haus, führten eine dünne, kahlgeschorene Gestalt über die Straße, der man trotz der Wärme eine Wolldecke über die Schultern gelegt hatte. Elias beobachtete, wie die Sanitäter Carlotta behutsam in den Krankenwagen halfen.

»Vor drei Wochen war Wilhelm bei uns«, sagte Jessi. »Meine Eltern dachten, ich würde schlafen, aber ich hab sie belauscht. Wilhelm war wütend. Er wollte, dass sie mich fortschicken. Er meinte, ich sei ein … ein Risiko.«

Jessi hatte Elias beobachtet. Sie hatte bemerkt, dass er verfolgt wurde. Und sie hatte gesehen, wie sein Wagen gestoppt wurde, als er das Dorf mit Anna hatte verlassen wollen.

»Kolberg und Stahl haben dich aus dem Auto gezogen. Ich wollte euch folgen, aber das hätte Anna mitgekriegt. Also konnte ich erst später nach dir suchen.«

»Ich hab dich gehört«, nickte Elias. »Ich stand unten im Tunnel hinter einer Tür. Aber ich habe mich nicht getraut, was zu sagen. Ich dachte, du gehörst zu ihnen.«

Jessi zertrat die Zigarette im Schotter.

»Und dann«, fragte Elias, »hast du die Polizei gerufen?«

»Die dachten, ich wäre bekloppt. Wenn diese Idioten mir früher geglaubt hätten, wäre mein Vater noch am Leben.«

Unten flackerte Blaulicht auf. Der Krankenwagen brauste davon, bremste hinter dem Ortsausgangsschild, um einem entgegenkommenden Leichenwagen Platz zu machen, und verschwand zwischen den Weizenfeldern.

»Danke, Jessi.«

Sie sah ihn verwundert an. Das Mascara um ihre Augen war verschmiert.

»Wofür?«

»Für alles.«

Jessi wandte sich ab, betrachtete die Staubwolke, die weit im Westen am Horizont waberte.

»Irgendwann«, murmelte sie, »ist da unten nur noch ein Loch.«

Ihr Blick streifte über das Dorf, folgte der gewundenen Straße, den Trümmern der Kirche, verharrte schräg gegenüber auf ihrem Elternhaus.

»Hoffentlich dauert's nicht mehr lange.«

Ein paar Dutzend Meter entfernt wurde die Tür von Timur Gretschs Haus aufgerissen. Ein Uniformierter erschien und rief wild gestikulierend seine Kollegen herbei. Seine Worte drangen nur undeutlich herauf, doch es klang, als habe der Polizist zwei weitere Leichen entdeckt.

»Deine Bücher«, sagte Jessi. »Sind die gut?«

»Keine Ahnung.« Elias zuckte die Achseln. »Woran erkennt man das?«

»Wenn man angefangen hat, will man dann weiterlesen?«

»*Das* macht ein gutes Buch aus?«

»Logisch.«

»Mehr nicht?«

»Nö.«

Sie steckte eine neue Zigarette zwischen die Lippen, hielt Elias die Schachtel entgegen.

»Danke«, wehrte er ab. »Ich habe aufgehört.«

Jessis Feuerzeug flammte auf. Sie legte den Kopf in den Nacken, schloss die Augen und blies den Rauch genießerisch in die laue Luft.

»Solltest du auch«, sagte Elias.

»Aufhören?«

»Ja. Ist einfacher, als man glaubt.«


## KAPITEL 49

### Ein Monat später

»Für dich, Elias. Ist gerade gekommen.«

Martha kam ins Arbeitszimmer, lehnte ein großes, flaches Paket neben der Tür an die Wand. Sie störte ihn selten, wenn er hier oben war. Also machte sie Anstalten, sofort wieder zu gehen.

»Vielleicht ist es ja wichtig, deshalb dachte ich …«

»Warte.« Er stand auf, fasste sie an den Hüften. »Du siehst umwerfend aus.«

»Hör auf mit dem Quatsch.«

Sie klang unwirsch, doch das zarte Rosa auf ihren Wangen besagte das Gegenteil. Und es stimmte, sie *sah* umwerfend aus in dem ärmellosen Seidenkleid und dem kurzen, im Nacken gebundenen Zopf. Martha hatte aufgehört, sich die Haare zu färben, die grauen Strähnen gefielen Elias, ebenso wie die Fältchen um ihre Augen, die sie noch anziehender machten.

»Das ist kein Quatsch.« Er zog sie an sich. »Sondern mein voller …«

»Sag mal …« Sie machte sich los, warf einen vielsagenden Blick auf die Wölbung im Schritt seiner Hose. »Hast du immer noch nicht genug?«

Er grinste ein wenig verlegen.

Letzte Nacht hatten sie zweimal miteinander geschlafen. Das taten sie in letzter Zeit ständig. Elias hatte sich nie für einen außergewöhnlich begabten (oder gar ausdauernden) Liebhaber gehalten, und als Martha ihm im Morgengrauen erschöpft mitgeteilt hatte, dass seine Libido jeden andalusischen Torero vor Neid erblassen lassen würde, da war er geschmeichelt und sehr, sehr stolz gewesen. Die Tatsache, dass er vor vier Wochen dem Tod nicht nur buchstäblich ins Auge geblickt hatte, sondern diesem erst in allerletzter Sekunde entronnen war, schien neben der Lebensfreude auch seinen Testosteronspiegel in ungeahnte Höhen zu treiben. Eine Nebenwirkung, die Elias sehr gern in Kauf nahm. Und seine Ehefrau ebenfalls, wie in ihren funkelnden Augen deutlich zu lesen war.

Er gab ihr einen Kuss. Einen langen Kuss, der schließlich durch einen leichten Klaps auf seinen Po beendet wurde.

»Du brauchst hier oben eine Klimaanlage«, seufzte Martha.

Es stimmte, die Hitze staute sich unter dem Dach. Doch es war sinnlos, das Fenster zu öffnen, draußen war es keinen Deut kühler.

Elias wandte sich dem Paket zu. Es war flach, über einen Meter lang, mehr als einen halben breit.

»Der Postbote wollte meinen Ausweis sehen«, sagte Martha. »Er hat irgendwas von persönlicher Zustellung erzählt und … was ist denn?«

Elias hatte ein überraschtes Brummen von sich gegeben.

»Jessica Laux«, murmelte er, den Absender vorlesend. »Warum«, er richtete sich auf, »sollte Jessi mir ein Paket schicken?«

»Sieh nach, dann weißt du's.«

Martha wusste über Jessi Bescheid. Elias hatte ihr die Geschichte erzählt, in stundenlangen Gesprächen. Er hatte nichts ausgelassen, nicht das kleinste Detail. Nur eines hatte er nicht erwähnt. Seine Gefühle für Anna. Nun, vielleicht würde er das irgendwann tun.

Vielleicht auch nicht.

Er riss das Packpapier auf. Dicke, luftgepolsterte Folie kam zum Vorschein, mehrfach mit Klebeband umwickelt. Und ein Zettel, ebenfalls mit Klebeband befestigt.

*VORSICHT!*, hatte Jessi geschrieben. *BIN KEIN PROFI, ABER ES DÜRFTE VERDAMMT WERTVOLL SEIN.*

Elias holte eine Schere vom Schreibtisch. Es dauerte, bis er die Folie entfernt hatte, eine weitere Schicht kam zum Vorschein, dann hielt er die Rückseite eines gerahmten Bildes in den Händen.

»Dreh's um«, sagte Martha.

Das tat er.

Es war seine Frau, die zuerst die Sprache wiederfand.

»Van Gogh.«

Elias betrachtete das Porträt. Eine dunkelhaarige Frau saß vor einer geblümten Wand, eine Hand auf das Kinn gestützt, auf dem Schoß ein aufgeschlagenes Buch.

»Sie sieht ein bisschen aus wie du, Martha.«

»Findest du?«

Rechts unten war ein rosafarbenes Post-it am Rahmen befestigt. Jessis Botschaft war kurz: *Hing im Wohnzimmer.*

»Wenn das echt wäre«, sagte Martha, »dann wäre es Millionen wert. Nahezu unbezahlbar, würde ich …«

»Es *ist* echt.«

Sie sah ihn an. »Blödsinn.«

»Es hing bei Wilhelm«, sagte Elias. »Ich habe nicht weiter darauf geachtet. Ich dachte, es wäre ein Kunstdruck, wie die anderen Bilder.«

»Du ... du kannst nicht sicher sein.«

»Doch.«

»Wir müssen das prüfen lassen.«

»Natürlich. Und es wird sich herausstellen, dass es echt ist.«

Martha beugte sich über das Gemälde.

»Es ...« Ihre Stimme senkte sich zu einem ehrfürchtigen Flüstern. »Es ist unglaublich schön.«

»Das ist es«, stimmte Elias zu, doch seine Miene besagte das Gegenteil. Sein Mund war verkniffen, die Augen verengt, als hielte er kein Kunstwerk, sondern eine Schüssel mit stinkenden Fischresten in den Händen.

»Es ist nicht nur schön«, murmelte Martha. »Es ist wundervoll.«

»Ja«, nickte Elias und drückte ihr das Bild in die Hand. »Pack's wieder ein. Ich will es nie wiedersehen.«

---

»Wie konntest du sicher sein, dass es echt ist?«, fragte Martha.

Sie saßen auf der Ledercouch im Wohnzimmer. Martha hatte das Gemälde einem ehemaligen Kollegen gezeigt, einem emeritierten Professor an der Hochschule für Bildende Künste. Dieser hatte nach kurzer Betrachtung mehr als euphorisch reagiert (*Schnappatmung*, hatte Martha berichtet), und jetzt, zwei Tage später, lag das Bild im Tresor des Kunstmuseums, um später von einem halben Dutzend Experten genau untersucht zu werden.

»Niemand würde damit rechnen, dass zwischen diesen ganzen

Kopien ein Original hängen würde«, sagte Elias. »Aber Jessi ist clever. Vielleicht hat sie einen Riecher für so was.«

Außerdem, fuhr er fort, war es logisch. Wilhelm musste Millionen besessen haben, doch er hatte spartanisch gelebt, konnte seinen Reichtum nicht zeigen, es wäre sonst aufgefallen. Dieses Bild war seine Investition gewesen, wahrscheinlich hatte er abends in seinem Sessel gesessen und sich ins Fäustchen gelacht, schließlich war er der Einzige, der den Wert des Gemäldes kannte. Das Wissen, dass zwischen all dem Plunder in seinem Haus ein unschätzbares Kunstwerk hing, musste ihm einen zusätzlichen Kick gegeben haben.

»Die Frau auf dem Bild stammt aus Südfrankreich«, sagte Martha. »Van Gogh hat sie oft porträtiert, vier Gemälde hängen in den größten Museen der Welt. Aber es gibt Briefe, in denen von einem weiteren die Rede ist. Das galt als verschollen.«

»Bis jetzt.« Elias nippte an seinem Kaffee, lehnte sich zurück und sah zum Fenster. »Ich hasse van Gogh«, murmelte er.

»Tust du nicht.«

»Jetzt schon.«

»Du verwechselst den Maler mit dem Gemälde, Elias.«

Nun, da hatte Martha recht. Doch egal, wie Wilhelm in den Besitz des Bildes gekommen war; das Geld, mit dem er es bezahlt hatte, war buchstäblich mit Blut verdient worden, und Elias wollte um nichts in der Welt etwas damit zu tun haben.

»Selbst, wenn ich's gewusst hätte«, sagte er, »hätte ich es hängen lassen.«

Er hatte sofort abreisen wollen, nachdem er an diesem Morgen seine erste Aussage gemacht hatte (der in den letzten Wochen noch viele, viele weitere gefolgt waren). Die Nachricht von Wilhelms Selbstmord hatte ihn nicht sonderlich tief getroffen, im Gegenteil, er hatte den Tod seines Großvaters mit einer gewissen Erleichterung registriert, deren er sich anfangs (jetzt nicht mehr) ein wenig geschämt hatte. Er hatte sich von Jessi verabschiedet und sich zu dem Beamten führen lassen, der ihm das Leben gerettet hatte, einen vierzigjährigen Scharfschützen mit breiten Schultern und kurzem, eisgrauem Haar. Die Reaktion auf Elias' Dank war kühl gewesen. Er habe nur seinen Job erledigt, hatte der Mann in breitem Sächsisch erklärt, der Befehl zum finalen Rettungsschuss sei von der Einsatzleitung gekommen. Die Tatsache, dass er kurz zuvor Annas Kopf regelrecht pulverisiert hatte, war ihm nicht anzumerken gewesen.

Ein Arzt hatte Elias untersucht, man hatte ihm psychologische Betreuung angeboten. Er hatte abgelehnt und gebeten, ihm ein Taxi zu rufen, später hatte er am Ortseingangsschild gewartet, um möglichst schnell verschwinden zu können. Er hatte bereits im Wagen gesessen, als ihm noch etwas eingefallen war. Im Laufschritt war er zu Wilhelms Haus gerannt und hatte das Foto aus dem Wohnzimmer geholt, das seine Mutter bei der Erstkommunion zeigte. Das hatte nur ein paar Sekunden gedauert, und als er das Haus verließ, sah er sich nicht noch einmal um. Er hatte nicht vorgehabt, jemals zurückzukehren, und auch jetzt noch war er fest entschlossen, es nicht zu tun.

»Was soll aus dem Bild werden, Elias?«

»Das ist mir egal. Soll's das Museum behalten.«

Elias hatte Wilhelms Erbe ausgeschlagen. Er würde auch nicht zur Beerdigung gehen. Wozu auch?

Er trank seinen Kaffee aus. Sah zur Treppe, die hinauf ins Arbeitszimmer führte, stand auf, gab Martha einen Kuss und ging nach oben.

Zeit, endlich anzufangen.

## KAPITEL 50

Surrend erwachte der iMac zum Leben. Elias wartete, dass der Computer hochfuhr, betrachtete dabei Esthers Foto. Er hatte das Bild rahmen lassen und unter der Dachschräge an einem Querbalken befestigt. Das einzige Schmuckstück in seinem karg eingerichteten Arbeitszimmer, gleichzeitig die einzige Erinnerung, die ihm an seine Mutter geblieben war. Er fühlte sich nicht schuldig an ihrem Tod, machte sich keine Vorwürfe. Nicht einmal Wilhelm hatte das getan. Sie war gestorben, weil sie sich ihrem Vater widersetzt hatte, und auch er, Elias, hatte das getan. Doch er hatte Glück gehabt, denn im Gegensatz zu Esther hatte er überlebt.

Der Bildschirm flackerte auf.

Er verschränkte die Finger, streckte die Arme und ließ die Gelenke knacken. Ein Ritual, das er immer vollzog, wenn er eine neue Geschichte begann.

Diesmal allerdings war etwas anders.

Bisher hatte er Wochen, wenn nicht Monate mit der Planung verbracht. Hatte einen Plot entwickelt. Die Figuren erdacht, Helden und Schurken, furchtlose Kämpfer und herzlose Gegenspieler. Er hatte die Orte entworfen, an denen er seine Charaktere kämpfen, lieben oder sterben lassen konnte. Städte, Gebirge, Meere, die nur in seiner Phantasie existierten.

Das war nicht nötig. Alles war bereits da, man konnte es in einem Satz zusammenfassen: *Mittelmäßiger Schriftsteller kehrt nach knapp vierzig Jahren an den Ort seiner Kindheit zurück, deckt ein altes Familiengeheimnis auf und löst gleichzeitig seine Schreibblockade.*

Nun, im Klappentext würde natürlich von einem *erfolgrei-*

*chen* Schriftsteller die Rede sein, das Familiengeheimnis würde nicht alt, sondern *furchtbar* sein, und der Held würde sich nicht aus einer Schreibblockade, sondern aus den *Klauen des Todes* befreien.

Doch die Geschichte war da. *Seine* Geschichte. Es war nicht nötig, sich etwas auszudenken. Er musste sich nur erinnern. Und alles aufschreiben.

Elias startete das Schreibprogramm, öffnete ein leeres Dokument. Stundenlang hatte er in den letzten Monaten vor dem Rechner gesessen und den blinkenden Cursor angestarrt, doch jetzt flitzten seine Finger ohne das geringste Zögern über die Tastatur:

# ERSTER TEIL

*»Was, zum Teufel, mache ich eigentlich hier?«*

Er lehnte sich zurück, der alte Bürosessel reagierte mit einem mürrischen Knarren. Der Einstieg gefiel Elias, doch wichtiger war der erste Satz.

Ein *guter* erster Satz.

Die Sonne schien schräg durchs Dachfenster, ein gleißender Tunnel, der in einem grellen Quadrat auf den lackierten Kieferndielen neben dem Schreibtisch endete. Die Luft war stickig wie in einer Sauna, Elias dachte an Marthas Worte (du brauchst eine Klimaanlage) und beugte sich über die Tastatur:

*Diese Hitze. Diese furchtbare Hitze.*

Er betrachtete die erste Zeile einen Moment lang, brummte dann zufrieden und schrieb weiter. Die Sonne stieg höher, begann zu sinken, das Viereck wanderte über die Dielen, kroch die Wand empor und verblasste schließlich, ohne dass Elias es bemerkt hätte. Er arbeitete schneller als je zuvor, schrieb, wie alles begann, von seiner Fahrt über staubige Landstraßen, dem Telefonat mit Martha, dem vergessenen Geburtstagsgeschenk und seiner Naivität, die ihn, ahnungslos, wie er war, in dem irrigen Glauben ließ, seinem neunzigjährigen Großvater nur einen kurzen Pflichtbesuch abzustatten und schnellstens wieder zu verschwinden. Er schloss das erste Kapitel mit seiner Ankunft im Dorf und beschrieb, wie sein Wagen kurz vor dem Ortseingangsschild mit zerstochenen Reifen im Straßengraben landete. Knapp acht Stunden waren vergangen, als er den letzten Satz in die Tastatur tippte:

*Metall kreischte, der Motor heulte auf und E.W. Haack, vor kurzem noch vollmundig als aufgehender Stern am Himmel der Fantasyliteratur angekündigt, sackte leblos über dem Lenkrad zusammen.*

»Nun ja.« Elias rieb sich die geröteten Augen. »Es könnte funktionieren.«

Blinzelnd sah er sich um und stellte fest, dass es dunkel war. Das Hemd klebte ihm am Rücken, er war so erschöpft, als hätte er einen Achttausender bezwungen. Ächzend beugte er sich vor, gab einen Tastaturbefehl ein. Der Drucker begann zu rattern, die Seiten wurden in die Ablage gespuckt.

Da war sie also, seine erste Geschichte. Seine erste *wahre* Geschichte. Sie würde ebenso blutig sein wie die anderen, aber es ließ sich nicht ändern. Wie auch? Es gab keinen Spielraum, keine *dichterische Freiheit*. So, genau so, war die Geschichte passiert.

Die Frage war eine andere.

War sie auch *gut*?

Der Drucker verstummte. Die grüne Anzeige über der Papierausgabe blinkte, erlosch. Elias stand auf, griff nach den Ausdrucken. Sechs Seiten hatte er geschrieben. Es würde Monate dauern, bis aus sechs DIN-A4-Blättern endlich ein Buch entstand.

Er rieb sich den schmerzenden Rücken. Das letzte Gespräch mit Jessi fiel ihm ein. Sie hatte wissen wollen, ob seine Geschichten gut seien. Elias hatte gefragt, was sie damit meine. Was hatte sie geantwortet?

Er nahm die Ausdrucke, um sie unten im Wohnzimmer auf der Couch noch einmal durchzulesen. Als er die stickige Dachkammer verließ, fiel ihm Jessis Antwort ein. Nein, keine Antwort, sie hatte eine Gegenfrage gestellt:

*Wenn man einmal angefangen hat, will man dann weiterlesen?*

Nun, das hoffte Elias.

Er hoffte es sehr.

Sie können den nächsten Thriller
von Stephan Ludwig kaum erwarten?

Wir informieren Sie über diese und
weitere spannende Neuerscheinungen mit
unserem kostenlosen Newsletter.

Hier können Sie sich anmelden:

*fischerverlage.de/unterhaltungsnewsletter*

Stephan Ludwig
**Zorn – Tod und Regen**
Thriller
Band 19305

»Es dauerte drei Stunden, bis sie den Verstand verlor, und weitere zwei, bis sie endlich sterben durfte.«

Zwei Morde – blutig, brutal, unerklärlich. Warum gibt ein Killer seinem Opfer Schmerzmittel, bevor er es quält? Hauptkommissar Claudius Zorn soll die Ermittlungen leiten: Er hat Kopfschmerzen, er hat keine Lust, er hat keine heiße Spur. Als er dann noch merkt, dass ihn bei den Ermittlungen irgendjemand austricksen will, bekommt Zorn richtig schlechte Laune. Und der Mörder hat noch nicht genug …

Der packende Auftakt zur neuen Reihe mit Hauptkommissar Claudius Zorn und seinem kauzigen Assistenten Schröder

Fischer Taschenbuch Verlag

Stephan Ludwig
## Zorn – Vom Lieben und Sterben
Thriller

Band 19507

»Claudius Zorn und sein Kompagnon
haben das Zeug dazu, Kultstatus zu erreichen.«
*krimi-couch.de*

Die Hauptkommissare Zorn und Schröder ermitteln unter Hochdruck: zwei Morde in einer Woche, beides Jugendliche, kaltblütig getötet, förmlich hingerichtet. Schnell ist klar, dass hier jemand gezielt mordet, seine Opfer ganz genau auswählt, sie vielleicht sogar kennt. Als die beiden Kommissare endlich eine Spur haben, ist die Zeit bis zum nächsten Mord bereits abgelaufen. Und die Jagd nach dem Täter bringt nicht nur Schröder an seine persönlichen Grenzen.

Der zweite Fall für Hauptkommissar Claudius Zorn und den dicken Schröder

Fischer Taschenbuch Verlag

Stephan Ludwig
**Zorn – Wo kein Licht**
Thriller
Band 19636

»Zorn und Schröder sind Kult-Kommissare.«
*MDR*

Hauptkommissar Claudius Zorn weiß nicht mehr, wo ihm der Kopf steht. Innerhalb kürzester Zeit ereignen sich mehrere Verbrechen, und alles landet auf seinem Tisch. Sein Kollege Schröder liegt mit Gehirnerschütterung im Krankenhaus und kann ihn zunächst nicht wie gewohnt unterstützen. Aber dann erhält Zorn den entscheidenden Hinweis. Und hat schnell einen Verdacht. Nur glaubt ihm keiner. Mit fatalen Folgen …

Der dritte Fall für Hauptkommissar Claudius Zorn und den dicken Schröder

Das gesamte Programm gibt es unter
www.fischerverlage.de